해의 여왕

오해의 여왕

1판 1쇄 찍음 2016년 12월 1일
1판 1쇄 펴냄 2016년 12월 7일

지은이 | 유리화
펴낸이 | 고운숙
펴낸곳 | 봄 미디어

기획 · 편집 | 김민지, 김지우, 홍주희

출판등록 | 2014년 08월 25일 (제387-2014-000040호)
주소 | 경기도 부천시 원미구 소향로17, 304(두성프라자)
영업부 | 070-5015-0818 편집부 | 070-5015-0817 팩스 | 032-712-2815
E-mail | bommedia@naver.com
소식창 | http://blog.naver.com/bommedia

값 9,000원

ISBN 979-11-5810-266-1 03810

※파본은 구입하신 서점에서 교환하여 드립니다.

해의 여왕

유리화 장편 소설

contents

※「」는 영어, “”는 한국어입니다.

프롤로그

"오빠! 제발 이러지 말자, 응? 현동주, 동주 오빠! 내가 미쳤지. 효은이가 선본 남자 만난다는 얘길 왜 해서 이 사달을 만들었담."

동희가 종알거리는 말들을 파리 날갯짓 소리 취급하며 동주는 앞만 보고 걸었다. 도리어 눈에 불을 켜고 씩씩거리며 걷는 그의 옆에서 동희만 울상이었다.

"……."

지금 동희를 미치게 만들고 있는 사람은 둘째 오빠 현동주였다. 냉철하고 이지적이며 낭만이 가득한 자유로운 배낭여행가. 이 어울리지 않는 조합을 완벽하게 구비한 잘 벼린 다이아몬드같이 빛나는 남자. 동희가 무척 따르는 친오빠였다.

그런데 지금 이 상황은 뭐란 말인가! 그녀의 자랑스러운 오빠가 미쳤나 보다.

동희는 울고 싶었다. 아니, 사실은 이미 눈물이 찔끔 나왔다.

"대화로 풀어, 응? 여기서 이러는 건 아니라고 봐. 지성인이 할 행동이 아니라고! 우선 돌아가자. 가서 효은일 믿고 기다리자. 현동주! 현씨 가문의 위대한 둘째 아들! 제발 마음을 좀 진정시킵시다, 응?"

"현동희, 이거 놔라. 좋은 말로 할 때."

허리를 죽어라 붙잡고 늘어지는 동희의 팔을 잡아떼며 동주가 음산하게 말했다. 그의 목소리가 귓가를 울리자 동희는 뒷목이 바짝 움츠러들고 머리칼이 곤두서는 것 같았다.

집안의 막내이자 고명딸인 동희는 두 오빠의 사랑을 한 몸에 받고 자란지라 동주의 이런 모습을 처음 보았다. 지금 현동주는 그녀가 알던 사람과는 완전히 달랐다.

오빠 엄청 화났구나. 내가 미쳤지. 건드릴 사람을 건드렸어야지. 현동주 속 좀 긁으려다가 완전 피 보게 생겼네. 어떡하지. 난 이제 죽었다.

동주의 허리에 매달려 있지만 않았으면 제 입을 찰싹하고 때려 주었으리라. 어떻게 말리나 고민하던 그 순간 동주의 몸이 벼락처럼 굳더니 우뚝 멈추었다. 질질 끌려가다시피 하던 그녀는 무슨 일인가 싶어 고개를 빼고 시선을 요리조리 돌렸다.

헉, 효은이잖아. 어떡해! 하느님! 부처님! 이 난감한 상황만 잘 지나가게 해 주신다면 제가 무조건 믿겠습니다. 일주일에 한 번씩 돌아가며 성당도 가고 절에도 가서 기도할게요. 제발 도와주세요!

으드득.

동주의 이 가는 소리가 소름 끼치게 들려왔다. 동희가 다시금 그의 허리를 잡고 있던 팔에 힘을 주었다.

"여기 예약 없이는 못 들어오는 비싼 레스토랑이야. 손님들도 다 점잖은 사람들이라고! 오빠를 알아보는 사람이 있을지도 모르잖아. 그리고 추태를 부리면 효은이가 좋아할 것 같아?"

효은이라는 이름에 동주의 몸에서 슬쩍 힘이 빠졌다. 동희가 안도의 한숨을 내쉬는 순간, 동주는 번개같이 그녀의 팔을 홱 떨치고 브레이크가 고장 난 자동차처럼 돌진했다. 동희의 생각과는 반대로 효은이라는 이름이 오히려 불난 집에 부채질을 한 데다 기름을 들이부은 꼴이 되어 버렸다.

김이 폴폴 나는 듯한 동주의 등을 망연한 표정으로 바라보던 동희는 잔뜩 인상을 쓰며 속으로 알고 있는 온갖 욕을 쏟아부었다.

해삼. 말미잘. 고집불통. 나쁜 놈.

하지만 그도 잠시 동희는 부리나케 동주의 뒤를 좇았다. 어쨌든 큰일이 일어나는 건 막아야 했다.

망신살이 뻗쳐도 유분수지. 이게 뭐하는 짓이람.

우아함이 파도처럼 넘실거리고 아름다운 실내 음악이 먼바

다의 낙조처럼 화사하게 들어찬 공간이었으나 동주의 발소리가 쿵쿵 울리며 이질감을 형성했다.

동희가 동주를 좇아가며 연신 주위에 고개를 꾸벅거렸다.

"죄송합니다. 식사 맛있게 드세요."

레스토랑 관계자가 아님에도 연신 식사 맛있게 하라는 말과 죄송하다는 말을 뇌까리며 동희가 난처한 표정을 지었다.

하여간 그놈의 사랑. 사랑이라는 것만큼 믿을 수 없고 불안정한 게 없다고 생각했는데…… 이 바퀴벌레 같은 커플을 보면 꼭 그렇지도 않아 보인단 말이야. 현동주가 이렇게 변할 줄 누가 알았겠어. 동희가 입꼬리를 슬쩍 들어 올렸다.

그러나 머릿속으로 든 생각은 잠시 후 저 우주 멀리 날아가 버렸다. 그를 보고 깜짝 놀라는 효은을 잡고 데리고 나오는 대신 동희를 그 자리에 털썩 앉힌 것이다.

"이 여잔 제가 데려갑니다. 식사 파트너로는 이 녀석도 그다지 나쁜 상대는 아닐 겁니다. 그럼."

"동희야! 동주 씨, 이게 무슨……."

말을 채 끝맺지도 못한 효은이 어리벙벙한 표정으로 동주에게 끌려 나갔다. 그 상황을 놀란 눈으로 바라보던 맞선남이 벌떡 일어섰다.

동희는 희극적인 상황에 뒷목을 움켜잡았다. 그나마 불행 중 다행인 건 효은의 맞선남은 동주보단 이성적이라는 것이었다. 보통 사람 같았으면 무슨 일이냐고 소리라도 질렀을 텐데 그는 그저 눈을 크게 뜨고 사라져 가는 효은의 모습만 쳐다보았다.

“풋, 푸하하하…… 흡, 푸.”

한동안 그들의 뒷모습을 보던 그는 갑자기 허리를 접으며 미친 듯 웃었다. 동희는 깜짝 놀라 움츠린 채 남자의 눈치를 보았다. 갑자기 웃는 이유를 알 수가 없어 눈동자만 이리저리 굴렸다.

“왜, 왜 그러세요?”

동희가 떨리는 목소리를 잔뜩 죽이며 물었다. 오래 살았다고는 할 수 없지만 살다 살다 이런 난처하고 당혹스러운 상황은 태어나서 처음이었다. 현동주, 집에 가서 보자!

“뭡니까, 이 상황? 설명이 필요할 것 같은데요.”

듣기 좋은 낮고 부드러운 목소리가 서늘하게 들려왔다. 성현은 이미 전부 파악한 상태였다. 다른 남자의 존재에 대해 효은에게 들은 만큼 놀랐을지언정 이해 못 할 것도 아니었다.

허탈한 그의 기분을 무마해 준 것은 효은 대신 앉아 있는 여자의 존재였다. 얼굴이 퍼렇게 질렸다 빨갛게 물들었다 아주 총천연색을 연출하는 여자. 성현은 괜히 심술을 부리고 싶은 장난기가 발동했다. 전혀 그답지 않은 모습이었지만.

“아, 저기…… 그러니까, 그게…….”

입이 있어도 할 말이 없다는 게 이런 것일 터였다. 동희는 말을 할 수도 안 할 수도 없는 입장에 자신을 밀어 넣고 간 동주만 죽어라 원망했다.

난감한 표정으로 입술만 잘근잘근 씹고 있는 동희를 가만히 보던 남자가 테이블 위로 긴 팔을 쭉 뻗어 왔다.

움찔하며 놀라는 그녀를 재미있다는 듯 보던 그가 입술을 슬쩍 비틀었다.

"나 여자나 아이들 때리는 남자 아닙니다. 일단 소개를 하죠. 저는 최성현입니다. 그쪽은?"

"아, 전…… 현동희라고 합니다. 안녕……하세요?"

안녕하세요, 라니. 이게 지금 이 상황에 맞는 말인가? 말을 하면서도 동희가 고운 이마를 한껏 찌푸렸다. 게다가 최성현이라고 밝힌 눈앞의 남자에게도 너무 미안했다.

성현은 우물쭈물 말을 더듬는 동희를 물끄러미 보다 심각하게 이마에 주름을 그렸다.

"제가 파트너를 인터셉트 당한 것 같은데 맞습니까?"

성현이 부러 심각한 표정으로 느릿느릿 따졌다. 동희가 더욱 긴장했다.

"정말 죄송합니다. 사실 그게 설명하기 좀 그렇지만…… 하아."

동희가 진한 한숨을 뱉어 냈다. 자신도 모르게 오른손을 머리로 뻗어 머리카락을 배배 꼬았다. 당황하거나 난처한 일이 있을 때면 나오는 그녀의 버릇이었다.

"그리고 현동희 씨는 효은 씨 대신 있는 거고요. 이를테면 꿩 대신 닭인 셈인가요?"

"꿩 대신 닭이요?"

순한 양 같았던 동희의 커다랗고 동그란 눈이 세모꼴을 이루며 치켜 올라갔다.

"아닙니까? 이런 상황을 만든 건 그쪽인 것 같은데요. 닭도 감사한 거 같습니다만."

씩씩거리는 동희를 그가 한 방에 제압했다. 흘리듯 한 말임에도 어이가 없어 말문이 막혔다. 아무리 자신이 실수를 했다고 해도 그렇지 닭이라니! 백조도 아니고 오리도 아니고 닭이란다. 성현이 말로 쏘아 대는 날카로운 화살에 동희는 상처를 입었다.

"아무리 그래도 그렇지. 꿩 대신 닭은 좀……."

"불쾌했다면 사과드리죠. 하지만 틀린 말은 아니지 않습니까?"

쫑알거리려던 동희의 입이 합죽이가 되었다. 잘못한 것이 있으니 억울해도 어쩔 수 없었다. 오만상을 찡그리며 입술을 딱 붙인 동희가 테이블 한 귀퉁이를 죽일 듯 노려볼 때였다.

"식사 서빙해 드리겠습니다."

레스토랑에서 자랑하는 고급스런 자연식 코스 요리였다. 효은이 맛도 보지 못하고 가 버린 탓에 버려질 아까운 음식들을 떠올리니 제가 다 안타까웠다. 후각과 시각을 황홀하게 만드는 저 음식은 혀를 얼마나 기쁘게 할 것인가. 동희의 목구멍으로 침이 꼴깍 넘어갔다.

동희의 모습을 유심히 보던 성현이 몰래 웃음을 흘리다 그녀와 눈이 마주쳤다. 그는 얼른 헛기침으로 마무리하며 시선을 돌렸다. 이 상황에 음식에 관심을 보이다니. 여태까지 그가 접해 보지 못한 종류의 인간상이다. 그는 불쑥 호기심이 솟아나 저도 모르게 의도치 않은 말을 꺼냈다.

"이왕 이렇게 된 거 밥이나 먹고 갑시다. 버려진 닭의 입장인 건 그쪽이나 나나 마찬가진 것 같으니까."

"자꾸 닭, 닭 하지 마세요. 현동희라는 멀쩡한 이름이 있거든요?"

"네, 닭이 아닌 현동희 씨."

성현이 영혼 없이 대답하며 피식 웃었다. 그를 매서운 눈초리로 노려보던 동희는 땅이 꺼져라 폭 한숨을 내쉬었다.

"밥이나 먹어요. 여기 맛있다고 소문나서 한 번 와 보고 싶었는데. 효은이 덕분에 제가 호강하네요."

동희가 바로 꼬리를 내렸다. 꿩 대신 닭이면 어떠랴. 다시 볼 사람도 아닌데. 맛있는 음식을 눈앞에 두고 깨작거리는 건 음식에 대한 예의가 아니지.

"효은 씨 덕분이 아닌 제 덕분일 텐데요. 여기 제가 예약했고 계산도 아마 제가 하게 될 것 같은데……."

성현이 동희의 후줄근한 모습을 쓱 눈으로 훑었다. 동희의 얼굴이 새빨갛게 달아올랐다. 성난 코뿔소 같은 동주를 말리느라 그녀의 몰골은 말이 아니었다. 동희는 입술을 질끈 깨물고 고개를 살짝 숙였다.

"그러네요. 감사합니다. 맛있게 먹을게요."

동희는 전투적인 자세로 음식을 맛보기 시작했다. 효은과 달리 쾌활하고 밝은 동희의 모습에 성현의 입꼬리가 슬쩍 위로 올라갔다.

 꿩 대신 닭이 아니라 닭 대신 꿩인지도. 자꾸 올라가는 입꼬리를 감추며 성현은 서빙을 부탁했다.

1

인연, 혹은 악연

윌리엄스버그 버드와이저 배 LPGA.

도도하고 거칠게 흐르는 제임스 강을 낀 윌리엄스버그의 한 작은 마을에서 버드와이저 배 LPGA 경기가 열리고 있었다. 동희는 가벼운 차림으로 경기가 열리는 골프장에 도착했다.

"안녕하세요, 신주애 선수. 오늘도 날씨가 좋은 것 같네요. 어젯밤은 잘 주무셨어요?"

"예, 꿈도 꾸지 않고 잘 잤답니다. 현 대리님은 어떠셨어요?"

신주애 선수는 아담한 키에 통통한 체형을 가진 순박한 아가씨로 한눈에도 정감이 가는 얼굴이었다. 그녀를 보는 동희의 얼굴에 스스럼없는 미소가 어렸다. 출장 오기 전 신주애 선수에 대해 조사를 하고 오긴 했지만, 그래도 종이에 적힌 글과 직접 만나는 경우가 딴판일 적이 꽤 많았다. 그러나 경기 내내 지켜본 주애는 겉과 속이 같은 사람이라 동희는 한시름 놓은 듯 편한 마음으로 일할 수 있었다.

안 그래도 출장지가 윌리엄스버그라 오기 싫었는데 혹시라도 까다롭게 구는 사람이었으면 끔찍할 뻔했다. 동희는 다행이라는 생각을 하며 환하게 웃었다.

"어머, 그럼 안 되죠! 돼지꿈이나, 하다못해 로또 맞는 꿈이라도 꾸셔야 했던 거 아니에요?"

"현 대리님도 참. 전 현 대리님께서 좋은 꿈 꾸셨을 것 같은데요. 오늘 경기 결과는 순전히 현 대리님 꿈대로입니다."

며칠을 얼굴 맞대고 지낸 동희가 마음에 들었는지 주애가 선뜻 농담을 건넸다.

"앗, 안 돼요. 저 어젯밤에 악몽 꿨단 말예요."

미신을 믿는 건 아니었지만 지난밤 꿈에 주승이 나타나 아침부터 심란한 참이었다. 그 원수 같은 인간은 왜 꿈속까지 나타나 괴롭히는지. 동희가 다급하게 말하며 양손을 마구 저었다. 그런 그녀의 모습에 주애가 웃음을 터트렸다.

"왜요? 꿈에 빚쟁이라도 만나셨어요? 아니면 원수가 되어 헤어진 남자 친구?"

"어떻게 아셨어요? 신기 있으신 거 아네요?"

동희가 깜짝 놀랐다는 듯 눈을 동그랗게 떴다. 주애의 웃음소리가 파랗게 빛나는 필드 가득 낭랑하게 울려 퍼졌다. 같은 여자지만 꼭 안아 주고 싶은 마음이 들 만큼 동희는 귀여웠다.

"제가 맞힌 거예요? 어떤 꿈이었어요? 빚쟁이? 남친?"

"별거 아니에요. 보스턴에서 유학할 때 만났던 남자 친구가 윌리엄스버그에 있는 대학에 다녔거든요. 별로 좋게 헤어진 게 아니라서 꿈에 보이니까 기분 나쁘더라고요. 그러니까 제 꿈 말고 드릴 수 있는 모든 운을 드릴게요."

주애의 가벼운 농담에 동희도 비눗방울 터지듯 맑은 웃음을 터트리며 맞장구를 쳤다. 기분 나쁜 일은 기분 좋은 일로 덮어 버리면 되는 법.

"미국의 순결한 첫 번째 주에서 그런 일을 겪었다니 운이 없었네요. 오늘은 분명 좋은 일이 있을 거예요. 현 대리님의 나쁜 기억을 송두리째 뿌리 뽑을 아주 좋은 일이요. 그러니까 오늘의 좋은 운세 저에게도 나눠 주세요."

"그럴까요? 까짓것 신 선수가 우승만 한다면야! 좋은 운세뿐만 아니라 나쁜 운세는 제가 모두 다 가져갈 테니 아무 걱정하지 마시고 공만 보세요, 공만."

"그럴까요?"

"네, 당연하죠!"

두 여자가 마주 보고 활짝 웃었다. 그녀들 곁으로 푸르른 잔디밭과 깊고 도도한 제임스 강의 물결이 태양빛에 하얗게 빛났다. 마치 희고 가는 은갈치 떼가 물 위로 튀어 오르는 것처럼 반짝거리며 주변을 물들였다. 아름다운 주위 풍광을 훑은 동희는 날씨만큼 그녀의 경기가 잘 풀리기를 작게 바랐다.

"그럼 현 대리님 오늘의 운, 제가 조금 나눠 갑니다."

“파이팅입니다.”

“오늘 바람도 잔잔하고 날씨도 적당하네요. 걱정하지 않으셔도 될 것 같아요. 이따가 봬요.”

주애가 허리를 굽혀 손으로 잔디를 한 움큼 뜯은 뒤 허공에서 떨어뜨렸다. 잔디가 얌전하게 고스란히 바닥으로 떨어졌다. 바람이 나쁘지 않으니 주애의 컨디션만 받쳐 준다면 공은 그녀가 원하는 대로 들어갈 것이다. 주애의 행동에 내포된 말을 동희는 충분히 알아들었다.

“인터뷰는 나중에 경기 끝나면 다시 해요. 전 갤러리로 따라가면서 열심히 응원할게요. 신의 가호가 신 선수와 함께하기를 빌어요.”

“네, 감사합니다.”

동희가 두 주먹을 불끈 쥐고 파이팅 자세를 취하자 주애가 활짝 웃으며 주먹을 쥐어 보였다. 동희는 어깨에 메고 있던 카메라를 얼른 꺼내 들었다. 홀에 들어서는 주애의 모습부터 어느 것 하나 놓칠 수 없었다.

주애는 등을 돌려 경기가 시작될 첫 번째 홀로 들어섰다. 입구에는 많은 사람이 모여 있었는데 유치원생이나 초등학생 정도로 보이는 아이들도 부모와 함께 와 있었다.

주애가 아이들을 보더니 캐디에게 손을 내밀었다. 훤칠한 키의 캐디는 씩 웃으며 자연스럽게 사인이 된 골프공 몇 개를 꺼내 주었다. 몸에 밴 듯 익숙한 모습이나 아이들과 정답게 대화를 나누는 모습을 놓치지 않으려 서둘러 셔터를 눌렀다. 동시에 주애의 팬 서비스 정신에 연신 감탄사를 뱉었다. 아이들이 기뻐하는 모습을 보며 동희도 흐뭇하게 입꼬리를 휘었다.

"신 선수가 아이들을 많이 좋아하는 모양이네. 이것도 인터뷰 내용에 꼭 넣어야겠다."

주애의 따스한 인간미를 보여 줄 수 있으리라 생각하며 고개를 끄덕인 동희가 주변을 휘 둘러보았다.

"정말 대단한 나라라니까. 골프의 생활화란 이런 거겠지?"

미국은 한국과 많이 달라 커다란 골프장 안에 마을이 존재하는 경우가 상당히 많았다. 경기가 있는 날엔 뒤뜰에서 바비큐 파티를 즐기며 경기를 관람하기도 할 정도였다.

동희는 처음 라스베이거스에 사는 친구 집을 방문했다가 아침에 일어나 커튼을 열곤 깜짝 놀랐다. 그 친구의 집이 골프장 안에 있었는데 창문 아래로 아침 일찍부터 골프를 즐기는 사람들이 줄지어 팀을 이루며 서 있었다. 모두가 익숙하고 친숙해 보여 신기했더랬다. 예전 생각을 하던 동희는 다음 홀로 움직이는 주애를 따라 바삐 걸음을 옮겼다.

"아앗, 안 돼!"

주애가 퍼팅을 할 때마다 동희는 두 손을 꼭 맞잡고 간절한 마음으로 신에게 기도했다. 홀을 아슬아슬하게 공이 비껴갈 때마다 동희는 안타까움에 소리 없는 비명을 질렀다.

"다행이다. 아슬아슬하네. 중국 선수들도 장난 아닌데? 우리 한국 선수들 긴장 좀 해야겠다. 미셸 김 선수도 제 페이스를 찾은 것 같고…….”

이제 남은 홀은 겨우 두 홀 정도다. 이대로만 가면 주애는 상위권에 랭크될 것이 틀림없었다. 꼭 우승해야 하는 건 아니지만 같은 값이면 다홍치마라고 동희는 제가 참관하는 이 첫 번째 경기에서 주애가 우승을 해 주었으면 하고 바랐다.

“내가 이러다 피 마르지. 그나저나 저 멕시코 선수가 마리아인가? 흠, 예쁘긴 예쁘네.”

신주애와 팀을 이룬 멕시코 선수의 퍼팅을 조마조마한 마음으로 지켜보며 동희가 혼잣말을 중얼거렸다.

길게 휘어진 눈매가 섹시한 남성 갤러리들의 환호를 한 몸에 받고 있는 마리아는 멕시코 항공사의 후계자와 연인 사이라고 소문이 파다하게 나 있었다. 이번 경기가 끝나면 결혼식을 올린다는 가십으로 경기장이 술렁거렸다.

“하여튼 신데렐라 이야기는 나라와 국적을 가리지 않고 좋아하나 봐.”

마리아에게서 시선을 떼지 않고 있던 동희가 선수들을 따라 몸을 돌리던 때였다. 잔디에 송골송골 맺힌 이슬로 인해 발이 미끄러지며 뒤에 서 있던 갤러리의 가슴으로 냅다 자빠졌다.

「으아악! 죄, 죄송합니다!」

동희가 작게 비명을 지르며 영어로 사과했다. 그런데 상대방의 반응이 이상했다. 분명 자신의 잘못이기에 사람을 쳐다보기도 전에 반사적으로 사과한 것인데 아무 대꾸가 없다. 동희는 의아함이 깃든 시선으로 부딪친 사람을 쳐다보았다가 깜짝 놀라 까무러칠 뻔했다. 눈앞에 최성현이 떡하니 버티고 서 있었다.

"현동희 씨?"

동희는 난감함에 입술을 잘근 씹었다. 악연이다. 어떻게 넘어져도 하필이면 왜 그의 가슴팍이냔 말이다. 주변에 멋진 금발 남자들도 많았는데 하필 그란 말인가. 동희는 울고 싶었다.

첫 만남이야 불편한 상황 속에서 만나 어쩔 수 없었다지만 세미나에서의 기억은 좋지 않은 모습으로 각인되기 충분했다.

기절할 듯 놀라는 동희를 바라보며 성현의 눈매가 가느스름해졌다. 그 또한 그녀와의 안 좋은 기억이 떠올랐다.

❈ ❈ ❈

또각또각.

반짝이는 대리석 위로 동희의 경쾌한 하이힐 소리가 리드미컬하게 울렸다. 발소리는 주인의 성격을 알 수 있을 만큼 생기 있고 활기차다. 객실로 올라가는 엘리베이터 앞에 다다르자 그녀의 휴대폰이 부르르 몸을 떨었다. 동희는 손에 들고 있던 휴대폰의 액정을 흘깃 쳐다보곤 입매를 휘어 올렸다. 좋아하는 이에게 연락이 온 듯 휴대폰 액정을 터치하는 손길에서 애정이 가득 묻어났다. 고운 입술이 열리고 청아한 목소리가 반갑게 흘러나왔다.

"응, 효은아."

—동희야, 잘 도착했어? 별일 없지?

"이제 도착했어. 이 한적한 곳에서 무슨 일이 일어나겠어? 네가 이렇게 전화한다고 해도 날 여기로 쫓아 보낸 동주 오빠는 절대 용서 못 해."

—동주 씨가 다 널 생각해서 그 세미나에 보낸 건데 그렇게 말하면 서운해할걸?

"생각은 무슨! 두 번만 생각했다간 하나밖에 없는 여동생 우주로 쫓아 보내겠네. 너도 그러는 거 아니야! 우정보다 사랑이라 이거지? 나 섭섭해지려고 한다. 은효은, 시 월드 한 번 제대로 겪어 보고 싶은가 보다?"

—동희 아가씨! 무슨 섭섭한 말씀을 하세요. 이 예비 올케 겁나게.

"몰라! 너랑 놀 생각에 들떠 있었는데…… 난데없이 자기 대신 세미나를 보내는 게 말이 돼? 오빠 절대 용서 못 해. 아무래도 복수를 하는 것 같아!"

—그래, 용서하지 마. 동희야, 세미나 잘 끝내고 와. 혹시 알아? 그곳에서 네 운명의 상대를 만나게 될지. 이번 세미나 참석자들이 모두 대단하다면서?

효은의 달래는 듯한 말투에 동희가 입을 삐죽였다. 칫, 동갑인 주제에 꼭 언니인 척하기는.

띵!

동희는 눈앞에 활짝 열리는 엘리베이터에 올라탔다. 우아한 나무로 마감된 사각의 공간에 발을 들여놓자 마치 새로운 세상에 들어온 듯 묘한 기분을 느꼈다. 머물러야 할 객실의 층수를 누른 그녀는 벽에 등을 기댄 채 효은과의 통화를 계속 이어갔다.

"대단하면 뭐해! 다들 얼굴에 주름이 자글자글한 늙은 박사들만 수두룩할 텐데!"

—그런가? 모르는 거지. 인생은 언제나 한쪽으론 근사한 도박을 준비해 놓거든.

"너랑 동주 오빠처럼?"

동희의 목소리에 호기심이 담기고 두 눈은 별빛처럼 반짝였다. 그랬으면 좋겠다는 희망이 슬쩍 스며들었다.

—응. 그러니까 두 눈 크게 뜨고 네 운명을 찾아봐. 현동희, 파이팅!

"은효은도 파이팅."

동희의 입가에 흐뭇하고 따스한 미소가 가득 떠오른다. 그녀가 제일 좋아하는 둘째 오빠 동주와 결혼하게 될 효은은 동희의 절친이자 웨슬리 대학 동문이다. 동주와 효은, 두 사람은 운명처럼 만나 행복한 결실을 맺게 되었다. 아슬아슬한 순간들도 있었지만 지나고 보면 운명의 붉은 실이 견고하게 짜이는 하나의 과정임을 알 수 있었다.

"아! 진짜 나도 효은이 같은 사랑하고 싶다!"

작은 주먹을 불끈 쥐고 동희가 한숨을 길게 내쉬었지만 쉬운 일은 아니었다. 오빠랑 효은은 정말 운명 같은 만남이었으니까.

"부러우면 지는 거랬어!"

고개를 살짝 흔들 때였다. 객실이 있는 층에 도달했다는 알림음과 함께 스르르 문이 열렸다. 두꺼운 카펫이 깔린 고급스러운 분위기의 복도는 곡선을 이루며 휘어져 있다. 동희는 멍한 시선으로 끝이 보이지 않는 복도를 바라보았다. 뭔가 묘하고 이상한 기분이었다.

"으음……."

아득한 어느 다른 공간에 와 있는 듯 몽환적인 분위기에 젖은 그녀가 무의식중에 신음 소리를 냈다. 끝없는 상념에 빠져 넋을 놓고 있다가 도로 닫히는 엘리베이터를 보고 정신을 차렸다. 서둘러 발을 내디뎌 밖으로 빠져나온 뒤 마치 실종된 정신을 찾으려는 양 고개를 흔들며 작은 소리로 웅얼거렸다.

"큰일 날 뻔했네. 까딱했으면 엘리베이터 문 사이에 끼일 뻔했잖아. 정신 좀 차리자, 현동희. 왜 이렇게 정신을 빼놓고 사는 거니!"

자신의 머리를 두어 번 쥐어박은 동희는 객실의 호수를 확인하며 방을 찾기 시작했다. 천천히 복도를 걷던 그녀가 불현듯 걸음을 멈추고 숨을 들이켰다.

"뭐야!"

복도 한쪽에서 젊은 남녀가 부둥켜안고 있었다. 아니 여자가 남자의 어깨에 머리를 기대고 두 손으로 허리를 감싸고 있다는 표현이 맞았다.

남자가 여자의 어깨를 살짝 두드리며 무어라 말하는 것처럼 보였다. 여자의 어깨가 가늘게 떨렸다. 남자는 고개를 숙이고 있어 표정을 볼 수 없었지만 애절하면서도 안타까운 분위기를 자아냈다.

"세상에!"

동희는 자리에서 움직이지 못했다. 뻔뻔하게 지나갈 수 없는 야릇한 분위기에 저절로 시선이 갔다.

그나저나 뭐지? 보기만 해도 가슴 아프네. 이 시간에 호텔을 들락거리는 걸 보면 연인인가? 아니면 불륜?

혼자 온갖 추측을 하며 복도 벽에 낙지처럼 찰싹 붙어 고개만 슬며시 빼고 두 사람을 주시했다. 은밀하고 처절한 분위기에 그녀는 죄라도 지은 양 가슴이 두근두근거렸다. 혹시라도 누군가 나타나 머리채라도 잡는 최악의 상황이 도래할까 봐 겁이 나서였다. 그만큼 두 사람의 분위기는 불안정하고 묘해 보였다. 동희는 여차한 상황이 되면 뛰쳐나가려는 듯 입술을 앙다물고 주먹을 꼭 쥐었다. 벌건 대낮에 호텔 객실 문 앞에 포옹하는 남녀 사이에 볼썽사나운 일이 있을까마는.

동희는 괜한 걱정을 하며 상상력을 활활 불태웠다. 한참 상상 속에서 허우적거리던 동희가 작게 한숨을 내뱉었다. 그 작은 소리를 들은 듯 남자가 고개를 돌려 날카로운 시선으로 쳐다봤다.

"아, 깜짝이야."

동희가 순간적으로 몸을 움츠리며 목을 바싹 끌어당겼다. 남자의 눈빛은 그만큼 거세고 이글거렸다. 환한 대낮임에도 객실 복도는 어두웠다. 하지만 어둠 속에서도 남자의 눈빛은 부정할 수 없을 정도로 따가웠다.

그녀가 다시 고개를 살며시 빼고 쳐다봤을 때는 텅 빈 복도에 적막한 공기만이 고요히 흐르고 있을 뿐이었다.

"하아."

가볍게 한숨을 내쉬며 그녀가 고개를 절레절레 흔들었다. 제 행동이 어이가 없어 허탈한 웃음을 지었다. 발걸음을 재촉하던 그녀가 고개를 갸웃했다.

"저 남자 낯이 많이 익은데, 어디서 본 사람인가?"

동희가 하얗고 고운 이마를 연신 찡그리며 입술을 뾰족하게 내밀었다. 무언가에 깊이 집중할 때 나오는 습관이었다. 잘 생각이 나지 않자 작은 주먹으로 머리를 때리며 입술을 살짝 깨물었다.

남녀가 서 있던 객실 문 앞을 지나던 동희가 벼락을 맞은 듯 멈췄다.

"그 남자잖아, 효은이랑 선봤던 남자!"

남자에 대한 궁금증이 풀려 손뼉까지 치며 좋아하던 그녀는 잠시 후 황당하다는 눈빛으로 문을 노려보았다. 콧등을 잔뜩 찡그린 채 사납게 눈을 치뜨곤 빠른 걸음으로 복도를 가로질렀다.

동희는 예약한 객실로 들어서며 끌고 온 캐리어를 바닥에 내동댕이치곤 뒤돌아 방문을 노려보았다.

"세상에 믿을 사람 하나 없다지만 어쩌면 저럴 수가 있지!

대학교수라는 사람이 이 훤한 대낮에…… 기가 막히네. 게다가 연인이 있으면서 효은이랑 선을 봤다는 거잖아? 아무리 봐도 하루 이틀 만난 사이는 아닌 것 같던데. 어떻게 그럴 수 있지!"

믿을 수 없다는 듯 고개를 저으며 소파로 가서 털썩 주저앉았다. 엄마가 봤으면 조신하지 못하다며 한마디 했을 만큼 털털하고 거침없는 태도였다. 동희는 입술을 잘근잘근 씹으면서 깊은 생각에 잠겼다.

최성현. 은현 대학에서 경영학인가 경제학을 강의하고 있고 그녀의 친구인 효은과 얼마 전에 선을 봤었다. 그녀는 효은을 대신해 남자와 식사를 한 적이 있다.

"무슨 사연이 있어서 연인을 두고 선을 봤을까? 교제를 반대하는 부모님의 눈을 속이기 위해 선을 본 건가? 괜히 내가 찝찝하네."

동희가 머리를 긁적이며 입술을 씰룩였다.

❈ ❈ ❈

계절에 걸맞게 온통 푸른빛이 한껏 물을 머금은 듯 나무들은 한층 더 푸르렀다. 화사한 꽃들은 온통 사람들의 시선을 제쪽으로 향하게 잡아당겼다.

경사진 언덕을 중심으로 서울 시내가 한눈에 내려다보이는 장관을 자랑하는 산정 호텔 진입로가 여느 때와 다르게 북적였다.

진입로에 산뜻한 은빛 스포츠카가 들어섰다. 곧이어 호텔 입구에 미끄러지듯이 차를 세운 운전자가 내려섰다. 누가 봐도 여유 있고 단정한 몸짓이었지만 본인은 속으로 연신 짜증을 내는 참이었다.

"이게 뭐하는 짓인지."

성현은 서둘러 다가온 벨보이에게 차 키를 넘긴 후 내키지 않는 걸음으로 야외 결혼식장을 향해 걸었다. 그는 미간을 찡그리며 짧게 혀를 찼다. 무엇이 그리 내키지 않는지 굳은 얼굴이 펴질 줄을 몰랐다. 그는 반듯하게 제자리를 지키고 있는 넥타이를 신경질적으로 잡아당겼다. 잘생긴 입매가 비틀리며 피식 비웃음이 흘러나왔다.

"은효은 결혼식에 참석하다니. 진짜 코미디가 따로 없네."

오늘은 은현 재단과 은현 대학 이사장인 은혁민 박사의 둘째 딸, 은효은의 결혼식이었다. 작년에 잠시 선을 봐 만난 적은 있었지만 결혼식에 참석할 만큼의 친분이 있지는 않았다.

은현 대학 총장인 아버지가 아침에 욕실에서 넘어지는 바람에 결혼식 참석이 어려워져 대신 참석하라는 연락이 왔다. 편하게 집에서 쉬다가 졸지에 날벼락을 맞은 셈이니 그의 기분이 좋을 리 없었다.

"은 박사님만 아니었으면 절대 오지 않았을 텐데. 아버지는 하필이면 오늘 같은 날 넘어지셔서는!"

성현은 병원에 계신 아버지를 원망하는 불효를 저지르며 서울에 있던 자신을 나무랐다. 학과장님이 넌지시 말씀하셨을 때 냉큼 지방 출장을 가는 거였는데. 어쩔 수 없이 결혼식에 오기는 했지만 그의 마음이 편하지는 않았다. 물론 새 신부를 축하해 주는 것에는 이의가 없었지만 굳이 참석까지 할 필요는 없었으니까.

"그때 참 꼴이 우습게 됐었지."

사귄 것도 아니고 선으로 두어 번 만난 사이에 왈가왈부하기란 우스운 일이지만, 새삼 결혼식 참석을 하려니 난감했다. 마음에 들지 않아 삐뚜름하게 올라가던 입매가 문득 떠오른 동희 생각에 푸스스 힘이 풀리며 슬쩍 입꼬리가 휘었다.

꿩 대신 닭이라며 도발했을 때 세모꼴로 눈에 힘을 주던 모습과 네 탓 아니냐는 타박에 금세 순한 양이 되던, 표정에 모든 것이 드러나던 귀여운 여자.

현동희를 볼 수 있는 건가.

묘한 설렘에 어쩐지 무안해진 성현은 보는 사람도 없건만 고개를 한 번 흔들었다. 그러나 속도를 높이는 발걸음이 조금 전과 다르게 가벼웠다.

동희는 절친이자 늘 마음속 한곳에 애잔함이 가득한 효은이 둘째 오빠인 동주와 결혼을 하게 되어 당사자들보다 더 신이 났다.

결혼식 준비도 직장 생활로 바쁜 두 사람을 대신해 엄마인 문 여사와 제 일처럼 꼼꼼히 챙겼다. 부족함 없이 결혼식을 준비하고픈 마음에 최선을 다했다.

지금도 준비할 것이 있어 잠시 야외 식장을 벗어나던 참이었다. 동주와 효은이 테이블마다 돌며 참석해 주신 지인들에게 감사 인사를 전하는 모습이 눈에 띄었다. 흐뭇한 엄마 미소를 짓던 동희는 순간적으로 발을 헛디디며 테이블을 짚었다. 하이힐이 잔디 속으로 깊게 박혀 몸의 중심이 흐트러졌기 때문이다.

"엄마야!"

손에 잡히는 테이블보를 잡아당기며 누군가의 가슴으로 힘차게 떨어졌다. 뒤에 있던 사람은 자신에게 돌진해 오는 그녀의 몸을 얼떨결에 받아 안았다. 동희는 얼굴도 쳐다보지 못하고 죄송하단 말부터 연신 내뱉었다.

"죄송합니다. 정말 죄송해요."

사과하고 시선을 천천히 올리던 중 남자의 하얀 와이셔츠 위로 붉은 물이 선명한 것을 발견하곤 사색이 되었다. 분명 자신의 실수 탓이다. 덜렁대는 성격이 기어이 사고를 불러일으켰다. 어쩐지 별 사고 없이 진행되나 했다. 입술을 질끈 깨물고 미간을 좁히던 동희가 순간적으로 감았던 눈을 살며시 뜨고 고개를 올렸다.

속으로 자책하며 안절부절못하던 그때 그녀의 귓가에 깊고 그윽한 목소리가 울렸다. 섹시한 목소리, 동희의 팔뚝에 소름이 돋았다.

"먼저 몸부터 바로 세우는 게 어떨까 싶은데요. 계속 안겨 있고 싶다면 또 모르지만."

그 말을 듣자마자 동희가 벌떡 일어섰다. 저 순발력에 이런 실수를 했을까 싶은 빠릿빠릿한 동작이라 성현은 어처구니가 없었다. 그는 야외 식장에 들어서면서부터 동희를 눈여겨보고 있었다. 어떻게 결혼식을 올리는 신랑 신부보다 행복한 미소를 짓고 있는지. 그 모습이 신기하기도 하고 귀여워 보이기도 했다.

식을 보다 동희의 위치를 놓친 그는 주변을 훑었다. 어차피 신랑 신부야 특별히 자신이 축하를 안 해도 잘 먹고 잘살 게 분명하니 식이 끝나기만을 기다리는 중이었다.

순간 그녀가 눈에 들어왔다. 무슨 일인지 급하게 뒤쪽으로 걸음을 옮기고 있었다. 그러면서도 힐끔힐끔 신혼부부를 쳐다보며 흐뭇한 미소를 연신 짓는 모습이 위태로워 보였다. 염려스럽긴 했지만 자신에게 다짜고짜 돌진하는 것도 모자라 음료까지 쏟을 줄이야.

"허 참."

못마땅함인지 기가 막힘인지 모를 헛웃음이 저절로 흘러나왔다. 동희는 그를 살벌하게 노려보았다. 마치 너 여기 왜 왔느냐, 묻는 듯한 눈빛에 그가 실소를 지었다.

"뭡니까, 지금?"

"여기서 뭐하세요?"

"결혼식 초대받아 왔습니다. 내가 못 올 곳에 오기라도 했습니까?"

자신은 나이답지 않게 근엄하고 말이 별로 없는 애늙은이 교수라는 평을 받고 있다. 그런데 이상하게 이 여자만 만나면 장난스러운 말을 내뱉는 등 행동이 달라졌다.

이제 겨우 두 번의 만남인데도 그녀는 그의 안에 숨어 있던 무언가를 끄집어냈다. 순수하고 아름다웠던 소년 최성현을. 그는 자신도 모르는 사이 자꾸만 그녀에게 장난을 치고 심술을 부렸다. 마치 사춘기 소년이 마음에 드는 여학생에게 일부러 못되게 구는 것처럼.

안 그래도 동그란 동희의 눈이 더 동그래졌다.

"초대라고요? 누가 초대했는데요?"

이 자리에 당신을 초대한 사람이 없을 거란 걸 확신한다는 듯 따지고 들었다.

"누가 초대했으면요? 그게 현동희 씨랑 무슨 상관입니까?"

쉽게 사정 얘기를 하면 될 것을 꼭 그녀의 입에서 통통거리는 말이 나와야 대답을 하게 된다. 이상한 일이다.

"상관있죠! 혹시 효은이? 아니야, 효은인 아닐 거고…… 오빠도 아닌 게 분명한데? 그럼 누가 초대했다는 거죠?"

성현은 날을 세우는 여자를 한심한 듯 보았다. 이 여자 오지랖이 장난 아니다. 그가 어떻게 왔건 놀라고 화를 낼 일은 아닐 텐데 동희의 과한 반응이 이해가 되지 않았다. 더 신기한 것은 그게 또 밉지가 않았다. 자신이 이상한 건가.

"선봤던 여자 결혼식에 차인 남자가 참석하는 경우는 거의 없지 않나요? 설마 이상한 짓 하려는 건 아니죠?"

갑자기 떠오른 생각에 동희가 경악하며 눈에 불을 켜고 성현을 노려본다.

아침부터 귀찮음을 무릅쓰고 결혼식에 참석했더니 범죄자 취급까지 한다. 일진 하나 더럽게 재수 없다고 성현은 생각했다. 게다가 차인 남자라니! 저런 말은 생전 처음이다. 주선해 주신 부모님 체면을 생각해서 두어 번 만난 여자에게 차였다는 오해나 받고!

"그게 무슨 말도 안 되는……."

동희의 말에 헛웃음을 흘리며 고개를 젓던 성현이 흠칫했다. 주변에 있던 사람들이 묘한 눈초리로 그를 보며 쑥덕거리기 시작한 것. 잠시 잊었다. 이곳은 은현 재단 이사장 따님의 결혼식이다. 다시 말해 은현 대학 관계자들과 교수들이 많았다.

망신살이 뻗쳐도 유분수지! 험악하게 인상을 굳히고 이를 악문 성현은 급히 동희의 입을 한 손으로 틀어막았다. 성현은 그녀의 팔을 잡아끌어 식장 밖으로 질질 끌고 나왔다.

"읍, 이겅 난요, 이게 뭐하는……."

그에게서 벗어나기 위해 허우적거리는 동희를 싸늘하게 노려보았다. 이 여자랑은 무슨 액이 꼈나 보다. 왜 꼭 이상한 상황에서 만나게 되는 걸까. 아니, 그녀만 만나면 상황이 이상해지는 걸까? 알 수 없는 일이다.

가볍게 한숨을 내쉬던 성현이 억 소리를 지르며 입을 막았던 손을 놓았다. 동희가 야무지게 그의 손가락을 깨물어 버린 것이다. 그가 손을 떼자 동희가 헉헉대며 숨을 몰아쉬었다. 그의 손바닥에는 그녀의 치아 자국이 가지런히 새겨져 있었다.

"퉤퉤……."

성현의 손이 닿았던 입술을 닦아 내며 큰 눈을 살벌하게 부라렸지만 그가 보기엔 귀여운 토끼의 반항에 지나지 않았다. 그래 봤자 살쾡이도 못 되면서.

"도대체 뭐하는 겁니까."

"그쪽이야말로 뭐하는 거예요! 왜 남의 입은 막고 그래요. 더럽게!"

"아니, 그러게 왜 쓸데없는 말로 멀쩡한 사람을 이상한 사람으로 만듭니까."

동희가 눈알을 또록 굴리며 성현을 노려보았다. 방귀 뀐 놈이 성낸다고 지금 남의 성스러운 결혼식에 와서는 안 될 사람이 와 놓고 어디서 짜증인지. 그럼 가만있으라는 말인가. 왜 자기가 성을 내고 난리야. 동희가 그에게는 위협도 되지 못하는 눈을 치켜뜨며 따졌다.

"쓸데없는 말이라뇨? 그쪽 효은이랑 선본 것 맞잖아요."

"그렇긴 하죠."

"그리고 효은이나 오빠한테 결혼식 초대받은 것도 아니죠?"

"그건……."

"이것 봐, 이것 봐. 이러면서 뭐가 쓸데없는 말이래. 선보고 차인 여자 결혼식에 초대도 안 받은 사람이 떡하니 와 있는 건 도대체 어느 나라 문화래요? 그러고도 내 말이 틀렸다고 할 수 있어요?”

성현은 너무나 어이가 없으면 말문이 막힌다는 걸 처음으로 체험했다. 아버지 때문에 내가 별꼴을 다 당한다.

이를 사리물은 성현이 가늘게 뻗은 눈꼬리를 위로 휙 추켜올리며 눈을 부릅떴다. 보기 좋게 뻗어 있던 섹시한 눈매가 한순간에 독기를 품고 푸른빛을 발했다.

동희가 흠칫 놀라 한 발짝 뒤로 물러서며 주변을 둘러보았다. 결혼식이 열리고 있는 야외 식장에서 조금 떨어진 곳이라 사람들이 보이지 않았다. 게다가 커다란 연못을 끼고 늘어진 수양버들에 으슥한 느낌마저 들었다.

설마 저 사람 나한테 해코지하려는 건 아니겠지. 그래도 대학교수인데.

성현은 말도 안 되는 말에 화가 났으나 겁먹은 그녀의 모습을 보니 기운이 빠졌다. 고개를 절레절레 흔들던 그는 두 손을 어깨높이로 들어 올리며 항복 표시를 했다.

“우선, 내가 이 결혼식에 참석한 이유는 간단합니다. 오늘 아침 우리 아버지께 피치 못할 사정이 생기셔서 내가 대신 참석한 겁니다. 이해했으면 치한 보는 것 같은 눈빛으로 쳐다보지 좀 마세요.”

성현이 대학에서 강의하듯 차근차근 동희에게 상황을 설명했다. 동희가 긴가민가하는 눈빛으로 그를 뚫어지게 노려보았다. 그 모습이 마치 거짓이 있나 없나 살피는 듯해 성현은 기가 찼다. 이거야 원, 남의 결혼식 파투 내러 온 미친놈에 여자를 때리는 파렴치한까지. 평생 겪을 모든 치욕을 오늘 다 겪는 것 같다.

"은효은 씨랑 선을 봤다는 게 무슨 큰 죄라도 됩니까? 내가 이 결혼식에 참석 못 할 이유는 또 뭡니까? 그리고!"

동희가 내심 자신의 과한 행동에 무안함을 느낄 때였다. 그가 말을 끊으며 그녀를 지그시 응시했다. 동희의 심장이 움찔하며 오그라들었다.

"현동희 씨의 선부른 말로 실추된 내 명예와 자존심은 어떻게 보상하실 건지 묻고 싶군요."

"네?"

동희가 안절부절못하며 눈썹을 급하게 깜빡거렸다.

어쩌지.

멀쩡한 결혼식 하객을 파렴치한 취급을 했으니 저라도 화가 났을 것 같았다. 당장 쥐구멍이라도 찾고 싶었다.

"대답해 보십시오."

"무, 무슨…… 대답이요."

"모르지 않을 텐데요. 난 학교에서 학생들을 가르치는 선생입니다. 도덕관념은 나에게 절대적인 모럴이죠. 거기다 재단 이사장님 따님의 결혼이니 식장에 있던 사람 중 날 아는 사람도 분명 있었을 겁니다. 그런데 현동희 씨가 그 사람들이 보는 데서 날 세상에 다시없을 불한당으로 만들어 놨으니 그걸 어떻게 책임질 건지 묻고 있는 겁니다."

어떡하지. 누가 대학교수 아니랄까 봐 말을 또박또박 잘도

한다. 동희는 속으로 코웃음을 쳤다.

도덕관념 좋아하네. 내가 대낮에 여자랑 호텔 객실로 들어가는 거 다 봤거든요. 이 사람이 어디서 되도 않는 거짓말이람.

하지만 그런 얘기를 할 처지가 아니다. 우선은 이 자리를 모면하고 싶었다. 빨리 결혼식장으로 가 봐야 하기도 했고. 어떡하나. 대충 사과하는 척하면 될까. 동희는 눈알을 요리조리 굴리다 슬쩍 성현의 눈치를 봤다. 그는 진지한 눈빛으로 그녀를 쏘아보고 있었다. 얼른 눈을 내리깔며 동희는 입술을 깨물었다. 오늘 여러 가지 사고를 치는구나, 현동희.

"미안해요. 제가 실수한 것 같네요."

"그걸로 때우는 겁니까?"

"네?"

어영부영 대충 넘어가려다 싸늘한 대꾸가 날아오자 놀란 동희는 허옇게 질린 얼굴로 성현에게 되물었다. 꼼짝없이 덫에 걸린 연약한 짐승 같은 모양새였다. 조금 전과는 판이하게 다른 상황이 전개되었다. 오늘의 운세를 좀 보고 나오는 건데. 동희는 생전 하지도 않았던 생각을 하며 머리를 굴렸다.

성현은 비죽하니 웃음이 나오려는 걸 억지로 참았다. 이제 이 여자의 성격을 알 것 같다. 처음 봤을 때도 그랬지만 현동희는 순진하다. 그리고 의도치 않은 사고를 잘 친다. 하지만 자신이 친 사고에 대해서는 확실하게 책임질 줄 안다.

단 두 번의 만남으로 성현은 동희에 대해서 정확한 판단을 내렸다. 이 여자는 자신의 밥이다. 그럼 슬슬 쌀을 한 번 씻어 볼까. 성현은 진지한 표정을 풀지 않으며 목소리에 더욱 힘을 주고 묵직하게 내뱉었다.

"그쪽이 나에게 사과해야 할 일들을 조목조목 따져 봅시다. 우선……."

"잠깐만요. 지금 그걸 따지겠다는 거예요? 여기서요?"

동희가 성현의 말을 급하게 막았다.

이 남자가 미쳤나.

그녀는 믿을 수 없다는 얼굴로 그를 보며 마저 말을 이었다.

"저기요, 여기 결혼식장이거든요. 어디 세미나에서 토론 중인 줄 아시는 모양인데 저 빨리 가 봐야 해요. 그냥 제 사과받아 주시고 끝내죠."

"그럼 오늘은 그쪽도 많이 바빠 보이니 내가 양보하겠습니다. 하지만 난 사과할 땐 사과하고 사과받아야 할 때도 확실하게 받는 성격이라 이대론 못 넘어갑니다. 언제 만날까요?"

성현이 이제야 깨달았다는 듯 고개까지 주억거리더니 말했다.

동희는 처음으로 콧구멍이 뚫려 있어 숨을 쉰다는 말이 이해가 되었다. 이 남자 덕에 여러 가지 속담의 진정한 뜻을 깨닫게 된다. 이런 배움을 주는 사람인 걸 보니 대학교수가 맞긴 맞나 보네.

아니, 근데 만나다니?

"만나다니요?"

"그쪽하고 나."

"우리가 왜 만나야 하는데요?"

"몰라서 묻습니까? 당신이 나에게 사과해야 할……."

성현이 무덤덤한 얼굴로 다시 사과 운운하는 말을 꺼내자 동희는 뒷골이 당겨 왔다. 이러다 젊은 나이에 혈압 올라 쓰러지게 생겼다. 이를 부득부득 갈며 동희가 그의 말을 다시 막았다.

"좋아요. 만납시다, 만나요. 젠장."

생전 잘 쓰지도 않는 욕을 말끝에 붙이며 동희가 항복했다. 성현은 그제야 슬며시 입꼬리를 올리고는 그녀에게 휴대폰을 내밀었다. 뭐 어쩌라고, 하는 그녀의 눈빛을 모르는 척 턱짓까지 했다. 동희는 땅이 꺼져라 한숨을 내쉰 뒤 그의 휴대폰에 번호를 찍었다.

"꼭 이렇게까지 해야 하는 거예요?"

얼마나 철저한지 성현은 그녀의 핸드폰으로 전화까지 해 확인을 한 후에야 만족스런 미소를 지었다. 그리고 몇 발짝 물러서더니 정중하게 고개를 숙여 보이곤 뒤돌아섰다.

"빠른 시일 안에 연락할 테니 핑계 댈 생각하지 마세요. 서로 누군지 뻔히 아는 마당에 유치한 짓 안 하리라 믿습니다. 그럼, 이만."

성현이 어깨 위로 휴대폰을 든 손을 들어 흔들며 성큼성큼 야외 결혼식장을 빠져나갔다. 동희가 얼이 빠진 얼굴로 사라져 가는 그의 뒷모습을 멍하니 바라보았다. 귀신에 홀린 것 같다. 잠깐 사이에 무슨 일이 있었던 거지? 순식간에 그는 전화번호를 받아 내고 만날 약속까지 잡았다.

"왜 이렇게 덜렁대니, 현동희! 잘 알지도 못하는 사람한테 번호까지 주고 잘하는 짓이다."

동희는 정신 나간 여자처럼 중얼거렸다. 하지만 이미 들어줄 사람은 아무도 없었다.

"동희야! 어디 갔었어? 한참 찾았잖아."

반쯤 정신을 빼놓은 동희가 털레털레 결혼식장으로 다시 돌아왔을 때 효은이 반갑게 손짓을 하며 다가왔다.

"신부가 찾을 사람이 없어서 날 찾아? 인사 다 끝났어?"

"응. 이제 공항 가려고 너 찾았지."

"그래, 가야지. 동주 오빠는?"

"부모님들께 인사드리고 있어. 나도 인사하다가 네가 보여서 온 거야."

효은의 말에 동희는 고개를 끄덕였다. 정신 차리자, 현동희. 이상한 남자에게 휘둘려서 효은의 결혼을 망칠 순 없어. 연락이 온다 해도 받지 않으면 되지. 내가 무시한다는데 지가 어쩔 거야. 생각을 정리하고 나니 소란스럽던 마음이 가라앉았다. 동희는 파랗게 드높은 하늘 한 귀퉁이를 눈이 찢어져라 노려보았다.

거칠게 머리를 냅다 휘저은 동희가 입술을 삐죽이며 고개를 돌렸다. 어느새 동주가 효은의 곁에 서서 한심하다는 눈빛으로 그녀를 보고 있었다. 혀까지 끌끌 차면서.

발끈해서 한마디 하려던 동희는 효은의 걱정스러운 눈빛을 보고 입을 다물었다. 마음이 태평양 같이 넓은 내가 참아야지. 하지만 사납게 동주를 꼬나보는 눈빛만은 숨기지 못했다.

"에이, 진짜 쪽팔려서……."

"현동희! 너 말 그따위로밖에 못 해? 아직도 오빠가 네 말투를 고쳐 줘야 하냐?"

"오빠는 자기 결혼식 날까지도 동생을 못 잡아먹어서 안달이야!"

오빠의 타박에 기어코 빽 소리를 지른 동희가 성현을 생각하며 이를 갈았다. 젠장, 만날까? 만나서 매운맛을 한 번 호되게 보여 줘? 동희는 심각하게 고민했다.

❈ ❈ ❈

경쾌한 신호음을 울리며 동희의 휴대폰이 부르르 몸을 떨었다. 남자 아이돌 그룹의 최신곡으로 만든 벨 소리다. 요즘 동희가 푹 빠져서 정신을 못 차리는, 날로 회를 쳐 먹어도 하나도 비릴 것 같지 않은 싱싱하고 상큼한 아이돌이 포진하고 있는. 음악 소리만 으로도 흐뭇해진 동희가 아무 생각 없이 전화를 받았다. 발랄한 음성이 마치 새콤한 사과를 한입 크게 베어 물은 것처럼 상쾌했다.

"네, 현동희입니다."

—최성현입니다.

이런, 젠장.

귓가에 댔던 휴대폰을 떼고 급하게 액정을 확인했다. '꿩 대신 닭' 이라는 이름이 둥실 떠 있다. 그의 전화번호 발신자 표시에 장난삼아 입력해 놓은 '꿩 대신 닭' . 동희는 그의 번호를 삭제해 버릴까 어쩔까 고민하다 뭔가 아쉬운 마음이 살짝 남아 그대로 두었었다.

아, 어쩌지. 아직 마음의 결정을 못 내렸는데.

동희는 당혹스러운 마음에 순간적으로 전화를 끊어 버렸다. 어쩌자고 발신자 확인도 안 하고 전화를 받았을까. 입술을 깨물며 미간을 좁히고 있는데 다시 벨 소리가 울렸다. 액정을 보니 역시 그다.

꿩 대신 닭

대꾸도 안 하고 전화를 끊어 버렸으니 다시 전화한 것이겠지. 전화가 울리는데도 받지 않고 부모 죽인 원수 바라보듯 하는 동희를 같은 사무실의 동료들이 인상을 쓰며 나가라는 듯 손짓을 한다.

"일하는데 방해하지 말고 나가서 받읍시다."

그녀는 빨개진 얼굴에 손부채질을 하며 휴대폰을 들고 사무실을 나왔다. 휴대폰은 열심히 음악을 토해 내고 몸을 떨어 대

다가 조용해졌다. 겨우 잠잠해진 휴대폰을 바라보며 다행스럽다는 한숨을 크게 내쉴 때였다. 문자가 도착했다는 알림이 떴다. 딸꾹, 동희는 숨을 쉬다 놀라 딸꾹질을 시작했다. 두근거리는 가슴을 톡톡 두들기며 액정을 보니 역시나 그였다.

꿩 대신 닭

동희는 보는 사람이 없는데도 불구하고 주변을 두리번거리다 슬며시 메시지를 확인했다.

〈내가 어디까지 할 수 있는가를 확인하고 싶은 거라면 얼마든지 해 봅시다. 이번에도 전화를 받지 않으면 좋은 구경할 수 있을 겁니다.〉

이젠 아주 협박까지 하네.

죄지은 것도 없는데 어깨가 움츠러들고 몸이 바들바들 떨려왔다. 전화를 받지 않으면 어쩌겠다는 건지 알 수가 없어서 더 초조했다. 어디선가 자신을 보고 있을 것 같은 느낌이라고나 할까. 동희는 놀란 눈을 동그랗게 뜨고 조심조심 주변을 살폈다. 입안의 침이 바싹 마르는 것 같았다.

어쩌지. 나 아무래도 질 나쁜 남자에게 걸렸나 봐.

그때 다시 벨 소리가 울렸다. 화들짝 놀라 휴대폰을 떨어뜨릴 뻔했다. 재빨리 손바닥에 안착시킨 후에 내키지 않은 표정으로 화면을 보니 다시 얄미운 네 글자가 떠 있었다.

꿩 대신 닭

액정을 다시 한 번 확인했다. 어디선가 최성현이 그녀에게 음침한 미소를 보내며 다가오고 있는 것 같았다. 그가 넓게 그물을 펼치고 점점 좁혀 오는 느낌에 등골을 타고 식은땀이 흘렀다. 그녀는 있는 대로 미간을 좁히고 혀로 입술을 축이며 밝은 빛을 내뿜고 있는 휴대폰을 노려보았다.

"끊어져라! 끊어져라!"

마치 주문을 외우듯 중얼거렸지만 벨 소리는 점점 절정으로 치달았다. 동시에 그녀의 심장도 같은 속도와 비트로 가파르게 상승했다. 두근두근. 마침내 동희가 입술을 꾹 깨물며 전화를 받았다. 세상사 죽기 아니면 까무러치기지. 설마 무슨 일이야 있겠어. 호랑이에게 물려 가도 정신만 바짝 차리면 산다고 했으니까.

"여보세요!"

동희가 원한에 가득 찬 목소리로 냅다 소리를 질렀다.

—현동희 씨, 생각보다 현명하군요.

아니, 이 남자가 지금 뭐라는 거야! 자기가 대학교수면 다야? 동희가 기막힌 표정으로 휴대폰을 움켜쥐었다. 잘하면 오늘 그녀의 휴대폰이 세상 하직하는 날이 될 판이다. 이를 악문 동희가 흥분을 가라앉히려 애쓰며 차분하게 대꾸했다.

"용건이 뭔가요? 가만 보면 최성현 씨는 아주 협박이 일상이신 것 같네요."

—우리 만나야지요. 그게 용건입니다.

"우리가 왜 만나야 하는데요?"

—또 말이 달라지는군요. 현동희 씨는 오늘 다르고 내일 다른 사람입니까? 왜냐고 묻는다면 또 길게 설명해 드릴 용의 충분합니다만.

성현의 느물거림에 질린다는 표정을 지은 동희는 다시 휴대폰을 죽일 듯 노려보았다. 아니, 무슨 교수님이 이래! 이건 협박이 아주 수준급이잖아. 그래도 만나잔다고 덥석 그럴 수는 없지. 나 현동희거든. 날 아주 우습게 봤어, 당신!

"그러시죠. 설명해 보세요. 저도 들어 보고 싶네요. 내가 왜 그쪽을 만나야 하는지."

—첫째, 당신 그날 나한테 실수한 게 아주 많습니다. 그냥 사소한 것이라고 대충 사과하고 넘어갈 생각 마십시오. 그 사과, 받을 마음 난 없으니까.

성현이 깔끔하게 밑밥을 깔았다. 동희의 반박을 받아들이지 않겠다는 강한 의지의 표명이다. 동희가 입술을 잘근잘근 씹었다.

이 남자가 진짜 해 보자 이거지. 좋아.

"그러니까 말씀해 보시라고요. 제가 뭘 그리 석고대죄 할 만큼 큰 실수를 했는지."

—그냥 들으세요. 내가 얘기할 테니.

성현의 딱 자르는 말투에 동희가 이를 악물었다. 이 사이로 빠져나오는 뜨거운 숨이 용암으로 분출될 것처럼 화르륵 타오른다. 마치 그녀의 행동을 본 것처럼 성현이 가볍게 웃는 듯한 소리가 휴대폰 너머로 들려왔다.

—우선 내가 그 결혼식장에 갈 이유가 타당했음에도 불구하고 당신은 날 파렴치한으로 취급했습니다. 인정하십니까?

성현은 법정에 선 승률 100%의 검사인 양 싸늘하게 물었다. 순식간에 분위기가 바뀌었다. 말만 들어도 한겨울 눈 속에 파묻힌 것처럼 냉기가 온몸을 타고 올랐다. 동희가 침을 꿀꺽 삼키고 주먹을 불끈 쥐었다.

"뭐, 그건 몰랐으니까 그랬다 치죠."

—그랬다 치다니요. 그런 말이 어디 있습니까. 분명히 현동희 씨는 신빙성 없고 터무니없는 말로 나에게 모욕감을 안겨줬습니다. 인정하시죠.

동희가 빠드득 이를 갈았다. 모르면 그럴 수도 있지. 정말 치사한 남자다.

"그래요. 그건…… 뭐 그랬어요."

—대답이 썩 만족스럽진 않지만 그냥 넘어가죠.

마치 봐준다는 것 같은 그의 말에 동희의 미간이 확 일그러졌다.

—그리고 다음은…….

성현은 말을 잇지 않고 침묵했다. 동희는 또 끼어들었다가 조금 전처럼 한마디 들을까 싶어 조용히 기다렸다. 한동안 기다리던 그녀가 전화가 끊겼나 의심이 들어 액정을 들여다보니 아직 통화 중이었다. 어찌된 건가 싶은 마음에 동희가 조심스럽게 성현을 불렀다. 마치 야단맞을까 겁먹은 초등학생 같은 태도다.

"저기요, 아직 거기 계세요?"

—네, 아직 있습니다. 어디까지 얘기했죠?

"그다음……."

성현의 물음에 반사적으로 대답하며 동희는 제가 지금 뭘 하고 있는지 어안이 벙벙해졌다. 최성현은 교수가 될 게 아니라 검사가 되었어야 했다. 조목조목 따지는 솜씨가 아주 능수능란했다. 상대방을 꼼짝 못 하게 압박한다.

—그렇군요. 다음, 현동희 씨는 내 옷을 망쳐 놨지요. 음료가 쏟아진 건 보셨지요?

"네, 뭐……."

—그 붉은 음료가 잔뜩 묻은 옷을 입고 내가 집까지 왔습니다. 모든 사람이 쳐다보는 시선 속에서 내가 어땠을 것 같습니까?

"그, 글쎄요. 조금 창피했겠죠?"

—조금이라고요? 그런 시선을 견디는 건 쉽지 않았습니다. 현동희 씨는 그 또한 사과를 해야 합니다. 그리고…….

성현의 목소리가 그때의 생각만으로도 수치스러운지 부들거리는 것 같았다.

"또 있나요?"

보자 보자 하니 이 사람이! 사람을 보자기로 아는지 최성현의 태도가 아주 가관이다. 기가 막혀 동희의 태도가 불퉁했다.

—당연히 있습니다. 마지막으로 현동희 씨는 그 많은 사람 앞에서 내게로 돌진해 와 안겼습니다. 총각 가슴에 안겨 놓고도 잘못을 모르니 현동희 씨는 책임을 져야 합니다. 알아들으셨습니까?

아니! 못 알아들었는데요. 총각 가슴에 안긴 건 일부러 그런 게 아니거든요. 그게 최성현 씨인지도 몰랐고요.

실수로 넘어지다 안긴 걸 희대의 팜므파탈처럼 말하니 동희는 속으로 버럭 소리를 질렀다. 하지만 따지고 들면 또 성현의 말발에 밀릴 것이 분명해 그녀는 아무 말도 하지 않기로 했다. 그녀가 침묵하자 성현이 다시 제 할 말을 한다.

—이 모든 상황을 정리하고 사과를 받으려면 만나야 하지 않겠습니까. 동의하시지요? 그럼 언제, 어디서 만날까요?

성현이 북에 장구까지 다 치곤 말을 끝맺었다. 동희는 휴대폰을 향해 입술을 삐죽이며 혀를 내밀었다. 약속해도 안 나가면 그뿐이지. 날 죽일 거야, 살릴 거야.

"마음대로 정하세요."

—좋습니다. 날짜, 시간, 장소 정해서 문자로 보내 드리겠습니다. 약속 어기시면 안 됩니다.

"아, 네에."

성현의 말에 동희가 영혼 없는 대답을 철석같이 하고 통화를 끝냈다.

백날을 기다려 봐라. 내가 나가나. 한 번 오지게 바람맞아 보라지. 애인도 있으면서 선이나 보러 다니는 나쁜 놈 같으니라고.

동희가 자신의 전화를 끊어 버린 후 받지 않자 성현은 화가 솟구쳤다. 조용히 신사적으로 끝날 수도 있는 일을 크게 만들고 있는 건 현동희였다.

그가 그녀에게 문자를 보내 겁을 좀 주었더니 그제야 전화를 받고 협박 운운하며 씩씩거리는 동희의 숨소리가 휴대폰 너머로 들려왔다. 성현은 피식 웃음을 흘렸다.

이 여자, 정말 귀엽다. 이리 찌르면 이리 반응하고, 저리 찌르면 저리 반응하는 게 꼭 어릴 때 데리고 놀던 강아지 같다.

성현은 휴대폰 너머의 동희 얼굴이 눈앞에 선연히 보이는 듯해 섹시한 입매를 비스듬히 끌어 올리며 진한 미소를 지었다.

성현은 자신이 눈꼬리까지 휘며 웃고 있다는 사실을 알지 못했다. 매사 반듯하고 자로 잰 듯한 그의 무방비한 웃음은 보는 이의 가슴을 설레게 만들기에 충분했지만, 불행히도 그 모습을 본 사람은 아무도 없었다.

그러나 만날 이유를 말해 보라고 따지는 것 같은 그녀의 당찬 대답에 성현이 작게 코웃음을 쳤다. 이렇게 나오시겠다.

성현의 입가에 웃음이 슬쩍 걸렸다.

저에게 모욕감을 줬다며 그녀를 몰아붙이자 어물거리는 대답이 돌아왔다. 성현의 입가에 장난스러운 미소가 슬며시 떠올랐다. 눈앞에 없어도, 목소리만 듣고도 모든 행동이 빤히 보이는 여자. 그래서 더 약 올리고 그녀의 행동을 상상하게 되는 여자. 현동희란 여자의 허술하면서도 통통 튀는 매력이 바닷가에 가까워질 무렵 느닷없이 닥쳐오는 운무처럼 성현을 감싸고돌았다.

성현은 늘 틀에 박힌 듯 바른생활맨으로 살아야 했다. 아버지는 총장인 데다 그는 최연소 정교수였다. 노교수들에게 트집 잡히지 말아야 했고, 아버지의 명성에 누를 끼치지 말아야 했다.

젊고 잘생긴 미혼의 교수에게 보내지는 짙은 유혹의 눈길은 덤이었다. 여대생들은 학생이 아닌 여자로 대해 주길 원했다. 소란스러운 주변을 성현은 싸늘한 냉기와 얼음 같은 결기로 버텨 냈다. 그런 그에게 작은 유희가 생긴 셈이었다. 현동희라는 못 말리게 귀엽고 사랑스러운 캐릭터. 그는 자신의 마음을 좀 더 들여다보기로 결정했다.

통화 중에 조교가 교수실로 들어왔다. 손짓으로 리포트를 책상에 두라는 신호를 하고 잠시 다음 수업에 대한 공지를 전달 하던 중인데 그새를 못 참고 동희가 말을 걸어왔다. 아직 거기 있느냐고. 그것도 아주 겁먹은 토끼처럼 눈치를 보며 조심스럽게. 정말 귀여운 여자가 아닌가. 성현은 동희의 물음에 입매를 부들부들 떨며 웃음을 참았다.

가슴 가득 안고 온 리포트를 책상에 올려놓고 지시를 듣던 조교의 눈이 경악으로 커다랗게 뜨였다. 세상에, 무심하기가 조선 시대 선비 같고 칼 같은 최성현 교수님이 웃었어! 웃고 계셔! 절대로 웃음을 보이지 않는 냉골 교수님이 무언가 너무나 사랑스럽다는 표정으로! 아니, 그냥 너무 웃겨 죽겠다는 표정이신가? 하지만 확실한 한 가지는 최 교수님이 웃을 수 있는 사람이란 사실이다.

조교는 당장 나가자마자 이 사실을 만천하에 알려야겠다는 사명감에 불타 주먹을 불끈 쥐었다. 성현은 조교에게 나가라는 손짓을 하곤 책상에 엉덩이를 슬쩍 걸치며 동희를 놀리는 재미에 푹 빠져들었다.

자신의 페이스대로 통화를 끝낸 성현은 그 시각, 동희의 머릿속에 자신이 어떤 이미지로 각인되어 있는지도 모르고 입술을 길게 늘였다.

어디서 만날까 신중하게 고민하며 휴대폰의 액정을 손끝으로 톡톡 두드렸다. 그리고 자신이 아는 맛있고 분위기 있는 장소를 하나하나 떠올렸다.

"순진한 여자 같으니라고. 이렇게 무르니……."

무의식적으로 중얼거리던 그는 동희에게 열중하는 제 모습이 생경해서 피식 웃었다. 내 취향이 이런 스타일이였나. 현모양처처럼 조신하고 우아한 타입보다 어리버리하고 사고뭉치인 덜렁이가 좋은 모양이다.

하긴, 그동안 선본 여자들은 모조리 청담동 며느리 스타일의 여자들뿐이었으니 그리도 답답하고 짜증이 났겠지. 성현이 씩 입꼬리를 비틀며 실소를 지었다. 서른이 넘어서야 제 취향을 알게 되었으니. 한심하기도 하고 다행이라는 생각도 들었다.

❖ ❖ ❖

"으아악! 퇴근이다!"

동희가 두 손을 번쩍 치켜들며 작게 소리 질렀다. 같은 입장의 사원들은 모두 그녀의 생각에 동조하는 듯 얼굴이 밝아졌다.

"팀장님, 퇴근 안 하세요?"

"현동희 씨가 왜 내 퇴근을 챙깁니까?"

"상사가 퇴근을 안 하는데 부하 직원이 먼저 할 수는 없잖아요. 사모님 기다리시겠다. 빨리 들어가세요."

팀장을 제외한 모든 직원은 고개를 끄덕였다.

얼굴도 예쁜 사람이 어쩜 저리 말도 예쁘게 할까. 옳은 말이로다. 팀장님 퇴근하세요, 제발.

홍보 팀의 윤 팀장은 얼굴이 붉으락푸르락 변하더니 인상을 쓰며 호통을 쳤다.

"지금 다들 제정신입니까! 곧 여름입니다, 여름! 백화점의 성수기. 지금부터 이벤트를 준비하고 홍보를 해도 시간이 모자랄 판인데, 퇴근이요? 다들 기획서 작성들은 끝난 모양입니다. 이벤트 공모전 있는 거 압니까, 모릅니까? 모두 홍보 팀의 일 아닙니까. 빨리들 기획서 마무리 짓고 퇴근하세요. 그리고 현동희 씨는 나 좀 봅시다."

용이 불을 뿜듯 일장 연설을 끝낸 윤 팀장이 동희를 따로 불렀다. 분위기가 아주 살벌하다.

그래, 선구자는 힘든 법이야. 그녀는 가당치도 않은 자위를 하며 발걸음을 조심스럽게 옮겼다. 윤 팀장은 홍보실 옆 작은 아이디어 룸으로 들어갔다.

"현동희 씨, 회사 놀러 나왔습니까?"

윤 팀장이 입을 열자마자 돌직구를 날린다.

"우선 죄송합니다, 팀장님. 부하 직원으로서 상사의 심기를 어지럽힌 점 사과드립니다."

이도 저도 아닌 동희의 대답에 윤 팀장의 굵은 눈썹이 휙 치켜 올라갔다.

"하지만 팀장님, 회사에 놀러 나왔느냐는 말은 참 듣기 거북합니다. 저 놀러 나오지 않았어요. 일하려고 나온 겁니다. 열심히 배우려는 의지도 충만하고요."

"그런 사람이 일하자는 독려가 아니라 퇴근 빨리하자는 선동을 합니까!"

팀장의 입에서 기가 차다는 한숨과 함께 노성이 터졌다. 동희가 윤 팀장의 흥분으로 붉어진 얼굴을 바라보며 빙긋 미소를 그렸다.

"오해십니다."

"오해라고요?"

"네! 오해세요. 세상은 변하고 있습니다. 홍보 팀 일은 꼭 책상에 앉아서만 하는 것이 아니라고 전 생각합니다. 거리를 걷거나 친구를 만나 수다를 떨면서도, 연인과 다정하게 영화를 보면서도 얼마든지 할 수 있다고 생각해요."

"하!"

윤 팀장이 어이없다는 듯 눈썹을 쓱 추어올렸다. 마저 말을 해 보라는 듯 턱짓을 한다.

"물론 회사에 출근한 시간만큼은 최선을 다해서 일해야 합니다. 당연한 얘기죠. 하지만 업무가 끝난 후엔 자유로운 시간을 가지며 다음 날을 위한 재충전을 하는 것이 일의 효율을 올리는데 더욱 도움이 되리라 생각합니다. 여러 장소에 가 보고 사람들의 생각을 듣고, 요즘의 트렌드를 보며 무궁무진한 아이디어를 얻을 수 있다고 봅니다. 그래서 제시간에 퇴근하는 것이 사원들의 능률을 올리는 것에 훨씬 좋다고 생각하고요."

"그래서 결론은 뭡니까. 일찍 퇴근해야 한다. 이 말이지요?"

"네. 홍보실의 능률을 위해서는 제시간에 퇴근해야 한다는 말이지요. 특별히 일찍 퇴근하는 것이 아니고요."

동희가 팀장이 한 말의 오류를 콕 집어내며 생긋 미소를 지었다.

천방지축인 줄 알았더니만 여우 같은 면도 있군. 호랑이 아버지 밑에서 토끼가 나오진 않는다는 말인가. 하지만 이론과 실제는 다르니 현장에서 좀 더 굴러 봐야 할 테지. 그게 회장님의 깊은 뜻일 테고.

윤 팀장이 빙그레 미소를 지으며 고개를 끄덕였다. 뭐 나쁘지 않다. 그가 남아 있다고 무조건 홍보실 전 직원이 남아 있으란 법은 없으니까.

"그럽시다. 그럼 자기 일이 끝난 사람만 퇴근하는 거로 합시다."

"네, 팀장님."

동희가 속으로 작게 한숨을 쉬었다. 아버지인 현 회장이랑 가끔씩 주고받았던 토론이 많은 도움을 주었다.

팀장에게 고개를 숙여 보이고 자리로 돌아온 동희는 휴대폰을 흘깃 보았다. 무언가 불길한 기운이 솔솔 풍겨 나왔다. 왜 이러지?

그녀가 머뭇거리다 액정을 터치했다. 떠억 하니 문자 메시지에 알림창이 떠 있었다. 고개를 갸웃거리며 문자함을 열자 눈앞으로 확 다가온 네 글자.

꿩 대신 닭

헉! 어쩌지.

잠시의 고민 끝에 동희는 성현이 보낸 메시지를 열어 보지도 않고 삭제시켰다. 어차피 나가지 않을 약속이다. 내용을 보면 오히려 마음이 약해질 수도 있으니 아예 삭제하는 게 옳다. 이미 버스는 지나가 버렸고 동희는 고개를 흔들며 퇴근을 했다. 신중치 못했던 행동이 나중에 얼마나 큰 나비 효과로, 부메랑으로 다시 그녀 자신에게 돌아올지 그때는 미처 예상하지 못했다.

2

원수는 외나무다리에서

"최, 최성현 씨?"

동희는 이름을 불러 놓고도 믿을 수 없다는 표정이었다. 성현의 모습도 동희와 별반 다르지 않았다. 얼마나 놀랐으면 쓰고 있던 선글라스를 벗어 눈을 한 번 비비고 다시 그녀를 보았을까.

"현동희 씨가 여긴 어떻게?"

도망 다니다 술래를 딱 맞닥뜨린 아이처럼 동그랗게 커진 눈을 깜빡거리고만 있는 동희보다는 성현이 먼저 현실을 인지했다.

"우리가 만나기로 했던 곳이 서울이 아니라 윌리엄스버그였나 봅니다."

그가 금방 제 페이스를 찾고 심술궂게 툭 내뱉었다.

"뭐라고요!"

이 와중에도 농담이 하고 싶을까? 아니, 농담이 아니지. 지금 이 사람은 그때 자신이 약속 장소에 나오지 않았던 것을 꼬아 말하고 있었다. 그런데 그는 짧지 않은 시간을 순식간에 건너뛰고 마치 어제 만난 사람처럼 대하고 있다.

"조용. 갤러리의 태도가 정숙하지 못하군요."

동희가 어처구니없다는 듯 냅다 소리를 지르자 성현이 검지를 입술에 세우고 고개를 흔들었다. 옆에 있는 다른 갤러리들이 인상을 쓰는 모습이 보였다.

골프 경기를 따라가는 갤러리의 기본 태도는 정숙이었다. 선수들의 신경을 흐트러뜨리지 않는 조용한 응원이 기본인데 잠시 잊을 정도로 놀랐다.

"지금 장난해요?"

동희가 마치 복화술을 하듯 입술만 오물거리며 따졌다.

"내가 현동희 씨하고 장난을 왜 합니까? 우리 그런 사이 아닌 거로 알고 있는데."

성현의 대답에 가시가 담겨 있었다. 무의식적으로 나온 거친 대답이었지만 생각지도 못한 장소에서 동희를 만나자 반가운 마음이 들었다.

오랜만에 보는 그녀는 여전히 상큼한 매력으로 자신을 끌어당겼다. 3개월의 시간은 소녀 같던 그녀를 성숙한 여성미까지 갖추게 한 것 같았다는 개뿔. 동희는 여전히 덜렁거렸고 그만 보면 코뿔소처럼 돌진했다.

하지만 그것도 마음에 들었다. 결론적으로 그는 여전히 그녀에게 관심이 지대하다는 얘기였다.

한편으로는 세상 참 좁구나 생각했다. 만나야 할 사람은 어떻게든 꼭 만나게 된다는 것도. 물론 동희가 그의 생각을 안다면 어이없어할지 모르지만 일단 그랬다.

날카로운 지적에 동희가 무안해져 고개를 살짝 돌렸다.

"그러니까요. 전 일 때문에 여기 온 거예요. 최성현 씨는 왜 이곳에 있는 거죠? 설마 날 따라온 건 아니죠?"

동희는 진심으로 마음이 덜컹 내려앉았다. 설마 그럴 리는 없겠지만 도둑이 제 발 저린다고 해야 하나. 그때 문자를 씹고 바람을 맞힌 걸 보복이라도 하려고 따라왔나 하는 말도 안 되는 생각이 잠깐 들었다.

"미쳤습니까? 나도 일 때문에 왔습니다."

그의 눈빛에 황당함이 가득 담기자 동희가 새침한 표정으로 눈을 내리깔았다.

그가 입꼬리를 슬쩍 들어 올렸다. 그 모습이 마치 그녀를 만나 반갑다는 듯 보여 동희는 기분이 묘해졌다.

반가울 게 뭐 있는 사이라고. 오히려 불편한 사이가 맞지.

하지만 그때의 일로 더 이상 그녀에게 뭐라 하지 않는 걸 보니 그다지 속이 좁은 사람은 아닌 모양이다.

뭐 꽤 신사적이긴 하네.

자꾸만 그에 대해 호의적으로 생각하려는 제 자신이 맘에 들지 않아 고개를 절레절레 흔들며 몸을 돌렸다. 빨리 헤어지는 게 상책이다. 그가 여기까지 와서 하는 일이 무엇일까 얼핏 궁금했지만 조그맣게 싹트는 호기심을 밟아 버리며 안녕을 고했다.

"그래요? 알았어요. 그럼 마저 볼일 보세요. 전 이만 바빠서……."

성현이 미간을 슬쩍 찌푸렸다. 외국에서 자국의 지인을 만나기가 얼마나 어려운 일인데. 반가움은커녕 쌀쌀맞기가 초겨울 된서리 같아 도통 이해되지 않았다.

이 여자는 분명 자신에게 실수를 했고 사과를 해야 했으며 자신은 받아야 했다. 그러기로 하고 만날 약속까지 했었는데 아주 거창하게 바람을 맞았다. 그때의 황당했던 기억이 떠오르자 이를 악물었다.

남자의 자존심을 그토록 무참하게 밟아 놓고는…….

눈앞의 여자는 남자가 자존심에 상처를 받으면 얼마나 거칠어지는지 모르는 모양이다. 특히 최성현은 더했다. 성현은 그날 이후 어떻게 하면 동희를 혼내 줄 수 있을까 고민을 했었다.

마침 세미나 참석차 미국으로 올 일이 생기지 않았다면 두 사람의 재회는 좀 더 빨랐을 것이다. 그때라면 정제되지 않은 거칠음으로 그녀를 대했을 테지만, 지금은 시간도 많이 흘렀고 타국에서 지내다 보니 그도 많이 외로웠다. 한 대 쥐어박고 싶은 동희를 만나도 이렇게 반갑고 가슴이 설레는 걸 보니. 성현은 마음 넓은 자신이 이해하자는 생각으로 돌아서는 동희를 부르려 막 입을 열었을 때였다.

"엄마야!"

급하게 서두르다 발이 꼬이는 바람에 이번에는 잔디밭 위로 장대하게 넘어져 버렸다. 성현이 미처 그녀를 잡기도 전에 말이다.

그는 3개월 전 동희가 넘어지며 자신의 가슴으로 돌진했던 상황을 떠올리곤 입술을 휘었다. 조금 전에도 제 가슴팍으로 턱 안기더니. 이 여자와 자신은 무슨 인연인지 만나기만 하면 꼭 무슨 일이 생긴다. 무슨 마가 끼었나 보다.

예전 일을 생각하며 웃던 성현이 동희의 팔을 잡아 일으켰다.

"조심 좀 합시다. 무슨 여자가 매번 넘어지고 자빠지고. 그렇게 덜렁거려서야 원. 혹시 내가 있을 때만 일부러 그러는 거 아닙니까?"

"이봐요. 입에서 나온다고 다 말인 줄 아세요? 그쪽이야말로 조심 좀 하시죠."

동희는 안 그래도 쪽팔려 죽을 지경인데 성현이 빙글거리며 놀리자 순식간에 열이 올랐다. 그녀도 넘어지면서 그때 생각을 했기 때문이다.

이 남자와 엮이면 꼭 이런 일이 생겼다. 아무리 봐도 악연이다. 동희는 고개를 흔들며 일어서다 통증이 느껴져 약하게 비명을 질렀다.

"아야!"

"어디 다쳤어요?"

성현이 그녀의 비명에 깜짝 놀랐다.

"모르겠어요. 발목이…… 앗!"

연이은 그녀의 비명에 그의 얼굴이 심각하게 굳었다.

"좀 봅시다."

그가 무릎을 굽혀 그녀 앞에 앉았다. 동희는 붉어지는 얼굴에 손부채질을 하며 주춤주춤 뒤로 물러섰다. 생각 외로 발목의 통증이 심해 얼굴을 찌푸렸다. 아직 이곳에서의 일정이 남았는데. 하지만 최성현에게 신세를 질 순 없다는 오기가 생겼다.

"아니, 괜찮아요. 최성현 씨는 일 보세요."

"어떻게 그럽니까. 먼 나라에서 아는 사람을 만났는데 도와야죠. 나 누구처럼 그렇게 몰인정한 사람 아닙니다. 여기 앉아봐요."

인상을 잔뜩 찡그린 성현이 도망치는 동희를 못마땅한 표정으로 노려본다. 이 여자는 왜 이렇게 도망치지 못해서 안달일까. 도망가면 잡고 싶은 남자의 심리를 모르는 걸까? 아니면 일부러 그러는 건가?

그는 불쑥 치밀어 오르는 사나운 기세를 지그시 누르며 동희를 나무랐다.

누구처럼? 나 말하는 거지? 지금 이 사람이 지금 누굴 놀려?

그에게 지은 죄가 있으니 소리 내어 말은 하지 못했지만 동희의 마음도 뾰족해졌다.

좀생이 같으니라고.

동희가 도끼눈을 뜨고 그에게 냉정하게 대꾸하려다 발목을 타고 오르는 찌르르한 통증에 입술을 깨물었다. 발목을 살피던 그는 다친 부위를 만질 때마다 인상을 찌푸리는 그녀가 걱정되어 근처 벤치에 앉혔다. 자꾸만 잡아 빼는 발목을 움켜쥐고 살살 돌려 보았다.

"아, 아파요!"

동희의 미간이 심하게 일그러지며 작은 신음이 연신 새어 나왔다. 성현의 얼굴이 심각해졌다.

"인대가 늘어난 것 같습니다. 이거 그대로 두면 금방 부어오를 텐데…… 어쩝니까. 병원에 가 봐야 할 것 같은데요."

"병원이요? 그 정도는 아니에요. 괜찮아요. 지금 업무 중이라 갈 수도 없고……."

동희가 살짝 얼굴을 찡그렸다. 지금 그냥 갈 수는 없다. 이제 겨우 두 홀밖에 안 남았는데. 게다가 경기가 끝나면 신주애 선수 인터뷰도 해야 했다.

동희가 고개를 흔들었다. 하지만 성현은 기가 차다는 듯, 한심하다는 듯 고개를 저었다.

"그 정도 맞습니다. 이대로 방치하면 내일은 아마 퉁퉁 부어서 걷지도 못할 겁니다. 잘하면 서울로 곧장 돌아가야 할지도 몰라요. 그것도 휠체어를 타고. 그렇게 되면 한동안 고생하게 될 겁니다."

과장 섞인 적나라한 표현에 동희가 입술을 깨물며 허공을 노려보았다. 얄미운 말만 하는 성현을 째려보고 싶었지만 참았다.

한숨을 삼키는 그녀의 마음을 아는지 모르는지 그의 말은 계속되었다.

"하지만 더 중요한 건 오늘이 토요일이라 병원들이 문을 닫았다는 게 문제죠. 혹시 일행이 있습니까?"

성현이 깔끔하게 상황을 정리했다. 반박의 여지가 없을 만큼.

동희가 심각하게 미간을 좁혔다. 마음 같아선 일행들 있으니 당신은 꺼지라 말하고 싶었으나 현실은 비루했다.

"아니요. 윌리엄스버그엔 혼자 왔어요."

"그럼 다른 일행들은 어디 있습니까?"

성현이 이해가 안 된다는 듯 눈을 크게 떴다. 어떻게 여자 혼자 이 먼 곳으로 출장을 보낸단 말인가.

"워싱턴DC요."

"워싱턴DC라고요? 흠, 거기라면 조금 거리가 있는데…… 동희 씨가 다쳤다고 해도 쉽게 올 거리는 아니군요. 혹시 이곳에 아는 사람은 있습니까?"

성현이 계속 물으며 눈썹을 찌푸렸다. 그녀가 인상을 쓰며 고개를 저었다. 윌리엄스버그에 아는 사람이 있을 리 없다. 만나지 말아야 할 사람은 있을지 모르지만.

"하아."

답답한 마음에 약하게 한숨을 내쉬었다. 좋지 않은 상황이었다. 게다가 따박따박 대답하고 있는 상황도 못마땅했다.

자기가 뭐라고 사람을 취조하듯 몰아붙여?

그녀의 생각이 표정에 다 드러났지만 성현은 전혀 신경 쓰지 않았다. 그가 생각에 잠긴 듯 잠시 턱을 긁적이다 결심했는지 선글라스를 휙 벗어 주머니에 넣었다. 박력이 넘치는 행동에 동희가 어깨를 뒤로 물리며 움찔했다.

"어려운 상황이군요. 이렇게 합시다."

"네?"

동희의 태도가 조심스러워졌다. 성현이 그런 그녀에게 빠르게 설명하며 시선을 흘깃 던졌다.

"지금 상황으론 현동희 씨 걷기 힘듭니다. 갤러리를 더 이상 할 수 없다는 얘기죠. 하지만 다행스럽게도 짧은 거리의 두 홀만 남았으니 경기는 끝까지 보지 않아도 될 것 같은데 어떻게 생각하십니까."

"네. 끝까지 봐야 하는 게 맞지만 지금 상황이면 대충 결과는 나온 것 같네요."

그나마 불행 중 다행이다. 오전에 다쳤으면 출장 와서 아무것도 한 게 없다며 팀장님에게 한 소리 들었을 것이 뻔했다. 나머지 경기는 결과만 확인해도 될 듯했다. 신주애 선수에게 양해를 구해 대회가 끝난 후 몰아서 인터뷰해도 될 것이다. 고개를 주억이며 생각에 빠진 동희를 가만히 지켜보던 그가 다짜고짜 그녀의 팔을 잡아 일으켰다.

"그럼 갑시다."

"네? 어디로요?"

동희가 엉덩이를 벤치에서 떼지 않으려 애쓰면서 어리벙벙한 얼굴로 눈을 동그랗게 떴다.

"친구가 근처에 사는데 다행히도 의사입니다. 현동희 씨의 발목을 봐 줄 수 있을 것 같군요."

동희는 성현의 말에 의아한 생각이 들었지만 그에게 도움을 받고 싶은 마음은 들지 않았다. 차라리 그냥 호텔로 돌아가는 게 나을 것 같았다. 오늘 조금 쉬면 내일 움직이는데 별 무리 없겠지. 동희는 가볍게 생각하고 말했다.

"아니요. 어떻게 그래요. 약속도 없이 무작정 찾아갈 순 없어요. 그냥 호텔로 가서 찜질 좀 하고 쉴게요. 신경 써 주셔서 감사합니다."

동희는 성현의 성의를 생각해서 정중히 거절의 말을 전했다. 아무리 3개월 만이라지만 그때의 이미지가 사라진 건 아니었으니까. 동희에게 성현은 여전히 나쁜 남자였다.

그러고 보니 연인과는 어찌 됐을까? 느닷없이 궁금증이 일었지만 동희는 쓸데없이 입을 놀리지 말자며 생각을 밀어냈다.

성현은 그녀가 그의 은밀하고 사적인 순간을 목격했다는 걸 모른다. 그저 그녀는 첫 만남이 황당하긴 했지만 첫인상이 나쁘지 않았고, 조금 호감을 가진 것에 대한 예의라는 생각을 했다. 한데 이 남자는 눈치도 없는지 막무가내다.

"그런 걱정은 안 하셔도 됩니다. 마침 그 친구가 저녁 초대를 했거든요."

"하아……."

동희가 답답하다는 듯 한숨을 내쉬었다. 가고 싶지 않다는 티를 이렇게나 팍팍 내는데도 모르쇠로 일관되게 밀고 나오는 성현을 이해할 수 없었다.

하지만 해를 끼치겠다는 것도 아니고 도와준다는 사람에게 성질을 부릴 수도 없는 노릇이니 동희는 치미는 화를 발로 밟았다.

"그래도 초대받은 건 최성현 씨지 제가 아니잖아요. 환영받지 못하는 불청객은 사양입니다."

이 정도면 알아듣겠지. 눈치라고는 국 끓여 드신 것처럼 모른 척하는 저 남자도 알아들었을 거야.

아니었다. 그는 뻔뻔이란 단어를 얼굴에 두른 양 '그게 뭐?' 라는 표정이다. 오히려 어깨를 슬쩍 올리며 싱긋 미소까지 지어 보였다.

"제 파트너로 가면 됩니다. 더 이상 지체했다간 발목 많이 상할 겁니다. 빨리 치료하는 게 나을 텐데요."

이러다간 하루해가 다 지겠다. 무슨 남자가 이렇게 집요하고 막무가내로 일관하는 걸까. 하긴 효은일 대신해 밥을 함께 먹던 그날부터 우연한 만남을 거치기까지, 이 남자는 일관성 있게 집요했다.

동희는 제 발목을 잡고 있는 성현을 보니 따라가서 치료받고 오는 게 낫겠다 싶었다. 그와 말장난 같은 싸움을 하기에도 이젠 지친다. 동희가 결국 항복했다.

"그럼 잠시 신세 좀 질게요. 가서 치료만 받고 나오도록 하죠."

성현은 동희의 입에서 한숨과 함께 허락이 떨어지자 고개를 옆으로 돌리고 씩 입꼬리를 들어 올렸다.

그는 바보가 아니다. 오히려 앞뒤 설명 없이 한두 줄의 문장만 가지고도 행간의 뜻을 알아차릴 수 있었다. 수많은 논문을 읽고 썼으며 분석했다. 동희의 말을 못 알아듣는 것이 이상할 정도로.

아직 나한테 덤비기엔 이빨이 덜 여물었지.

다시 동희에게 시선을 돌리는 성현의 얼굴에는 드리웠던 웃음이 거짓말처럼 거두어져 있었다.

"차는 가져왔습니까?"

"아니요. 택시 탔어요."

동희는 다행이란 생각을 했다. 아침에 차를 렌트할까 하다 귀찮아서 그만두었는데 잘한 일 같았다. 이런 발로는 당분간 운전을 못 할 테니까.

성현도 같은 생각을 한 모양인지 다행이라는 듯 고개를 끄덕였다.

"다행이군요. 그 발로 운전은 무리일 겁니다."

"하아…… 그러게요."

성현이 벤치에 앉아 있던 동희를 부축해 일으켰다. 하지만 늘어지는 한숨 소리에 흘깃 그녀를 보더니 무심하게 한마디 툭 던졌다.

"한숨 그만 쉬어요. 들어오던 복도 다 나가겠네요."

"답답해서 그래요. 출장 온 건데 해야 할 일도 못 하고 다쳤으니……."

그녀의 말에 성현이 그건 그렇지 하는 표정으로 고개를 끄덕였다. 다친 발로 많이 걷는 일은 힘들 텐데. 무엇보다 왜 동희 혼자 윌리엄스버그에 있는 것인지도 궁금했다.

"함께 온 일행들 부르면 안 됩니까?"

"그 사람들은 또 할 일이 있으니까요. 제가 오라 가라 할 수는 없거든요. 게다가 신주애 선수가 여자 선수라 제가 온 것이기도 하고요. 진짜 어쩌지."

성현에게 설명하다 보니 앞일이 더욱 암담해지는 것 같다. 첫 해외 장기 출장이었고 제 능력을 보여 줄 기회였는데. 속상함에 눈물이 나오려 했다.

성현이 그녀를 가만히 보다 동희의 허리를 잡고 발걸음을 떼었다.

"현동희 씨가 여기서 해야 할 일이 뭡니까?"

"왜요?"

"그냥 물어보는 겁니다. 대답이나 하시죠."

퉁명스러운 성현의 말투에 동희가 입술을 삐죽였다. 그가 도와주고 있음에도 불구하고 한 걸음씩 옮길 때마다 발목이 찌릿찌릿했다. 찜질만으론 턱도 없을 것 같긴 하다. 성현의 도움을 받기로 결정한 건 잘한 일이라고 속으로 중얼거리며 그녀가 입을 열었다.

"이번에 우리 산정 그룹이 신주애 선수를 후원하게 되었어요. 후원 후 첫 번째 경기라 홍보와 응원차 온 거예요. 사진은 좀 찍었는데 인터뷰가 아직 남았어요. 월요일 마지막 경기까지 참관해야 하는데 발이 이 모양이니……."

회사 기밀도 아니고 이 정도 설명은 해도 되리라. 그 역시 이해가 되는 듯 고개를 끄덕였다.

하지만 그녀의 상태를 보면 일하기에는 무리가 있었다. 적어도 조력자는 한 명쯤 필요할 듯 보였다. 성현은 생각에 잠긴 채 묵묵히 주차장을 향해 걸었다.

동희는 앞으로의 일을 고민하느라 바닥을 내려다보고 있었다. 둘째 오빠한테 연락할까. 큰오빠한테 전화할까. 이런저런 생각을 하며 성현의 부축을 받았다.

다행히도 그들이 있는 곳에서 주차장은 멀지 않았다. 성현이 주차된 차의 문을 열고 조수석에 그녀를 태웠다. 골프장을 빠져나오며 성현이 슬쩍 그녀에게 시선을 주고는 지나가는 투로 한마디 툭 던진다.

"제가 좀 도움을 드릴 수 있을 것 같긴 한데……."

"네?"

성현의 말에 동희가 고개를 번쩍 들었다. 이게 무슨 말인가 싶어 어리둥절한 표정이 역력했다.

"윌리엄 앤 매리 대학에 3개월간 몇 개의 세미나가 있어서 왔습니다. 일을 끝내고 한국으로 돌아가려는 참인데 마침 LPGA 경기가 열려서 보러 온 거죠."

"그런……데요?"

세미나 때문에 미국에 있었구나. 작은 궁금증이 풀렸다. 안 그래도 문자를 씹고 난 뒤 혹시라도 그가 회사로 들이닥치지 않을까 걱정했었는데.

그녀는 저도 모르게 고개를 끄덕였다. 하지만 도울 수 있다는 의미가 무얼까. 의아함이 가득한 동희의 시선이 그를 향했다.

"지금 내가 자유로운 상태라는 거죠. 현동희 씨를 도울 수 있을 것 같은데, 어떻게 좀 도와 드릴까요?"

"그게 무슨 말씀이세요? 절 도와주실 수 있다니요?"

"그러니까 제가 시간이 아주 많이 있다는 말입니다. 이미 티켓팅도 끝났고요. 다음 주에 짐을 부치고 나면 이곳에서의 제 일정은 모두 끝이 납니다. 며칠 정도는 다리가 불편한 현동희 씨를 도와줄 수 있다는 말이죠. 물론 현동희 씨가 원할 경우에 한해서겠지만요."

성현이 부가 설명을 길게 붙이며 특별히 그녀가 원할 경우라는 말을 강조했다. 숨겨진 의도를 알아내겠다는 듯 뚫어지게 그를 응시하며 동희는 미간을 살짝 좁혔다. 무슨 꼬투리만 잡히면 가차 없이 물어뜯을 준비가 된 사나운 암사자 같은 눈빛이다.

피식 입꼬리를 올린 성현은 그녀의 사나운 눈빛을 여유롭게 받아 냈다.

"제가 원할 경우라는 말씀이시죠?"

"네, 현동희 씨가 원하지 않으면 하지 않겠습니다. 아무리 좋은 의도라 하더라도 받아들이는 사람이 불편하면 안 하느니만 못한 게 사람의 호의니까요."

맞는 말이다. 그가 한발 뒤로 물러나 초연한 입장을 보이자 그제야 의심이 차츰 가라앉았다. 생판 남보다는 나을 것 같긴 하다. 함께 출장 와서 따로 일을 진행 중인 동료들을 부르지 않고도 급한 불은 끌 듯싶었고.

무엇보다 이제 겨우 이틀 남았다. 내일과 모레면 일정이 다 끝나는데 포기하기엔 너무 아쉬움이 많다. 성현이라면 그녀를 충분히 도와줄 수 있으리라.

"하지만 너무 폐를 끼치는 것 같아서……."

"꼭 그렇지만도 않습니다. 어차피 이번 LPGA 투어는 끝까지 할 생각이었고, 마침 모레면 마지막 날이니 일부러 시간을 내는 건 아닙니다. 그리고 내가 할 일이란 게 별거 아니지 않습니까? 동희 씨를 부축하고 짐을 들어 주는 정도니까요."

성현이 머뭇거리는 그녀의 모습에 괜히 너스레를 떨었다. 동희도 그를 따라 피식 입술을 휘었다.

"그러네요."

동희가 살짝 입술을 깨물며 미소를 짓자 오른쪽 볼이 움푹 파인다. 그동안 몇 번의 만남이 있었는데도 불구하고 성현은 그녀의 볼우물을 처음 보았다. 그와 함께 있을 때의 그녀는 무표정하거나 화를 내거나, 아니면 당황한 상태였으므로.

그는 매력적인 볼에서 시선을 뗄 수 없었다. 콕 한 번 찍어 보고 싶어서 손가락이 근질거렸다.

그가 너무 열심히 시선을 고정하고 있자 동희가 조그맣게 기침을 했다. 오른쪽 볼에 작은 벌레가 기어가는 듯 간질거리는 느낌이 들었다. 손으로 볼을 쓰다듬으며 시선을 차단하자 성현이 고개를 들어 그녀와 눈을 맞췄다.

"모르는 사이도 아니고…… 사실 우리가 특별한 인연이라면 또 특별한 인연 아닙니까. 현동희 씨가 원하시면 도와 드릴게요."

"생각해 볼게요."

"그러세요. 친구네 집에 잠시 들렀다가 호텔로 모셔다드릴 테니 그때까지 생각해 보십시오. 나름 고급 인력이에요. 기회될 때 써먹는 게 이득일 겁니다."

성현이 크게 연연하지 않는다는 듯 흔연한 태도를 보이자 동희의 마음도 한결 가벼워졌다.

"잘 생각해 볼게요."

어느새 차는 윌리엄스버그의 중심가를 벗어났다. 1차선 도로의 양옆으로 울울창창한 나무들이 늘어서 있다. 윌리엄스버그는 동네 전체가 숲으로 둘러싸인 곳이다.

한동안 달리던 차가 자세히 보지 않으면 눈에 뜨이지 않는 작은 소로로 접어들었다. 도로가 좁아지자 나무의 향이 더욱 깊어졌다. 여기 살면 피톤치드는 숨 쉬는 순간마다 콧속으로 스며들겠구나 생각하며 동희가 깊게 숨을 들이마셨다.

음, 좋은 향.

눈을 감은 그녀의 입가에 지어진 미소가 그림 같다. 그녀를 흘깃거리는 성현의 입매도 슬쩍 벌어졌다.

길의 초입에서 조금 멀어지자 숲 속 오두막 같은 작은 집들이 보인다. 숲의 나무들이 울타리 역할을 하는 집들이 띄엄띄엄 뿌려진 듯 있었다. 그중에서도 푸른 지붕의 집 앞에서 성현의 차가 멈췄다.

"여깁니다."

"너무 예쁜 집이네요."

탄식 같은 동희의 대답에 성현이 미소 지었다. 동희도 어쩔 수 없는 여자긴 한가 보다. 친구의 아내도 이 집을 보자마자 예쁘다고 난리를 치더니 다른 집들은 보지도 않고 덜컥 이 집을 샀다고 했다.

차를 주차하고 집을 향해 몇 걸음 걸었을 때였다. 집 뒤편에서 건장한 남자가 손목을 걷어 올리고 장작을 한 손에 쥔 채 그들에게 다가왔다. 성현이 그녀를 부축하지 않은 다른 손을 슬쩍 올리며 아는 척했다.

"안녕하십니까. 김인협입니다. 어서 오세요."

성현이 미리 전화를 했는지 동희에게 정중하게 고개 숙이며 인사를 했다.

"안녕하세요. 현동희라고 합니다. 초면에 폐를 끼치게 되어서 죄송합니다."

"아이고, 무슨 말씀을요. 최 교수가 손님을 모시고 온 건 처음인걸요. 그것도 이렇게 미인이신 손님을요."

인협의 너스레에 동희의 얼굴이 발갛게 달아올랐다. 처음으로 함께 온 여자? 살짝 드는 궁금증에 정신이 팔린 사이 인협이 그녀의 팔을 잡으려 손을 뻗었다.

인협으로선 다친 동희의 상태를 확인하려 손을 뻗은 것인데 옷자락 한 번 만지지 못하고 내쳐졌다. 그것도 성현에 의해. 인협의 눈썹이 팔자를 그리며 성현을 보았다. 너 도대체 왜 그러는데 하는 의미였지만 성현은 언제 그랬냐는 듯 모른 척 시선을 다른 곳으로 돌린다.

최성현. 이 음흉한 놈!

인협이 장난기 가득한 미소를 지었다. 인협이 현관문을 열며 동희의 다친 발목에 대해 질문했다.

"안으로 들어오세요. 발목을 다치셨다고요?"

"네. 최성현 씨 말로는 인대가 조금 늘어난 것 같다고……."

"제가 잠깐 볼까요? 저 돌팔이도 못 되는 인사가 뭘 알겠습니까."

"아, 네."

동희는 그의 넘치는 호의가 고마우면서도 부담스러웠다. 인협은 성현에게 동희를 소파에 앉히라고 손짓한 뒤 앞에 무릎을 접고 앉았다. 그새 조금 부어오른 그녀의 발목을 손에 쥐고 이리저리 살피더니 고개를 끄덕였다.

걱정스러운 표정을 짓던 그녀는 발목을 타고 올라오는 통증을 느끼곤 이마를 살짝 찌푸렸다. 많이 다친 것이 아니어야 하는데.

"걱정할 정도는 아닙니다. 오늘 치료받으시고 돌아가셔서 찜질 좀 하시면 이삼일 정도는 걷는 데 큰 지장은 없겠네요."

분명 그녀에게 말하고 있었지만 얼굴은 성현을 향해 있다. 동희는 문득 자신이 보호자와 함께 병원에 온 꼬맹이가 된 기분이 들었다. 최성현이란 보호자를 가진 현동희. 생각만으로도 괜히 쑥스러워진 그녀가 멋쩍게 얼굴을 긁적였다.

"내일……은요?"

인협이 턱을 만지작거리더니 또다시 성현에게 시선을 두고 입을 열었다.

이보세요, 제가 물었거든요!

"많이만 걷지 않으시면 괜찮을 거예요. 무리하시면 덧날 위험이 있어서요. 혹시 많이 걸으셔야 돼?"

저 사람은 왜 본인이 눈앞에 있는데 자꾸 엉뚱한 사람한테 말하고 묻는 거람.

어쨌든 그의 물음에 답하기 위해 입을 열었다. 그런데 그것도 성현에게 새치기당했다.

"현동희 씨 내일 하고 모레 LPGA 투어 마지막 취재하셔야 한단다."

이 사람들이 지금 뭐하자는 거야! 왜 당사자를 가운데 두고 엉뚱한 사람 둘이서 저에 대한 이야기를 왔다 갔다 주거니 받거니 하고 있단 말인가. 동희가 눈을 세모꼴로 세우고 성현을 노려보았다. 그녀의 짜증 어린 눈빛을 받으면서도 전혀 개의치 않는 표정이다.

"어? 그건 좀 위험한데요."

제발 환자인 날 좀 보고 말하라고요. 왜 저 남자를 보고 있냐고요!

동희는 짜증이 치밀어 올라 내일 일이 머릿속에서 사라졌다. 이 순간 자신을 투명 인간 취급하는 두 남자에게 어떻게 한 방 먹일까 하는 생각만 부글부글 끓어올랐다.

동희의 마음을 알 바 없는 가여운 인협은 신중하게 자신의 의견을 피력하며 또다시 성현을 보았다.

"누가 부축을 해 주든지 해야 할 것 같은데……."

성현이 고개를 끄덕였다.

동희는 더 이상 예의고 뭐고 못 참겠다 싶어 한바탕 쏟아 내려 막 입을 열려는 참이었다. 마침 주방 쪽에서 작지만 섬세하게 생긴 여자가 도도도 뛰어나왔다. 반쯤 벌어졌던 동희의 입이 그대로 멈췄다. 여자는 앞치마에 물 묻은 손을 닦으며 성현에게 손을 내밀었다.

"성현 씨, 오랜만이에요. 그렇게 초대해도 잘 안 오시더니 한국으로 돌아갈 때나 되어서야 얼굴 보여 주시는 거예요?"

여자는 마치 한 10년 만에 보는 가족을 대하듯 성현에게 반가움을 표하며 활짝 미소 지었다.

"제수씨, 안녕하세요."

성현도 표정 없이 굳히고 있던 얼굴을 피며 부드럽게 대답했다.

동희는 묘한 눈빛으로 풀어지는 그의 얼굴을 응시했다. 경계심 없이 편하게 사람을 대하는 모습을 보기는 처음인 것 같다. 친구인 인협은 빼고. 물론 그녀에겐 툭툭 장난스럽게 대하기도 하고 그의 여자에겐 가슴 시린 애절한 표정을 짓기도 하지만 말이다.

갑자기 동희의 마음속으로 서늘한 바람이 불었다. 그에겐 사랑하는 여자가 있었다. 어쩌면 결혼했을지도 모른다.

잠시 그 사실을 잊고 있었던 자신이 바보 같다. 모르고 있던 일도 아니건만 갑자기 떠오른 사실에 심장이 가라앉는 것 같았다.

“야, 제수씨라니! 형수님이시지. 호칭 똑바로 하자. 아직 장가도 안 간 놈이 제수씨는 무슨 제수씨야!”

인협이 아내와 악수를 하는 성현을 팔꿈치로 툭 치며 벌컥 성을 낸다. 장난기 다분한 표정만 보아도 다정하고 친밀한 관계라는 걸 알 수 있었다. 동희는 인협의 말에서 궁금해하던 부분을 정확하게 캐치해 냈다. 그가 아직 결혼하지 않았다는 사실을.

안도하는 마음을 인정하고 싶지 않아 그녀가 입술을 깨물며 시선을 돌렸다. 인협의 아내가 손으로 입을 가리고 호호 웃으며 말을 걸었다.

“하여튼 남자들은 호칭 빼면 할 얘기가 없는 것 같죠?”

“그, 그런가요?”

"그럼요. 군대 얘기하고요."

"그렇군요."

인협의 아내가 동희에게 비밀 얘기를 하듯 소곤거렸다. 그녀의 따스한 시선을 따라가자 훤칠한 두 남자가 장난스럽게 주먹질을 하는 모습이 보였다. 동희의 입가에도 옅은 미소가 떠올랐다. 그런 그녀의 앞으로 작은 손이 불쑥 내밀어졌다.

"안녕하세요? 김인협 씨 안사람 박상희입니다."

"처음 뵙겠습니다. 현동희라고 합니다."

동희는 상희가 내민 손을 말끄러미 바라보다 조심스럽게 손을 내밀어 마주 잡았다. 상희는 작은 체구에서 나온다고는 믿기지 않을 정도로 꽉 힘을 주곤 손을 위아래로 흔들었다. 손아귀 힘에 놀라 동희가 눈을 커다랗게 떴다. 운동 많이 하나 보다.

"그런데 좀 놀랐어요."

"네? 뭐가……."

"성현 씨 말이에요. 손님 모시고 온 건 처음이거든요. 그것도 이렇게 예쁜 여자분을…… 호호."

상희가 입을 가리며 즐거운 듯 웃었다. 습관인 모양이다. 상희를 볼수록 동희는 마음이 따스해져 오는 것 같았다. 마치 아주 친한 여자 친구끼리 비밀을 함께 나누는 것처럼.

"그게 우연히 골프장에서 만나서……."

동희는 오해를 어떻게 풀어야 하나 고민하며 몇 마디 얘기하는 중에 상희가 불쑥 끼어들었다.

"어머나, 운명 같은 만남이었군요!"

"아니, 그게 아니고요."

상희가 두 손을 꽉 맞잡고 아련하게 눈을 빛내며 동희의 말을 가로챘다. 골프장에서 우연히 만났다는 말이 어떻게 운명 같은 만남으로 탈바꿈되는지 모르겠다. 통통 튀다 못해 튀는 방향을 도무지 알 수 없었다.

부부가 왜 전부 이상한 생각으로 끝내는지. 그녀는 사태를 어떻게 해결해야 하나 싶어 머리가 아팠다. 마치 이상한 나라에 들어선 앨리스가 된 것 같았다. 상희의 꿈같은 오해가 더 깊어지기 전에 바로잡으려 말을 덧붙였다.

"그러니까, 최성현 씨랑은 원래 조금 알던 사인데 우연히 골프장에서 만나게 된 거죠. 그런데 제가 발목을 다치는 바람에 여기까지 오게 된 거고요. 특별한 관계는 아니라는 얘기예요."

"어쩜 이렇게 낭만적일 수가! 너무 멋져요."

그녀는 타인의 말을 자신의 언어로 바꾸어 받아들이는 특별한 재능이 있는 여자였다. 자신의 설명 어느 부분이 낭만적이고 멋진지 알 수 없어서 동희는 당혹스러웠다.

이걸 어쩌지. 뭐라고 더 설명을 해야 하나?

하지만 설명을 하면 할수록 더욱 로맨스 소설 같은 이야기로 탈바꿈될 것 같아 선뜻 입을 떼지 못했다. 다행히도 그런 그녀를 인협이 구해 주었다. 그가 집에 구비해 둔 구급상자를 들고 그녀에게 다가왔다.

"그럼 발목에 붕대 좀 감아 드리겠습니다."

"네."

동희는 한시름 놓았다는 듯 작게 한숨을 내쉬었다. 언뜻 푼수기가 있어 보이지만 상희는 꿈속에 사는 소녀 같다. 그 나름대로 귀여워 동희는 슬며시 미소를 지었다. 하지만 그녀는 곧 고통의 신음을 내질러야 했다.

"아야!"

인협이 발목을 만지자 통증이 올라온 것이다.

"야, 아프지 않게 좀 잘!"

성현이 옆에 서 있다가 인협에게 통박을 놓았다. 그의 눈빛이 너 이렇게밖에 못 하느냐며 시비를 거는 것처럼 보여 그녀를 민망하게 만들었다. 괜히 동희만 무안해져서 아픈 것도 쏙 들어갔다.

만약 성현이 의도한 일이라면 동희는 박수를 쳐 줄 요량도 있었다. 민망하고 창피한 마음에 아픔이 천리만리 도망가 버렸으니까.

"아, 아니에요. 괜찮아요. 그러지 마세요."

동희가 난처한 목소리로 조그맣게 속삭였다. 하지만 성현은 아랑곳 않고 제가 하고 싶은 말을 다했다.

"그렇게 아파 보이는 얼굴로 괜찮다고 그러면 믿겠습니까. 저 녀석 손이 좀 투박해야 말이죠."

눈치는 국이라도 끓여 먹었나. 왜 이러는 거야.

그렇게 생각하는 건 동희만이 아닌 모양이다. 인협의 눈썹이 휙 하늘로 치솟더니 서운한 듯 성현에게 내쏘았다.

"내가 일부러 동희 씨 아프게 한다는 말이야? 내가 이래 봬도 알아주는 닥터거든!"

"됐고, 빨리 붕대나 마저 감아. 인마."

"알았다고!"

만담 같은 말을 주고받는 두 사람을 난감한 듯 바라보던 동희가 고개를 절레절레 저었다. 자신의 말은 씨알도 먹히지 않는다.

동희는 발목에 스프레이를 뿌리고 붕대를 감는 인협을 응시하다 시선을 올려 성현을 보았다.

"괜찮아요?"

"……네."

무슨 의미일까. 그의 다정한 모습에 동희가 슬며시 시선을 피했다. 왜 자꾸 그의 행동에 의미를 부여하고 궁금해하는 것일까. 그는 아무 생각이 없을지도 모르는데.

성현은 참 여러 모습을 보여 주었다. 선본 여자를 솔개에게 채이듯 빼앗기는 순간에도 쿨하게 웃을 줄 아는 남자였고, 사랑하는 여자를 가슴에 안고 영화의 한 장면 같은 모습을 보여주기도 했다. 그녀에게 심술궂은 장난을 툭툭 던지는 소년 같은 모습도 있다. 친구에겐 편한 악동 같은 모습도 서슴지 않고 보여 줬다.

그중에서도 동희에겐 오늘의 성현이 가장 마음에 들었다. 하지만 아무리 아름다워도 임자 있는 꽃은 사양이다. 동희가 다시 한 번 한숨을 내쉬었다.

"하아."

피곤하다. 자꾸만 수선스러워지는 마음이 불편하고 밉다. 성현과 인협의 흘깃거리는 시선이 느껴졌지만 모른 척했다.

마침내 붕대가 다 감겼다.

"한 번 걸어 보시겠어요?"

성현이 손을 내밀어 동희의 손을 잡아 일으켰다. 그녀가 몇 발짝 걷다 기쁨의 탄성을 내뱉었다.

"아, 안 아파요. 걸을 만해요. 이 정도면 내일도 괜찮지 않을까요?"

성현이 동희의 솔직한 표현에 입 끝을 말아 올렸다. 그녀가 아프지 않다고 하니 제 가슴이 다 안심되었다. 몇 달 만에 만나는 그녀는 여전히 덜렁대는 면이 있었으나 그때와 마찬가지로 여전히 눈길을 사로잡는다.

그래서 괜히 아는 척하고 친한 척하며 눈치 없는 사람처럼 다가갔다. 평소라면 절대 하지 않을 짓이었다. 그녀를 만나면 늘 제 자신이 변했다. 문자를 씹고 바람맞힌 걸 용서하고 싶게 만든다.

"안 됩니다. 지금은 통증 완화제랑 압박 붕대 덕분이지만 내일 많이 걸으면 말짱 도루묵이 될 거예요. 그러지 말고 이놈 써먹지 그러세요?"

인협이 참견하자 동희가 조용히 입을 다물었다. 그 부분은 이미 성현에게 생각해 보겠다고 약속한 것이었다. 그녀의 눈치를 슬쩍 보던 성현이 인협의 등을 떠밀어 뒷마당으로 향했다.

“그만 떠들고…… 불 피워야 한다면서.”

“바비큐 구워 먹을 거니까. 그럴 뒷마당에 있어. 따라와. 동희 씨, 잠시만 이놈 좀 빌려 갈게요.”

“아, 예…….”

빌리기는 뭐. 데려가 주면 나야 편하기만 하지. 그렇게 생각은 했지만 막상 그녀를 감싸던 보이지 않는 따스한 아우라가 사라지자 동희가 어깨를 움츠렸다. 존재감 하나는 참 대단한 사람이다 싶었다.

무리하면 안 될 것 같아 동희가 소파에 깊게 기대고 앉았다. 출장 온 후로 하루도 편하게 쉬어 본 적이 없다. 오늘은 특히 발목까지 다쳐 피곤함이 극에 달했다. 밀려오는 노곤함에 그녀가 잠시 눈을 감았을 때였다.

“현동희?”

쭈뼛, 그녀의 목뒤로 솜모근이 산을 이루듯 솟아오르며 바짝 긴장했다. 익숙한 목소리. 하지만 결코 다시는 듣고 싶지 않았던 음성이 동희의 귓가를 난도질했다.

동희는 눈꺼풀을 힘겹게 밀어 올렸다. 눈을 감았던 여파와 눈부시게 흩어지는 태양의 잔상으로 시야가 흐릿했다. 사실은 앞에 있을 인물을 보고 싶지 않은 마음이 더 커서 그런지도 모르지만.

“한……주승.”

한동안 침묵하던 그녀의 입술이 힘겹게 열리고 메마른 음성이 흘러나왔다.

한주승이라 불린 상대가 격한 감정에 흔들린 듯 급한 호흡을 내뱉었다. 심정을 대변하듯 그의 목울대가 꿀렁였다. 그가 천천히 그녀를 향해 걸어왔다.

“동희야, 오랜만이다. 잘 지냈어?”

그의 목소리가 감정에 겨운 것처럼 조금씩 떨렸다. 동희가 한 손을 들어 올려 가까이 다가오는 그를 막았다. 하얗게 핏기 잃은 입술을 비틀어 올리며 싸늘하게 일갈했다.

“우리가 이렇게 인사를 나눌 사이는 아닌 것 같은데.”

그녀의 반응을 예상했다는 양 주승이 서글프게 웃었다. 하지만 그녀를 향해 내딛던 걸음을 멈추지는 않았다. 동희는 앉은 자리에서 벌떡 일어서 조금씩 옆으로 움직이며 그와의 간격을 벌리려 애썼다.

“그렇게까지 말할 필요는 없잖아. 난 너 많이 보고 싶었는데, 넌 나 안 보고 싶었어?”

사람이 얼마나 뻔뻔하면 저렇게 말할 수 있을까. 동희는 이해할 수도 없었고 이해하고 싶지도 않았다. 마라톤을 한 것처럼 심장이 빠르게 둥당거렸다. 두려움이 아닌 분노 때문이었다. 씨근덕거리는 숨을 가다듬느라 그녀는 가슴을 계속 쓸었다. 입이 있어도 저놈과는 말을 섞고 싶지가 않다.

동희는 적의가 감도는 눈으로 싸늘하게 주승을 보며 겨우 말을 뱉었다.

"너 미쳤니? 내가 널 왜 보고 싶어 해! 그리고 네가 날 보고 싶어 할 이유도 없고."

"그렇게 말하지 마. 우리가 모르는 사이도 아니고 한때는 서로 사랑했던……."

주절주절 떠드는 주승의 말을 더 이상 듣고 싶지 않아 동희가 손을 홱 치켜들었다. 주승이 흠칫거리며 한 걸음 뒤로 물러났다. 미친놈에겐 매가 약이지. 동희가 속으로 피식 실소를 지었다.

지은 죄는 아는 모양이네. 하지만 너한테는 매도 아까워.

"거기까지만 하자. 더 들었다간 토 나올 것 같으니까."

동희의 싸늘한 말에도 주승은 입가에 미소를 지우지 않았다. 그는 진심으로 그녀를 만나 기쁜 모양이었다.

희한한 인간이다. 도대체 뇌 구조가 어떻게 생겨 먹으면 날 보고 반가워할 수 있지. 동희의 상식으로는 이해 불가, 상식 밖의 존재였다.

"그런데 여긴 어떻게 왔어? 너 한국 들어간 거 아니었어?"

주승의 목소리가 기쁜 듯 다정하게 울린다. 동희가 미간을 구기며 손으로 입을 막았다.

"……."

그가 놀란 듯 눈을 크게 뜨고 한 걸음 더 가까이 다가왔다. 동희가 미친 듯 고개를 흔들었다. 그가 풍기는 체향, 그의 음성, 그의 발소리조차 듣기 싫다. 동희는 말을 안 하면 그가 다가올 핑계를 만드는 셈 같아 겨우 입을 열었다.

"알 거 없어."

억지로 내뱉은 동희의 목소리에 냉기가 뚝뚝 흐른다. 오늘은 진짜 되는 일이 하나도 없구나. 성현을 만나지 않나, 발목을 다치지 않나. 게다가 절대 보고 싶지 않았던 한주승까지. 참으로 다이내믹한 하루다. 여기서 더 진흙탕이 되지는 말라고 빌고 빌었다.

생각해 보면 오늘 그녀에게 벌어진 일 중에서 성현을 만난 것이 가장 행운이지 싶다. 아, 아닌가. 한주승을 만나게 된 게 그 때문인가.

주승이 예리하게 그녀를 살피다 딴생각하는 게 보였는지 얼른 자신의 얘기를 했다.

"난 인협이 형이랑 친해. 오늘도 형수님이 저녁 먹으러 오라고 하셔서……."

누가 물어봤냐고. 제발 입 다물고 가만히 좀 있으라고! 목소리만 들어도 온몸에 징그러운 벌레가 기어 다니는 것 같으니까.

어쩐지 오고 싶지 않더라니. 억지로 그녀를 끌고 온 성현에게 분노의 화살이 갈 것 같았다. 자신을 도와준 죄밖에 없는 사람인데. 동희가 옅게 한숨을 쉬며 돌아섰다. 역시 이곳은 내가 있을 곳이 아니었던 모양이다.

"그래. 그럼 내가 가야겠네."

"동희야!"

그녀가 무작정 문을 향해 발걸음을 떼었을 때였다. 주승이 성큼 다가와 그녀의 팔을 잡았다. 끔찍하게 혐오스러운 벌레가 붙은 듯, 더러운 오물이 달라붙은 듯 동희가 진저리 치며 팔을 흔들었다.

"이거 놔!"

"제발, 동희야. 나하고 얘기 좀 해."

주승은 잡은 팔을 더욱 힘주어 잡았다. 손을 놓으면 겨우 잡은 그녀가 안개처럼 사라질 것 같았다.

그는 그녀를 다시 만날 기회를 손꼽아 기다렸다. 예전의 끔찍했던 실수를 되돌릴 수 있다면 어떤 대가라도 치를 수 있었다.

"너하고 할 얘기 없어."

동희는 다시 한 번 강하게 팔을 흔들며 떨쳐 냈지만 그는 요지부동이었다. 주승은 애걸하다시피 간절하게 매달렸다.

"할 얘기 있어. 너는 없다 하더라도 나는 있어. 내 말 좀 들어 줘."

"난 너에게 들을 말 없다고!"

"동희야."

참다못해 동희가 악을 썼다. 그녀는 히스테릭한 상태가 되어 이곳이 남의 집이라는 사실과 기본적인 예의마저 놓아 버렸다. 오로지 이곳을 나가고 싶다는 생각만이 머릿속에 가득했다.

정말 지독하다. 지독해. 한주승을 만났던 지난 시간을 모두 도려낼 수 있다면 그녀는 무슨 대가라도 지불할 수 있었다. 끔찍했던 그 시간을 몽땅 지워 낼 수만 있다면.

"그만하죠. 상대방이 싫다고 하는데 이러는 건 예의가 아닙니다. 여자분이 싫다고 할 때는 진짜 싫은 겁니다."

동희의 마지막 인내심마저 사라질 지경이 되었을 때였다. 누군가의 음성이 구원처럼 들렸다.

동희와 주승의 시선이 동시에 한곳을 향했다. 베란다로 길게 연결된 뒷마당의 문틀에 장신의 남자가 팔짱을 끼고 기대서 있었다. 성현이었다.

동희가 흠칫했다. 언제부터 있었던 것일까. 전부 다 듣고 보았을까. 그녀가 입술을 지그시 깨물었다. 그의 뒤로는 인협과 상희가 어쩔 줄 모르는 표정으로 안절부절못하고 있었다.

"남의 일에 끼어들지 말고 비켜 주시죠."

주승은 끼어든 성현이 못마땅해 거칠게 말했다.

성현은 팔짱을 풀고 슬쩍 이마로 흘러내린 머리를 쓸어 올리며 피식거렸다. 비틀린 입매가 그의 기분이 썩 좋지 않다는 걸 보여 주었다. 그를 아는 사람이라면 꺼진 불도 다시 보자는 심정으로 조심조심 피해 갈 만한 분위기였다.

"현동희 씨랑 남이긴 하지만 이곳에 데려온 게 납니다. 오늘 동희 씨는 내 파트너로 이 자리에 있는 거거든요. 그러니 동희 씨에게 불상사가 생기면 내가 아주 난처해지겠죠?"

성현이 주승에게 무덤덤하게 말하고는 동희에게 시선을 돌렸다.

"현동희 씨. 지금 내가 자리를 비켜 주는 게 당신이 바라는 겁니까?"

의견을 묻는 음성이 너무나 다정하고 눈물이 나올 만큼 따스해서 그녀는 자신도 모르게 미소를 지었다.

"아니요, 난 저 사람과 할 얘기 없어요. 성현 씨가 비킬 이유 전혀 없어요."

성현이 눈을 한 번 길게 감았다 떴다. 혹시나 하는 마음이 불안하게 깔렸던 모양이다. 그녀가 저 남자와의 만남을 반기지 않는다는 건 알겠다. 정말 저 남자가 싫다는 뜻이다. 성현의 얼굴에도 보기 드문 미소가 떠올랐다. 말없이 행해지는 두 사람의 모습에서 신뢰가 묻어났다.

"그럼 동희 씨. 밖으로 갈까요?"

주승의 잘생긴 얼굴이 보기 싫게 일그러졌다. 두 사람의 관계가 궁금해 미칠 것 같았다. 당장 성현의 멱살을 쥐고 동희와 무슨 관계냐고 따지고 싶었지만 그에겐 그럴 권리가 없다. 스스로 놓아 버린 소중한 기회였다는 것은 잘 알고 있었다. 하지만 다시 찾을 생각이었다. 아니, 꼭 그럴 것이다.

주승은 이번에 한국으로 들어가면 동희를 찾아갈 계획이었다. 이곳에서 그녀를 만나게 된 것은 하늘이 저에게 다시 기회를 준 거나 마찬가지였다. 그는 이 기회를 놓치고 싶지 않았기에 정중히 성현에게 양해를 구했다.

"동희에게 나쁜 짓 안 합니다. 그저 얘기하려는 것뿐이에요. 부탁드립니다. 잠시만 이야기할 수 있게 해 주십시오, 최교수님."

성현은 정확하게 자신을 지칭하는 주승의 말에 한쪽 눈썹을 추어올렸다. 그를 알고 있는 모양이다. 아마도 윌리엄 앤 매리 대학의 학생인 모양인데 자신의 기억에는 없었다. 한국으로 돌아가지 않은 유학생들이 몇 남아 있다더니 그중 한 명인 듯했다.

주승은 세미나에 참석한 성현을 먼발치서 본 적이 있었다. 현동희와 최성현이라. 조합이 묘했다. 두 사람이 어떤 관계인지는 모르겠지만 아직은 끼어들 여지가 있어 보였다. 그의 본능이 지금 이 순간을 놓치지 말라고 강하게 경고하며 빨간 등을 반짝였다. 오늘 이후엔, 다시는 그가 동희에게 다가갈 기회가 없을지도 모른다. 성현의 대답을 기다리며 주승은 입안의 침이 바싹 말랐다.

"그렇겐 안 되겠군요. 동희 씨와 대화가 필요하면 본인에게 정식으로 요청하세요. 싫다는 사람에게 어린애처럼 떼를 쓸 게 아니라. 그리고 현대엔 좋은 대화의 수단이 많지 않습니까? 휴대폰이라든가, 메일이라든가 기타 등등."

성현이 칼같이 잘랐다. 훈계하는 듯한 말투에 주승의 이마에 힘줄이 돋았다. 자기가 교수면 교수지 강의실 밖에서도 가르치려 드나. 자신과 동희의 관계가 어떤지도 모르면서.

"그건 제가 알아서 합니다. 뜻밖의 장소에서 너무나 그리운 사람을 만났기에 얘기를 하고 싶은 것뿐입니다."

주승이 격하게 말을 하다 입술을 깨물었다. 잠시 숨을 가다듬고는 목소리를 낮추고 말을 이었다.

"오래된, 친구로……."

동희는 기가 막혔다. 오해의 여지가 넘치는 주승의 말을 그녀가 싸늘하게 잘랐다.

"그만해. 너와 친구였던 순간까지 기억에서 파 버리고 싶을 만큼 끔찍하니까. 성현 씨, 미안하지만 택시 좀 불러 줄래요. 돌아가고 싶어요."

도저히 더 이상 들어 줄 수가 없다. 너무나 그리운 이라니, 감히 자신을 저렇게 지칭했다는 것 자체가 끔찍하다. 더 끔찍한 건 한때나마 저렇게 서로를 생각하는 순간이 정말로 존재했다는 것이다. 동희는 먹은 것도 없이 구역질을 하는 것처럼 역했다.

"그럽시다. 여기 멀쩡한 기사 있는데 뭐하러 택시를 불러요. 내가 모시고 왔으니 모셔다드리는 것도 내가 해야죠."

동희의 말에 성현이 차 키를 챙기며 그녀의 팔을 부축했다. 그녀가 난감한 표정을 짓자 그가 슬쩍 눈짓하며 동희만 보이게끔 고개를 저었다. 아무 말도 하지 말란 의미였다.

동희는 가볍게 한숨을 쉬고는 말없이 그에게 의지해 걸음을 내디뎠다. 지금은 그에게 도움을 받아야 할 것 같다. 그렇지 않다면 저 바퀴벌레 사촌 같은 한주승이 따라붙을 게 불 보듯 뻔했기에.

오늘은 하루 종일 성현에게 도움을 받는구나. 미안하고 불편한 마음에 그녀가 살짝 입술을 깨물었다.

"잠깐만, 동희야!"

주승이 동희를 부르며 집 밖으로 따라나서려고 하자 성현이 한쪽 팔을 들어 그를 제지했다. 마치 제 여자를 지키려는 사내의 성난 몸짓 같았다.

"비키지."

성현의 싸늘한 음성에 주승이 주춤거리며 애절한 눈빛을 동희에게 보였다.

"나 이번에 한국 들어가. 꼭 연락할게. 한 번만 만나 줘. 제발 부탁이야, 한 번만…… 적어도 사과는 할 수 있게 해 줘, 동희야."

"필요 없어. 내 앞에 나타나지 않는 것이 네가 할 수 있는 최대의 사과야. 연락하지 마."

"동희야!"

성현은 그녀의 싸늘함에 놀랐고, 냉정함에 더 놀랐다. 그가 아는 현동희는 좌충우돌 실수 연발의 순둥이 같은 귀여운 여자였다. 그랬는데, 그녀의 내면에 생각보다 아픈 상처가 도사리고 있는 모양이다. 그 상처는 아직 완전히 치유되지 못한 것 같았다.

게다가 그의 기분을 더럽게 만드는 가장 큰 이유는 그녀에게 상처를 남긴 남자가 동희를 애타게 바라보고 있는 저놈이라는 확신 때문이었다.

그가 으득 이를 갈았다. 그런 그의 마음을 아는 것처럼 동희가 팔에 힘을 주며 기대어 왔다.

"가요, 성현 씨."

"인협아, 제수씨. 미안합니다. 다음 기회에 다시 보죠."

"알았어. 운전 조심하고. 동희 씨, 발목 조심하셔야 합니다."

"네, 오늘 감사했습니다. 그리고…… 죄송해요."

"아닙니다. 대신 나중에 서울 가면 근사한 밥 한 끼 사십시오."

"동희 씨, 조심히 가세요."

"네, 꼭 그럴게요. 서울 들어오시면 연락 주세요."

주승만 아니었다면 즐거운 저녁 시간이 되었을 터였다. 인협과 상희 부부는 동희의 마음에 꼭 들었다. 유머와 위트가 넘치는 인협과 엉뚱 발랄하며 소녀 같은 상희. 혹 기회가 생겨 다시 만나게 되면 좋은 친구가 될 듯싶었다.

다시는 못 볼 사람들처럼 애절하게 인사를 나누던 동희가 또 삐끗하고 휘청했다. 그녀를 부축하던 성현이 가슴으로 받아 안았다.

"쯧."

작게 혀를 차더니 동희의 다리 뒤에 팔을 넣고 번쩍 안아 들었다. 그들을 배웅하던 사람들의 표정이 묘해졌다.

"괜찮아요. 걸을 수 있어요. 내려 주세요, 성현 씨."

"떨어지기 싫으면 목에 팔 감아요."

동희가 깜짝 놀라 급하게 불렀지만 그는 무뚝뚝하게 한마디 툭 던지고 주차해 놓은 차를 향해 뚜벅뚜벅 걸었다.

동희는 이러지도 저러지도 못하고 어정쩡하게 그의 가슴팍과 어깨를 부여잡은 채 인상을 썼다. 자기 마음대로 행동하는 그가 마음에 들지 않아 무슨 말이라도 쏘아붙이려는 참이었다.

"당신 아직 걷기 불편하잖아. 가만히 있어요. 버둥거리면 둘이 함께 넘어지는 불상사가 생길 테니. 저 남자에게 그런 모습 보여 주고 싶어요?"

"그게 무슨, 절대 아니거든요!"

"그럼 얌전히 기대고 있어요. 내가 귀찮은 벌레 깨끗하게 잡아 줄 테니까."

알았나 보다. 제 입장을 눈치채고 은근슬쩍 도움을 주는 성현의 태도에 동희는 헛웃음을 지었다.

그래, 어쩌면 도움이 될지도 모르겠다. 성현과 그녀가 연인인 척하면 주승도 더 이상 지저분하게 집적대진 않겠지. 그렇다면 본격적으로 한 번 해 봐? 동희가 가는 두 팔을 뻗어 성현의 목을 감쌌다. 머리를 숙여 그의 쇄골 부근에 가져다 대고 작게 소리 내어 웃었다.

성현의 몸이 흠칫 굳었다. 멀리서 보기엔 그녀가 그의 목덜미에 입술을 붙이는 것처럼 보일 터였다. 그걸 노린 그녀가 조그맣게 소리 내어 웃음을 흘렸다.

"그럼 우리 연기를 한 번 해 볼까요? 이왕 할 거면 오스카상을 받을 만큼 리얼하게."

동희의 향긋한 냄새가 콧속으로 확 밀려들었다. 동시에 따스한 입김이 목덜미를 간질이자 성현의 몸이 바짝 긴장하며 솜털이란 솜털이 모조리 곤두섰다. 동희 모르게 이를 악문 그가 짧게 숨을 들이켜곤 그녀의 귓가에 속삭였다.

"그래요. 그렇게 웃어. 내가 아는 현동희는 꿩 대신 닭이란 말을 듣고도 상큼하게 웃던 여자거든."

"그래서, 지금도 난 꿩 대신 닭인가요?"

"글쎄."

그는 대답이라고도 할 수 없는 말을 하며 은근한 미소를 지었다. 동희의 양 눈썹이 가운데로 몰리며 미간에 세로 주름이 돋았다.

흥, 그렇단 말이지.

이왕 이렇게 된 거 주승도 확실하게 떼어 내고 성현에게도 자신을 건드리면 어떻게 되는지 보여 줄 테다. 동희가 그의 목덜미께로 고개를 숙였다.

그가 흠칫 긴장하는 게 느껴졌다. 희미하게 미소 지은 동희는 입을 벌려 성현의 어깨와 목의 경계선 부분을 입안에 머금었다. 이빨로 한 번 살짝 깨문 후 힘차게 빨아들였다.

성현의 몸이 완전히 굳었다. 그가 걸음을 멈추고 뻣뻣한 목을 돌려 그녀를 빤히 내려다보았다. 순진한 시골 처녀 같은 웃음을 지은 동희가 그와 시선을 맞췄다. 문제 있느냐는 표정이었다.

"당신이 먼저 시작했어."

말뜻을 이해하기도 전에 그의 얼굴이 순식간에 그녀의 얼굴로 내려왔다. 동희가 놀랄 새도 없이 그의 입에 입술이 먹혔다. 작고 도톰한 동희의 입술이 성현의 입안에 갇혀 버린 것이다.

놀란 것은 동희만이 아니었다. 아직 문 앞에서 그들을 보고 있던 인협과 상희도 놀라 눈을 동그랗게 떴고 주승의 얼굴은 처참하게 일그러졌다.

"읍!"

동희가 성현의 가슴을 콩콩 때렸다. 하지만 이미 발동 걸린 그를 멈추기엔 역부족이었다.

성현은 동희의 윗입술과 아랫입술을 번갈아 빨아들였다. 말랑하고 부드러운 표피 아래 뜨겁게 흐르는 핏줄기마저 삼킬 기세다. 강렬한 접촉에 동희의 입에서 윽 하고 비명이 새어 나왔다.

"아으……."

아프다는 나름의 표시였지만 오히려 그를 더욱 흥분시킨 모양이었다. 성현이 살짝 벌어진 입속으로 급하게 혀를 밀어 넣었다. 주춤거리며 뒤로 물러서는 그녀의 혀를 따라가 깊숙이 휘저었다. 목젖에라도 닿겠다는 의지를 보이는 것처럼 그의 혀는 거침이 없었다.

동희의 혀가 중간에서 덜덜 떨었다. 분명 자신의 입안이었는데 주인은 성현인 것 같았다.

성현은 한참을 맛보다 뒤로 물러나며 재빠르게 혀를 낚아채 떨고 있는 그녀의 오톨도톨한 혓바닥을 쓰다듬으며 달랬다.

한동안 뿌리박힌 나무처럼 엉켜 있던 그들이 떨어졌을 땐 관객들은 이미 사라진 후였다. 물론 두 주먹을 불끈 쥐고 금방이라도 달려와 두 사람을 떼어 놓으려던 주승을 인협이 억지로 끌고 들어갔다는 사실은 알지도 못했고 관심도 없었다.

3

꿈의 경계

"그놈이 누구냐고 물으면 대답 안 해 주겠죠?"

"……."

성현이 운전하며 동희를 흘깃 살피고는 운을 뗐다. 동희는 성현을 쳐다보지도 않고 조수석 쪽의 창문만 뚫어지게 보고 있었다. 그럴 줄 알았지. 피식 입술 끝을 올린 성현이 다시 말을 바꾸었다.

"그분은 누구십니까, 라고 질문을 바꾸면?"

"……."

그제야 동희의 시선이 그에게 닿았다. 그런데 그 표정이 너무 웃겨서 성현은 크게 소리 내어 웃고 싶은 걸 억지로 참았다. 운전 중만 아니면 휴대폰에 사진을 찍어 저장이라도 해 놓고 싶었다. 가끔씩 너무 무료할 때나 화가 날 때 꺼내 보면 금방 푸스스 사라질 만큼 그녀의 표정은 볼만했다. 미간을 있는 대로 일그러뜨리고 눈은 세모꼴로 세웠으며 가지런한 이빨로 도톰한 아랫입술을 질끈 깨물고 있었다. 꼭 건방진 토끼 같았다.

성현이 또 말을 바꾸었다.

"그럼 이렇게 한 번 생각해 봐요. 당신은 지금 가슴에 울화가 가득합니다. 남에게 말 못 할 사연도 있을 테고요. 그걸 어딘가에는 풀고 싶죠? 그럼 날 이용해 봐요."

"당신을 이용하라고요?"

그를 노려보던 동희가 귀신 씻나락 까먹는 말에 고개를 갸웃했다. 겨우 그녀의 목소리를 들을 수 있게 된 성현이 만족스러운 미소를 지었다.

"사람은 누구나 자기만의 대나무 숲이 필요할 때가 있잖아요. 임금님 귀는 당나귀 귀라고 외치고 싶은 장소요. 오늘 내가 현동희 씨의 대나무 숲이 되어 주겠다는 얘깁니다. 무슨 얘기를 듣던 제 머릿속엔 아무것도 남지 않을 거라고 약속합니다."

"대나무…… 숲이요?"

"대나무 숲."

그녀의 물음에 약속이라도 하듯 성현은 다시 강하게 말해 주었다. 좋게 말하면 대나무 숲이지만 그 속을 슬쩍 들여다보면 그놈이 누군지 알고 싶다는 성현의 궁금증이 기저에 깔린 말이었다.

"풋."

동희가 그런 성현의 의도를 안다는 듯 살짝 그를 흘겨보며 웃음을 흘렸다.

"약았어요, 최성현 씨. 그런 꼬임에 넘어가서 얘기할 거라 생각했다면 오산이에요. 무엇보다 대나무 숲이 필요하지도 않고요."

"그래요? 그런데 왜 난 당신이 그렇게 안 보일까요."

"무슨 말이에요? 내가 어떻게 보이는데요?"

성현은 운전하던 오른손으로 핸들을 톡톡 두드렸다. 차의 전면 유리창에 어스름한 어둠이 몰려오고 있었다. 뜨거운 태양의 여운이 아직 남아 있어 흐릿한 열기의 잔상이 유리를 뚫고 들어왔다. 창밖은 금방이라도 그들을 감쌀 것 같은 적요함이 가득했다.

동희의 차창 옆으로는 제임스 강이 유유히 흐르고 있었고 성현의 오른쪽으로는 울울창창한 깊은 수목이 늘씬하게 하늘을 향해 뻗어 있었다.

성현이 밀폐된 차 안의 공기를 순환시키려는 듯 창을 열었다. 그는 잠시 침묵하다 조용히 입을 열었다.

"현동희 씨, 지금 금방이라도 터져 버릴 것처럼 보여요. 재만 남았던 휴화산이 낡은 불씨 하나에 다시 활화산이 된 것처럼. 머리끝부터 발끝까지 분노의 붉은 불길이 타오르는 것 같아요."

성현이 묘사하는 자신의 심리를 가만히 듣고 있던 동희가 양 입술을 끌어 올리며 웃었다. 그 모습이 억지로 꾸며 낸 모습 같아 내심 안타까운 마음이 들었다.

"성현 씨는 소설가가 되었어야 했나 봐요. 진로를 잘못 선택하신 것 같네요."

분명히 비웃는 말이었다. 그도 그걸 알았지만 자랑스럽다는 듯 하하 웃었다.

"내 자랑이 아니라 학교 다닐 때는 글도 곧잘 썼죠. 이것저것 못하는 것이 없는 다방면으로 아주 뛰어났던 학생이었답니다. 그중 적성과 제일 잘 맞는 일을 선택한 것이니 동희 씨가 그런 걱정까지 해 주지 않아도 됩니다."

벼는 익을수록 고개를 숙이고 사람은 배울수록 겸손해진다던 이야기는 아마도 옛말이 된 듯싶다. 교수라는 사람이 저리 제 자랑에 입에 침이 마를까. 도대체 강의는 제대로 하는 것 맞나.

동희는 할 말을 잃고 그저 고개만 저을 뿐이다. 약하게 한숨이 새어 나오는 것까진 어쩔 수 없었지만.

"아까 그 사람 연인이었습니까?"

동희의 한숨이 듣기 싫었던 그가 직구를 날렸다.

"……."

대답할 가치도 없다는 듯 동희의 고개가 다시 강으로 향했다. 그 모습을 가만히 보던 그는 정면을 향해 시선을 고정하고 문득 입을 열었다.

"내 소설가적인 재능을 발휘해서 추리를 해 보자면……."

말을 흘린 성현이 흘끔 동희의 모습을 훑었다. 갸름한 옆모습의 선이 아주 고왔다. 하지만 그는 그녀의 앞모습을 보고 싶었다.

어쩌면 꿀처럼 끈적거리고 달콤했던 입맞춤을 다시 한 번 하고 싶은 사내의 욕망인지도 모르겠지만 끝내 돌아보지 않는 그녀를 무시하며 같은 말을 되풀이했다.

"추리를 해 보자면 말입니다."

끝끝내 포기하질 않는 성현을 보며 동희가 가볍게 한숨을 쉬었다. 공부하는 걸 좋아하는 만큼 궁금한 게 있으면 참지 못하나 보다.

동희가 설레설레 고개를 흔들며 그의 말에 장단을 맞추었다.

"그래요. 해 보자면?"

뻔한 얘기겠지만 대화 없이 좁은 공간 속에 둘만 있다는 건 조금 부담스러우니까. 진한 키스까지 한 마당에.

"두 사람은 사귀는 사이였을 겁니다. 아마도 동희 씨는 순수하게 그 사람을 좋아했을 것 같고. 그 사람은 어땠을지 잘 모르겠군요. 잠깐 본 사람의 본질을 다 파악할 수는 없는 법이니까."

"계속해 보세요. 재미있네요."

비교적 정확하게 추리해 내기는 했지만 아까 동희와 주승의 분위기를 본 그라면 충분히 예측할 수 있는 부분이었다. 허나 어디까지 짚어 낼지 궁금해서 추임새를 넣었다.

성현이 그녀의 반응에 우쭐한 듯 어깨를 으쓱하고는 없어도 될 자만심을 내보였다.

"재미있습니까? 내게 사람의 과거를 보는 재주도 있는 모양입니다. 안타깝군요. 인제 와서 진로를 바꾸기엔 조금 늦은 감이 없잖아 있죠?"

"아직 늦지 않은 것 같으니 한 번 고려해 보세요."

잘 나가다 꼭 삼천포로 빠진다. 동희는 이상한 생물 보듯 고개를 살래살래 흔들었다. 그녀가 그러거나 말거나 성현이 작게 헛기침을 한 번 하더니 마저 말을 이었다.

"그런데 순수한 동희 씨에 비해서 그는 그렇지 못했을 겁니다. 그는 무언가 잘못을 저질렀고 두 사람은 헤어졌겠죠. 그래서 우연히 다시 만난 지금 당신에게 용서를 받고 싶은 거 아닐까 추측해 봅니다만."

그가 자신만만한 표정으로 씩 웃었다. 동희가 고개를 끄덕였다. 거의 정확하게 핵심을 짚어 내며 추리를 끝냈다. 사실 무슨 글이든 행간에 숨어 있는 의미를 파악하는 것이 더 중요한 일이지만 그가 알 수는 없을 테니. 저 정도만 해도 참 잘했어요, 도장은 찍어 줄 만하다.

칭찬을 바라는 듯한 그에게 동희가 작게 박수를 쳐 주었다.

"소설을 참 잘 쓰시네요. 거기에 제가 살을 조금 더 덧붙여 볼까요? 저도 초등학교 때는 제법 글짓기를 잘했거든요."

"재미있겠네요. 그럼 듬성듬성 빠져 있던 스토리를 동희 씨가 매끈하게 마무리 지어 보시겠습니까?"

성현의 말을 들으며 동희는 생각했다. 나에겐 가슴 아픈 기억이지만 남에겐 연인이 사귀다 헤어진 단순한 얘기일 것이다. 그렇다면 그렇게 마무리 지어도 상관없겠지.

"순진한 여자가 한 남자를 만났어요. 남자는 처음 만난 순간부터 할 수 있는 모든 방법을 다 동원해서 그녀의 마음을 가지는 데 성공해요. 그리고 그 남자는 정말 멋진 남자 친구가 되어 주었어요. 여자는 행복했죠. 그런데 두 사람에게 어쩔 수 없는 이별이 다가왔답니다. 남자가 먼 곳으로 떠나게 되었어요. 안타까웠지만 두 사람은 장거리 연애를 결정했지요. 그만큼 서로를 사랑한다고 믿었고 자신도 있었거든요."

"그렇게 프롤로그를 넣으니 내 허접스러운 스토리가 점점 살이 붙어 가는데요."

동희의 덧붙인 스토리에 성현이 추임새를 넣었다. 아까부터 그녀가 아파 보이는 게 싫었다. 산정의 공주님이 왜 저런 표정을 지을까.

정말 이상했다. 그녀의 표정은 마치 마음을 몽땅 도둑맞은 것처럼 텅 비어 보였기 때문이다. 자세히 보지 않으면 알 수 없었을, 그런 실핏줄처럼 가늘게 숨어 있는 그녀의 진심이 그에게 보여 마음 한구석이 시렸다.

"그리곤 떨어져 있는 시간 속에서 점점 두 사람의 마음은 멀어져 갔고 끝내 두 사람은 헤어진다는 진부한 이야기요. 어때요? 성현 씨가 구성한 글에 제대로 맞아 들어갔나요?"

동희가 말을 끝내고 성현에게 시선을 주었다. 입가에 미소를 짓고 있었는데 눈매는 굳어 있다. 성현은 아픈 기억을 떠올리게 한 것이 미안했지만, 지나간 과거는 새로 다가올 인연에 의해서 밀려나야 한다. 과거의 기억이 그녀를 잡고 있게 할 수 없다.

단순히 거리만으로 헤어진 남녀 같아 보이지 않았지만 그는 그런 건 대충 넘기자고 생각했다. 진심으로 그녀에게 다가가 보리라 마음먹었으므로.

장난삼아 그녀를 툭툭 건드리고 발끈하는 반응을 보며 즐거워하는 단계를 뛰어넘고 싶었다. 더 깊고 진한 진심을 담아서 푹 고은 곰국 같은 사랑을 해 보고 싶다. 현동희와 함께. 오늘은 앞으로 나아가는 좋은 발판이 될 것이다.

"그런데 다시 만난 남자는 여자에게 미련이 남았고 말입니다."

"글쎄요. 그것까지는 모르겠네요. 하지만 여자의 마음은 확실하게 알 수 있죠. 그 남자를 절대 다시 보고 싶지 않다는 거."

무자비할 정도로 확실하게 잘라 내는 말에 성현은 만족스럽게 미소를 지었다. 그리고는 이를 가는 동희를 살살 다독였다. 의도치 않았지만 어쨌든 그로 인해 벌어진 일이었으므로.

"재수 옴 붙었다고 생각해요. 오늘 동희 씨 일진이 별로 좋지 않았잖아요. 발목도 다치고, 별로 만나고 싶지 않았던 나도 만났고, 마무리는 아주 지독했으니 침 한 번 뱉고 끝내요."

성현이 시원하게 말하자 동희도 덩달아 청량해지는 기분이었다. 동희가 손으로 입을 가리며 하하 웃었다. 내가 그를 다시 만난 걸 껄끄럽게 생각한다는 건 또 어찌 알았을까.

"교수님 맞으세요?"

"글쎄요. 아마도?"

"말씀 참 재미있게 하시네요."

"제가 좀 그렇습니다."

동희가 졌다는 듯 두 손을 번쩍 들었다. 나르시시즘에 빠진 듯 말을 하지만 상대에 대한 배려와 예의가 충분했다. 동희가 나른한 미소를 지으며 눈을 감고 좌석 등받이에 깊게 몸을 묻었다.

"저 좀 피곤해서 그러니 호텔에 도착하면 알려 주세요."

"네. 한 30분 정도 걸리겠네요."

성현은 동희의 침묵을 존중하는 듯 입을 다물고 운전에 집중했다. 실내에 조용히 퍼지는 드뷔시의 월광이 제임스 강 위로 떠오르는 달빛을 벗 삼아 은은하게 흘렀다. 달빛의 아름다움에 홀려 강가 한쪽에 차를 세우고 운전대에 팔을 올려 얼굴을 기댔다. 이 그림 같은 풍경 안에서 잠시 머물다 가고 싶었다.

차 안 가득 은은한 달빛이 스며들었고 그의 시선 끝에는 선잠에 빠진 동희의 얼굴이 하얗게 빛나며 반짝였다. 그녀의 긴 속눈썹 위로도 달빛이 내려앉았다. 어둠에 잠긴 주변을 잠식하며 조금씩 빛을 넓혀 오는 달그림자에 강의 물결이 은빛 비늘처럼 춤을 추었다.

그녀의 얼굴은 언뜻 평화롭게 보였지만 속은 그렇지 않을 터다. 성현이 그녀의 말간 얼굴을 가만히 바라보다 문득 중얼거렸다.

"당신 도대체 뭐가 그렇게 힘든 건데?"

성현은 무의식적으로 손을 뻗었다가 그녀의 얼굴 근처에서 멈칫했다. 잘못 건드려 그녀가 깨면 어쩌지 하는 생각에 망설이는데 마침 동희가 옅게 한숨을 내쉬며 입술을 벌렸다.

가지런한 치아가 살짝 드러나며 굳어 있는 그의 손끝으로 따스한 온기가 닿아 왔다. 생각이란 걸 할 겨를도 없이 그의 손가락이 그녀의 입술 위로 가볍게 내려앉았다. 마치 잠자리의 날개처럼 얇고 가녀린 몸짓이 얼마나 그 일에 집중했는지 알 수 있을 정도였다.

폭신한 카스텔라 같은 부드러움을 잠시 맛본 그는 손가락을 거두어 자신의 입술에 가져다 댔다. 그녀의 향이 그에게로 온 것 같다. 성현이 깊게 숨을 내쉬며 눈을 감았다.

❈ ❈ ❈

"현동희 씨, 여기 맞습니까?"

성현의 조용한 목소리에 동희가 눈을 번쩍 떴다. 잠시 감고 있었다고 생각했는데 그새 깜빡 졸았었나 보다. 참 가지가지 한다. 어떻게 잠이 들 수가 있지. 민망함에 얼굴이 발갛게 물들었다.

동희는 얼른 몸을 바로 세우고 머리를 매만졌다. 혹시 침은 흘리지 않았는지 슬쩍 머리를 만지는 척 턱도 더듬어 보았다. 성현이 미소를 띤 채 그녀의 모습을 말없이 응시했다.

"아, 네. 감사합니다."

동희가 허겁지겁 대답하자 그가 운전석에서 내려섰다. 차를 빙 돌아 조수석의 문을 열며 그녀에게 손을 내밀었다.

"갑시다."

그녀가 의아한 듯 그의 손을 주시하다 고개를 저었다.

"아니요, 됐어요. 혼자 들어갈게요. 감사합니다. 오늘 저 때문에 고생 많으셨는데 얼른 가 보세요."

그녀의 말에도 그는 움직이지 않았다. 그의 눈은 그녀의 눈동자를 똑바로 응시하고 있었다. 동희가 가볍게 한숨을 쉬며 살짝 손을 올리고 차에서 빠져나왔다. 찌르르. 발목의 통증이 느껴져 그녀가 잠시 걸음을 멈추자 성현의 표정에 걱정스러움이 담긴다.

"많이 아픕니까?"

"아니에요. 같은 자세로 오래 앉아 있어서 그런 걸 거예요. 걱정하지 마세요. 피곤하실 텐데 빨리 가 보세요."

성현이 미간을 좁히곤 그녀를 부축하려 손을 뻗었다. 그러나 동희가 손을 들어 그를 막았다. 오늘 그에게 진 신세만으로도 마음이 여간 불편한 게 아니다.

"나 그렇게 못 배워 먹은 놈 아닙니다. 발이 불편한 숙녀분을 혼자 가게 할 수는 없죠. 갑시다. 객실이 몇 층입니까?"

성현은 끝내 동희의 카메라와 커다란 가방을 빼앗아 들고 그녀를 앞세워 함께 로비로 들어섰다.

저렇게까지 말하는데 도리가 없다. 동희는 난감한 듯 미소 짓곤 고개를 저었다.

“하아, 정말 못 말리겠네요.”

“내가 한 고집합니다. 기대요, 나한테.”

“아니, 괜찮아요.”

꿋꿋이 버티는 동희의 팔을 잡고 성현이 앞장서 걸었다. 그러곤 툭 투정 부리듯 기어코 한마디 했다.

“현동희 씨 고집도 나 못지않다는 거 알죠? 고집부리지 말아요. 오늘 무리하지 않아야 내일 그나마 좀 나아질 겁니다. 내일 출장 건 완수해야 하는 거 맞죠? 마음 같아선 번쩍 안아 들고 싶지만…….”

그의 말에 동희가 기겁을 하며 손을 내저었다. 그냥 얌전히 올라가야겠다. 얼른 객실로 가는 게 그를 빨리 보내는 방법일 것 같다. 동희가 입술을 삐죽이며 중얼거렸다.

“내 일은 내가 알아서 해요. 괜한 걱정은 사양이에요.”

“알겠습니다. 그래서 몇 층입니까?”

“3층이요.”

끝끝내 그녀가 묵고 있는 객실 층을 알아낸 성현이 미소를 지었다. 그 모습이 마치 악동 같아 동희가 피식 실소를 머금으며 고개를 저었다.

“진즉에 그렇게 나올 일이지. 괜한 고집은.”

"고마워요. 어쨌든."

"어쨌든?"

"네, 어쨌든."

동희의 말을 앵무새처럼 따라 하던 성현이 가볍게 웃음을 터트리는 사이 엘리베이터가 도착해 활짝 문이 열렸다. 아늑한 조명이 복도를 따라 따스한 기운을 내뿜고 좋은 향이 코끝을 맴돌자 기분이 차분해지는 듯했다.

그녀가 엘리베이터 밖으로 절룩이며 한 발을 내딛자 그가 얼른 허리에 팔을 감았다. 동희의 몸이 흠칫 굳었다.

성현은 아차 싶었지만 그녀의 몸을 놓고 싶지는 않았다. 살집 없는 잘록한 허리를 손아귀에 쥐고 그가 힘을 주며 걸음을 옮겼다.

멍하게 서 있던 그녀가 그를 따라 주춤주춤 걸었다. 동희는 지금 산정 호텔에서 그를 보았던 기억이 회오리바람처럼 들고 일어나 아연해졌다. 그때는 다른 여인을 안고 있었는데 어쩌다 보니 오늘은 내가 그의 품에 안겼구나.

그녀의 입매가 비릿하게 비틀렸다. 차갑게 식어 가는 마음이 날카로운 칼날이 되어 마음을 갈랐다. 그녀의 마음을 알아차리지 못한 성현은 장난스러운 음성으로 놀리듯 물었다.

"내일 몇 시에 모시러 오면 되겠습니까, 공주님."

장단 맞추는 것쯤이야 얼마든지 할 수 있다. 마음을 감추는 것도 어렵지 않다. 적정선만 지키면 된다. 물과 기름처럼 서로 섞이지만 않으면 될 일.

동희가 가식적인 미소를 입에 그렸다.

"공주님은 무슨! 그만 놀려요. 그리고 내일은 음……."

그녀가 어째야 하나 잠시 고민하는 모습을 보이자 성현이 단박에 쐐기를 박듯 말을 이었다.

"딴말하지 말아요. 당신 내 도움 필요한 사람 맞으니까."

그래, 저 말이 맞다. 괜한 고집으로 일을 망치진 말자. 도움이 필요할 땐 받고, 그건 갚으면 되는 거야. 공은 공이고 사는 사. 이것은 공이다. 마음을 정하자 마음이 한결 가벼워짐을 느꼈다.

"아침 8시쯤?"

"그럼 내일 봅시다. 오늘 푹 쉬어요. 아무것도 생각하지 말고. 아니, 내 생각쯤은 해도 되나? 그놈 생각하기 싫으면 대신 내 생각을 해요."

"정말 재미있는 분이라니까요, 최성현 씨는."

"재미있는 사람이란 얘긴 현동희 씨한테 처음 들어 봅니다. 그래도 나쁘진 않네요. 적어도 당신한테는 재미있는 사람으로 기억되고 있으니. 들어가서 쉬어요. 이만 갈게요."

성현이 카메라와 가방을 그녀의 손에 쥐여 주고 미련 없이 몸을 돌렸다. 손을 어깨너머로 휘휘 젓더니 성큼성큼 멀어져 갔다.

동희는 잔뜩 긴장했던 어깨를 늘어뜨리고 지친 발걸음으로 객실의 문을 열었다.

"하아."

힘들고 지친다. 손에 들고 있던 가방을 바닥에 툭 떨어뜨리고, 카메라 가방을 바닥에 조심스럽게 내려놓은 채 벽에 기댔다. 혹시나 성현이 들어온다고 할까 봐 은근히 불안했던 모양이다.

실상 그녀의 머릿속엔 다른 여자를 안고 있던 그의 모습이 끝없이 되풀이되고 있었다.

그녀는 씁쓸하게 입술을 비틀며 낮은 한숨을 쉬었다. 다리에 힘이 빠져 한 걸음도 움직일 수가 없다.

그녀는 기대었던 벽에서 스르르 바닥으로 주저앉았다. 벽에 머리를 대고 초점 잃은 시선을 멍하니 허공에 두었다. 성현에 대한 생각을 거두고 나자 이번엔 주마등처럼 과거의 기억이 떠오르기 시작했다.

"안 돼. 떠올리지 마."

동희가 이를 악물며 신음을 흘렸다. 하지만 이미 한 번 휘저어진 수면은 들끓는 용암처럼 부글부글 끓어올랐다. 억지로 봉인해 두었던 처참한 그날이 질 낮은 영화처럼 되풀이되며 수면 위로 솟구쳐 올랐다.

주승이 다른 여자와 함께 있는 모습에 동희는 배신감을 느꼈다. 그길로 보스턴으로 돌아가 학기를 마치고 동희는 한국으로 돌아왔다. 그리고 일부러라도 한주승의 소식은 듣지 않으려 노력했다.

그런데 오늘 정말 재수가 옴 붙어 주승을 만났다. 출장 오기 전부터 불안하더라니 혹시나 했던 것이 역시나였다. 한참을 옛 기억 속에서 헤매던 동희가 팔에 힘을 주고 바닥을 짚었다.

"현동희! 약해지지 마."

언제까지 더러운 오물 같은 기억에 갇혀 있을 순 없었다. 일어나야지. 내일을 위해 오늘은 힘을 비축해야 할 터였다. 그녀는 힘겨운 발을 움직이며 방으로 향했다.

침대에 누워 천장 벽지의 꽃을 하나둘 헤아리다 눈을 감았다. 감겨진 동희의 눈꼬리를 비집고 한 줄기 눈물이 베개를 적셨다.

"이틀 동안 정말 수고 많으셨어요. 최성현 씨, 감사합니다."

동희의 진심이 가득 담긴 목소리가 따스했다. 신주애 선수의 우승으로 경기는 마무리 지어졌다.

아픈 발로도 끝까지 함께했던 동희에겐 그동안의 힘들었던 순간들이 전부 보상받은 기분이었다. 온천의 수증기처럼 기쁨이 모락모락 피어올랐다. 옆에서 그녀를 부축하며 세세하게 돌보아 준 성현에게도 감사의 마음이 일었다. 그가 없었으면 해낼 수 없었으리라.

그는 의외로 다정했고 세심했으며 골프에도 제법 일가견이 있어 많은 도움이 되었다. 좋은 사람이다. 다른 여자의 남자만 아니라면 더 좋았을 텐데. 동희가 아쉬운 듯 안타까운 듯 한숨을 내쉬었다.

그들은 동희가 묵는 호텔 로비에 서서 아쉬운 마음에 선뜻 돌아가지 못하고 어정쩡하게 있는 참이다. 성현이 씩 입꼬리를 올렸다.

"별말씀을. 천성이 그리 모질지 못해서 말입니다. 도움이 필요한 사람을 내버리고 가진 못해요."

동희가 눈을 살짝 흘기며 미소를 지었다. 이제 어느 정도 그를 알 것 같았다. 남자 최성현은 잘 모르겠지만, 인간 최성현은 꽤 매력적인 사람이다.

정말 고마웠는데…… 어쩐다. 한국으로 돌아가서 그를 다시 만나는 건 좀 싫고. 아니, 싫다기보다 안 될 것 같다. 다른 여자의 남자를 개인적으로 만나는 건 사양이었다. 아무리 신세를 졌다고는 하지만. 그렇다고 모른 척하자니 사람의 도리가 아니었다.

잠시 망설이던 그녀가 입술을 살짝 깨물곤 시선을 비껴 벽으로 향했다.

"오늘 저녁 식사하고 가실래요? 억지로는 말고 시간 되시면요."

성현이 속으로 웃음 지었다. 그도 바라던 바였다. 이대로 헤어지기는 아쉬웠다. 하지만 한껏 경계하는 듯한 그녀에게 먼저 말하기가 뭐했었다.

"현동희 씨가 사는 겁니까? 그럼 없는 시간도 내야죠."

"좋아요. 여기 근처에 괜찮은 식당 있더라고요. 거기로 가죠."

"그럽시다."

그들은 호텔을 나와 윌리엄 앤 매리 대학의 주변을 걸었다. 성현이 그녀의 팔꿈치를 살짝 받치며 그녀를 부축했다.

대학 주변은 그녀가 묵고 있는 호텔이 있기도 했지만 아기자기하고 예쁜 쇼핑센터가 자리한 곳이기도 했다. 식당으로 가는 도중 그녀는 연신 걸음을 멈추고 눈을 반짝이며 예쁜 공예품들과 기념품들을 구경했다.

"와! 너무 예쁘다. 이거 예쁘지 않아요?"

그가 시큰둥하게 고개를 끄덕였다. 하여튼 남자들이란. 동희가 눈을 살짝 흘기곤 다시 예쁜 공예품이 가득한 진열대로 눈을 돌렸다. 워낙 오래되고 역사가 묻어나는 도시라 근처가 모두 고풍스러운 관광지였다.

동희도 한두 번 와 본 곳이기는 했지만 이렇게 편하게 쇼핑을 즐긴 적은 없었다. 성현과 함께 있는 시간이 편하게 느껴지는지 스스로도 이상할 지경이었지만 자신의 마음을 모른 척하기로 했다.

"동희 씨, 일어나 봐요. 계속 이러고 있으면 내가 마음대로 하고 싶어지는데……."

성현이 은근히 속마음을 드러내며 위협하듯 말했지만 그녀는 여전히 요지부동이었다.

성현은 동희의 얼굴로 잔뜩 쏟아져 내린 머리를 걷어 올려 귀 뒤로 넘겨 주었다. 하얀 얼굴이 더욱더 새하얗게 변해 있다. 이 여자는 술에 취하면 얼굴이 붉어지는 게 아니고 창백해

지나 보다.

사실 성현은 많이 당황한 상태였다. 맥주를 마실까 하다 오늘은 특별한 날이니 와인을 주문했다. 동희가 음식을 주문하고 화장실에 잠깐 다녀오는 사이 그가 결정한 일이었다.

"어? 와인이네요."

"오늘은 발목을 다친 동희 씨가 어렵게 임무를 완수한 날 아닙니까. 윌리엄스버그에서의 마지막 날이기도 하고. 이런저런 축하의 의미로 맥주보다는 와인이 나을 것 같아서 주문했어요. 괜찮죠?"

"……네, 뭐."

떨떠름한 반응을 보였지만 별생각하지 않았었는데, 그녀는 와인에 약한 모양이었다. 아니 술에 약한 것인가.

성현이 가볍게 혀를 찼다. 안쓰러울 정도로 하얀 그녀의 볼에 손가락이 슬쩍 닿았다. 이번엔 두드리지 않고 슬며시 쓸었다. 생기 있고 탱탱한 피부의 감촉이 손가락에 착 감기는 듯했다. 뺨을 쓸어내리며 손가락으로 살짝 꼬집어 보았지만 동희는 깨어날 줄 몰랐다.

"거의 기절 수준이군. 동희 씨, 나중에 나한테 뭐라 하지 말아요. 내 탓 아니니까."

성현은 결심한 듯 동희를 일으켜 소파에 기대게 했다. 그녀의 소지품을 챙겨 제 어깨에 둘러맸다. 그리고 동희의 앞에 등을 돌려 앉았다.

순식간에 그녀를 들쳐 업고는 윌리엄스버그의 밤거리를 걸었다. 밤이 되어 서늘해진 공기가 느껴졌으나 등 뒤로 전해지는 그녀의 따스한 체온에 온몸이 훈훈했다.

어느새 그의 입에선 나지막이 노래가 흘러나왔다. 축 늘어져 있는 그녀를 추켜올리곤 한 걸음씩 걷는 그의 발걸음이 흥겨워 보이는 듯했다.

"내가 만일 하늘이라면 그대 얼굴에 물들고 싶어……."

노래방에서 자주 부르는 안치환의 노래. 지금 성현은 아주 기분이 좋았다.

성현이 객실 앞에서 다시 한 번 바싹 힘을 주고는 그녀의 가방을 뒤져 카드키를 꺼내 문을 열었다.

등 뒤에서 덜렁거리는 그녀의 구두를 한쪽씩 벗겨 내고 소파까지 걸어가 겨우 그녀를 내려놓았다. 그의 등골로 주르륵 땀이 흘렀다.

"무슨 여자가 이렇게 둔하담."

자그마하고 가녀려 보였는데 몸무게는 좀 나가나. 엉뚱한 생각에 피식 웃음을 흘린 그는 물을 마시기 위해 냉장고 문을 열었다. 차가운 생수를 한 병 꺼내 쭉 들이켜자 그제야 살 것 같았다.

성현은 동희에게도 물을 좀 먹일 생각으로 뒤를 돌았다가 그대로 얼음이 되었다.

소파 등받이에 길게 기댄 동희가 옷을 하나씩 벗어 던지며 키득거렸다. 그녀의 손이 어느새 짧은 반바지 지퍼를 반쯤 내렸다. 블라우스는 이미 저 멀리 날아간 상태였다. 언뜻언뜻 팬티가 보일 듯 말 듯 비쳤다.

성현이 급히 물병을 내려놓고 뛰다시피 동희에게 다가갔다. 그새 바지를 종아리까지 내리고 발목에서 달랑거리며 흔들흔들 장난을 쳤다. 성현이 급하게 그녀의 손을 잡았다.

"이건 반칙이지. 더 이상 날 자극하지 마."

그때 동희의 감겨 있던 눈이 스르르 뜨였다. 초점이 풀린 게슴츠레한 눈이 바로 눈앞에 있는 성현의 얼굴을 똑바로 보려는 듯 요리조리 고개를 돌렸다. 눈을 가느스름하게 뜨곤 그의 코앞까지 다가오기도 하며. 알싸하고 달콤한 그녀의 숨이 훅 그에게 달려들었다. 그가 숨을 급하게 들이마시곤 이를 악물었다.

"이 여자가 진짜!"

그녀의 어깨를 잡은 손을 뒤로 밀어 제 몸과 떨어뜨렸다. 위기의 순간이다. 그래서 못 봤다. 동희의 손이 그의 허리 부근에서 무슨 짓을 하고 있었는지.

그는 허리 부근이 시원해짐을 느꼈다. 시선을 내려 보니 작은 손이 꼬물거리며 그의 벨트를 풀고 셔츠를 끄집어내는 중이다.

"이 여자가!"

성현이 혼비백산해 허리 근처에 머물러 있는 손을 꽉 잡았다. 도저히 눈을 뗄 수 없는 여자다. 숨 돌릴 틈도 주지 않고 저지르는 도발에 정신은 이미 반쯤 가출한 상태다.

"정말 이 아가씨 야단 좀 맞아야겠는걸. 술도 함부로 먹으면 안 된다는 걸 확실히 교육시켜야……."

혼잣말은 입속으로 사라졌다. 그의 눈은 커다랗게 뜨였고 몸은 완전히 굳었다. 또다. 무방비하게 그는 또다시 그녀에게 목덜미를 내주고 말았다.

동희의 뜨거운 혓바닥이 목덜미를 길게 훑고 내려오다 우묵하게 파인 쇄골 부근에서 멈추었다. 입술로 비비고 이로 갉작갉작 장난하더니 입을 크게 벌려 한껏 머금고 깊게 빨아들인다.

"흐읍!"

그가 급하게 숨을 몰아쉬었다. 그 순간 자신의 영혼이 그녀의 입속으로 빨려 들어가는 것 같았다. 심장 안에 아주 빠른 엔진이 하나 장착된 것 같은 착각이 들었다.

이 여자의 주특기인 모양이다. 목에다 키스 마크를 새겨 놓는 것이. 현동희는 소유욕과 집착이 대단한 여자이리라.

"그게 나쁠 리 없잖아."

성현이 빙긋 입술을 올리고는 그녀가 하는 양 내버려 두었다. 하고 싶은 대로 하고 나면 정신을 차리겠지. 그럼 이걸 보여 주고 좀 놀려 먹어야겠다.

그는 느긋하게 눈을 감고 뱀파이어에게 목을 내준 가련한 인간인 양 다소곳하게 그녀의 애무를 즐겼다. 마음 같아선 그도 그녀의 목에 이를 박고 싶었지만 참을 인 자를 수도 없이 되뇌면서 참았다.

“최성현 씨?”

그녀 입술의 감촉을 목덜미로 즐기던 그는 한쪽 눈을 슬쩍 떴다. 탁한 욕망에 번들거리는 그녀의 눈빛이 시야에 가득 찼다.

“정신이 듭니까.”

“물론이에요. 난 취한 적 없어요.”

“아직도 정신을 못 차리고 있군.”

성현이 고개를 저으며 작게 혀를 차자 동희의 눈이 샐쭉하니 눈꼬리를 치떴다. 그의 태도가 못마땅하다는 뜻이리라. 동희가 세모꼴로 눈을 세워 노려보더니 갑자기 손을 뻗어 그의 넥타이를 잡아당겼다. 힘을 빼고 있던 성현이 얼떨결에 죽 딸려 갔다.

동희는 눈앞에 바짝 다가온 성현의 얼굴을 보고는 슬쩍 눈길을 내리고 혀를 내밀어 그의 입술을 핥기 시작했다. 성현의 목울대가 크게 침을 삼켰다. 그 순간 동희의 입속으로 그의 입술이 빨려 들어갔다. 윗입술을 물고 빨며 혀는 아랫입술을 희롱했다.

한동안 열심히 그의 입술을 맛보던 그녀가 도톰하고 달콤한 혀를 내밀어 입안으로 진입했다.

여전히 성현은 얼이 빠져 있었지만 머릿속으론 치열하게 생각했다. 이 여자가 지금 제정신으로 하는 행동인지, 아니면 술에 취해 하는 미친 짓인지.

결국 그는 그녀의 혀가 주는 환희에 굴복했다. 입술과 입술이 부딪치며 나는 야한 소리가 잦아들고 성현은 동희의 턱을 들어 그녀의 눈을 응시했다.

"현동희 씨, 똑바로 들어요. 난 최성현입니다. 그리고 건강한 남자고. 당신의 이런 도발, 내 마음대로 받아들여도 좋습니까?"

"좋으실 대로."

동희가 섹시하게 눈매를 휘며 그의 귓가에 속삭였다.

"당신을 안고 싶어요. 물론 당신이 허락한다면요."

"나도 당신 안고 싶어요."

"이건 장난이 아니야. 난 당신과 섹스를 하겠다는 거라고. 그래도 괜찮겠어?"

"물론이에요. 나도 당신과 섹스를 하고 싶다고요."

"이거 해야 돼. 말아야 돼."

성현은 동희의 단호한 말에도 망설였다. 겉은 멀쩡해 보였지만 술에 취해 제정신이 아닌 듯했다. 하지만 관심이 가던 여자가 눈앞에 있고 자신을 원한다고 말한 마당에 망설임이 길리 없었다.

밤은 시작되었고 후회는 언제 해도 늦는 법. 그렇다면 적어도 행위를 책임질 수 있는 상태에서 사랑을 나누고 싶었다. 성현의 길쭉한 손가락이 피아노를 치듯 동희의 쇄골을 훑어 내렸다.

그녀의 블라우스는 벗겨져 바닥에 뒹굴고 있었다. 블라우스

안에 입고 있던 캐미솔의 오른쪽 어깨끈이 매끈한 팔뚝을 따라 흘러내렸고 그 사이로 연한 살구빛깔의 브래지어가 앙큼하게 모습을 드러났다.

성현이 씩 입꼬리를 올리며 새끼손가락을 브래지어 끈에 걸고 슬쩍 끌어 내렸다. 비가 오면 고일 듯 푹 파인 쇄골이 애처롭게 보여 성현이 혀를 대고 빨아들였다. 마치 맛난 감로주라도 고여 있었던 듯 그의 목젖이 출렁하며 움직였다.

"흐읏……."

동희의 입에서 성급한 비음이 흘렀다.

"쉬, 가만."

성현이 동희의 하얀 목덜미를 쓰다듬으며 등골을 따라 손을 내렸다. 열 감기에 걸린 듯 동희의 체온이 순식간에 몇 도쯤 올라가는 것 같았다.

성현은 쇄골에 묻었던 입술을 떼고 가슴골을 따라 혀를 굴려 가슴 언저리를 덥석 물었다. 등을 더듬던 그의 손끝에 걸린 브래지어 버클이 소리를 내며 열렸다. 풍만한 가슴을 꼭 죄고 있던 살굿빛 브래지어가 가슴 아래로 떨어지며 농익은 과일처럼 숨어 있던 그녀의 가슴이 만개했다.

"정말 아름다워."

성현의 입에서 저절로 감탄사가 터지며 본능적으로 입술을 가져갈 때였다. 섹시한 신음을 흘리며 자극하고 섹스를 하고 싶다며 큰소리치던 동희의 머리가 힘없이 어깨 위로 툭 떨어진 것이다. 쌕쌕거리며 들리는 숨소리는 어찌나 편안한지.

성현의 몸이 흠칫 굳었다. 그가 그녀의 가슴으로 가져가던 입술을 부들부들 떨었다. 탄식과 웃음이 터질 듯했다.

"그럼 그렇지. 어쩐지 세게 나온다 했어. 날 이 상태로 만들어 놓고 당신은 잠이 온단 말이지?"

동희의 옷을 다시 입혀 줘야 하나 잠시 고민하던 그는 짓궂은 웃음을 지었다.

그가 장대하게 솟은 자신의 아랫도리를 슬쩍 내려다보곤 난감한 표정을 했다. 이걸 어떻게 해결해야 하나 고민하는 모습이 역력했지만 그는 침대에 폭 파묻혀 고롱거리는 동희를 흘깃 보곤 털썩 그 옆에 드러누워 버렸다.

자신의 거처로 가야 했으나 그도 너무 피곤했다. 발목이 불편한 그녀를 돕느라 알게 모르게 체력 소모가 심했던지 더는 꼼짝하기 싫었다. 잠시 그녀 곁에 누워 있다 가도 되겠지 하는 마음으로 그는 눈을 감고 팔을 들어 이마에 가져다 올렸다. 정신없는 하루였다.

"으음……."

옆에서 무슨 좋은 꿈을 꾸는지 동희가 작게 콧소리를 내며 몸을 뒤척였다.

성현은 순진무구해 보이는 그 얼굴을 보자 심술이 돋아 볼록 솟은 예쁜 이마를 손가락으로 톡 쳤다. 그의 손길이 귀찮았나 보다.

그녀가 콧등을 찡그리고 입술을 오물거리며 옆으로 훽 돌아누웠다. 그런 그녀의 모습을 귀엽다는 듯 바라보며 장난을 치던 성현도 콧속을 어지럽히는 달콤한 향을 음미하며 다시 눈을 감았다.

아, 진짜 리얼하다. 무슨 꿈이 이렇게 사실 같지?

동희는 자신을 내려다보는 그의 짙은 눈빛에 가슴이 떨렸다. 아무리 꿈이라지만 너무 야하고 부끄러웠다. 하지만 꿈인데, 뭐. 어때! 동희가 잘게 눈웃음을 치면서 그에게 말을 건넸다.

"보고만 있을 건가요?"

그녀가 도발했다. 그가 타오르는 것 같은 눈빛과는 반대로 서늘하게 웃었다.

"설마."

그가 움직이기 시작했다. 동희의 가슴에 얼굴을 묻고 체향을 깊게 음미했다. 입을 크게 벌려 한쪽 가슴을 물고는 부드러운 유두를 혀로 살며시 굴렸다. 성현의 한 손이 다른 쪽 가슴을 힘껏 움켜쥐었다. 밀가루 반죽처럼 부드럽고 몽글몽글한 젖가슴이 그의 손안에서 형태를 알 수 없게 이지러지고 뭉개졌다.

"아, 흐읏."

동희의 입에서 달콤한 신음이 흐르고 그녀의 두 손이 가슴팍에 묻혀 있는 성현의 머리를 부여잡았다. 찌릿찌릿한 감각이 그녀를 잡고 놓아주지 않는다. 이 감각이 무얼까. 알고 싶고 궁금하다.

어쩜 이렇게 꿈이 생동감 있을까? 동희의 손끝 발끝이 전기에 감전된 듯 찌르르 울렸다.

게다가 그녀의 깊은 그곳이 요동을 치고 있었다. 꼭 화장실에라도 가고 싶은 것처럼 자극이 와서 동희는 엉덩이를 뒤로 빼며 허벅지에 힘을 주었다. 어찌해야 할지 알 수가 없었다. 그저 달아오른 몸을 힘없이 기대며 그의 이름을 부르는 것밖에는.

"아아, 성현 씨. 나 좀 어떻게 해 줘요. 제발요."
"내가 어떻게 해 주기를 바라지?"

성현이 동희의 애끓는 외침에 눈매를 나붓하게 휘며 은근한 목소리로 귓가에 속삭였다.

"모, 모르겠어요……."
"모르면 가만히 있어. 보채지 말고 기분 좋게 해 줄 테니……."

보, 보챈다고? 내가? 그렇구나. 내가 그를 보채고 있었구나.

동희는 비웃듯 속삭이는 그의 말에 얼굴이 확 달아올랐다. 수치스러워서 다 그만두자고 하고 싶었지만 이미 그녀의 몸은 그의 혀와 입술, 그리고 손가락의 은밀한 공격에 저항 의지를 잃어 갔다.

"아읏, 그런 말하지 말아요."

붉어진 눈자위에 예쁜 눈물을 고롱고롱 매달고 입술을 깨무는 그녀가 귀엽다는 듯이 그가 피식 웃었다.

"모르는 모양인데 당신은 나에게 명령할 자격이 없어."

동희가 무슨 말인가 싶어 눈동자를 슬며시 그에게로 향했다.

"부탁이라면 또 모르지."

점점 알 수 없는 말이 계속되자 동희의 미간이 잔뜩 좁아졌다. 성현이 손가락을 뻗어 그녀의 이마를 문질렀다.

"왜지 알아?"

동희가 고개를 저었다.

"당신 지금 내 밑에 깔려 있거든."

"이, 이! 나쁜……."

동희가 주먹을 불끈 쥐고 그를 때릴 듯 들어 올리자 성현이 재빠르게 손목을 잡아챘다.

"이 솜방망이 같은 주먹은 나중에 기분 좋을 때 써 먹자고. 아직은 아니야."

그가 눈매를 야하게 휘어 올리며 찡긋 한쪽 눈을 감아 보였다. 장난스러운 표정을 보니 동희의 뾰족했던 마음도 한겨울 훈풍에 눈 녹듯이 녹아내렸다.

동희가 저도 모르게 혀를 내밀어 입술을 핥았다. 그녀는 그저 당황스럽고 어찌할 줄 몰라 한 행동이었는데 그의 눈빛에 불길이 일었다.

"공주님이 자꾸 날 도발하네."

그가 잡고 있던 그녀의 손을 내려놓고 가슴을 꽉 쥐어짜듯 움켜쥐며 주물거렸다.

"아아……."

그녀의 입에서 여린 신음이 연신 새어 나온다. 분명 그의 손이 가슴을 잡고 힘을 주는데 아프지 않고 야릇한 기분만 든다. 아니, 조금 더 세게 만져 주기를 원하고 있다.

그녀의 생각을 알아챈 것처럼 그의 머리가 점점 아래로 내려가더니 발목을 핥았다. 복숭아뼈를 입안에 넣고 빨아들인 후 혀를 내밀어 종아리를 길게 핥으며 오목한 무릎 뒷부분을 강하게 흡입했다.

"아흑."

동희는 오묘하고 야릇한 기분에 손을 뻗어 그의 머리를 떼어 내고 싶었지만, 한편으론 성현이 멈추지 않기를 바랐다.

성현이 동희의 허벅지로 혀를 가져다 댔다. 톡톡 혀를 세우고 터치만 하는데도 자극이 강하게 가는지 그녀의 몸이 정처 없이 흔들렸다. 그가 입을 크게 벌려 허벅지 안쪽의 여린 살을 한껏 머금고 깊게 빨아들였다.

"아아아……."

동희의 엉덩이에 저절로 힘이 들어가고 고개가 뒤로 휙 꺾였다. 반응을 살피려 고개를 슬쩍 들어 올린 그가 손을 길게 뻗어 그녀의 눈가를 지분거렸다.

"당신 기분 좋은 건 알겠는데 눈은 감지 마. 당신의 눈이 나로 꽉 찬 걸 보고 싶거든."

말을 하면서도 그는 손가락을 멈추지 않았다. 이번에는 그녀의 내부 깊숙이 쑤시듯 들어왔다. 그 자극에 동희의 허벅지가 흐물흐물 벌어졌다. 그가 몇 번 휘저은 손가락을 빼 흐르는 애액을 확인하더니 갑자기 동희의 어깨를 잡고 일으켜 세웠다.

"뭐, 뭐예요?"
"당신은 그저 즐기기만 하라고."

뜻을 알 수 없는 말을 내뱉으며 그가 침대 중앙에 자리를 잡고 다리를 쭉 폈다. 엉거주춤 움츠리고 있는 동희의 허리를 잡고 무릎 위에 올려 앉혔다. 동희는 느닷없이 배에 닿는 그의 분신에 진저리를 쳤다.

툭툭 그녀의 배에 인사하는 그것에 당혹스러워 붉어진 볼을 귀엽다는 듯 한 번 쓸어내린 그가 갑자기 동희의 허리를 살짝 들어 올려 그대로 내리꽂았다.

"흐으으, 으읏."

다리를 쭉 펴 앉아 그녀의 허벅지와 그의 허벅지가 교차되어 맞물렸다. 그의 분신이 강하게 내벽을 흔들자 안쪽의 세세한 주름들이 한꺼번에 만개하듯 기지개를 폈다. 적나라하게 느껴지는 감각에 동희는 금방이라도 기절할 것 같았다.

어떡해. 키스하고 싶어.

강한 욕망이 그녀를 휘감았다. 그녀와 눈을 맞춘 성현이 싱긋 미소를 지었다. 마치 네 마음을 알고 있다는 의미처럼 보여 동희가 눈을 질끈 감았다.

느낌이 세밀해졌다. 살아 있는 무언가가 그녀 안에서 움직였다. 얽히고설켜 하나가 된다.

모든 느낌이 진동으로 변해 그녀를 미치게 만들었다. 동희가 저도 모르게 엉덩이를 움직이기 시작하자 성현의 입매가 흐뭇하게 휘어졌다.

"아흣, 아아아."

그녀의 입에서 신음이 흐르고 그가 손을 뻗어 동희의 허리 뒤에서 단단히 깍지를 끼었다. 그리고 그에게로 바싹 끌어당겼다. 안에 있던 분신의 위치가 바뀌었다. 새로운 곳에 느껴지는 강한 자극에 동희가 자지러질 듯 비명을 내질렀다.

"아흐읏. 아읏."

어쩌면 좋아. 너무 기분 좋아서 죽을 것 같아.

동희는 엉덩이에 힘을 주고 안을 조였다. 살짝살짝 움직이며 좀 더 강한 자극을 찾아 스스로 움직였다. 그녀는 그렇게 열중하는 자신의 모습이 얼마나 색정적이고 아름다운지 알지 못했다. 성현이 황홀한 눈빛을 빛내며 그녀를 바라보고 있다는 것도.

동희가 성현의 어깨에 양손을 얹고 허리 뒤를 받치는 그의 손을 지지대 삼아 길게 허리를 뒤로 늘였다. 자극을 찾아 무의식적으로 하는 행위였다. 이번에는 성현의 입에서 거친 신음이 터졌다.

"흐읍."

허리가 뒤로 젖혀지며 그녀의 엉덩이가 그의 사타구니에 밀착해 문질러지자 그에게도 강한 자극이 물밀듯 밀려왔다.

그의 눈빛이 사납게 변했다. 눈앞에서 유혹하듯 흔들리는 젖가슴을 향해 입을 크게 벌렸다. 맹수가 맛난 먹이를 잡아먹으려 한껏 입을 벌린 모습과 겹쳐져 동희가 부르르 몸을 떨었다.

"제법인데. 반격도 할 줄 알고."

알 수 없는 그의 말에 동희는 혼미한 와중에도 갸웃거렸다.

이 남자 무슨 말을 하는 거지?

그러나 그녀의 생각은 여기까지가 한계였다. 그가 갑자기 뒤로 훽 드러누웠다. 한 번 강하게 허리를 튕기며 그녀의 한쪽 다리를 힘껏 움켜잡아 균형을 잡은 뒤 다른 쪽 다리를 가져와 발가락을 입에 물고 쭉 빨았다. 경악하는 동희의 눈을 보고 그가 섹시하게 눈웃음을 쳤다.

"이제 당신이 해 봐."

"뭐, 뭘요."

연신 허리를 들썩이는 그의 몸짓으로 인해 거의 기절할 지경이었다. 동희의 눈이 동그래졌다.

"오른쪽 발과 엉덩이에 힘을 주고 왼쪽 다리를 옆으로 옮겨."

"이, 이렇게요?"

"무릎을 붙이고 허리를 움직여…… 그렇지. 그렇게. 아!"

그의 요구대로 엉거주춤 몸을 움직이던 그녀가 앞으로 휘청했다. 성현이 급히 손을 뻗어 그녀의 손을 뒤로 당겨 바닥을 짚게 만들었다.

동희는 졸지에 그와 마주 보고 앉아 있던 상태에서 그의 분신을 안에 품은 채 옆을 보고 그의 배 위에 앉는 형태가 되었다.

"아! 이게 무슨……."

그러나 그녀는 이번에도 말을 잇지 못했다. 그가 그녀의 아랫배와 허리에 손을 대고 양옆으로 살짝살짝 흔들며 위아래로 움직였다.

"하으. 으윽."

새로운 곳에 낯선 전류가 온몸을 관통하며 가로지르는 느낌에 동희의 입에서 신음이 절로 새어 나왔다.
그녀가 조금 익숙해진 듯하자 그가 허리를 튕기고 엉덩이를 돌리며 화려한 춤을 추었다. 동희도 그에 맞춰 저절로 몸을 들썩였다.

"너무 깊어요. 성현 씨, 조금만 빼……요."

요추까지 쿡쿡 찔러 오는 것 같은 강한 느낌에 동희가 애원했지만, 그의 비웃음만 살 뿐이었다.

"이제 시작인데. 좀 더 내려놓고 즐겨. 섹스는 원초적인 거야.

온갖 허례와 허식을 벗고 벌거벗은 자신을 있는 그대로 즐기는 거라고."

그러나 그에게도 자극이 심했는지 그의 입에서도 거친 신음이 여과 없이 흘러나왔다.

"당신의 근사한 엉덩이를 보여 줘. 다시 한 번 돌아봐."

그녀는 뭐에 홀린 듯 그의 말을 따랐다. 순식간에 그녀는 그의 다리를 보고 앉는 자세가 되었다. 이젠 조금 알 것도 같아 그녀가 입에 빙긋 미소를 물고 그의 나무토막같이 탄탄한 장딴지에 두 손을 댄 채 엉덩이를 슬쩍 들었다.

성현의 눈앞에서 하얗게 빛나는 동희의 엉덩이가 야하고 매혹적인 춤을 추기 시작했다.

"흡. 흐."

등 뒤로 들리는 그의 억누른 신음 소리가 그녀를 더욱 자극했다. 얼굴이 보이지 않았지만 신음 소리만으로도 그녀는 갈 것 같았다. 그의 일그러진 얼굴이 상상이 되었고 만족시키고 있다는 자부심이 끓어오르는 뜨거운 열기와 함께 불타오르게 만들었다.

기어코 그가 참을 수 없다는 듯 그녀의 허리를 움켜쥐고 다시 자세를 바꿨다.

이제 두 사람은 다시 얼굴을 마주했다. 동희는 이글이글 타오르는 성현의 눈동자를 바라보며 붉은 혀를 내밀어 아랫입술을 할짝거렸다. 마치 그를 유혹하는 것처럼.

"하나를 가르치면 열을 알죠. 날 우습게 보면 큰코다쳐요."

"그 말 접수하지."

성현이 말과 동시에 그녀를 밀어 넘어뜨렸다. 그녀의 양다리를 그의 어깨에 걸치고 아직도 결합되어 있는 그의 분신을 강하게 쑤셔 넣고 빼기를 반복했다. 귀두가 입구까지 빠져나오자 동희가 칭얼거렸다.

"흐응. 싫어요."

동희의 앙탈에 그가 다리를 어깨에 얹은 채 두 손을 뻗었다. 동희가 그의 손을 잡고 함께 움직이기 시작했다. 그녀의 허리에 힘이 들어가며 내부가 바짝 조여들었다.

그의 분신을 압박하며 동희가 움직이자 성현의 미간이 일그러지며 강하게 치고 들어갔다. 동희는 혼이 빠져나가는 것 같은 기분에 몸과 마음이 훨훨 허공을 나는 착각이 일었다.

"아아."

"아직. 조금만…… 참아. 조금만 더."

그의 엉덩이가 빛의 속도로 치고 빠지기를 반복했다. 정신을 놓지 않으려 애쓰던 동희가 기어코 정신 줄을 놓았다.

무언가 팍 그녀의 내부에서 폭발했다. 그녀의 몸이 한 줌 먼지가 되어 멀리멀리 날아올랐다.

눈앞에 천국이 펼쳐졌다. 뇌수까지 꽉 차오르는 기쁨은 말로 설명할 도리가 없을 지경이었다. 온몸을 채우는 행복 속에서 그녀는 눈을 감았다. 한 줄기 맑은 눈물이 그녀의 눈가를 적시고 베개까지 축축하게 적셨다.

아무리 꿈속이라지만 동희는 절정의 환희와 함께 찾아오는 죄책감에 자신을 용서할 수 없었다. 또한, 이렇게 멋진 남자를 가진 그의 여자가 부러웠고 미웠다. 내가 먼저 만날 수 있었다면 얼마나 좋았을까. 그녀의 마음을 대변하듯 흐르는 눈물에 온몸이 잠겨 드는 것 같았다.

"으으음."

푹 자고 일어난 개운한 기분. 길게 기지개를 켜던 동희가 문득 옆에서 느껴지는 인기척에 깜짝 놀라 눈을 번쩍 떴다. 눈앞에 펼쳐진 널찍한 가슴팍. 그녀는 기절할 것 같았다.

"뭐, 뭐지?"

그녀는 긴 머리를 풀어헤치고 누군가의 가슴팍에 코를 묻고 자고 있었던 것이다.

동희의 눈이 경악으로 크게 벌어지는 건 순식간이었다. 격렬했던 지난밤의 꿈이 선명히 떠올랐다.

동희는 얼른 자신의 몸을 내려다보았다. 다 벗고 있었다. 아니 팬티는 입고 있었지만. 어찌 된 일인지 기억이 오락가락했다.

"그, 그럼 그게…… 꿈이 아니었단 말이야?"

말도 안 돼. 이건 말이 안 된다. 벌떡 일어나려던 동희가 성현의 뒤척임에 잠시 얼음이 되었다. 그는 아직 곤히 잠들어 있었다. 그가 움직임을 멈추자 그녀가 살며시 몸을 일으켰다.

그녀가 꿈이라고 생각하고 매달린 것이라 현실이었다는 사실에 동희는 덜컥 심장이 내려앉았다.

그녀는 생각이란 걸 할 시간도 없이 침대를 빠져나와 급하게 옷을 입고 캐리어를 조심스럽게 끌어안은 채 객실을 도망쳐 나왔다. 세수도 못 하고 챙이 긴 야구 모자를 깊게 눌러쓴 뒤 도둑처럼 호텔을 떠났다.

그녀는 택시를 불러 타고 공항으로 향했다. 그의 얼굴을 볼 수 없었고, 자신의 행위를 용서할 수 없었다. 그저 그런 일탈은 상관없었다. 그와 그녀는 이미 완벽한 성인이었으므로. 하지만…….

"다른 여자가 있는 남자랑 바람나는 건 얘기가 다르지. 내가 왜 그런 짓을 저질렀을까. 미친 게 틀림없어. 현동희 미쳤구나. 미쳐도 곱게 미쳐야지. 어쩔 거야, 이제."

그녀는 울고 싶었다.

"아니야. 그 여자랑 헤어졌을 수도 있잖아. 그러니까 어젯밤 나랑 잔 거 아닐까?"

어젯밤은 순전히 그녀의 실수였다. 그녀는 꿈이라 생각하고 그를 도발했으며 사랑의 행위를 나눴다. 그러면서 얼마나 행복해했던가. 아니, 서글퍼했었나. 알고 싶지 않았다.

성현이 눈을 떴을 때 얼마나 놀랄지는 동희의 머릿속에 있지 않았다. 그가 어떤 마음으로 그녀와 사랑을 나눴는지도 생각하고 싶지 않았다.

단지 견딜 수 없는 죄책감만이 그녀의 마음을 온통 검은빛으로 물들이고 있었다.

⁂ ⁂ ⁂

서울로 돌아온 그녀의 정신이 반쯤 가출해 있는 건 당연한 일이었다.

"현 대리, 출장 보고서 다 작성했으면 내 책상에 가져다 놔요."

"네, 팀장님. 마무리 지어서 퇴근 전까지 제출하겠습니다."

용가리 팀장의 추상같은 명령이 떨어졌다. 물론 동희도 오늘까지 출장 보고서를 꼭 제출해야겠다고 마음먹었었다. 그런데 저렇게 콕 찍어 말하니 괜한 반발심도 생기는 것이다.

미국 출장을 다녀온 후에 생긴 이상한 후유증이었다. 무슨 일을 해도 심드렁했고 누군가 옆에서 무슨 말만 해도 짜증이 치솟았다.

그녀가 미국 출장에서 돌아온 지 사흘이 지났다. 다친 발목으로 신주애의 마지막 경기를 취재하고 인터뷰도 무사히 마치게 된 건 순전히 성현의 도움이 있었기 때문에 가능한 일이었다.

윌리엄스버그에서의 일을 떠올린 동희가 강하게 고개를 흔들었다. 그녀의 머릿속에는 며칠 전의 일이 콕 박혀서 떨어질 줄 모르고 있었다.

"하아, 어떻게 그런 일이……."

그녀의 행동을 옆자리의 은선이 이상하다는 듯 보며 말을 걸었다.

"현 대리님, 발목은 괜찮으세요?"

"응, 거의 다 나았어. 고마워, 은선 씨."

사실 용가리 팀장이 저렇게 출장 보고서를 닦달하는 것도 이유가 있었다.

동희는 지난 이틀 동안 병원에 다니느라 보고서를 작성할 시간적 여유가 없었다. 미국에선 괜찮은 듯싶었던 발목이 한국에 들어오자마자 문제를 일으켰다. 의사의 말로는 긴장이 풀어져 그런 거란다. 염증이 심하진 않으니 걱정하지 말라면서 대수롭지 않게 말했었다.

또다시 한숨을 뿜어내며 자신의 발목을 원망스러운 시선으로 내려다보던 동희가 은선의 물음에 답하며 웃었다.

"아니에요. 출장 기간에 다치셔서 일하는 데 힘드셨죠? 고생 많으셨어요, 정말."

"괜찮아. 크게 불편한 건 없었어."

말은 그렇게 했지만 사실은 불편했었다. 그것도 아주 많이. 은선에게 보이는 웃음이 입술만 끌어 올린 채 눈은 굳어 있다. 그녀는 다친 발목 때문에 성현을 따라 인협의 집에 가야 했고 그곳에서 죽을 때까지 보고 싶지 않았던 주승을 만났다.

판도라의 상자가 열린 것처럼 과거의 기억에 시달려야 했다. 정말 될 수 있으면 죽을 때까지 떠올리고 싶지 않았던 일이었는데. 심지어 의도치 않게 성현에게 과거가 알려져 자존심을 상하게 만들었다.

무엇보다 있어서는 안 되었던 그와의 하룻밤! 그렇게 도망쳐 나온 뒤로 그녀는 초조한 하루하루를 보내고 있었다. 그가 찾아오면 어떡하나. 동희는 여전히 그와 격렬한 하룻밤을 보냈다고 착각하고 있었다.

"그래도 도와주신 분이 계셔서 다행이었네요. 어떻게 현 대리님 출장 기간에 딱 맞춰서 거기 계셨대요."

"그러게 말이야. 내가 운이 좀 좋았지, 뭐."

아니 사실은 운이 억세게 나빴지만 그대로 말할 수는 없으니 대충 둘러댔다. 동희가 윌리엄스버그에서의 일을 생각하는 동안 은선은 계속해서 말을 하고 있었다. 말할 사람이 없어서 많이 외로웠나 보다. 동희가 출근한 걸 제일 반가워한 사람이 은선이었으니 말 다했다.

"뭐하시는 분이신데요? 원래 잘 알던 분이셨어요?"

다친 발목으로 출장 일정을 제대로 끝낸 것을 모두 궁금해 했다. 어쩔 수 없이 동희는 도와준 사람이 있었다고 슬쩍 운을 뗐다. 그랬더니 저렇게 질문이 따라다닌다. 별로 그에 대해 생각하고 싶지 않은데. 아니, 이미 머릿속에 둥지를 튼 그를 끄집어낼 수만 있다면 얼마나 좋을까. 대충 장단을 맞추고 있지만 동희의 속은 말이 아니었다.

"응, 뭐…… 대학에서 가르치는 사람이야."

"우와, 교수님이세요? 젊은 교수님이라니 너무 멋져요!"

동희는 은선의 과장된 말투며 표현에 거부감이 들었다. 자꾸만 잊고 싶은 기억을 되살리는 질문에도 짜증이 났다. 물론 은선은 아무것도 모르고 그저 신기한 마음에 저렇게 말을 하는 거겠지만. 동희가 약하게 한숨을 내쉬며 은선에게 되물었다.

"내가 언제 젊은 교수라고 말했나. 은선 씨한테?"

조금 차가운 듯한 동희의 음성에 은선이 당황하며 얼굴을 붉혔다.

"어? 아니에요? 전, 그냥 현 대리님께서 그분 말씀하실 때 표정이……."

"내 표정이 왜?"

은선의 생각지도 못한 말에 오히려 동희가 당황했다. 표정이라니? 도둑이 제 발 저린다는 말이 괜히 있는 게 아닌 모양이다. 동희는 뜨끔해져서 오히려 눈을 동그랗게 떴다.

"아련해 보인다고 할까? 그래서 혹시나 하고…… 대리님께서 좋아하시는 분인가 생각했죠. 아니면 죄송합니다."

은선의 말을 들으며 동희가 손을 들어 자신의 얼굴을 쓸었다. 전혀 터무니없는 말이 아니기에 당황스러워 행동이었다. 그를 말할 때 내 표정이 그 정도였던가. 아무도 모르게 꾹꾹 눌러 놓은 속마음을 들킬 정도로. 한심하다, 진짜.

그녀는 은선을 바라보던 시선을 돌려 검게 바뀌어 있는 자신의 모니터를 응시했다. 말이 없어진 동희가 이상했는지 은선이 의아한 눈빛으로 살피는 게 느껴졌다. 동희가 얼른 억지로 입술을 끌어 올렸다.

"그냥 조금 아는 분이었어."

"크게 한턱 쏘셔야겠네요."

은선이 발랄한 목소리로 오지라퍼의 위력을 발휘하며 떠들어 댔다.

"글쎄, 뭐 연이 닿으면 그렇게 되겠지. 나 보고서 마무리 지어야 해서……."

동희가 진하게 배어 나오는 절망을 씹어 삼켰다.

"아, 죄송해요. 바쁘신 분 잡고 말이 길어졌네요."

"아니야."

보고서를 핑계로 은선의 입을 막아 버린 동희가 그제야 키보드에 양손을 올리며 한 글자 한 글자 써 내려가기 시작했다.

그 사람을 만날 일이 있을까.

아니, 없어야 한다. 그러지 않아야 한다. 그와의 하룻밤을 없었던 것처럼 버려야 한다. 그는 어떻게 생각하고 있을까. 아침이 되어 눈을 뜨고 사라진 그녀에게 진한 배신감을 느꼈겠지.

물론 성현이 느낀 배신감은 동희의 생각과는 전혀 다른 것이었지만 그걸 모르는 그녀는 너무 겁이 났다. 그러면서도 그를 보고 싶어 하는 자신의 마음을 꾹꾹 내리눌렀다. 의미를 알 수 없는 슬픔이 숙성되고 있는 와인의 거품처럼 튀어 올랐다.

"엄마! 힘들었어."

동희가 집 안으로 들어서며 가방을 소파에 내던지곤 엄마인 문 여사를 꼭 끌어안았다. 문 여사가 자신에게 엉겨 붙는 딸아이를 밉지 않게 흘겨보며 동희를 툭 밀어냈다.

"아휴, 징그럽게 왜 이래. 너 언제 철들래. 네 친구는 벌써 결혼하고 애까지 가졌는데…… 넌 도대체!"

문 여사의 입에서 속사포 같은 잔소리가 시작될 기미가 보이자 동희가 후다닥 주방으로 달려갔다. 저녁 준비를 하던 올케 희영에게 매달리며 도움을 청했다. 문 여사가 그런 동희의 모습을 한심하다는 듯 쳐다보며 혀를 끌끌 찼다.

"언니! 오늘 저녁 메뉴는 뭐예요? 나 배고픈데……."

"아가씨 좋아하는 코다리 찜 했어요. 오늘 양념이 아주 제대로 배어서 맛있을 거예요."

"우리 언니 최고! 점점 더 배가 고파지는데요."

동희가 환성을 지르며 좋아했다. 그녀가 유난히 좋아하는 음식이 코다리 찜이다. 특히 우울한 일이 있을 땐 매콤하고 달

짭지근하며 쫄깃쫄깃한 코다리 찜을 먹으면 머리가 맑아져 더 좋아했다.

"올라가서 씻고 옷 갈아입고 내려오세요, 아가씨."

동희의 상태가 별로인 걸 눈치챘는지 희영이 특별히 그녀를 위해 요리를 준비한 모양이다. 동희가 엄지를 척 올리며 환하게 미소 지었다.

"넵! 알았습니다. 전 그럼 이만……."

그녀가 희영에게 어리광을 부린 후 제 방을 향해 빠른 걸음으로 움직였다. 그 모습이 내심 불안해 보여 문 여사가 걱정스러운 타박을 놓았다.

"저 철부지, 저걸 어째. 얘, 동희야! 살살 걸어. 발목 아직 다 나은 거 아니다. 그거 은근히 오래가."

"알았어요, 알았어. 엄마는 걱정을 사서 하시지. 엄마 그러다 노인네 소리 들어."

"저게! 그러게 누가 다쳐 오래! 식구들 걱정만 잔뜩 시킨 게 누구야 도대체!"

동희가 2층 복도로 사라지며 목소리를 높여 문 여사를 놀렸다. 그녀의 뒷모습을 흘겨보던 문 여사가 고개를 흔들며 소리를 질렀다.

"안 들려! 안 들려!"

동희의 모습이 사라지고 그녀의 목소리만 천장을 울리며 메아리처럼 들려왔다. 문 여사와 희영이 서로 마주 보며 눈꼬리를 접었다. 누가 뭐라든 동희는 이 집안의 사랑스러운 막내였고 분위기 메이커였다.

그런데 출장을 다녀온 후 동희의 분위기가 조금 달라졌다. 전엔 풋풋하고 신선한 과일 같았다면 요즘엔 농익은 과일의 짙은 향이 배어 나왔다. 미국에서 무슨 일이 있었는지 걱정됐지만 말도 없고 나쁜 일은 아닌 것 같아 조용히 지켜볼 뿐이었다.

4

만날 사람은 만나게 된다

"아빠!"

현 회장이 팔짱을 꼭 끼며 어깨에 머리를 비비는 막내딸을 사랑스럽게 내려다보다 미소를 지었다. 문 여사가 옆에서 투덜거리는 소리가 들렸고, 뒤따라 들어오던 큰오빠 동우는 다 커서 어리광을 부린다며 고개를 저었다.

"그래. 발목은 좀 괜찮아졌어?"

"네, 많이 좋아졌어요. 걱정 끼쳐서 죄송해요."

현 회장의 걱정스러운 물음에 동희가 얼굴을 긁적였다. 다 커서 부모님을 걱정시켰으니. 심지어 혼자 처음으로 장기 출장 중이던 때였으니 그 걱정이 오죽했으랴.

"알면 됐다. 좀 조심하지, 왜 그렇게 덜렁대. 그놈의 성격은 어째 밖에 나가서도 고쳐지지 않는 모양이구나. 아무튼 고생했다."

"안에서 새는 바가지 밖에서도 새는 이치죠. 조심 좀 해, 인마."

큰오빠 동우가 아버지 옆에서 한마디 거든다.

동희가 현 회장의 말에 대답하다 자신의 머리를 툭 치는 큰오빠를 바라보며 눈을 세모꼴로 세우고 입술을 삐죽였다. 그러다 얼굴 전체를 꽃처럼 활짝 피우며 동우를 애절하게 불렀다.

"오빠아!"

"아직 보고서 올라오지 않았다. 더 기다려."

동우가 식탁에 앉으며 툭 말을 뱉었다. 동희의 속셈을 모르는 바가 아니기에 미리 방어하는 것이었다. 동희가 입술을 오리 주둥이처럼 쭉 빼고 불퉁하게 투덜거렸다.

"나 정말 열심히 했거든. 결과에 상관없이 차 사 줘야 한다고!"

"왜 결과에 상관없어? 결과에 상관이 있지. 자신이 없는 모양이네."

"아니거든! 나 완전 자신 있거든!"

"그럼 얌전히 기다려."

동희가 동우의 말에 크게 한숨을 쉬었다. 고등학교를 졸업하고 운전면허를 땄을 때 동우의 차를 몰고 나갔다가 접촉 사고를 낸 적이 있었다. 그걸 빌미로 아직까지 동희는 제 차를 가지지 못했다.

이번에 미국 출장 건을 잘 마무리 짓고 돌아오면 동우가 차를 사 주기로 약속했었다. 그래서 성현의 도움까지 받으며 악착같이 일을 제 손으로 마무리 지은 것이었다.

"나도 차 가지고 싶단 말이야. 회사 다니기 얼마나 불편한지 알아? 오늘만 해도 그래. 택시 불러 타고 오는데…… 택시비가 더 나온단 말이야!"

"택시비는 내가 줄 테니까 걱정하지 마."

남매의 투덕거림을 현 회장과 문 여사는 미소를 띠며 바라보았다. 오래전 동희가 사고를 냈을 때 동우가 부모님에게 간곡하게 부탁을 했었다. 동희의 차는 그녀가 준비되었다고 생각될 때 자신이 사 주겠다고.

그때 큰 사고로 이어져 막내 동생을 잃을 뻔했다. 동우는 동희에게 차 키를 함부로 맡긴 걸 줄곧 후회해 왔다. 하나밖에 없는 여동생이 예뻐 조르는 대로 빌려준 것인데 그런 결과를 초래하다니. 동우는 아직도 그때 생각만 하면 가슴이 툭 떨어졌다.

오빠에게 자신의 주장이 전혀 먹히지 않자 이번에는 아버지인 현 회장을 공략하기 시작했다.

"그럼 나 독립시켜 줘! 내 돈으로 산다고 해도 못 사게 하고. 아빠, 나 회사 근처에 오피스텔 얻어 주세요. 독립할래요. 차도 없는데 회사 다니기 힘들단 말이에요!"

어리광을 부리던 동희는 결국 제 풀에 지쳤다. 식탁의 어느 누구도 그녀의 말을 진지하게 들어 주지 않았고 동우의 타박만 배 터지게 들었다.

“현동희! 헛소리 그만하고 밥이나 먹지?”

“언제까지 날 애 취급할 건데?”

동희가 혼잣말하듯 중얼거리며 가볍게 한숨을 쉬었다. 알고 있었다. 하지만 그녀는 고인 물이 아니었고 되고 싶은 마음도 없었다. 바람이 불 듯 자유로워지고 싶었으며 날아오르고 싶었다. 사랑하는 가족들의 관심이 매번 부담스럽고 버거워지기 시작한 지 꽤 오래되었다.

동희는 깊게 눈을 감고 터져 나오려는 한숨을 뱉게 내뱉었다. 누군가 그녀의 날개를 풀어 줬으면 좋겠다. 생각에 잠긴 그녀의 귓가로 큰오빠와 아버지의 대화가 멀게 들려왔다.

“참, 아버지. 이번에 지난번 기획 팀에서 올린 프로젝트, 구체적으로 진행이 될 예정입니다.”

“외부 대학교수를 초빙해서 젊은 인재를 발굴하는 프로젝트였지?”

“네. 맞습니다.”

“괜찮은 것 같더구나. 취지가 좋아. 그룹 이미지에도 좋을 것 같고 사회 환원 차원에서도 좋은 본보기가 되겠더군.”

현 회장이 고개를 주억거리며 만족스러운 표정을 지었다. 동우 역시 고개를 끄덕이며 맞장구를 쳤다.

“그렇죠? 그 프로젝트를 책임지고 진행할 교수가 미국에 있어서 계속 이메일로 진행 중이었는데 이번에 한국으로 돌아왔답니다.”

"그래? 그거 잘됐구나."

"네. 기획도 완성 단계이고 진행할 교수도 돌아오고 잘될 것 같아요."

동우가 정말 다행이라는 표정으로 말을 이어 갔다. 현 회장도 관심을 가지며 궁금한 표정을 지었다.

"그래, 그 교수가 누구냐?"

"마침 동주 사돈네 학교인 은현 대학에 재직 중인 교수예요. 부친이 은현 대학 총장이시고요. 최성현 교수라고."

"뭐! 최성현?"

멀리 안드로메다를 헤매던 동희의 정신이 최성현이란 이름에 번쩍 지구로 귀환했다. 제 집 식탁에서 저 이름을 들을 거라고는 상상도 못 했다. 황당함을 넘어 경악스러울 지경이었다.

묘한 눈빛을 한 동우가 동희를 돌아보았다. 그녀의 과한 반응에 식탁 위의 모든 사람들의 눈도 휘둥그레졌다.

"왜? 동희 너도 아는 사람이냐?"

"아니, 그냥……."

동희는 우물쭈물 얼버무리며 입을 다물었다. 왜 그의 이름이 식탁 위를 날아다니는지 알아야 했다. 가슴이 두근두근 두방망이질 치기 시작했다. 그녀는 귀를 쫑긋거리며 이야기의 주제를 파악하기 위해 애썼다.

"그래서 얘기는 다 된 거냐?"

"어느 정도는요. 사실 기획 팀에서 이 프로젝트를 기획할 때 최성현 교수가 운영하는 단체를 모티브로 했다고 합니다. 그래서 최 교수 미국 있을 때부터 메일을 주고받으며 일을 진행시켰고요. 이번에 서울로 돌아오게 되면서 프로젝트가 구체적으로 실행 가능해진 거지요."

"그래. 시기에 딱 맞게 되었구나."

"그런 셈이에요."

현 회장이 식사를 마치고 수저를 놓으며 고개를 끄덕였다. 현 회장은 숭늉으로 입가심을 하며 구체적인 팀 결성을 궁금해했다.

"그럼 프로젝트 팀은 어떻게 꾸릴 셈이냐?"

"그게 각 부서에서 한 명씩 차출할 생각입니다. 어차피 프로젝트가 어느 정도 궤도에 오르고 나면 그때 가서 새로운 인원을 보충해도 될 것 같아서요. 최소한의 인원으로 시작하기로 했어요."

"그래. 각 팀에서 좋은 인재들을 한 명씩 뽑아 봐. 몇 명 정도냐?"

"팀장을 맡은 최 교수 포함 네 명 정도입니다."

"좀 적은 것 같구나."

현 회장이 약간 미간을 좁히며 말하자 동우가 고개를 저었다.

"저도 그렇게 생각했는데 최 교수가 그 정도면 충분하답니다. 기존의 연구소 팀원들과 공조를 하면 된다고 하더군요."

"그래? 담당할 사람이 그렇다면 그런 거겠지. 신경 써서 지원해 주도록 해라.”

“네. 동희 너는 홍보 팀 대표로 특별 프로젝트 팀으로 합류해라.”

“내가 왜? 싫어!”

아버지와 오빠의 대화를 유심히 듣고 있던 동희는 자신에게 화살이 돌아오자 펄쩍 뛰었다.

내가 왜 그 남자랑 함께 일을 해야 하는데! 절대 안 될 일이지.

안 그래도 자꾸 머리 한구석에 들러붙어 떨어지질 않는데 매일 얼굴을 봐야 한다면 자신이 어떻게 될지 알 수 없었다. 원나잇을 한 상대와 마주하는 것도 큰일날 일인데 그와 함께 일을 하다니 절대 있을 수 없는 일이다.

무조건 싫다는 그녀의 말에 동우가 가볍게 혀를 차며 인상을 썼다.

“싫은 게 어디 있어. 말단이 하라면 하는 거지.”

“아무리 그래도 그렇지. 말단은 자기 의견도 없나 뭐. 하기 싫단 말이야. 오빠! 내가 다른 일 열심히 할게. 그 일은 빼 줘.”

“시키는 대로 해. 이번 일 제대로 배워 두면 너한테 다 득이 될 거다. 그리고 프로젝트 팀 가동되면 바빠질 테니까 차 한 대 뽑아 줄게.”

“아악! 오빠 정말 약았어.”

“이게 협상이라는 거다, 애송아.”

동우가 차라는 당근을 눈앞에 살랑거리며 회유를 했지만 동희는 그럴 수 없었다. 아직은 그를 볼 수 없을 것 같았다.

"그래도 싫어. 차 안 사 줘도 좋으니까 그 일 안 할래."

식탁에 있던 식구들의 눈이 다들 둥그레졌다. 모두들 동희가 얼마나 차를 원하는지 잘 알고 있기 때문이다.

억울하고 쓰린 마음에 속으로 나쁜 오빠라는 말을 수도 없이 했지만 아닌 건 아닌 거였다. 도저히 그와 얼굴 마주 보고 일할 자신이 없었다.

"안 돼. 동희 넌 꼭 그 프로젝트에 참석해야 해."

"왜? 하기 싫다니까!"

"그 프로젝트가 완성되면 네가 그 일을 맡을 확률이 크기 때문이야. 복지에 관한 프로젝트기 때문에 가족 중 한 명은 책임을 져야 하는 부분인데 나나 동주가 할 수는 없잖아. 그러니 네가 해야지."

"하지만……."

오빠가 저렇게까지 말하는데 더는 고집을 피울 수 있을 리가 없다. 동희는 이를 악물었다.

그래, 어차피 이 복잡한 마음을 정리할 필요도 있었어.

운명은 그와 그녀를 자꾸 만나게 만들었다. 그렇다면 피한다고 될 일이 아니겠지. 이왕 이렇게 된 거 그와 함께하면서 제 마음을 진실되게 들여다볼 생각이다. 그의 마음도, 그리고 아직 그 여자를 만나고 있는지도.

이제 자꾸 도망만 치는 바보 같은 짓은 그만두어야 할 때가 온 것 같다. 마음의 결정을 내리기가 힘들어서 그렇지, 그 후에는 망설이지 않고 직진하는 일만 남는다. 동희가 입술을 꾹 깨물었다.

두 남매의 정겨운 대화를 들으며 현 회장과 문 여사가 식탁에서 일어나 거실로 걸음을 옮겼다. 만면에 화사한 웃음꽃이 피었다.

그럼 그렇지. 동우가 이번에는 꼭 차를 사 주겠다고 하더니 저런 방법이 있었구먼. 현 회장이 남모르게 고개를 주억거렸다.

"교수님. 잘 다녀오셨어요?"

오랜만에 자신의 교수실로 들어서자 편안한 기분에 성현의 표정이 풀어졌다. 그래 봤자 무표정이 어디 가겠느냐마는. 책상에 앉아 있던 조교 수환이 벌떡 일어나 반갑게 인사를 건넸다.

"음."

성현이 학부 시절부터 낯이 익은 수환의 인사에 고개를 끄덕이며 인사를 받았다. 세미나를 가기 전까지 그를 돕던 조교는 그사이 졸업을 했다. 수환은 그의 후임으로 뽑힌 것이다.

수환은 은현 대학 최고의 인기 교수이자 최연소 정교수인 성현의 조교를 할 수 있게 되어 행복지수가 최고치에 달해 있었다. 장장 경쟁률 10대 1이었다고 혼자 으쓱거렸지만 실상은 성현이 여학생은 조교에서 제외했기 때문에 경쟁률이 반은 줄어든 셈이라 머쓱한 면도 없잖아 있었다.

"교수님 더 멋있어지셨습니다."

수환이 성현을 보며 눈을 크게 뜨고 연신 감탄을 쏟아 냈다. 안 그래도 연예인 못지않은 외모를 가진 미혼의 젊은 교수가 세미나에 다녀온 후 중후함이 더해졌다. 진하게 숙성된 와인처럼 깊은 매력을 뿜어냈다.

성현이 수환의 인사말을 무심하게 받아넘기며 고개를 끄덕였다.

저런 시크한 모습이 우리 최 교수님의 매력이지.

괜히 저 혼자 흐뭇해하고 있는 수환에게 성현이 교수실의 문을 열며 부탁했다.

"김 조교. 다음 학기 수업 일정표 좀 가져다주지."

"네, 교수님."

벌써부터 수업을 챙기시다니 역시. 수환이 책상 위에 어지럽게 널려 있던 수업 일정표를 정리해서 성현에게 가져갔다. 그를 바라보는 수환의 눈빛은 롤모델을 향한 존경심으로 반짝였다.

다른 사람이었다면 민망해할 정도였지만 성현은 신경 쓰지 않는 듯 그저 가져온 일정표를 세심하게 살폈다.

"경영학개론 하고 선물 경제학인가?"

성현이 신중하게 일정표를 보며 물었다,

"네, 교수님. 당장 잡혀 있는 수업은 그런데요. 아직 두 과목 정도가 더 남았습니다. 교수님의 재량으로 수업을 정하시면 될 것 같아요. 그러니까 이번 학기에 잡힌 학부 강의는 3학점짜리 네 과목이고요. 석사 과정 강의가 하나, 그리고 박사 과정에도 지도 교수로 참여하셔야 할 듯합니다."

"수업이 꽤 많군."

성현이 미간을 좁힌 채 턱을 만지작거렸다. 이번 학기는 산정 그룹과 진행할 프로젝트와 동희에게 올인 할 생각이었는데 아무래도 강의가 너무 많다. 미꾸라지처럼 자꾸만 빠져나가는 그녀에게 족쇄를 채울 필요가 있었다.

성현은 그날 아침 느긋하게 눈을 뜨고는 배신감에 치를 떨어야 했다. 동희가 감쪽같이 사라졌다. 뛰어야 벼룩이라고 서울로 갔을 거라는 걸 알지만, 혼신의 힘을 다해 며칠 동안 그녀를 도왔던 그로서는 혼자 버려진 아침이 기가 막혔다. 도대체 왜 말도 없이 도망치듯 가 버렸는지 아직도 이해가 안 됐다.

성현은 동희가 어떤 오해를 하고 있는지 모르고 있었다. 멀쩡하게 며칠을 잘 지내 놓고 소리 소문 없이 사라진 그녀를 이해할 수가 없었다. 벌써 그녀에게 이런 취급을 받는 게 두 번째다. 자존심이 금이 가는 소리가 들렸다. 이럴 줄 알았으면 그날 밤에 그냥 확 안아 버리는 건데. 신사답지 못한 후회도 했다.

"김 조교, 이 중에서 뺄 수 있는 강의는 다 빼도록."

"안 됩니다. 학생들이 얼마나 교수님을 기다렸는데요. 졸업하기 전에 교수님 수업을 들을 수 있다고 기뻐하는 학부생들을 버리시면 안 돼요. 아시잖아요. 교수님 강의는 순식간에 마감되는 거."

성현의 말에 수환이 곤란한 얼굴로 고개를 저었다. 막말로 성현의 수업을 듣기 위해 일부러 졸업을 늦추는 학생이 있다는 루머가 돌 정도다. 그만큼 인기가 있었고 학생들에게 큰 도움이 되는 실질적인 강의다.

"그게 좀 곤란하겠는데…… 내가 이번에 외부 프로젝트를 한 개 맡게 되었거든. 일주일에 3일 정도는 그쪽으로 출근을 해야 한다네."

"외부라면 출강이십니까?"

수환이 고개를 갸웃거렸다. 그가 알기로는 성현의 외부 출강이 잡혀 있지 않았기 때문이다. 성현이 수환의 물음에 잠시 생각을 정리하는 듯 미간을 모으다 입을 열었다.

"아니. 출강은 아니고 산정 그룹이 진행하는 프로젝트인데 전반적인 진행을 내가 맡게 되어서 학교 강의를 많이 못 할 듯 하니까 조정을 좀 해 보도록 하지."

"산정 그룹과 함께 진행하는 프로젝트요? 대단하십니다, 교수님! 하지만 아무리 그러셔도 뺄 수업이 없어요."

성현의 설명에 수환의 입이 함지박만하게 벌어졌다. 무려 산정 그룹이었다. 그런 대기업의 프로젝트를 맡다니! 이건 학부 졸업생들에게 좋은 소식이긴 했지만, 그렇다고 수업을 빼자니 그 원망을 제가 다 들을 것 같아 불안해졌다.

"학부 수업 두 개랑 석사 과정을 빼지. 박사 과정 지도교수는 할 수 있을 것 같고. 그렇게 해 보자고."

성현이 수업 일정표를 들여다보며 빨간 펜으로 몇몇 수업에 동그라미를 그렸다.

분명 저 동그라미의 수업은 사라지는 거겠지. 수환의 등으로 식은땀이 주르르 흘렀다. 최 교수의 수업 시간을 알려 주며 동기들과 후배들에게 얻어먹은 술이 얼만데! 그의 애타는 절규를 알 리 없는 성현은 가차 없었다.

"교수님! 제발요. 저 그러다간 애들한테 몰매 맞아요!"

성현은 수환의 애타는 부르짖음에도 불구하고 정리한 수업 일정표를 그에게 내밀었다. 그리곤 손을 내저어 수환에게 나가라는 손짓을 했다.

수환이 울상이 되어 교수실을 나갈 때까지 계속 뒤돌아보았지만 성현은 의자를 뒤로 돌려 창밖을 응시했다. 여름이 한창인 교정은 푸르름이 가득했고 젊음의 열기가 빠져나간 캠퍼스는 고요한 적막만이 흘렀다.

"현동희, 이렇게 다시 만날 줄 몰랐을걸. 기대해도 좋아."

한참을 앉아 있던 성현의 입에서 가벼운 웃음소리와 함께 음산한 목소리가 흘러나왔다. 듣는 이는 아무도 없었지만 결코 가벼운 내용은 아니었다.

동희는 윌리엄스버그에서의 만남을 끝으로 다시는 그를 만나지 않으려 생각했을 것이다. 물론 그녀가 그렇게 단정하진 않았지만 그의 기분이 그랬다. 왜 그러는 건지 도무지 그 이유를 알 수 없어 답답했다. 아무리 봐도 그를 피하는 게 분명했다.

"고이 지켜 줬더니 호의를 그렇게 배신해?"

그는 이번에는 확실히 그녀의 마음을 잡을 생각이었다. 분명 동희는 그에게 끌리고 있었다. 그런데 그녀는 그 감정을 애써 무시하려 한다.

효은과의 맞선 때문은 분명 아니었다. 이미 서로 알고 있었던 사실이고, 실상 그 덕분에 두 사람은 만나게 되었으니까. 그렇다면 그가 모르는 어떤 이유가 있을 것이 분명한데 그녀는 말하지 않는다. 이제 성현은 행동해야 할 때라는 걸 느꼈다.

그녀가 궁금했고, 예측할 수 없는 방법으로 그와 그녀를 다시금 마주치게 만들었다. 성현은 이 기회를 잡기로 결정했다. 그녀에게 본격적으로 다가가 볼 생각이다.

"현 대리, 당분간 프로젝트 팀으로 이동합니다."

출근하자마자 동희의 얼굴을 본 윤 팀장의 입에서 저 말이 튀어나왔다. 모르지도 않았건만 듣는 순간 동희의 얼굴이 미세하게 일그러졌다.

오빠의 당근에 넘어가는 게 아니었는데! 이제 와서 안 한다고 하면 오빠가 죽이려 들겠지?

그와의 관계를 확실하게 하기로 마음먹었음에도 여전히 한편으론 새록새록 마음이 기울려 했다. 동희는 윗니로 도톰한 아랫입술을 질끈 깨물었다. 자꾸만 흔들리는 갈대처럼 갈팡질팡하는 자신의 마음을 꼭 움켜잡았다. 그 와중에도 오지랖 넓은 은선은 눈을 동그랗게 뜨고 팀장과 그녀를 번갈아 쳐다보며 호기심을 발동시켰다.

"그럼 현 대리님 완전히 프로젝트 팀으로 발령이 난 거예요? 이제 홍보 팀으론 안 오시는 거예요?"

"아닙니다. 프로젝트 팀의 일이 마무리되면 다시 홍보 팀으로 복귀할 겁니다."

"아, 다행이에요. 현 대리님 다시는 못 보나 깜짝 놀랐거든요. 그럼 얼마나 걸릴까요? 팀장님."

은선의 궁금증은 끝이 없었다. 묻고, 묻고 또 묻고 자기 일도 아닌데 저 아가씨는 뭐가 저렇게 궁금한 게 많을까. 동희는 고개를 살래살래 저었다. 용가리 팀장이 곱게 넘어갈 것 같진 않은데. 아니나 다를까 그녀의 예상이 딱 들어맞았다. 팀장이 못마땅한 눈빛을 은선에게 쏘았다.

"현 대리의 일을 왜 은선 씨가 그렇게 궁금해합니까? 기간은 알 수가 없죠. 아직 시작도 안 한 일인데. 일이나 해요. 지금 산적해 있는 일이 눈에 안 보입니까? 현 대리마저 빠져나가면 모두 더 바빠질 겁니다."

"……네."

은선의 목소리가 오뉴월에 서리 맞은 대파처럼 폭 잦아들었다. 그럼에도 여전히 고개를 책상 아래로 숨기고 동희에게 소곤거리며 입을 삐죽였다.

“팀장님 오늘 기분 되게 저조하시네요. 혹시 현 대리님 다른 팀으로 가는 게 마음에 들지 않으신 걸까요?”

“설마.”

“하긴. 그렇죠?”

“응, 당연하지.”

말도 안 되는 은선의 추리에 동희가 절대 아니라는 듯 가볍게 실소를 지었다. 용가리 팀장은 처음 동희가 회사에 입사할 때부터 그녀를 마음에 들어 하지 않았다. 회사 오너의 딸이 자기 팀으로 들어오면 불편해하는 거야 당연했지만 용가리 팀장은 특히 거부감이 심했다.

오너 일가라면 시건방지고 오만할 거라는 편견을 깨기 위해 그녀는 정말 열심히 일했다. 실상 오빠들이나 현 회장은 오만하지도 않을뿐더러 오히려 털털하다는 평가가 자자한데도 왜 팀장이 선입견을 품고 있는지는 알다가도 모를 일이다.

동희의 끝없이 뻗어 나가는 생각을 은선의 목소리가 잘라냈다.

“정말 현 대리님도 모르세요? 언제 돌아오실지?”

은선의 궁금증은 하루해가 다 가도 풀어지지 않을 터였다. 하지만 저도 모르는 상황을 얘기해 줄 방법은 알지 못했다.

아직 팀이 구성되지도 않았다고. 이 아가씨야.

속으로 중얼거리며 그녀는 억지로 입매를 끌어 올렸다.

“응. 몰라. 아직 구체적인 프로젝트 내용도 모르는걸, 뭐. 어떻게 진행되는 건지도 모르겠고. 우선 팀장이 될 사람을 만나 봐야 대충이라도 알게 되지 않을까?"

"그렇겠네요. 현 대리님 가시면 심심해서 어떡해요!"

"내가 여태껏 우리 홍보 팀에서 은선 씨의 심심풀이 땅콩이었던 거야? 이런, 몰랐네."

동희가 은선의 장탄식에 장단을 맞추었다. 짜증스러운 마음이 한가득이었지만 함부로 표현할 수 없는 것이 그녀의 입장이었다. 조금만 쌀쌀맞게 굴거나 표정을 굳혀도 그날 사내 SNS가 난리가 난다. 역시 금수저라는 둥 제멋대로라는 둥, 그런 게 싫어서 동희는 밝히고 싶지 않았다. 하지만 오빠들과 아버지가 몰래 숨지 말고 당당하게 할 도리를 다하라며 허락하지 않았다. 울며 겨자 먹기로 동희의 존재는 대낮의 환한 태양처럼 밝혀졌다.

"아이참, 그런 거 아니고요. 우리 홍보부에 여직원이 많지 않잖아요. 현 대리님과 저뿐이었는데…… 아쉬워서 그런 거죠. 저 프로젝트 팀으로 자주 놀러 갈게요."

"그래. 그런데 나 본사로 당분간 출근할 텐데? 거기까지 놀러 올 수 있으면 놀러 와, 은선 씨."

이제 20대 초반인 어린 여직원의 애교 섞인 칭얼거림에 동희가 너그럽게 웃었다.

산정 백화점 안에 있는 백화점 홍보 팀과 본사에서 진행될 프로젝트 팀은 좀 멀었다. 그걸 알려 주며 동희는 슬쩍 미소를 지었다.

프로젝트 팀으로 옮기면 딱 하나 좋은 건 있겠구나. 이 아이의 짜증 나는 수다를 듣지 않아도 되는 것.

"어머나! 그렇구나. 에이, 놀러 갈 수도 없겠네요. 그런데 현 대리님, 프로젝트를 총괄하는 부서는 어디래요?"

"글쎄, 나도 잘……."

"프로젝트 팀을 이끌 팀장은 또 누굴까요? 혹시 아세요?"

"그, 글쎄? 그것도 잘……."

동희는 속으로 절규했다. 누가 제발 은선의 입을 좀 막아 준다면 뽀뽀라도 해 줄 수 있을 것 같다. 간절한 그녀의 마음을 아는지 모르는지 여전히 은선이 입술을 쏙 내밀고 종알거렸다.

"무슨 프로젝트일지는 모르지만 재미있을 것 같긴 해요. 매일 똑같은 업무만 보면 지겹잖아요. 가끔씩 일을 바꿔 보는 것도 괜찮을 것 같아요. 혹시 알아요? 팀장님이 젊고 멋진 분이면 완전 대박이잖아요. 부럽다."

"……."

동희는 이제 입을 닫았다. 더 이상 대꾸해 줄 말도 없었고 하고 싶지도 않았다. 자포자기한 그녀의 마음을 알기라도 하는 듯 용가리 팀장이 서늘하게 한마디 날렸다.

"자자, 일합시다. 현 대리는 은선 씨랑 박 대리에게 하던 업무 분산시켜서 넘기도록 해요. 차후 일정에 지장 없도록."

"네, 알겠습니다. 팀장님."

이러나저러나 동희의 입에서는 짙은 한숨이 굽이굽이 도는 산비탈 길처럼 끊임없이 새어 나왔다.

❈ ❈ ❈

성현은 불투명한 유리문에 파란 아크릴로 선명하게 붙여진 이름을 보고 씩 입꼬리를 비틀었다. 이제 시작이다. 성현이 어깨를 올리며 깊은숨을 들이마셨다.

"그럼 어디 한 번 달려 볼까."

그가 손을 들어 손잡이를 잡아당겼다. 사무실에 모여 있던 사람들이 열리는 문소리에 홱 고개를 젖혔다. 그중에서도 오랜만에 보는 동희의 모습이 콕 눈에 와 박힌다. 그의 입가에 알 듯 모를 듯 미소가 떠올랐지만 순식간에 사라져 알아보는 사람은 아무도 없었다.

성현이 성큼성큼 보폭을 넓히며 가운데로 나아가 자신의 책상으로 보이는 곳에 들고 온 파일 더미를 탁 소리 나게 올려놓았다. 동희가 흠칫하는 보이자 그의 눈가에 자잘한 주름이 잡혔다.

동희는 문이 열리는 소리에 가슴이 철렁 내려앉았다. 꼭 큰 잘못을 저지른 학생이 야단맞을 준비를 하는 것처럼 조마조마했다.

왜 이렇게 떨리지. 미치겠네.

차마 그의 얼굴을 못 보겠다. 그날 밤이 마치 어제 일처럼 뇌리에 들러붙어 그녀의 이성을 야금야금 갉아먹었다. 얼굴을 숙이자 머리카락이 저녁 무렵 꽃잎을 오므리는 나팔꽃처럼 수

그러들었다. 그런 심정을 아는지 모르는지 그의 음성은 마른 논바닥에 단비가 내리듯 촉촉하게 귓가에 스며들었다.

"안녕하세요. 이번 프로젝트의 총괄 업무와 팀장을 맡게 된 최성현입니다."

"안녕하십니까. 기획실에서 차출된 박윤수입니다. 잘 부탁드립니다."

"안녕하세요. 영업 팀에서 얼떨결에 오게 된 김현태입니다. 파이팅 하겠습니다."

밝은 목소리들이 울리는 와중에도 동희는 혼자 깊은 생각에 빠져 있었다. 갑자기 주변이 조용해지자 무심코 고개를 들었다. 그녀는 모두의 시선이 저에게 향해 있는 걸 보고 깜짝 놀랐다.

"안녕하세요. 홍보 팀에서 온 현동희입니다. 반갑습니다."

처음 보는 얼굴들이었으나 모두가 같은 표정이었다. 특별 프로젝트에 참여하게 되었다는 생각 때문인지 얼굴들이 흥분으로 붉게 상기되어 있었다.

"현동희 씨가 우리 팀 홍일점이시네요. 잘 부탁드립니다."

가장 연장자인 듯 보이는 박윤수가 동희에게 인자한 미소를 보이며 손을 내밀었다. 동희도 그의 손을 맞잡으며 옅게 미소 지었다.

"네, 저도 잘 부탁드립니다."

"이런 미인하고 일을 할 수 있게 되다니, 이런 행운이! 팀장님 감사합니다. 절 불러 주셔서."

김현태 역시 손을 내밀며 너스레를 떨었다. 비교적 동희와 비슷한 연배로 보이는 그는 입술을 길게 늘이며 환한 미소를 지었다. 아주 성현의 손이라도 부여잡고 절을 할 판이다.

"제가 부른 거 아닙니다."

성현의 눈초리가 설핏 싸늘해지며 정나미가 뚝 떨어지는 목소리로 받아쳤다. 웃자고 한 얘기에 울게 생겼다. 김현태가 머리를 긁적이며 어색한 웃음을 흘렸다.

"그럼요. 말이 그렇다는 겁니다. 하하."

김현태가 심기일전하여 다시 성현에게 말을 걸었다. 물론 슬쩍 눈치를 보는 것이 모두에게 느껴질 정도였으니 그의 속내가 어떨지는 알고도 남았다. 어찌 되었든 프로젝트가 끝날 때까지 함께 동고동락해야 하는 팀원들끼리이니 껄끄러움을 남기고 싶지 않은 절박한 심정의 발로이리라. 하여튼 편하지 않은 남자인 건 틀림없었다.

갑자기 싸늘해진 분위기 속에서 박윤수가 손을 번쩍 들었다. 성현이 흘깃 그를 보곤 고개를 끄덕였다. 김현태는 속으로 진땀을 흘리고 있었고, 박윤수는 함께 일하게 될 팀장의 성격이 짐작되어 느른하게 입꼬리를 휘었다. 칼 같은 사람이겠군. 이런 사람이 일하기에는 나쁘지 않지.

"팀장님께 질문 있습니다."

"네."

뭐가 못마땅한지 성현의 대답이 단답으로 나왔다. 시선을 내리고 있던 동희의 입가가 오른쪽으로 씰룩 움직였다. 도대체 왜 초장에 분위기를 이따위로 만드는지 이해할 수가 없어 답답했다. 동희는 김현태가 보인 관심이 못마땅해 그의 기분이 하향지수를 찍고 있다는 것을 알지 못했다. 다만 앞으로 쉽지 않은 나날이 될 듯해 저도 모르게 새어 나오는 한숨을 조용히 내뱉었다.

"보아하니 저희 세 사람은 모두 산정 소속인 것 같은데 팀장님은 어디서 오셨습니까? 혹시 실례되는 질문이었다면 미리 사과드립니다."

박윤수가 은근슬쩍 성현의 경력을 물으면서도 실례가 되지 않도록 너스레를 떨었다. 그제야 성현이 자세를 바로 세우고 세 사람과 차례로 눈을 마주치며 고개를 살짝 숙였다.

"아닙니다. 제 소개를 아직 못 드렸군요. 전 은현 대학 경영학과에서 교수를 하고 있습니다. 세 분 모두 만나 뵙게 되어 반갑습니다. 이번에 산정 그룹에서 기획한 젊은 인재 발굴 프로젝트에 참여하게 되어 개인적으로 아주 기쁩니다."

"교수님이셨군요. 은현 대학 여학생들은 복이 터졌나 봅니다. 이렇게 젊고 잘생기신 교수님을 매일 볼 수 있다니요."

박윤수와 김현태가 고개를 끄덕이며 감탄을 했고 그는 가타부타 말이 없다. 마치 그들의 말을 수긍하는 것 같은 태도에 동희가 입술을 삐죽였다.

하여튼 자존감 하나는 끝내주는 남자라니까.

그와 한 공간에 있는 것이 편하지 않다. 결심하고 마음을 다잡았는데도 정작 직접 얼굴을 맞대니 자꾸 정신이 흐트러진다. 다른 여자의 남자. 이러다 그녀가 제일 경멸하는 남의 남자를 빼앗는 여자가 될까 봐 불안했다. 떡 줄 사람은 생각도 안 하는데 혼자 설레발을 치는 것도 같아 그 또한 자존심 상하고 못마땅했다.

하지만 이번에는 결코 그냥 물러나지 않겠다. 마음을 어떻게든 제자리로 돌려놓을 것이다.

무슨 일이 있어도 저 사람과의 선을 확실하게 그어야 해. 이렇게 감정과 상황에 질질 끌려가는 건 나답지 않아.

어쩌다 보니 하룻밤을 함께 보내긴 했지만 요즘 세상에 그런 걸로 서로를 옭아매는 일은 없을 터이니. 그가 어떻게 나오느냐에 따라 달라지겠지만, 그렇다고 포기할 수는 없는 일이었다. 그녀가 터져 나오려는 한숨을 꾹꾹 눌렀다.

"그런데 저희 뭘 하는 겁니까? 도대체 무슨 일인지 모르겠어요. 워낙 비밀 프로젝트라 아는 사람도 없고. 어디 안가에 숨어 비밀 지령 같은 거 받고 활동하는 건 아니겠지요?"

"아닙니다. 위험한 일은 아니니 걱정하지 마십시오. 그리고 지금부터 제가 나누어 드리는 파일을 좀 자세히 읽어 봐 주시기 바랍니다."

성현은 무심하게 말을 받으며 준비해 온 파일을 하나씩 건네기 시작했다.

"음……."

먼저 박윤수의 입에서 옅은 신음이 흘러나왔다. 뒤이어 김현태의 입에서도 감탄사가 튀어나왔다.

"굉장히 새로운 시도인데요?"

"대기업에서 이런 유의 시도는 처음이라 알고 있습니다. 새로운 직업 창출이 이 프로젝트의 궁극적인 목적이니까. 얼핏 생각하면 전혀 기업과는 연관이 없어 보이기도 하지만, 결코 그렇지 않습니다."

그의 음성이 열기를 품고 강하게 흘러나오다 잠시 멎었다. 모두의 시선이 그를 향했다. 사람들을 자신에게로 끌어들이는 능력이 탁월한 남자다. 동희는 그의 카리스마를 인정하며 쓴웃음을 지었다.

대충 파일을 훑어본 박윤수가 먼저 고개를 끄덕였다. 보고서에 쓰여 있는 대로 진행된다면 아주 새로운 시도가 될 터였다. 기존의 국내 굴지의 기업들이 시도하지 않은 새로운 도전이 될 터였다.

"팀장님, 프로젝트의 기본 의도는 굉장히 신선하고 좋습니다. 다만, 우리 산정 그룹과의 관계가 잘 이해가 안 가네요."

논점을 재빠르게 캐치해 내는 윤수의 명석함이 마음에 들었는지 성현의 입매가 슬쩍 휘어졌다.

"좋은 질문입니다. 제가 지금 하려던 말이기도 하고요. 이건 크게 보면 복지에 관한 일입니다. 젊은이들이 일자리를 찾는 것. 창의적이고 주체적인 일을 하는 청춘들이 많은 나라일수록 그 나라의 앞날은 밝습니다. 고인 물이 아니라 흐르는 물이 될 터이고 거꾸로 올라가는 연어의 삶이 될 테니까요."

그가 다시 말을 끊고 모두의 눈을 일일이 맞추었다. 강하게 빛나는 그의 눈빛에 그들은 빨려 들어가는 것 같았다.

"산정 그룹은 미래를 바라보고 이 프로젝트에 투자하는 겁니다. 결과적으로 보면 그룹에도 도움이 되는 일이지요. 그렇게 자라난 젊은 인재들이 필요한 때가 분명 있을 테니까요."

그가 간결하게 설명을 끝냈지만 분위기는 숙연해졌다.

"여기 모인 우리가 대단한 사명을 부여받았군요. 그나저나, 저도 이곳에 들어가고 싶은데요."

박윤수의 말을 김현태가 받으며 상기된 표정을 숨기지 못했다.

"그럼 이곳이 교수님께서 운영하시는 곳입니까? 대단한데요."

"꼭 제 개인이 운영하는 곳이라기보다는 후원을 받아서 참가자 전원이 함께 운영해 나가고 있다고 보시면 됩니다."

"이건 정말 특이한 발상인데요. 하지만 이 혜택을 받는 인원은 그리 많지 않을 듯싶은데 어떻습니까?"

잠깐의 숙지만으로도 요점을 뽑아낸 박윤수가 아쉽다는 듯 입맛을 다셨다. 그의 정확한 판단에 비죽 입가를 끌어 올린 성현이 깊게 고개를 끄덕였다.

이번 팀을 꾸리는데 동우가 신경을 많이 쓴 모양이다. 상황판단이 빠르고 능동적인 사람들이 모였다. 인원이 많다고 일의 진행이 빠른 건 아니었다. 남들보다 빠르게 돌아가는 머리회전, 묵묵히 밀고 나가는 뚝심, 그리고 서로를 믿는 신뢰가 바탕이 된다면 단출한 인원이 일하기는 훨씬 편했다.

"그게 이번에 산정 그룹의 제안을 제가 기쁘게 받아들인 이유 중 하나지요."

성현이 프로젝트를 받아들인 이유를 밝혔다. 그동안 입을 꾹 다물고 탁구공처럼 오가는 얘기들을 묵묵히 듣고 있던 동희가 깊은 침묵을 깨고 입을 열었다.

"이 사진의 건물이며 내부 공간의 활용도 같은 것은 어떻게 마련된 건지 궁금하네요. 다 교수님의 사재로 이루어진 겁니까?"

새로운 일에 대한 호기심이 그에게 갖고 있는 불편함을 이긴 것이다.

성현은 흥미롭게 반짝이는 동희의 눈을 지그시 바라보며 속으로 만족스러운 웃음을 흘렸다. 드디어 그녀가 미끼를 물었다.

내내 시큰둥한 표정으로 시선을 이리저리 돌리던 동희를 성현은 안 보는 척 계속 주시했다. 그녀의 진심을 끌어내기 위해서는 서로를 경험할 시간이 절대적으로 필요했고, 그러기 위해서는 일에 대한 관심이 선행되어야 했다. 상대방에게 진실된 마음으로 다가가려는 의지가 있다면 결과는 좋게 나올 가능성이 높다. 성현은 선한 의지의 진심을 믿었다.

"그건 저도 궁금한데요."

현태가 옆에서 그녀의 말을 거들었다. 사는 사고 공은 공이다. 동희가 심기일전하며 마음을 다잡았다. 일하러 와서 자꾸 개인적인 감정을 앞세우는 것은 바람직하지 않고 성인답지 못하다.

"우선 건물은 제 개인 소유입니다. 보시다시피 서울에서 아주 변두리인 동네이기 때문에 서울 한복판의 건물과는 판이한 가격이지요. 그래서 시도가 가능했던 겁니다."

성현의 대답에 세 사람의 눈이 동그랗게 뜨였다. 아무리 변두리라지만 서울인 데다가 4층이라면 꽤 나가는 시세일 게 틀림없다.

동희는 제법이라는 눈빛을 보냈다. 그가 그녀를 바라보며 씩 웃었다. 날카로운 턱 선이 고스란히 살아 있는 얼굴이 정확하게 눈에 들어왔다. 동희의 심장이 쿵 존재를 드러냈다. 그녀는 슬쩍 시선을 내리며 파일에 첨부된 사진으로 돌렸다.

"그럼 내부의 시설은 리모델링된 것이겠군요."

"그렇다고 할 수 있죠. 건물이 4층인데 층마다 다른 콘셉트로 구성되어 있습니다."

동희가 시선을 들지 않은 채로 고개를 끄덕였고 성현은 그녀에게서 시선을 떼지 않은 채 나머지 설명을 이어 갔다.

고개를 들지 않았음에도 그녀에게 쏟아지는 강렬한 눈빛을 느낄 수 있었다.

그녀는 두근거리는 심장 소리를 들으며 눈을 감았다. 눈물이 비어져 나올 것처럼 눈가가 시큰거렸다. 바보 같다. 자신은 왜 늘 관계를 맺는 것이 힘들까. 그에게 다가가 보려고 어렵게 마음을 먹었지만 겁이 났다.

시작이 감미로웠던 첫 번째 남자는 끝이 지옥 같았고 용기 내어 다가간 남자는 시작도 하기 전부터 그녀에게 지옥을 선사하고 있었다.

동희는 아프게 조여 오는 가슴을 손으로 꾹 눌렀다. 마음은 이미 지옥이었지만 그럼에도 불구하고 그와 제대로 된 사랑이란 걸 해 보고 싶다는 소망이 조심스럽게 고개를 내민다. 그러기 위해서는 그에게 연인이 있는지 없는지부터 확인할 필요가 있었다.

"1층은 말 그대로 로비죠. 건물 내에 입주하고 있는 사람들 모임의 장소로 이용되는 컨퍼런스 홀이 있고, 음식을 해 먹을 수 있는 공간도 있습니다. 물론 공용이고요."

"개인에게 임대도 하는 겁니까?"

성현의 깔끔한 설명에 박윤수가 의문을 품었다.

"아니, 그렇지는 않습니다. 자신이 가지고 있는 아이템을 가지고 들어오는 거죠. 좀 특이하고 발전적인 생각을 가진 젊은이들이 모여서 이루어진 공간이라고 보시면 될 겁니다. 여기서 중요한 부분은 산정 그룹에서 지향하는 부분과 제가 운영하는 연구소가 같은 생각을 가지고 있다는 겁니다. 그래서 이 프로젝트가 진행되는 것이기도 하고요."

성현은 자신과 함께 일을 해야 할 팀원들에게 프로젝트의 본질을 이해시키기 위해 노력을 기울였다.

"무슨 말인지 알 것 같습니다. 우리 산정에서도 좀 더 시야를 넓혀서 젊은 인재들의 참신하고 창의성 있는 아이디어들을 육성하겠다는 의도가 아니겠습니까."

"아주 좋군요. 해 볼 만하겠어요."

드디어 박윤수와 김현태의 입에서 그가 바라던 말이 나왔다. 팀원들에게도 인정받지 못하는 프로젝트는 시작하기 전에 와해될 공산이 크다. 물론 다른 인원으로 대체할 수는 있겠지만, 그도 완벽하리란 보장은 없다. 성현은 지금의 팀원들이 마음에 들었고 가능한 한 끝까지 일을 하고 싶었다.

"그럼 모두 자리에 앉아서 얘기를 나눠 볼까요? 음료 먼저 가지고 오는 게 좋겠네요. 난 아이스 아메리카노. 박윤수 씨는요?"

"전 달달한 카페라떼요."

"저는 팀장님이랑 취향이 같네요. 아이스 아메리카노요."

성현의 시선이 동희에게로 향했다. 별것도 아닌 눈빛에 그녀의 얼굴이 조금 붉어졌다. 물끄러미 응시하는 시선만으로도 몸속 어딘가가 간질거리는 듯했다.

특별히 의미를 담은 눈빛도 아니었다. 단순히 커피 뭐 마실지 묻는 것에도 마음이 떨려 왔다. 세상의 모든 잘난 남자는 게이 아니면 유부남이라더니.

동희가 차오르는 숨을 조금씩 뱉어 냈다. 그를 가진 여자가 부러워지는 순간이다. 동희는 입술을 지그시 물었다. 입술이 이빨의 악력에 의해 조금 더 도톰해졌다.

성현은 눈을 빛내며 빨갛게 부푼 그녀의 입술에서 시선을 떼지 못했다. 저 입술이 얼마나 달콤한지 이미 그는 알고 있었다. 우연치 않게 그의 울타리로 침입한 토끼는 나갈 곳을 찾지 못해 두리번거렸다. 아니, 토끼 자신은 이미 탈출한 줄 알고 있겠지만 실상은 아니었다.

현동희, 이제 멀지 않았어.

그의 울타리가 세상을 둘러칠 만큼 넓지는 않아도 그녀 하나 가두기에는 충분했다. 슬슬 토끼몰이를 해야 할 시간이 도래했다. 성현이 입술을 길게 늘이며 음흉한 미소를 지었다. 그가 고갯짓하며 그녀의 대답을 종용했다. 동희가 가볍게 숨을 내뱉으며 뭐가 마음에 들지 않는지 코끝을 찡긋거린다.

"저는 뜨거운 모카라떼로 할게요."

"좋습니다. 다들 각자의 취향을 기억하셨죠? 이제 한 배를 탄 공동 운명체이니 조금씩 서로를 알아 가는 것도 나쁘지 않을 것 같군요. 그럼 오늘은 제가 쏘겠습니다."

"좋죠!"

"이왕이면 간식도 부탁드립니다, 팀장님!"

"동희 씨는 절 좀 도와주시겠습니까?"

성현이 자리에서 일어나 동희를 향해 담담한 눈빛을 보내며 정중하게 부탁했다.

"예? 저, 저요?"

방어할 태세를 갖출 새도 없이 갑자기 훅 들어온 공격에 동희는 깜짝 놀랐다. 그녀가 더듬거리며 당황한 모습을 보이자 그가 씩 입술을 올리며 섹시하게 비틀었다.

동희가 마음속으로 이를 빠드득 갈았다. 그녀뿐만 아니라 윤수와 현태도 성현의 미소에 감탄하긴 마찬가지였다. 서늘하고 무심해 보이는 눈매가 휘어지자 순식간에 매력이 철철 넘쳤다. 마치 차가운 도시 남자의 전형을 보는 듯했다. 나쁜 남자인지는 확실히 모르겠지만 차도남인 건 확실했다.

"현동희 씨. 커피 사러 가는데 좀 도와주십시오. 그리고 다른 분들은 책상 위에 놓인 다른 파일들도 좀 살펴보고 계세요. 가시죠."

그녀가 당황해서 말을 더듬거리자 그가 키득 소리를 내더니 더는 말할 필요 없다는 듯 윤수와 현태에게 당부를 하며 휴대폰을 챙겼다.

"아니, 제가 꼭 가야……."

동희가 마지막 반항이라도 하듯 몸을 틀며 쏘아붙이려 할 때였다. 윤수와 현태가 성현의 지원 사격을 했다.

"이제 한 가족이나 마찬가진데 서로서로 돕고 살아야죠."

남의 사정을 알지도 못하면서!

동희가 이를 악물곤 어쩔 수 없이 자리에서 일어섰다. 우선은 그가 팀장이니 따르는 시늉이라도 해야 했다. 하지만 성현의 어이없는 작태를 보아 넘기지 않을 작정이었다. 동희는 사무실을 나서자마자 성현의 바로 뒤에서 걸으며 그에게 쏘아붙였다.

"뭐하는 짓이에요, 지금!"

"일하는 중입니다만."

"일이라고요? 이게 지금 일이에요?"

그녀의 날카로운 반응에 성현은 오히려 어리둥절한 표정을 지어 보였다. 동희는 머리 뚜껑이 활짝 열리는 것 같았다. 모르긴 몰라도 지금 그녀의 머리 위로 뻗쳐오르는 열기가 모락모락 보일지도 모른다. 동희는 기가 막혀서 말도 나오지 않아 버벅대었다. 성현의 무심한 눈길이 그녀를 향했다.

"서로 모르는 사람들끼리 프로젝트를 위해서 한자리에 모였습니다. 팀장인 내가 커피를 사는 게 이상한 일입니까?"

그가 정말 모르겠다는 듯 고개까지 갸웃거렸다. 동희는 자신이 큰 잘못을 저지른 양 느껴졌다. 성현은 약았다. 교묘하게 사람의 마음을 농락한다. 지금도 그녀가 하고 싶은 말이 무엇인지 충분히 인지했음에도 저렇게 말하는 것이었다.

"하지만 굳이 내가 같이 갈 필요는……."

이렇게 그에게 따지고 있었지만 사실 그건 핑계였다. 단둘이 있는 게 너무 불편했다. 그녀에겐 조금 더 시간이 필요했다. 함께든 아니든, 결론은 그 이후에나 가능했다. 아직은 아니었다. 성현의 속도를 따라가기에 그녀의 시간은 아직 너무 느렸다.

그와 마주할 마음의 여유를 갖기 위한 시간과 자신의 마음을 직시할 시간, 묻고 싶은 이야기들을 정리할 시간, 그리고 그의 얘기를 들을 시간이 필요했다.

"우선 난 산정 그룹 본사에 처음 왔습니다. 커피숍이 어디 있는지 모르는 건 당연하겠죠?"

하지만 그게 왜 꼭 나여야 하냐고요. 커피숍 물어보는데 꼭 아는 사람한테만 물어보란 법은 없지 않으냐고요. 박윤수도 있고 김현태도 있는데!

그녀는 마음속으로만 따졌다.

"그리고 팀원 중 내가 아는 사람은 현동희 씨가 유일합니다. 그렇다면 내가 누구에게 도움을 요청해야 하겠습니까?"

성현이 구구절절 조목조목 따져가며 그녀가 함께 가야 하는 이유를 설명했다. 교수님은 뭐가 달라도 달랐다. 동희가 고개를 절레절레 저었다. 말해 봐야 입만 아프지. 앞으로 그와 함께할 시간이 눈에 보이는 것 같았다.

그는 마치 그날 밤을 기억하지 못하는 듯 행동했다. 물론 그녀도 모른 척 시치미를 떼곤 있었지만 그는 애초에 없었던 일인 양 너무 자연스럽다. 동희는 어찌해야 할지 모르는 지경에 이르렀다.

"아휴, 진짜 말이나 못 하면…… 알았어요. 로비에 가면 사내 커피숍 있으니까 거기로 가요."

앞의 말은 조그맣게 말했지만 그가 듣지 못할 정도는 아니었다. 동희는 당연히 제 말을 들었을 거라 생각하고 앞장서기 시작했다. 그녀는 보지 못했다. 성현의 입술이 장난스러움을 듬뿍 담은 채 양쪽으로 휘어진 것을.

오히려 지나가던 두 명의 여직원들이 그 모습을 황홀한 듯 보며 소곤거렸다. 그녀들의 뜨거운 눈빛을 아는지 모르는지 오로지 성현의 눈은 앞서가는 동희의 가냘픈 등짝에 붙어서 떨어질 줄 몰랐다. 윌리엄스버그에서 헤어지고 다시 만난 그녀는 여전히 그의 시선을 잡고 놓아주지 않았다. 동희를 한참 응시한 성현은 그사이 더 살이 빠졌다는 것을 깨달았다.

너무 마른 것 같은데, 잘 먹여야겠군.

떡 줄 사람은 생각도 안 하는데 혼자 김칫국을 사발째 들이켜는 형국이지만 성현은 만족했다. 우선은 그녀가 자신의 눈앞에 있으니까.

"쿠키랑 케이크도 좀 주십시오. 현동희 씨가 좀 골라 봐요. 아침 식사하고 왔겠지만 회의 시간이 길어지면 입이 심심할 테니 먹고 싶은 걸로 담아요."

부탁받은 대로 커피를 주문하며 성현이 옆에 멀뚱히 서 있는 동희의 여린 어깨를 툭 쳤다. 둘러말했지만 동희가 먹었으면 하는 마음이 더 컸다.

왜 남의 어깨는 치고 난리야.

그녀가 눈에 힘을 주며 홱 고개를 돌려 쿠키와 케이크를 눈으로 훑었다. 무의식적으로 평소에 즐겨 먹던 간식을 집었다. 그런 그녀를 흐뭇한 표정으로 바라보던 성현이 폭탄 같은 말을 불쑥 내뱉었다.

"그리고 앞으로 내가 회사에 출근하는 날은 무조건 점심은 나와 함께 먹는 겁니다."

"뭐라고요? 그럴 이유가 있나요?"

이 남자가 보자 보자 하니까 사람을 진짜 보자기로 보이나. 동희가 진심으로 발칵 성을 냈다. 이건 아니지 싶었다. 성현이 동희의 반응을 보며 눈살을 슬쩍 찌푸렸다.

"산정에 아는 사람 하나 없는 내가 누구랑 점심을 먹습니까? 나 혼자 밥 못 먹는 사람입니다."

혼자 밥 못 먹는 사람이 세상천지에 어디 있단 말인가. 사정이 여의치 않으면 혼자 밥도 먹고 하는 거지. 동희가 눈에 쌍심지를 돋웠다.

"사무실에 나 혼자만……."

있는 건 아니잖아요. 하고 말하고 싶은 동희의 말이 댕강 잘렸다.

"그리고!"

그녀는 다른 팀원들은 뭐냐고 묻고 싶었는데 성현이 더 큰 폭탄을 투하한 것이다.

"그리고? 또 뭐가 있는데요!"

동희가 빽 소리를 질렀다. 뭐가 이렇게 요구하는 게 많아? 일하러 온 건지 그녀를 못살게 굴려고 온 건지 모르겠다. 도대체 저 남자의 입에서 무슨 말이 나올지 예상도 못 하겠다. 상상을 초월하는 얼토당토않은 말들이 술술 나오다 보니 그녀는 성현이 무슨 말을 할라치면 겁부터 났다.

"내 연구소에 자주 방문하게 될 겁니다. 물론 다른 팀원들도 함께 움직일 때가 있겠지만, 주로 현동희 씨가 나와 함께 가게 될 겁니다. 알고 있으라고."

"도대체 나한테 왜 이러는 건데요!"

"말했잖습니까. 산정에 내가 아는 사람이……."

"나뿐이라고요? 아니 도대체 우리 산정에 현동희 하나밖에 없답니까? 다른 팀원들은 뭔데요!"

"맞는데요?"

"뭐가요!"

동희가 성현의 말의 의미를 생각하지도 않고 또다시 버럭 질렀다.

"현동희는 한 사람밖에 없지 않습니까. 산정에도, 또 이 세상에서도 오직 한 사람뿐이죠."

성현이 너무나 당연하다는 말이라는 듯 동희를 물끄러미 바라보며 고개를 끄덕였다. 마치 내 말에 이의가 있으면 제기해 보라는 듯 보였다.

"아, 젠장!"

동희가 뭍으로 솟구쳐 오른 물고기처럼 빼끔거렸다. 그녀는 지금 뒷목을 잡고 뒤로 넘어가고 싶은 심정이다. '소 귀에 경 읽기' 라는 말이 딱 지금에 해당되는 말이었다. 동희는 생각이란 걸 할 수 없는 순간도 있다는 것을 깨달았다.

아니, 내가 개인 비서도 아닌데 왜?

뭐라도 한마디 하려고 막 입을 열려는 타이밍에 주문한 음료가 나왔다.

그래도 동희는 속에 쌓인 말들을 해야겠다고 생각했다. 하지만 성현의 다음 말에 동희는 입을 멍하니 벌렸다.

"자, 이건 현동희 씨가 들고 오시죠."

캐리어에 담긴 넉 잔의 커피와 간식이 담긴 봉투를 동희의 손에 척하니 넘긴 성현이 빙글빙글 웃었다.

뭐 이런 놈이 다 있어 하는 표정의 동희를 뺀질뺀질하게 바라보던 성현이 망설임 없이 뒤로 돌아서 커피숍을 빠져나갔다. 그녀에게 모든 짐을 맡긴 채 자신은 양손을 바지 주머니에 척 하니 꽂고 한량처럼 걸었다. 한동안 정신을 빼놓고 있던 동희가 이를 뿌득 갈며 서둘러 그의 뒤를 따랐다.

"그런 줄 몰랐는데 배려라는 걸 모르는 분이시군요. 여자한테 이런 걸 들게 하다니……."

황당하다 못해 기가 막힌 그녀가 그의 뒤를 따르며 들으란 듯 투덜대자 앞서가던 성현이 발걸음을 멈추고 뒤로 돌았다. 쫑알거리며 뒤따르던 동희는 앞으로 고꾸라질 뻔했다. 오고 가는 사람이 많지는 않았지만, 로비 한가운데서 두 사람은 마주 보고 선 상태가 되었다. 그녀는 또 당황했다.

이, 이 남자 왜 이러지?

그가 허리를 숙여 그녀와 시선을 맞추곤 씩 입술을 비틀었기 때문이다.

"현동희 씨, 나한테 여자 대접받고 싶었어요? 원한다면 해 줄 수 있는데."

아이고, 내 팔자야!

그녀가 말한 여자의 의미를 모른 체하는 저 남자 한 대 쥐어박고 싶다.

"됐어요! 내가 말을 말아야지."

동희는 고개를 저으며 입술을 삐죽였다. 앞에 서 있는 성현을 빙 돌아 먼저 걸어갔다. 상대를 말아야 할 사람도 있는 법이었다.

"팀장님 최곱니다. 하하하."

박윤수가 파일에 코를 박듯이 집중하고 있다가 동희가 들고 오는 캐리어를 보곤 헤벌쭉 입을 벌렸다. 무겁게 들고 온 음료와 간식을 테이블 위에 올려놓자 맞은편에 앉아 있던 김현태까지 입맛을 다셨다.

"케이크에 쿠키까지? 이거 무섭습니다. 팀장님. 배부르게 먹여서 맛있게 잡아먹으려는 동화가 생각나는 건 왜일까요?"

현태의 말에 성현이 씩 웃음을 흘리며 오히려 담담하게 말했다. 현태의 말이 그다지 틀리지 않다는 생각을 했다.

"오늘 점심까지 제가 쏩니다. 근처 식당을 내가 잘 모르니 맛있는 장소로 안내만 해 주세요."

"정말 무서워지는데요. 하지만 차려진 밥상은 마다하지 않는 게 예의죠. 잘 먹겠습니다. 그런데 팀장님. 점심은 점심이고 우리 처음 보는 팀원들끼리 한잔하며 화기애애한 분위기를 다져야 하지 않겠습니까."

떡 본 김에 제사 지낸다고 현태가 아주 뽕을 뽑으려고 작정한 사람처럼 신이 났다. 옆에서 윤수가 맞장구를 쳤고 동희는 난감한 듯 입술을 깨물었다. 막 무르익어 가는 분위기에 찬물을 끼얹을 말을 하고 싶어 입술을 옴찔거렸다.

성현이 자신의 자리로 막 걸음을 옮기다 회식이란 말에 뒤로 돌며 동희를 담았다. 그녀가 곤란해하고 있다. 성현이 터져 나오려는 웃음을 억지로 참았다. 조금 더 곤란해지게 만들어 볼까. 그가 팀원들의 분위기에 동승했다.

"다음 주부터 프로젝트 팀에서 일하게 될 겁니다. 오늘은 인사차 모인 거니 이번 주까지 각자 부서에서 마무리 지으시고 다음 주부터는 여기로 출근하십시오. 그리고 회식은 아무래도 하고 푹 쉬는 것이 제맛이죠? 다음 주 금요일에 우리 팀 회식 제가 쏘겠습니다. 모두 약속 잡지 마십시오."

흔쾌하고 화끈한 그의 말에 벌써 분위기는 화기애애해졌다.

"멋집니다, 교수님. 아니 팀장님이신가요?"

"다음 주 금요일 기대하겠습니다. 우리 모두 마시고 죽는 건가요?"

남자들의 주거니 받거니 대화가 정겨운 가운데 동희의 한숨만 남모르게 깊어졌다.

"팀장님께서는 학교 강의도 병행하시는 겁니까? 그럼 회사에 나오시는 일정은 어떻게 되시나요?"

"학교가 아직 방학이라서요. 다음 주는 매일 출근할 겁니다."

윤수가 궁금하다는 듯 물었고 성현이 아차 하는 표정으로 대답했다. 동희를 놀리는 재미에 빠져 자신의 일정을 말해 주지 않았다.

"아직 개강 전이군요. 그럼 학교 일정이 시작되면……?"

"그때는 3일 정도 출근할 수 있을 듯합니다."

동희는 고개를 숙이고 책상을 정리하는 척하며 귀를 쫑긋

세우고 그의 말을 새겨들었다. 개강 전까진 매일 보고 그 후에도 자주 보게 될 모양이다. 이번 프로젝트에 성실하게 임하려는 자세가 보여 그녀는 남몰래 고개를 끄덕였다.

"그렇군요. 알겠습니다. 팀장님 오시지 않는 날은 원래 소속된 부서로 출근하게 되는 겁니까? 저희는 본사라 상관없지만 현동희 씨는 산정 백화점에 사무실이 있어서 불편하겠는데요?"

"아니, 저도 상관없습니다."

동희의 거취에 초점이 맞춰지자 그녀가 얼른 고개를 들며 반박했다. 사실 본사와 백화점이 조금 떨어져 있기는 하지만 교차 출근을 못 할 건 없다 판단했다. 그러나 그녀의 말과 상관없이 성현이 한 사람 한 사람씩 시선을 맞추며 힘주어 말했다.

"아닙니다. 내가 출근하지 않는 날이라도 본사로 출근하시면 됩니다. 가끔은 서울 외곽에 있는 내 연구소로 직접 출근할 때도 있을 겁니다."

"알겠습니다. 연구소 구경 빨리하고 싶네요."

현태도 진중하게 고개를 끄덕이며 말을 했고 성현도 그의 말에 화답하듯 말을 이어 갔다.

"빠른 시일 안에 연구소 방문 일정을 잡아 보도록 하겠습니다. 연구소 내에 내 사무실도 있으니 우리 팀원들 임시 사무실로 사용해도 될 겁니다."

"네, 팀장님. 기대가 큽니다."

"저도요, 팀장님."

윤수와 현태가 큰 목소리로 말했고 성현이 그에 부응하듯 입술을 슬쩍 끌어 올렸다. 하지만 그 모습은 자세히 보지 않으면 보이지 않을 정도의 미소였다.

그 모습을 흘깃거리는 동희만이 뚝 떨어진 외로운 섬처럼 홀로 고독했다. 성현 때문에 팀원들 간의 화합도 뒷전이다. 자꾸만 다가오는 그의 행보에 그녀의 신경이 온통 날카롭게 곤두섰다.

5
동상이몽

프로젝트 팀으로 출근하기 전 산정 백화점으로 출근하는 마지막 주였다. 동희는 아침부터 짜증이 났다. 전날 저녁에 먹은 후르츠 칵테일 때문에 알레르기가 올라오고 말았다.

복숭아 알레르기가 있어 늘 조심하곤 했는데, 새로 오신 도우미 아주머니가 아직 가족들의 식생활 주의 사항을 다 숙지하지 못하고 음식에 섞은 것이었다.

얼굴에는 아직 울긋불긋한 기가 남아 있었고 눈동자 주변은 퀭했다.

"동희야. 오늘 하루 회사 쉬지 그러니. 어차피 다음 주부터는 본사로 출근한다면서."

문 여사가 안쓰럽게 보며 회사를 하루 쉬라는 말에 동희는 솔깃했다. 이참에 하루 쉬어 버릴까 하는 생각도 잠시 들었지만, 한숨을 늘어지게 쉰 동희가 고개를 흔들었다.

“아니야. 엄마. 이번 주가 마지막이라 가야 돼요. 마무리 지을 일이 아직 남았어요.”

홍보 팀에서 그녀가 맡고 있던 일의 정리도 정리지만, 놀고 먹는 걸 죄악으로 생각하는 아버지가 이 정도로 결근하는 걸 퍽도 두고 보겠다 싶기도 했다. 괜히 한 소리 듣기 전에 알아서 기자는 심정으로 그녀는 애써 축축 처지는 기분을 달래며 출근을 한 참이었다.

그날따라 외근하는 팀원들이 많아 동희는 사무실을 지키며 업무를 보다 보니 좋지 않은 컨디션이 더 바닥을 치는 기분이었다. 그런 와중에 팀장이 그녀를 불렀다.

“현동희 씨.”

“네. 팀장님.”

“오늘 오후에 명품관 한 번 돌아보고 오세요.”

이게 무슨 소리야? 동희의 눈동자가 의아하게 뜨이며 팀장을 보았다.

윤 팀장은 그녀를 보지도 않고 서류를 넘기고 있었다. 컨디션 난조라 동희가 웬만하면 피하고 싶은 마음에 살짝 감정을 넣어 말했다.

“그건 은혜 씨 일인데요. 팀장님.”

“내가 몰라서 그러는 것 같습니까? 오늘 은혜 씨가 외근 중이지 않습니까. 그러니 사무실에 남아 있는 사람이 대신 해야죠. 다녀오도록 해요.”

동희가 입술을 깨물며 난색을 표했다. 사무실에 가만히 앉아만 있어도 머리가 어질어질한데 명품관을 한 바퀴 돌려면 백이면 백 쓰러질 것 같았다.

동희가 서류에 고개를 처박듯 하고 있는 팀장의 눈치를 슬쩍 살폈다.

"팀장님. 오늘 하루만 건너뛰면 안 될까요? 아니면 다른 사람을 보내던지……."

"무슨 일 있습니까?"

그제야 윤 팀장이 고개를 들어 동희를 보았다. 동희가 가련해 보이는 표정으로 살포시 불쌍해 보이는 미소를 입가에 그렸다.

"제가……."

"어디 아픕니까?"

"아니, 꼭 그런 건 아닌데요. 그냥……."

"그럼 하세요. 사무실에 남아 있는 사람 중 노는 사람 아무도 없습니다."

윤 팀장의 말에 틀린 것이 하나 없어서 동희는 죽을상을 지으며 고개를 끄덕였다.

"네. 알겠습니다."

울며 겨자 먹기라는 것이 이런 경우겠지.

아침은 컨디션을 알아챈 엄마가 만들어 준 전복죽으로 대충 때웠지만, 점심은 건너뛰었다. 지금 동희의 얼굴은 창백하기 짝이 없어 귀신이 있다면 친구하자고 덤빌 판이었다. 게다가 아직 복숭아 알레르기의 흔적이 얼굴에 흐릿하게 남아 있었다.

동희는 명품관으로 내려가기 전에 화장실부터 들렀다. 허옇게 뜬 얼굴에 군데군데 붉은 기가 있어 볼만했다.

“아직도 얼굴이 엉망이네. 아니, 팀장님은 내 얼굴이 보이지도 않는 건가. 어떻게 이런 얼굴로 명품관을 둘러보라는 거야.”

화장이라도 하고 싶었지만 이런 상태에서 화장하면 피부가 뒤집어져 할 수도 없었다. 다시 한 번 진하게 한숨을 내쉰 동희가 터덜터덜 명품관의 복도를 처량하게 걸었다.

하지만 일은 일. 안 하면 모를까 맡았을 땐 열심히 해야 하는 법. 동희는 심기일전, 등을 곧추세우고 매의 눈으로 매장마다 살피며 체크했다. 축축 늘어지던 몸도 마음가짐에 따라 달라지는지 생각보다 할 만했다. 그녀의 눈에 최성현 이 잡힐 때까지는.

“저 사람이 여긴 어떻게…….”

사뿐사뿐 나비처럼 걸음을 옮기던 동희의 발걸음이 굳은 듯 멈췄다. 혹시라도 성현이 자신을 발견할까 얼른 눈에 보이는 매장으로 뛰듯이 들어갔다. 죄지은 것도 없는데 자신이 왜 이러는지 모르겠다고 머릿속으론 생각하면서도 몸이 저절로 움직였다.

성현이 지나가면 나가야지 생각하며 시선을 돌리던 동희의 눈에 그의 옆에 착 달라붙은 여자가 눈에 뜨였다. 그녀는 충격으로 눈알이 튀어나올 듯했다.

"아직도 그 여자랑 만나고 있었구나. 그런데도 나랑 잤단 말이지?"

설마 하면서도 혹시나 그가 그의 여자와 이별을 했기를 간절히 바랐나 보다. 성현과 함께 있는 그의 여자를 보자 동희는 죄책감과 알 수 없는 실망으로 죽을 것 같이 괴로워졌다. 도저히 눈을 뜨고 볼 수가 없었지만 마음을 다잡고 더욱 부릅떴다. 끈질기게 들러붙는 미련을 떨쳐 내기 위해서라도 똑똑히 봐주리라.

무엇이 그렇게 좋은지 여자가 비눗방울 터지듯 상쾌한 웃음을 터트리며 성현의 팔을 연신 툭툭 때렸다. 성현은 그런 여자의 행동에도 무덤덤한 표정을 보일 뿐이었다. 아니 오히려 미간을 살짝 좁힌 얼굴을 보아하니 약간 짜증이 난 듯도 싶어 보였다.

그의 여자는 우아했다. 긴 머리를 살짝 틀어 올린 후 귀밑머리를 자연스럽게 늘어뜨렸고, 베이지색 투피스가 늘씬한 몸에 잘 어울렸다.

"지난번 호텔에서 본 그 여자가 맞겠지?"

동희가 자신도 모르게 중얼거렸다. 매장의 직원들이 그녀를 이상한 듯 쳐다보는 것도 느끼지 못할 만큼 동희는 성현과 그의 여자에게 집중했다.

성현은 사촌 동생 지현의 결혼 선물을 사기 위해 오늘 그녀와 함께 백화점에 온 참이었다.

"오빠, 정말 고마워! 이렇게 큰 결혼 선물을 해 주다니. 너무 좋다!"

"그렇게 좋으면 잘 살기나 해."

"응! 사실 우리가 오빠한테 근사한 옷 한 벌 해 줘야 하는 건데…… 오빠가 우리 중매한 거나 마찬가지잖아? 정말 고마워."

성현은 옆에 찰싹 들러붙어서 재잘대는 지현의 목소리에 골이 다 지끈거리는 것 같았다. 인찬인 얘의 어디를 보고 좋다고 하는 건지 이해가 가지 않는다. 그는 자신의 죽마고우인 인찬을 생각하며 고개를 저었다.

우연찮게도 두 사람의 중매쟁이가 되어 버렸으니 둘이 검은 머리 파뿌리 될 때까지 알콩달콩 잘 살길 바랄 뿐이었다.

살 거 다 샀으면 이제 그만 갔으면 좋겠다고 생각하며 고개를 돌리던 순간이었다. 그의 눈에 살짝 고개를 숙이며 후다닥 숨는 여자의 모습이 보였다. 성현의 눈이 가늘게 좁혀지며 이채를 번뜩였다.

"현동희?"

자신을 보며 숨는 동희를 보자 성현은 짜증스럽기만 했던 기분이 사라지고 스멀스멀 장난기가 치솟았다. 다음 주 월요일부터는 함께 일하며 계속 보게 되겠지만 이렇게 생각지도 않게 그녀를 보니 기분이 좋았다.

역시 현동희는 최성현의 비타민인 게 틀림없다. 그의 무심했던 눈매가 선선하게 풀리고 굳게 다물렸던 입매도 슬쩍 휘었다.

옆에서 열심히 떠들던 지현이 흠칫 어깨를 떨며 그를 쳐다봤다.

그나저나 오빠 지금 여자 이름 부른 거 아니야?

성현의 얼굴이 요상하게 변해서 지현은 고개를 갸웃거렸다. 그녀가 어릴 때부터 보아 온 성현의 표정은 딱 두 가지였다. 무표정과 한심하다는 표정. 곧 그녀와 결혼하게 될 그의 죽마고우인 인찬조차도 성현이 크게 웃는 걸 본 적이 없다고 하니 오죽하랴.

그런데 그런 무표정의 대명사인 사촌 오빠의 표정이 재미있는 장난감을 발견한 듯, 흥미를 끄는 무언가를 찾은 듯 반짝반짝 빛나고 있다. 지루함에서 벗어나 즐겁다는 얼굴이었다. 맹세코 지현은 그런 표정은 처음 보았다.

"오빠, 무슨 일이야?"

성현은 별다른 대꾸를 하지 않고 성큼성큼 동희를 향해 걸음을 옮겼다. 무심코 따라오려는 지현을 막은 뒤 빠르게 걸었다. 지현은 고개를 길게 빼고 성현이 향하는 있는 방향으로 시선을 보냈다. 별다른 건 보이지 않는데? 지현은 고개를 갸웃거리며 살금살금 그의 뒤를 따라갔다.

"아니, 왜 이쪽으로 오는 건데!"

동희는 유리창에 코를 박고 있다가 성현이 돌진하는 전차처럼 다가오자 깜짝 놀랐다. 그에게 들킨 것도 모르고 있었거니와 설사 보았다 하더라도 여자를 떼어 놓고 자신에게 올 줄은 생각도 못 한 것이다.

동희는 어디 숨을 곳이 없나 매장 안을 두리번거리다가 직원들이 이상한 표정으로 그녀를 보고 있는 걸 발견하곤 움찔했다.

매장 직원들에게 애매한 미소를 지어 보인 후 서둘러 밖으로 나와 뛰다시피 여자 화장실로 향했다. 그녀의 움직임을 유심히 보며 따라오던 성현이 힘 있는 목소리로 동희를 불러 세웠다.

"거기 딱 서시죠. 현동희 씨."

"서란다고 서면 그게 바보지. 내가 미쳤어요? 당신 말을 듣게."

동희는 성현에게 들리지 않을 정도로 중얼거리며 부리나케 여자 화장실로 들어가 문 뒤에 기대어 섰다. 가슴이 미친 듯 벌떡거렸다. 동희는 왼쪽 가슴을 쓸어내리며 받은 호흡을 뱉었다.

도대체 내가 왜 저 남자를 피해서 도망치는 거지?

스스로도 이해할 수 없었지만 도저히 그를, 아니 그의 여자를 볼 수 없었다.

막 화장실에서 나오던 여자가 그런 동희의 모습을 보고 흠칫 놀라더니 정신 나간 사람을 본 것처럼 서둘러 밖으로 나갔다.

그런 시선에 아랑곳하지 않고 동희는 여자의 등 뒤에 붙어서 살짝 밖을 내다보았다. 성현이 맞은편 벽에 떡하니 기대서서 눈을 부릅뜨고 있었다.

"깜짝이야."

동희는 기절할 듯 놀라서 얼른 안으로 들어갔다. 문을 닫고 기대 벌렁거리는 가슴을 쓸어내렸다.

"미친 거 아냐? 어떻게 여자 화장실 앞에서 저러고 있을 수 있지. 얼굴에 철판을 깔았나 보네."

동희는 초조하게 입술을 질겅거리며 화장실 안을 왔다 갔다 했다. 어쩌야 할지 모르겠어서 답답한 심경이 그녀의 몸짓에 그대로 묻어났다.

"그나저나 저 남자 언제까지 기다리려는 거야. 사무실 올라가야 하는데……."

반면 밖에서 동희를 기다리고 있는 성현은 흘깃 보인 그녀의 모습을 보고 피식 입꼬리를 비틀었다. 평상시 같으면 근처에도 안 갈 장소건만 지금은 마치 수문장처럼 떡하니 앞에 버티고 서서 팔짱까지 끼고 있는 상태였다.

문제는 그걸 스스로가 이상하게 여기지 않는다는 것이었다. 평소라면 절대로 하지 않을 행동을 스스럼없이 하고 있다는 그 사실을 그는 간과하고 있었다.

이제 곧 함께 일하게 될 동희가 자신을 보자 무슨 가문의 원수를 만난 듯 도망치자 그도 무작정 그녀의 뒤를 따라왔다. 도망가면 무조건 잡아야 하는 사냥꾼이 된 기분이었다. 아무튼 이해할 수 없는 여자였다.

"현동희. 날 전염병 피하듯 해? 나올 때까지 기다린다. 내가!"

"오빠, 여기서 뭐해? 안 갈 거야?"

어느새 성현의 곁으로 다가온 지현이 흘깃 여자 화장실 안을 훔쳐보았다. 어째 표정이 예사롭지가 않았다. 성현은 아차 싶었지만 이미 늦었다.

그제야 지현의 존재를 알아챘다는 듯 조금 얼떨떨한 표정으로 그녀를 돌아봤다. 마치 너 왜 여기 있냐는 듯 보여 지현은 실소를 지었다. 완전히 다른 데 정신이 팔린 모양새다.

지현은 고개를 살살 저었다. 오늘 성현은 정말 이상했다. 자신이 오랫동안 알아 온 오빠가 아닌 것 같았다. 뭔가 나사가 하나 빠진 듯한 아니, 자신이 좋아하는 일에 정신 팔린 초등학생처럼 정신을 못 차리고 있었다.

"난 여기 볼일이 있으니까 일 다 끝났으면 너 먼저 가라. 시간 좀 걸릴 것 같으니까."

성현이 지현에게 성의 없이 툭 뱉었다. 입은 그녀에게 말하고 있는데 날카로운 눈초리는 여전히 여자 화장실에 붙박였다.

"여자 화장실 앞에서?"

지현이 어이없다는 듯 물었지만 그는 묵묵부답이었다.

"알았어. 나 잠깐 화장실 좀 들렀다가……."

지현이 고개를 흔들며 냉큼 화장실 안으로 들어갔다. 성현은 느닷없는 지현의 행동에 잠시 당황했지만 이미 그녀는 혀를 쏙 내밀고 장난스러운 미소를 함빡 머금고 사라졌다.

안에 있던 동희는 난데없는 지현의 등장에 깜짝 놀랐다.

저 여자가 왜? 호, 혹시?

분명 성현의 여자다. 동희는 그의 여자가 혹시 자신의 머리채라도 잡으러 들어왔나 불안해져 얼른 벽 쪽으로 몸을 물리고 바짝 붙었다. 안 보는 척하며 경계심이 가득한 눈빛으로 조심스럽게 그녀를 살폈다. 역시 우아한 백조 같은 여자였다.

최성현은 저런 여자를 좋아하는구나. 나랑은 완전 반대네. 효은이랑 비슷한 느낌이잖아. 그 남자 효은이한테 관심이 있었지.

동희가 끝없이 되도 않는 삽질을 하는 동안 지현도 손을 씻는 척 거울에 비친 벽에 찰싹 붙어 있는 여자를 요모조모 꼼꼼히 살폈다.

키는 작은데 얼굴도 작아서 비율이 괜찮네. 그런데 피부가 어쩜 저렇게 하얗고 곱지? 그나저나 되게 귀엽게 생겼다.

지현은 왜인지 자신을 경계하며 눈알을 또르륵 굴리는 동희가 귀여워 입술을 살짝 깨물었다.

오빠 취향이 저런 여자였구나. 하도 만나는 사람이 없어서 집안 어른들이 난리를 쳤지만 별 성과는 없는 모양이던데. 큰어머니께 말씀드리면 좋아하시겠다.지현은 야릇한 미소를 입가에 지으며 동희를 지나쳐 밖으로 나갔다.

"오빠. 그럼 나 먼저 가 볼게. 인찬 씨 만나기로 했거든."

"그래. 조심해서 가고 결혼식장에서 보자."

"응."

지현은 비밀스러운 미소를 입가에 지은 채 성현을 지나쳐 갔다. 그러면서 슬쩍 성현의 귓가에 속삭이자 그의 눈썹이 삐죽 치켜 올라가더니 픽 작게 소리 내어 웃었다. 지현이 오른손을 올려 엄지와 검지를 동그랗게 붙이며 오케이 표시를 하곤 고개를 끄덕였다.

성현이 지현의 뒤를 따라 발길을 옮기며 동희가 들어가 있는 여자 화장실을 찌릿 노려보았다.

"어디 두고 보자고. 현동희."

동희는 성현의 그녀가 나가자 잠시 시간을 두고 고개를 빼꼼 내밀어 밖을 살폈다. 성현이 서 있던 벽이 휑했다. 여자와 함께 간 것일까.

동희가 문밖으로 몸을 반쯤 내밀어 고개를 이리저리 돌리며 그를 찾았지만 보이지 않았다. 동희는 왠지 허전한 기분을 느끼며 어슬렁어슬렁 화장실을 나왔다.

"정말 이상한 남자야. 내가 자기한테 뭐 빚진 거 있어? 왜 빚쟁이처럼 쫓아오고 난리람. 사람 간 떨어지게."

동희는 자신이 먼저 그를 보고 줄행랑을 친 건 생각지도 않고 투덜거렸다.

쫓아오니 도망가고 싶고, 갔다고 생각하니 아쉬운 이 마음은 무엇일까. 도무지 그녀도 자신의 마음을 알 수 없어 약하게 한숨을 내쉬며 걸음을 내디뎠다.

성현은 동희가 나오는 모습을 먼발치에서 바라보며 지현이 했던 말을 되뇌었다.

"저 여자분 오빠가 계속 여기 서 있으면 밤새 저러고 있을 것 같던데. 그러지 말고 안 보이는 쪽으로 가서 기다리는 게 어떨까. 몸을 좀 숨기고 기다리면 금방 나올 거야."

역시 지현의 말이 옳았다. 동희가 겁 많은 토끼처럼 고개를 내밀고 요리조리 살피더니 그가 안 보이자 금세 나왔다. 저렇게 순진하다니, 그렇게 금방 가리라고 생각했나?

성현은 속으로 혀를 찼다. 팔랑팔랑 나비처럼 날아오는 동희가 지나가는 그의 곁으로 순간 독수리가 먹이를 잡듯 홱 낚아챘다.

"엄마야! 뭐, 뭐예요."

"조용히 따라오는 게 좋을 겁니다."

동희는 갔다고 생각했던 성현이 갑자기 나오자 정말 까무러칠 듯이 놀랐다. 팔을 잡아 오는 성현의 손을 냅다 치며 힘을 주었지만 불가항력이었다. 남자의 힘을 당해 낼 재간이 없었다.

동희는 성현에게 질질 끌려가며 주변을 두리번거렸다. 왜 매번 이렇게 그에게 끌려가는 모양새지 그녀는 미치고 팔짝 뛸 판이었다.

누군가 도움을 청할 사람이 있으면 좋을 텐데 하는 마음이 간절했지만, 명품관이 있는 층에 사람이 우글거리는 게 더 이상한 일인지라 엘리베이터 근처는 텅 비어 있었다.

성현은 그 엘리베이터 옆의 비상계단으로 그녀를 끌고 갔다. 동희는 매장 안에 있는 사람이라도 부를 생각으로 소리를 지르려고 했다.

“사, 사람 살…… 읍.”

하지만 그녀의 입은 성현의 손에 의해 막혀 버렸다. 성현은 기가 막혀 말도 안 나올 지경이었다.

사람 살리라니, 누가 지금 자길 죽이고 있나? 이 여자가 진짜 사람을 뭐로 보고 누굴 범죄자 취급을 해!

본능적으로 손을 올려 동희의 입을 틀어막았다. 비상계단의 문을 휙 열어젖혀 동희를 밀어 넣은 후 문을 닫았다. 비상계단은 전체적으로 어두웠다.

“후우.”

이게 뭐하는 짓인지. 아무래도 현동희는 자신에게 재앙이 틀림없다. 조금 전 그녀를 자신의 비타민이라고 생각했던 건 자동으로 삭제되었다.

그렇다고 재앙을 피할 이유는 없지. 재앙이 오면 당당하게 맞서면 되고, 자신이 넘을 수 없는 것이라면 조용히 기다리며 힘을 키우면 된다. 그러면 언젠가는 별것 아니게 되리라.

그것이 성현이 재앙을 대하는 그만의 방식이었다. 한마디로 말해 인내심을 가지고 행동하면 재앙도 머지않아 사그라들 것이었다.

동희는 성현의 손을 떼어 내고 언제 피해 다녔냐는 듯 버럭 소리를 질렀다.

"매번 더럽게 왜 자꾸 입에다 손을 대고 그래요! 사람 손이 제일 더럽다는 거 정말 몰라요?"

"지금 그게 중요합니까?"

"그럼! 뭐가 중요……한데요."

동희가 그의 손바닥이 닿았던 입술을 닦아 내며 쌀쌀맞게 굴었다.

"좀 물읍시다. 내가 현동희 씨한테 뭐 잘못한 거 있습니까? 왜 사람을 보고 역병 피하듯 피합니까?"

성현이 답답하다는 듯 진한 한숨까지 쉬며 따졌다. 순식간에 동희의 얼굴이 변했다. 심술 가득한 악동 같은 표정에서 슬프고도 안타까운 듯한 얼굴빛이 드러났다.

덜컥 가슴이 내려앉은 성현이 급히 그녀에게 한 발 다가가려 했지만, 동희가 손을 들어 그를 막았다.

"그렇게 느꼈다면 미안해요. 그럴 생각은 아니었는데…… 그냥 그렇게 됐네요. 그리고 지금 나 일하는 중이라 가 봐야 해요."

성현의 표정도 묘하게 바뀌었다. 조금 전까지 그를 보고 화장실에 숨던 장난꾸러기 같던 여자와 지금 이 여자가 같은 사람이 맞는지 생각될 만큼 표정과 말투가 애잔하고 슬퍼 보여 그의 가슴을 후벼 파는 것 같다. 그는 어쩔 줄 모르고 허둥거렸다.

“아니, 꼭 그렇게 정중한 사과를 듣겠다는 말은 아니…….”

그는 말을 끝까지 잇지 못했다. 동희가 그를 등지고 돌아섰기 때문이다. 그녀는 그와 얼굴을 마주하고 있다가는 눈물이 나올 것 같았다.

동희는 지금 마음이 편치 않았다. 아니, 더 솔직히 말하면 그녀는 가슴이 찢어지는 것처럼 아팠다.

그에게 연인이 있는 걸 알면서도 그와 밤을 보냈다. 술에 취해서였다고 애써 변명을 해 보지만, 그녀는 분명 그에게 호감을 가지고 있었고 섹스도 만족스러웠다. 남자는 열 여자 마다하지 않는다지만 그녀는 그렇지 않다.

그럼에도 자신의 도덕성을 저버리고 다른 여자의 남자를 유혹했다는 죄책감은 동희를 너무 힘들게 만들었다.

그와 대화를 나누고 감정을 확인하기 위해서 프로젝트를 하기로 했는데 그의 여자를 보니 그 희망이란 놈이 피어 보지도 못하고 박제되는 기분이었다. 그녀의 기분이 끝 간 데 없이 추락했다. 동희의 입에서 저절로 한숨이 새어 나왔다.

“월요일 날 봬요. 안녕히 가세요.”

동희가 그를 쳐다보지도 않고 가볍게 고개를 숙였다. 그 모습이 마치 자신을 보기 싫다는 그녀의 마음 같아 그의 미간이 잔뜩 일그러졌다.

그녀를 잡아야 하나 말아야 하나 잠시 망설이는 동안 동희가 깊은 생각에 빠져 손잡이를 돌리다 다른 손에 들고 있던 휴대폰을 탁 떨어뜨렸다.

탁. 타다닥.

계단을 몇 번 치고 내려가는 휴대폰을 바라보는 동희의 표정이 망연자실해졌다. 여러 상황이 한꺼번에 닥치자 그녀의 뇌가 생각하기를 멈춘 모양이다.

멍하게 서 있는 그녀를 슬쩍 바라본 성현이 계단을 내려가 휴대폰을 주워 왔다.

“액정이 완전히 망가졌네요. 수리를 해야겠습니다.”

그의 말에도 그녀의 표정은 바뀌지 않았다. 먼 곳을 헤매는 듯 얼이 빠진 표정. 그가 가볍게 한숨을 쉬더니 그녀의 휴대폰을 자신의 주머니에 넣었다. 그제야 동희가 의아한 듯 그에게 시선을 주었다.

“왜 가져가시는 거죠?”

그녀의 표정이 살아나기 시작했다. 성현이 입술을 씩 올리며 시원하게 웃어 보였다.

“아무래도 우리 프로젝트 시작하기 전에 한 번 만나야 할 것 같아서 말입니다. 이 휴대폰은 내가 가져가서 고쳐 놓을 테니까 모레 학교로 오십시오. 동희 씨도 오늘은 일해야 할 테고.”

성현이 비상계단의 문을 열고 그녀의 등을 슬쩍 밀었다.

“모레가 토요일이니 휴무죠? 난 그날 하루 종일 학교에 있을 겁니다. 아무 때나 오세요. 그럼 모레 봅시다.”

성현이 손을 흔들며 성큼성큼 걸어가 버렸다. 너무 순식간에 벌어진 일이라 동희가 정신을 차렸을 때는 이미 성현은 보이지 않았다.

"동희야!"

"엄마. 왜?"

동희는 토요일 해가 중천에 걸릴 때까지 침대를 벗어나지 못하고 성현을 만나러 가야 하나 말아야 하나 고민했다. 굳이 오늘 가지 않더라도 월요일이면 만날 테니 그날 가지고 오겠지 하는 마음에 결정을 못 내리는 중이었다.

그렇게 망설이던 동희를 움직이게 한 건 어머니인 문 여사였다.

노크를 하고 방으로 들어온 문 여사가 그녀를 불렀다. 늘 주말이면 아버지인 현 회장과 등산하러 다니는 어머니가 이 시간에 웬일인가 싶어 동희의 눈이 동그래졌다.

"뭐하니. 우리 딸."

"쉬고 있지. 힘들 게 일을 한 자여, 그대 이름은 직장인. 수고한 자 휴일은 쉬어라!"

동희가 연극조로 팔까지 휘저어 가며 너스레를 떨었다. 문 여사가 그런 동희를 살짝 노려보며 작게 혀를 찼다.

유학 기간 동안 오래 떨어져 있었기 때문인지 곁에 있는 지금이 더 애틋하고 사랑스러운 딸이다. 게다가 어젯밤에는 밖에서 무슨 일이 있었는지 어깨가 축 처져서 들어왔다. 아침에 깨우지 말라고 주문까지 해서 조금 걱정이 되었다.

"휴일인데 집에만 있는 다 큰 딸내미 조금 불쌍해 보이는 걸."

"엄마는! 집에 있다고 불쌍하다는 논리는 무슨 논리래? 그런데 엄마는 이 시간에 왜 집에 계세요? 아빠랑 산에 안 갔어?"

"아빠 오늘 골프 약속 있으시다네."

"어? 진짜? 아빠가 웬일이시래. 일요일 날 골프 약속을 다 잡으시고?"

동희가 고개를 갸웃거렸다. 정말 어지간한 일 아니면 일요일은 아내인 문 여사와 함께 하는 분이신데. 동희의 생각을 알아챈 문 여사가 빙그레 미소를 지었다.

"미국에서 아빠 친구분이 오셨는데 내일 들어가셔야 한다고 시간이 없나 봐. 그래서 할 수 없이 나가신 거야."

동희가 고개를 끄덕였다. 이 정도의 일이 아니면 아버지와 엄마를 방해할 일은 없지 싶어서였다. 정말 못 말리게 사이좋은 부부라니까.

동희의 입가에 흐뭇한 미소와 함께 부러움이 섞인 콧소리가 저절로 새어 나왔다. 나도 아빠 같은 좋은 사람을 만나야 하는데.

그녀의 생각을 비집고 문 여사가 물어 왔다.

"그나저나 불쌍한 우리 딸. 오늘 집에 있을 거야? 엄마랑 영화라도 보러 갈까?"

"엄마는 왜 자꾸 불쌍하대. 내가 뭐가 불쌍한데?"

"그럼 불쌍하지. 안 불쌍해? 친구는 벌써 결혼해서 아기까지 가졌는데 넌 언제 시집가려고 그러니, 응? 만나는 사람도 없고."

"참 내. 내가 만나는 사람이 있는지 없는지 엄마가 어떻게 알아."

문 여사의 놀리는 듯한 말에 동희의 대꾸가 퉁명스럽게 대꾸했다. 그러자 문 여사의 얼굴이 환하게 밝아지며 그녀를 보는 눈이 초롱초롱해졌다.

"너 누구 만나는 사람 있니? 그런 거야?"

"아니 말이 그렇다는 거지. 내가 만나는 사람이 있긴 어디 있다고 그래."

우물에서 숭늉 찾는다고 문 여사의 괜한 말꼬리에 동희가 기가 막힌다는 듯 고개를 저었다. 문 여사의 눈이 샐쭉하니 변하며 그녀를 밉지 않게 노려본다.

"그럼 그렇지. 너도 적은 나이 아니다. 만나는 사람이 있어도 늦을 판인데…… 그러지 말고 이참에 선 한 번 볼래?"

"엄마! 미쳤어? 내 나이가 몇인데 벌써 선을 보래."

문 여사의 말에 동희가 질색 팔색을 했다. 선이라니! 절대 안 될 말이다. 연애도 한 번 제대로 못 해 보고 결혼을 전제로 누군가를 만난다는 건 죄악이었다. 그녀는 멋진 연애를 할 계획이었다. 그녀에게 남아 있는 트라우마는 이제 벗어던져야 할 때가 되었다.

"선볼 나이입니다. 네 친구는 결혼했다고요."

"그놈의 결혼! 결혼! 엄마는 사는 목표가 결혼이야? 왜 자꾸 결혼을 들먹거려. 나 한국으로 나온 지 아직 1년도 안 됐거든!"

동희는 마음 같아선 도로 미국으로 돌아가고 싶었다. 미국에 있을 땐 엄마가 보고 싶고 가족들이 그리웠는데 돌아오니 그 또한 답답하다. 아직 1년도 안 지났는데 벌써 자유가 그립다.

미국 지사로 발령 내 달라고 큰오빠한테 부탁해 볼까. 동희는 씨알도 먹히지 않을 상상을 하며 한숨을 내쉬었다.

"그거랑 선보는 거랑 무슨 관계가 있는데. 넌 친구가 행복한 결혼 생활을 하는 걸 보고도 아무 생각이 없는 거니? 너도 막 결혼하고 싶다거나 뭐 그런 생각 안 드느냐고!"

"절대 그런 생각 안 들거든요. 그러니까 엄마, 선 같은 말 절대 하지 마! 그리고 나도 결혼은 효은이만큼 절대적이고 운명적인 연애결혼 할 거야."

동희가 단언했다. 선은 절대 보지 않을 거다. 왜 내가 팔려 가느냔 말이다. 뭐가 모자라서!

"그러니까, 누가 너더러 연애하지 말라고 했니? 제발 연애 좀 해. 휴일에 집에서만 빈둥거리지 말고. 남들은 연애도 잘하고 시집도 잘만 가는데 넌 뭐가 모자라서 이러고 있는 거니."

문 여사가 답답한 듯 가슴을 쳤다. 이러려고 딸의 방에 들어온 것이 아닌데 어쩌다 보니 동희와 실랑이를 벌이는 상황이 돼 버렸다.

"모자란 게 있나 보지. 연애 고자라던가."

문 여사의 한탄에 동희가 예사롭지 않게 한마디 뱉었다. 연애건 사랑이건 결혼이건 가만 놔두면 알아서 잘할까 하는 뾰족한 마음이 들어서다. 문 여사의 눈이 흰자위만 보일 정도로 무섭게 변했다.

"그런 소린 하지도 마라. 예쁘게 낳아 줬겠다. 배울 만큼 배우게 해 줬겠다. 뭐가 부족해서 연애도 못 하니. 응?"

"역시 우리 엄마밖에 없다. 엄마가 최고야!"

고슴도치도 제 자식은 예쁘다고 하더니. 문 여사의 말에 동희는 터져 나오는 웃음을 주체할 수가 없어 한참을 웃었다. 침대를 팡팡 치며 웃는 동희를 흘겨보던 문 여사가 한심하다는 듯 고개를 절레절레 저었다.

"정신 차려. 내가 무슨 그렇게 웃기는 말을 했다고 그렇게 웃니?"

웃던 끝을 갈무리하며 동희가 예쁜 눈매를 활짝 접었다.

"아, 됐고. 엄마, 혹시 효은이한테 전화 왔어?"

"왔다. 너한텐 안 하디?"

"아니, 그게 아니고 내가 지금 휴대폰이 없어서……."

동희의 중얼거림을 들으니 어제 둘째 며느리 효은이와의 통화 내용이 불현듯 생각났다. 딸아이인 동희의 절친이라 자주 통화를 하는 모양인데 연락이 안 된다고 걱정을 하더니만.

"휴대폰? 휴대폰이 왜?"

"계단에서 떨어뜨렸는데 액정이 다 나갔어."

동희는 뭐라 할 얘기가 없어 상황만 간단히 설명했다. 구구절절 말할 내용이 아니기도 하고.

"조심 좀 하지. 어쩌다가. 그럼 지금 수리 맡겨 놓은 거야? 그래서 효은이가 너랑 연락 안 된다고 한 거구나. 난 무슨 말인가 했네."

"효은이가 그랬어? 아이참, 어쩌지."

동희는 입술을 깨물며 미간을 좁혔다. 휴대폰을 찾아오긴 해야 하는데 성현을 만나기는 꺼려지고, 게다가 학교까지 찾아오라니. 그건 좀 아니지 않나 하는 생각이 들어서다. 자기가 뭐라고 사람을 오라 가라 한단 말인가.

성현을 생각하자 저절로 이마가 찌푸려졌다. 동희의 표정이 흐려지자 문 여사가 의아했나 보다.

"왜? 수리가 늦어진다니? 그런 거 요즘 바로바로 되지 않나?"

"응? 아니…… 뭐, 그렇지."

동희가 대충 말을 얼버무렸다. 휴대폰에는 사진이나 연락처 등등 개인적인 것들이 많은데 혹시라도 성현이 열어 보거나 전화 오는 것을 받는다거나 한다면…….

동희는 오싹해지는 것 같았다. 그런 생각이 들자마자 조바심이 들어 가만히 있을 수 없었다. 아무래도 당장 찾으러 가야겠다.

그리고 그의 말대로 일 시작하기 전에 그와 대화를 한 번 하기는 해야 할 듯했다. 동희가 손을 머리로 올려 배배 꼬았다. 문 여사가 그 모습을 유심히 보고 있는 줄도 모른 채. 그 행동은 그녀가 어릴 때부터 짜증나거나 불안한 일이 있을 때면 하곤 하는 행동이었다.

"무슨 일 있는 거니?"

"응? 아니야. 별일 없어."

"그래? 그럼 빨리 휴대폰 찾아서 효은이랑 연락해 봐. 너한테 할 말 있는 것 같더라."

"할 말? 뭔데?"

"그걸 내가 어떻게 알아. 너한테 하고 싶은 말인데 나한테 하겠니?"

"알았어. 이따 내가 연락해 볼게요."

찾으러 가야겠다. 동희가 작게 한숨을 쉬었다. 문 여사가 묘한 표정으로 보다 다시 한 번 영화를 보러 가자고 했지만 동희는 고개를 저었다.

"그래. 알았다. 알았어. 참 비싸기도 하시지. 너 이번에 선 한 번 봐. 놓치기 아까운 사람이라 그래. 어차피 만나는 사람도 없는데 나쁘지 않잖아."

분명 어디서 그녀한테 선 자리가 들어온 거다. 그러니 문 여사가 영화 운운하며 그녀 방을 찾아 이런저런 밑밥을 깔았겠지. 동희가 펄쩍 뛰며 손을 내저었지만, 문 여사가 콧방귀를 한 번 날리곤 나가 버렸다.

"싫어요. 엄마. 절대 싫어. 난 선 같은 건 안 볼 거니까 약속 잡지 마!"

동희의 안타까운 외침이 문소리에 묻혀 버렸다. 그녀가 인상을 쓰며 문을 노려보다 손에 잡히는 베개를 들어 냅다 벽을 향해 던졌다.

8월의 캠퍼스는 방학 중임에도 젊음의 활기를 품고 수런거렸다. 긴 여름방학이 눈 깜빡할 사이 지나 얼마 남지 않은 날들이 아쉽다는 듯했지만 가끔씩 보이는 학생들의 걸음걸이에는 여유가 흘렀다.

개강을 앞두고 조용히 새 학기를 준비하는 캠퍼스는 전체가 살아 있는 생물체 같아 보였다. 싱그러운 녹음이 캠퍼스의 태반을 차지하고 있는 은현 대학은 모든 단과대학의 건물 자체가 고풍스럽고 연륜이 묻어났다.

처음 와 보는 학교였지만 오랜만에 느껴 보는 분위기는 동희를 미소 짓게 하기에 충분했다.

"역시 젊음은 학교지. 오랜만에 이런 분위기 너무 좋다!"

그녀는 주위를 두리번거리다 경영대를 찾아 움직였다. 정말 오고 싶지 않았지만, 또 그만큼 그를 만나고도 싶었다.

조용하고 묵직한 공기를 내포하고 있는 복도를 동희가 조심스럽게 걸었다. 힐을 신지 않은 것이 얼마나 다행스러운지 모르겠다. 만약 또각거리는 발소리가 소음처럼 울렸다면 발뒤꿈치를 들고 도둑처럼 살금살금 걸어야 했을지도 모른다. 그만큼 경영대 교수실이 모여 있는 이곳은 조용하고 사람을 긴장시켰다.

"뭐가 이렇게 조용한 거야. 면학 분위기가 저절로 생기겠네."

그저 동희의 마음이 불편하고 어지러운 것인지도 모르지만. 그녀는 교수의 이름이 붙어 있는 명패를 하나하나 살피며 그의 사무실을 찾았다.

성현의 교수실은 복도의 맨 끝에 있었다. 동희는 문 앞에서 괜스레 옷을 매만지며 시간을 끌었다. 여기까지 와서도 이렇게 갈팡질팡하는 스스로가 마음에 들지 않아 그녀는 하얀 미간을 살며시 찌푸렸다.

"들어가야 돼. 말아야 돼."

폭폭 한숨을 몇 번이나 내쉬던 동희가 드디어 결심한 듯 손을 올려 조용히 노크했다. 하지만 안에선 대답이 없었다. 동희가 고개를 갸웃하며 조금 크게 노크를 했다. 여전히 안에선 묵묵부답. 어쩌지 고민을 하던 동희가 손잡이를 잡고 살며시 문을 열었다.

조교실로 보이는 작은 사무실 같은 공간이 눈에 보였다. 그러나 사람은 보이지 않았다. 조교가 없는 건가 생각하며 약간 망설이던 그녀가 안으로 발을 들여놓았다.

"연락을 하고 올 걸 그랬나?"

연락하고 오지 않은 자신의 잘못도 있지만 그가 아무 때나 오라고 했으니 꼭 그녀의 잘못은 아니었다. 기다려야 하나 잠시 고민하는 그녀의 귀에 누군가 울먹이는 듯한 소리가 들려왔다.

"이게 무슨 소리지? 누가 있나?"

두리번거리며 소리의 진원지를 찾던 동희의 눈에 조교실 옆에 있는 문이 하나 보였다.

소리의 근원지는 안쪽인 듯했다. 어쩐 일인지 문이 다 닫히지 않고 조금 열려 있었다. 아마도 조교가 없는 걸 안 방문자가 신경 쓰지 않은 모양이다. 아니면 그만큼 볼일이 다급했다거나.

그냥 나가야 하나 하는 망설임은 길지 않았다. 그녀로서는 처음 들어 보는 싸늘한 성현의 목소리가 들려왔기 때문이다.

"몇 번을 말해도 내 대답은 항상 같아, 학생. 이만 돌아가 줬으면 좋겠군."

"교수님! 저 이제 졸업했어요. 제가 조기 졸업하기 위해서 얼마나 노력했는지 아신다면 저한테 이러실 수 없으실 거예요."

아마도 여대생인 모양이다. 도대체 저 남자가 여학생에게 무슨 잘못을 저질렀기에 저렇게 애달프게 울먹이는 것일까. 학점을 제대로 안 줬나?

"글쎄, 학생이 조기 졸업이건 정기 졸업이건 나하곤 상관없는 일이야. 나한테 와서 이럴 게 아니라고 보는데."

"아니에요. 전 교수님 때문에 노력해 일찍 졸업하려는 거예요."

여학생은 조기 졸업생인 모양이었다. 공부를 열심히 했구나. 동희는 마음이 짠해지는 걸 느꼈다. 학점 따기가 얼마나 힘든데. 한 학기라도 일찍 졸업하려면 그만큼 피나는 노력을 해야만 한다는 걸 알고 있었다. 그런데 저 남자 때문이라고?

"그게 왜 나 때문인가."

그녀의 궁금증이 그를 통해 나왔다.

"교수님을 좋아해요. 아니, 사랑해요. 이미 몇 번을 말씀드렸지만, 교수님께서 받아 주지 않으셨죠. 제가 학생이기 때문에! 그래서 전 기를 쓰고 공부했고 졸업할 때까지 기다린 거예요. 그러니 교수님 때문이죠!"

"도대체 그런 유치한 발상은 어떻게 해야 할 수 있는 건지 난 모르겠지만, 내가 학생에게 졸업하면 사귀겠다고 말을 했나? 아니면 내가 미혼인 교수라 만만히 보는 것인가?"

"그런 게 아니잖아요! 제가 교수님을 사랑한다고요. 교수님께서 학교에 부임하신 이후 줄곧 사랑해 왔어요. 제 맘 아시잖아요."

동희가 입술을 오므리며 고개를 갸웃했다.

"학생. 나도 똑같은 말을 몇 번째 되풀이하는지 모르겠지만, 학생은 학생일 뿐이야. 난 학생이랑 뭔가를 해 볼 생각이 추호도 없어. 그리고 그건 학생이 졸업을 한다고 해도 마찬가지야."

"왜 전 안 되는데요! 제가 교수님이 가르친 학생이라서 그런 건가요? 그건 어쩔 수 없잖아요. 이미 전 교수님의 학생인데……."

얘기가 동희의 생각과 많이 달라지는 것 같다. 이번에는 그녀의 미간이 살짝 좁혀졌다. 그러는 와중에도 성현의 화를 참는 듯한 목소리가 조곤조곤 들려왔다.

"내 말을 못 알아듣는 것 같은데. 지금 학생은 나에게 감정을 강요하고 있어. 사랑해 달라고. 난 학생에게 아무 감정이 없는데 말이지."

"그러니까요. 감정이 없었던 게 제가 학생이기 때문이라 그런 거잖아요. 제가 교수님께 여자가 될 수 없었던 이유요. 그리고 제 이름은 김은희예요. 학생이 아니고요."

동희는 가늘게 찢어지는 여자의 음성에 놀라 흠칫 뒤로 물러섰다.

이제 조금 상황을 알 것도 같았다. 미혼의 젊은 남자 교수를 짝사랑하는 여학생의 애정 고백인 모양이다. 얼마나 페로몬을 흘리고 다녔으면 저렇게 대놓고 들이댄담.

"되게 매몰차게 구네. 그런데 나한텐 왜 다르게 대하지? 내가 그렇게 쉬워 보이나. 하긴 나도 내가 먼저 유혹한 꼴이긴 하지만. 나나 저 여학생이나 별다를 바가 없긴 하구나."

동희가 가볍게 한숨을 내쉬며 고개를 절레절레 흔들었다. 대충 상황을 이해하고 나니 흥미가 뚝 떨어졌다.

언제 끝나려나. 나도 빨리 볼일 보고 가야 하는데. 그녀는 흘깃 그들이 있는 문을 바라보며 벽에 걸린 시계를 눈으로 훑었다.

"학생이 왜 그렇게 생각하는지 잘 모르겠군. 물론 여자와 학생은 다르지. 특히 나에겐 더 그렇고. 그래서 더 조심스럽게 행동하고 신경을 썼음에도 불구하고 학생에게 그런 감정을 가지게 한 내 잘못이야. 하지만 말이야. 내 학생이었든 아니든 학생이 원하는 그런 감정은 생기지 않았을 거야. 미안하지만 앞으로도 없을 거고."

"어떻게 그렇게 말씀하실 수 있으세요. 정말 너무 하시네요!"

동희는 그의 냉정한 말투에 이마를 한껏 찌푸리고 방을 노려보았다.

"이만 나가 줬으면 좋겠군. 내 귀한 시간을 너무 많이 빼앗았단 생각 안 드나?"

"전 정말 안 된다는 말씀이신가요? 학생이 아니어도요?"

"몇 번을 말해도 내 대답은 아니야. 시간 낭비 그만하고 나가 줘."

더 이상 할 말 없다는 투로 짜증이 진득하게 깔린 성현의 목소리가 조금 멀어지는 것 같더니 갑자기 뭔가가 떨어지는 소음이 들려왔다.

"교수님!"

"뭐하는 짓이야!"

여학생의 애절한 부름 뒤에 성현의 화가 난 듯 낮게 깔리는 음성이 들렸다. 동희의 귀가 쫑긋했다.

무슨 일일까.

잠시 망설이던 그녀가 발끝을 세우고 살금살금 문으로 다가갔다.

"흑…… 흐흑, 흑."

여학생이 두 손으로 얼굴을 가리고 교수실에서 튀어나왔다. 문 뒤로 다가가던 동희는 하마터면 여학생과 부딪칠 뻔했다. 깜짝 놀라 한 걸음 뒤로 물러서는 사이 여학생은 벌써 문을 열고 사라진 뒤였다.

그녀를 못 본 모양이었다. 다행이었다. 누군가 대화를 듣고 있었다는 걸 알면 얼마나 창피할 것인가. 자신 같으면 죽고 싶었을 것 같다. 작게 혀를 차며 그녀는 조그맣게 혼잣말을 했다.

"정말 냉정하다. 얼음 같네."

동희는 여학생이 나간 문을 안쓰러운 눈빛으로 가만히 바라보다 고개를 돌렸다.

교수실 문이 활짝 열려 있었고 팔짱을 낀 상태로 책상에 기댄 성현이 그녀를 바라보고 있었다. 그 눈빛이 조금 당황스러워 보였다.

"현동희 씨?"

"말씀하신 대로 휴대폰 찾으러 왔어요."

"우선 들어와요."

동희는 성현이 떡 버티고 있는 교수실로 주춤주춤 들어서며 계속 여학생이 뛰쳐나간 문을 돌아보았다. 같은 여자로서 참 마음이 아팠다. 남의 일 같지 않다고 해야 하나.

불현듯 지나간 옛 시간이 떠올라 버렸다. 아니, 솔직히 말하면 그녀의 마음이 난도질당했던 어떤 기억이 떠올랐다는 게 맞을 것이다. 상황이야 다를지 모르지만, 남자에게 상처 받고 눈물 흘린 건 같으니까.

씁쓸한 기억을 날려 보내듯 동희가 머리를 세차게 흔들고는 성현을 향해 시선을 돌렸다.

"저 학생 저렇게 보내도 괜찮겠어요? 많이 울던데……."

"들었습니까? 상관없습니다. 저런 학생이 한둘도 아니고."

"네?"

동희의 눈이 동그래졌다.

"왜요? 거짓말인 것 같습니까?"

"아니, 중요한 건 그게 아니죠. 아무리 사실이라 하더라도…… 참, 자만심이 하늘을 찌르시네요."

"가질 만하면 가져도 되는 겁니다."

동희의 얼굴에 저 남자 제정신인가 하는 표정이 그대로 드러났다.

성현은 그런 그녀를 보며 재미있다는 듯 입가를 씰룩였다. 그러더니 그녀에게서 등을 돌리고 실내에 비치된 작은 냉장고에서 생수병을 하나 꺼내어 동희에게 건넸다.

"차가운 물밖에 없네요. 음료를 별로 좋아하질 않아서……."

"아, 급히 오다 보니 저도 빈손으로 왔어요. 그리고 물은 저도 좋아해요. 여름엔 시원한 물이 최고죠."

성현은 크게 신경 쓰지 않는다는 듯 고개를 끄덕였다.

"우리 학교는 처음 와 보는 거죠? 헤매지 않고 잘 찾아왔습니까?"

"지하철 타고 와서 별로 헤매지 않았어요. 지하철역 이름이 은현 대학 앞이던걸요."

그녀에게 생수병을 건네곤 분주히 책상 위를 정리하던 성현이 잠시 행동을 멈췄다. 생소한 말을 들었다는 듯 고개를 갸웃하더니 뒤를 돌아 동희를 보았다.

"차 없습니까?"

"네, 아직 없어요. 우리 아버진 자신의 능력으로 사라고 하시는 분이라…… 진짜 우리 아버지지만 고루한 사고방식이죠."

재계 순위에도 올라 있는 거대 기업의 고명따님이 차가 없다니 아마 아무도 믿지 않을 것이다. 그도 직접 듣지 않았으면 믿지 않았을 테니.

"그렇군요. 현 회장님 투명한 회사 경영에 공과 사가 분명한 분이란 말씀은 늘 듣고 있었지만, 부풀려진 이야기려니 했는데 사실이었군요. 존경받으실 만합니다."

"존경은 무슨. 하나밖에 없는 딸 경차도 하나 안 사 주시는 분인데."

성현의 입에서 아버지에 대한 칭찬이 나오자 동희는 불만이 가득한 표정으로 콧등을 찡그리며 볼을 부풀렸다. 하지만 그녀가 고등학교를 졸업하고 운전면허를 따자마자 접촉 사고를 일으켰던 일 등 차로 인한 자잘한 사건 사고들은 말하지 않았다.

그런 여러 가지 사연들 때문에 실제 그녀가 차를 갖지 못한 이유가 가장 컸지만. 죽을 때까지 이 남자가 알 일은 없을 것이다.

“학교까지 오시느라 고생하셨겠어요.”

“괜찮아요. 그건 됐으니까 휴대폰이나 주세요.”

차가운 물을 한 번에 쭉 들이켜 갈증을 해소한 동희가 성현에게 다시 한 번 이곳에 온 이유를 밝혔다.

“어쩝니까. 휴대폰 지금 나한테 없는데.”

“뭐라고요?”

동희의 미간이 사정없이 일그러졌다.

“액정 고쳐 놓을 테니 가지러 오라고 하신 걸로 기억하는데요.”

“그랬죠.”

“그런데요?”

“휴대폰은 고쳤어요. 헌데 지금 제가 가지고 있지 않다는 말이죠. 곧 돌려 드릴 테니 잠시만 기다려 주시겠습니까? 한 20분쯤?”

“휴대폰이 어디 있는데요?”

답답한 마음에 동희가 재촉했지만 그는 그저 빙긋 웃기만 할 뿐 대답이 없었다.

이제 동희도 그의 성격을 어느 정도는 알았다. 지금은 기다려야 할 것 같다.

“바쁘신 것 같은데…….”

그래도 끝내 그녀가 참지 못하고 한마디 쫑알거렸다.

"별로 바쁘지 않습니다."

그가 무뚝뚝하게 말하며 연신 바삐 손을 놀리며 책상 위를 정리했다.

"하아."

"가만 보면 현동희 씨 한숨 정말 자주 쉽니다. 우리나라 속담에 웃으면 복이 온다는 말이 있지 않습니까. 웃어요. 한숨 쉬고 싶을 때마다 억지로라도 웃으려고 노력해 보세요. 그럼 정말 웃을 일만 생길 겁니다."

당신만 아니면 한숨 쉴 일 없거든! 나도 웃으면서 살고 싶다고요.

동희가 찌릿 그를 흘겨보며 머릿속으로 투덜대는 와중에 성현의 조교가 돌아왔다.

"교수님, 저 왔습니다."

조교가 활짝 열린 교수실 안을 확인하다 동희를 보곤 눈이 화등잔만해졌다. 그는 그녀와 눈이 마주치자 호기심이 가득한 눈빛을 반짝이며 고개를 숙였다.

"손님이 계셨네요. 안녕하세요?"

소탈하게 웃으며 인사를 건네는 조교가 마음에 들어 동희가 입술을 살짝 휘었다.

"아, 예. 안녕하세요?"

서로 소개시키지도 않았는데 인사를 주고받는 그들에게 향하는 그의 시선이 곱지 못했다.

"그럼 나가 볼까요."

"네. 그러죠. 나가요."

"김 조교, 가져온 논문 이리 주고 퇴근하도록."

"네, 교수님. 들어가십시오."

김 조교라 불린 학생이 성현에게 깍듯하게 인사를 하곤 동희에게도 배시시 눈웃음치며 인사를 건넸다. 그녀도 답례로 고개를 끄덕이며 자그마하게 대답했다. 언뜻 다정하게도 보이는 그 모습이 이리도 눈꼴 시릴 줄이야. 성현의 주먹에 힘이 불끈 들어갔다.

이 여자는 날 만나러 왔으면서 왜 조교 하고 눈웃음을 교환하는 거야.

성현이 뒤를 돌아 동희의 손목을 움켜쥐고 슬쩍 잡아끌었다. 그 모습을 보던 김 조교의 눈은 왕방울만해졌고 동희는 느닷없는 행동에 당혹스러움을 느끼며 얼굴을 붉혔다.

이 남자는 내 손이 자기 건 줄 아나. 볼 때마다 왜 자꾸 잡고 난리래.

동희는 멋쩍은 기분에 속으로 투덜거리며 괜스레 두근거리는 심장을 조용히 다독였다.

"저기 손 좀……."

조교 보기가 민망해 동희가 살짝 손에 힘을 주며 빼려 했지만 별로 힘주어 잡은 것 같지 않음에도 빼낼 수 없었다.

그녀의 가벼운 한숨 소리를 귓등으로 날리며 손잡이를 돌리는 성현의 손이 거칠었다. 동희가 끌려 나오듯 뒤를 따라 나오자 성현이 불필요하게 힘을 주며 문을 닫았다.

조용한 복도에 쾅하는 소리가 적잖은 소음을 만들었고 그에 따라 동희의 어깨가 잘게 흔들렸다. 마침 맞은편 방에서 나오던 노교수가 조금 놀란 눈으로 고개를 들다 성현을 보고는 인사를 건네 왔다.

“최 교수 퇴근하나?”

“네, 교수님. 먼저 들어가겠습니다.”

예의 바르기로 따지자면 성현을 따라갈 사람이 없고, 항상 정갈한 태도를 유지하던 그가 문을 세게 닫은 것에 놀란 노교수가 그의 옆에 서 있는 동희를 보고 장난스럽게 웃었다. 빙긋 입술을 올린 모습이 그녀가 누군지 꽤나 궁금한 모양이었다.

“그런데 옆에 계신 미인은 누구신가? 혹시 애인?”

“아닙니다.”

“아니에요!”

동시에 두 사람의 입에서 같은 말이 튀어나왔다. 아직은 아니라는 의미와 절대로 아니라는 강력한 부정이 가득한 의미가.

“허허, 두 사람 한마음인걸 보니 지금은 아닐지 모르지만, 곧 그렇게 될 것 같구먼.”

동희는 노교수의 덕담인지 악담인지 모를 말에 모골이 송연해지는 것 같았다.

“그렇습니까. 교수님.”

성현이 노교수의 덕담에 장단을 맞추며 하하거렸다. 동희가 그런 성현을 노려보며 슬쩍 옆구리를 꼬집었다. 본인들은 인지하지 못했지만 그런 둘의 모습이 얼핏 다정한 연인으로 보였다.

사람의 일이란 게 어디 마음먹은 대로 된다든가. 특히나 혼기에 찬 젊은 사람들의 일은 더 그렇지. 노교수의 눈빛이 따사롭게 빛을 내며 멀어지는 두 사람의 등을 흐뭇하게 바라보았다.

언제나 정중동을 유지하던 성현이 저렇게나 감정을 내보이다니 신기한 일이었다. 역시 사람은 인연이 있긴 있는 모양이란 생각을 하며 노교수가 혼잣말을 중얼거렸다.

"이거 최 총장한테 국수 얻어먹을 날이 머지않은 것 같군. 만나기만 하면 최 교수 때문에 걱정이 늘어지더니 곧 고운 며느님을 보겠어. 허허."

"갑시다."

"네, 저기 그런데요. 차 여기에 주차해도 되는 거예요?"

동희가 차에서 내려 머뭇거리며 몇 발자국 걷다가 뒤를 슬쩍 돌아보는데 그 얼굴에 못마땅함이 가득했다.

성현은 동희가 차를 가져오지 않았다는 걸 알고는 오히려 잘 됐다는 듯 속으로 슬쩍 미소를 지었다. 내로라하는 재벌가 아가씨가 차를 가지고 있지 않다는 사실도 생소했지만, 그 사실을 아무렇지도 않게 말하며 투덜대는 동희가 귀여웠다.

자신의 차로 그녀를 데려가는 그의 입매가 올라갔지만, 본인은 그 사실을 인지하지 못했다. 그만큼 현동희를 대하는 성현의 태도가 즉물적이란 얘기였다.

늘 철저하게 분석하고 토론하고 판단을 내리는 냉철한 교수는 사라지고 통통 튀는 동희의 분위기에 즐거워하는 최성현이 있을 뿐이다. 그런 스스로를 희미하게나마 깨달았으나 기분이 그다지 나쁘지 않았다.

"걱정하지 마시고 가시죠."

"그래도 어떻게 남의 집 담벼락에……."

동희가 마음이 편치 않아 걸음을 멈추었다. 지금도 그렇다. 동희를 태우고 학교를 빠져나온 성현이 학교에서 조금 떨어진 어느 집 담벼락에 차를 세웠다.

동희가 기겁을 했다. 요새가 어떤 시댄데 아무렇지도 않게 남의 집 담 옆에 차를 세우고 간단 말인가.

동희의 상식으론 이건 불법 주차보다 더 나쁜 일이었다. 집주인이 보면 얼마나 화를 내겠느냔 말이다. 사진을 찍고 싶을 만큼 예쁘고 아주 고풍스러운 한옥인데 승용차로 떡 막아 놨으니.

내가 집주인이면 차를 확 긁어 버리고 싶을 것 같다. 동희는 필사적으로 성현을 말렸다.

"그러지 말고 어디 공용 주차장에라도 주차해요. 이건 정말 아닌 것 같아요."

어디 유료 주차장에라도 들어가면 될 것을. 최성현이 이렇게 윤리 의식이 없는 사람인 줄은 또 몰랐네. 제멋대로 아냐. 동희의 머릿속에 성현에 대한 부정적인 생각이 또 하나 슬며시 스며들었다.

"남의 집 아닌데요?"

"네?"

동희가 새삼스럽다는 듯 성현을 보며 고개를 길게 빼곤 집의 내부를 흘깃거렸다.

볼수록 마음에 드는 집이었다. 고아한 기와가 날아갈 듯 뻗어 있고 곱게 기름 먹은 나무 대문이 오랜 세월 그곳을 지키고 있었다는 듯 정갈했다.

이 남자의 분위기랑 조금 어울리는 것 같다고 마음속으로 생각하다 그녀는 깜짝 놀랐다. 이 무슨 얼토당토않은 생각인가.

동희가 서둘러 머릿속의 생각을 떨쳐 내듯 흔들었다. 그런 그녀를 바라보는 성현의 눈빛에 따스함이 감돌고 그의 입에서 선선한 목소리가 흘러나왔다.

"우리 부모님 집입니다. 본가죠."

"보, 본가요? 여기가요?"

"네. 자꾸 이렇게 시간 끌면 누가 집에서 나올 수 있습니다. 혹시 우리 어머니가 보시면 집으로 끌려 들어갈 텐데 괜찮으시겠어요? 난 상관없지만……."

이게 무슨 말이야. 성현의 말에 동희는 더욱 놀랐다.

"가요. 가. 빨리 가야죠. 우리 근데 어디로 가는 거죠?"

그의 집은 아니지만 부모님이 살고 계시는 본가란다. 동희는 멋진 한옥의 내부가 구경하고 싶어 몸이 근질거렸지만, 조용히 마음을 접었다. 물론 성현의 본가라니 부탁을 하면 볼 수 있을지 몰라도 혹시라도 오해를 받을 만한 위험 부담을 떠안을 수는 없다.

"휴대폰 찾으러 가야죠. 그러려고 온 건데. 그런데 그 말 듣기 좋은데요."

"네? 무슨 말이요?"

"우리라는 말이요."

"기가 막혀서. 빨리 가기나 해요."

허둥거리는 동희를 지긋이 바라보는 성현의 눈길에 장난스러움이 가득했다. 정말 못 말리게 귀여운 여자라니까. 그는 어머니가 나올 수 없다는 걸 이미 알고 있었으나 그녀를 놀리는 재미가 쏠쏠해 말해 주지 않았다.

아버지인 최 총장과 어머니는 지금 결혼 35주년 여행 중이셨다. 성현은 나이 들어 가면서 점점 더 애틋해지시는 부모님들이 존경스럽고 자랑스러웠다. 오래오래 건강하시기만을 바랄 뿐이었다. 자신만 결혼하면 걱정이 없으실 걸 알기에 늘 죄송스러웠다.

"그럼 들어가실까요?"

성현의 들어가잔 느닷없는 말에 미련이 뚝뚝 떨어지던 눈길로 돌아서던 동희가 흠칫 굳었다.

"어디……를?"

설마 하는 기색이 역력한 음성에, 얼굴은 하얗게 질려 갔다.

"어디긴요. 동희 씨가 그렇게 주차 위반이라고 걱정을 하시던 이 집이죠."

"어머님 계시다면서요?"

경악한 동희의 눈이 금방이라도 튀어나올 듯 커다래졌다. 성현은 얼른 두 손을 내밀어 혹시라도 떨어질지 모르는 그녀의 눈알을 받아야 하나 걱정이 될 정도였다.

"농담이었습니다. 부모님은 지금 여행 중이시라 집엔 아무도 없어요."

"절 놀리신 거예요?"

"동희 씨가 내 본가라는 말에 놀라는 모습이 너무 귀여워서……."

그의 말이 끝나기도 전에 동희가 홱 몸을 돌렸다. 얼마나 화가 났는지 연약한 그녀의 몸이 반동을 이기지 못하고 휘청할 정도였다. 성현이 재빠르게 손을 내밀어 그녀의 허리를 휘어 감았다.

"미안해요. 잠시만 들어갔다 가요. 휴대폰이 집 안에 있어서 그래요. 자랑은 아니지만 내부가 겉모습보다 더 그럴 듯합니다."

허리를 휘감은 그의 손을 떼어 내던 동희의 팔랑 귀가 솔깃해졌다.

잠시만 둘러보고 갈까. 집에 아무도 없다는데.

동희는 못 이기는 척 성현이 내민 당근을 날름 받아먹었다. 주저하는 척 그를 따라 고아한 대문을 넘어섰다.

"나 화 풀린 거 아니에요. 휴대폰 때문이지."

동희의 쫑알거림을 들으며 그가 빙긋 입꼬리를 올렸다 내렸다.

"여기서 잠시만 기다려요. 금방 나올 테니."

성현은 콩기름이 반질반질한 대청마루에 그녀를 앉혀 놓고 잠시 사라졌다. 동희는 그의 뒷모습에 잠시 시선을 주다 눈앞에 펼쳐진 화사한 마당에 시선을 빼앗겼다.

"우와. 너무 예쁘다. 이게 무슨 꽃일까?"

그다지 크지 않은 마당 전체가 꽃밭이었다. 사람이 걸을 수 있게 납작한 돌이 놓여진 공간을 빼곤 사방이 꽃과 어우러진 우아한 공예품들이 조화롭게 배치되어 있었다.

동희는 살금살금 걸어 바로 앞에 있는 커다란 돌절구로 다가갔다. 이름 모를 여름 꽃들이 그 안에서 풍성하게 자라고 있어 너무 고왔다.

"아, 꽃향기 너무 좋다."

동희가 지그시 눈을 감고 허리를 굽혀 꽃 더미 속에 깊이 얼굴을 묻었다.

뒤꼍으로 돌아 사라졌던 성현이 급하게 나오다 그녀의 모습을 발견하고 흐뭇하게 웃었다. 발소리를 죽이고 곁에 다가가 꽃에 빠져 있는 그녀를 눈에 가득 담았다. 꽃이 그녀이고 그녀가 꽃인 듯 동희는 그 장소와 한 풍경인 것처럼 완벽하게 어울렸다.

"마음에 들어요?"

"아…… 예. 뭐."

얼굴을 붉히는 그녀와 따스한 눈빛으로 보고 있는 그의 모습 또한 그곳에 그림처럼 어우러졌다.

"여기 휴대폰."

"고마워요."

"확인해 보세요."

동희가 액정을 이리저리 터치해 보며 확인하던 동희가 고개를 끄덕이며 얼굴을 들었다.

"네, 다 괜찮네요."

"차를 가지고 갈 수 없어서 조금 걸어야 하는데 괜찮으시겠습니까?"

"네, 괜찮아요. 저 보기보다 잘 걸어요."

"다행이네요. 갑시다."

지금 동희는 성현의 권유에 따라 동네를 한 바퀴 돌아보고 있는 중이다. 웬만하면 거절했을 그의 제안을 허락한 건 그의 본가에서 받은 감동 때문이었다.

성현의 본가에서 걸어 내려오는 길은 조용했다. 그녀의 집이 자리한 동네의 엄숙하고 범접할 수 없는 그런 조용함이 아니라 나른하면서도 적막감이 감도는 그런 애잔한 공기가 동네를 감싸고 있었다.

동희는 연신 뒤를 돌아보며 앞서가는 성현의 뒤를 따랐다. 약간 경사진 길을 따라 내려가자 조금 번화한 상가들이 보였다.

번화가보다는 동네의 분위기와 딱 들어맞는 느낌의 상가들이었다. 아늑하고 예뻐 보이는 카페들이 눈에 띄었고 독특한 장식을 한 간판들이 눈에 들어왔다.

정말 예쁘고 우아한 동네구나.

동희는 연신 고개를 이리저리 돌리며 주변을 구경하기 바빴다. 그러다 똑바로 등을 펴고 앞서 걷는 그의 늘씬한 뒷모습을 보자 가슴이 아릿해져 왔다.

이 사람은 정말 어떤 사람인 걸까. 어떻게 보면 볼수록, 만나면 만날수록 알 수 없는 사람이야. 정말 모르겠다. 이 사람을, 그리고 이 사람의 마음도.

동희가 자그마하게 내뱉은 한숨을 귀신같이 알아듣고 성현이 고개를 돌려 묻는 듯 시선을 주었다. 동희가 아무 일도 아니라는 듯 입가에 연한 미소를 그리며 고개를 저었다.

“피곤하면 말해요.”

그가 빙긋 웃었다. 사심 없는 그 미소에 동희의 가슴이 무너지는 것 같았다.

저 미소가 온전히 내 것이라면 얼마나 좋을까. 다른 여자에게 넘겨주고 싶지 않다. 터무니없는 욕심이 그녀의 마음 한구석에서 조용히 눈치를 보며 기회를 노렸다.

날 어떻게 생각 하는 걸까. 도대체 이 남자는 무슨 생각으로 나랑 잔 걸까. 그냥 내가 유혹해서? 아니면 오랜 외국 생활 중 외로움에 지쳐서? 설마, 다가오는 모든 여자와 가볍게 하룻밤을 보내는 남자는 아니겠지?

제발 아니었으면 좋겠다. 그런 남자와 자신이 잤다는 생각만으로도 소름이 끼쳤다. 도대체 자신은 그날 무슨 생각이었던 걸까. 이 남자에게 연인이 있다는 걸 잘 알고 있었으면서 어떻게 그럴 수 있었는지.

다시금 파도처럼 밀려오는 죄책감에 동희가 깊은 한숨을 내쉬었다.

난 이 남자와 어떤 관계가 되고 싶은 걸까. 내 마음을 나도 모르겠다. 정말 모르겠다.

그녀가 깊은 생각에 잠겼다 습관처럼 한숨을 쉬며 문득 고개를 들어 주변을 살피자 어느덧 그들은 동네를 벗어나고 있었다.

대학이 자리한 동네라서 그런가. 아니면 오래된 한옥들이 모여 있는 전통 있는 동네라서 그런가. 조용하고 품위 있는 동네라는 생각을 하며 동희는 다시 자신들이 걸어온 길을 돌아보았다.

특별하지 않은데 특별한 장소, 이곳이 그랬다. 성현이 걸음을 멈췄다. 휴대폰 대리점이 눈앞에 보였다. 그들이 들어가자 나이 지긋한 분이 반갑게 맞이했다.

"최 교수 오셨네. 마침 잘 오셨어요."

"안녕하세요. 사장님. 혹시 부탁드린 물건은?"

"여기 있어요. 허허."

"감사합니다. 수고 많으셨어요."

"뭘요."

동희는 성현이 말없이 그녀에게 내미는 물건을 보며 눈을 커다랗게 떴다. 바닥에 떨어져 흠집이 난 케이스 대신 준비한 새로운 휴대폰 케이스. 그의 정성이 마음에 닿아 그녀가 따스한 눈빛으로 그를 보며 웃었다.

휴대폰 사장이 문득 눈을 돌려 인자한 할아버지 같은 표정으로 동희를 보며 지나가듯 한마디 했다.

"요즘 휴대폰들은 아주 예민해서 갓난아기 다루듯 해야 해요."

"네. 말씀 새겨듣겠습니다. 고맙습니다."

동희의 깍듯함에 휴대폰 사장의 입가에 흐뭇한 미소가 번졌다.

거참, 뉘 집 딸인지 반듯하게 잘 키웠군. 최 교수랑 잘 어울리네. 최 총장님 좋아하시겠어.

동희는 오늘 동네방네 최성현과 결혼할 여자로 눈도장을 찍고 다닌 셈이 되었다. 물론 본인은 전혀 모르고 있었지만.

"고마워요."

"뭘요. 사실 나 때문에 그렇게 된 것도 있으니까요. 난 내 실수로 벌어진 일엔 책임 회피하지 않습니다. 누구와는 다르게."

잘 나가다가 꼭 삼천포로 빠진다. 꼭 그녀에게 들으란 듯 말하는 소리를 입을 삐죽이며 듣고 있는데 동희의 휴대폰이 신나게 울렸다. 그녀가 사랑해 마지않는 아이돌 오빠들의 최신 히트곡.

조금 민망한 표정으로 흠흠 헛기침을 하던 동희는 발신인을 보고 단박에 얼굴이 환해졌다. 도대체 누구기에 저렇게 표정이 변할까. 옆에 있는 사람들도 궁금해지게 만드는 표정이다.

"어, 효은아!"

동희의 목소리가 통통 튀어 오르는 공처럼 생동감 있게 울렸다. 성현은 귓가로 마치 한 줄기 시원한 바람이 스쳐 가는 것 같았다.

"응, 휴대폰 액정이 깨져서 수리 맡겼었어. 그래. 걱정은 무슨. 내가 어린애니? 걱정은 네가 걱정이지. 몸은 괜찮아? 감기 기운 있다며. 아, 다행이다. 그래. 알았어. 들어가."

한참을 다다다 떠들어 대던 동희가 아쉬운 듯 입술을 삐죽이며 통화를 끝냈다.

친구 사이에 뭐가 그리 아쉬울까. 은효은을 한 백 년은 못 만난 사람처럼 구는 동희가 그는 신기했다. 이젠 친구라기보다는 식구라 자주 볼 텐데.

여자들의 우정을 이해하기 힘들다는 생각을 하며 마음 한곳에서는 뾰족하게 가시가 돋아나는 것 같았다. 내 전화는 씹거나 전생의 원수 대하듯 받더니 어찌 저리 태도가 다를 수가 있을까. 섭섭한 마음의 발로였다.

"은효은 씨입니까?"

"아, 네."

성현의 물음에 동희가 떨떠름한 얼굴로 시원찮게 대답했다.

뭔가 못마땅한 듯 보이는 표정이었다.

그날, 효은의 결혼식에서도 이런 식으로 사람을 골탕 먹였었다. 결혼식을 파투 내러 온 전 남친으로 몰아가 여러 사람에게 오해를 사야 했다.

성현은 다시 기분이 나빠지려는 듯해 절로 얼굴이 일그러지는 걸 겨우 참았다. 불쑥불쑥 터지려는 한숨을 꾹꾹 발로 누르며 차분한 목소리를 냈다.

"신혼여행은 잘 다녀온 모양이네요."

"그럼요. 벌써 다녀온 지 한참 됐죠. 글쎄, 한 달 동안 유럽 배낭여행을 신혼여행 삼아 다녀왔어요. 정말 고생을 사서 하는 커플이죠. 게다가 둘이 가서 세 사람이 되어 돌아왔다니까요."

"그렇군요."

효은과 둘째 오빠를 생각하는 동희의 얼굴에 흐뭇함이 감돌았다. 게다가 배 속에 허니문 베이비까지 떡하니 만들어 와 정말 미워하고 싶어도 미워할 게 없는 친구였다.

자신의 친구지만 너무너무 예쁜 친구. 효은을 생각하는 동희의 표정이 반짝반짝 빛나고 행복해 보여 성현이 눈을 가늘게 접었다. 불쑥 심술이 솟았다. 여자 친구를 생각하며 저런 표정이라니.

"무척 잘 어울리는 분들이던걸요. 오빠분이 아주 효은 씨라면 죽고 못 사는 것 같던데."

성현은 오래전 호텔 레스토랑에서 전자처럼 밀고 들어오던 동희의 오빠를 떠올리며 피식 웃음을 지었다. 그의 모습을 보자 동희는 바짝 눈매를 치켜떴다.

"흥, 오빠만 그런 게 아니고 효은이도 그래요. 서로 죽고 못 사는 거죠."

애정이 듬뿍 묻어났지만, 그럼에도 어딘지 그녀의 음색에는 쓸쓸함이 깃들어 있어 그도 괜스레 기분이 가라앉는 것 같았다.

"흐음……."

문득 성현은 입안이 텁텁해 오는 것 같아 갑자기 맥주 한 잔이 간절해졌다. 현동희와 술친구도 나쁘지 않았지. 그녀는 생동감 있고 보는 재미가 쏠쏠했으니까. 그런 데다 우린 '꿩 대신 닭' 들 아니었던가. 닭끼리 한 번 뭉쳐도 재미있을 것 같다.

오늘 그는 그녀와 대화를 나누어 봐야겠다는 생각을 한 참이었다. 성현은 입꼬리를 슬쩍 비틀어 올리며 동희를 살살 약올리기 시작했다.

"부러운가 봅니다. 현동희 씨."

"부럽기는 누가요. 아니거든요!"

성현의 말에 동희가 펄쩍 뛰었다.

부럽기는 누가! 말도 안 돼! 그 바퀴벌레 같은 민폐 커플을 내가 부러워한다니!

동희의 하얀 얼굴이 흥분으로 빨갛게 달아올랐다. 뽀얀 얼굴이 순식간에 잘 익은 사과처럼 변하는 모습이 혼자 보기엔 아까울 정도였다.

성현이 한술 더 떠 마치 그러냐는 듯 어깨를 으쓱하며 영혼 없는 리액션을 하자 동희의 눈이 세모꼴로 변했다. 터져 나오려는 웃음을 참기 위해서 성현은 그녀 모르게 입안의 살을 살짝 물었다.

참으로 통통볼 같은 여자다. 싱그럽고 순진하고 그러면서 언뜻언뜻 묻어나는 성숙한 여인의 향이 진하고 감미로운 여자.

그래서 더 파 보고 싶다. 사랑스러움으로 포장된 그 내면의 진심을 슬쩍 들춰 보고 싶은 여자. 자신의 것으로 온전히 만들어 버리고 싶었다. 욕심이 났다.

"아니라고 합시다."

"진짜 아니에요. 아니라고요."

"글쎄, 그렇다고 치자고요."

"이 씨……."

기어코 동희의 입에서 분한 중얼거림이 흐느끼듯 흘러나왔다.

"욕했습니까, 지금? 나한테?"

"아니에요."

"내가 헛소릴 들었나? 분명 쌍시옷이 들어가는 말을 들은 것 같은데……."

성현이 부러 미간을 좁히며 고개를 갸웃거리자 동희의 얼굴이 붉으락푸르락했다. 손가락도 가만있지 못하고 꼼지락거리며 그 몰래 흘끔 눈치를 살폈다.

"그런 거 아니라니까요!"

"거 참. 이상하네."

6

갈림길

성현은 은근한 웃음을 입에 물고 앞장서 성큼성큼 걷다 한 주점의 문을 열고 동희를 향해 돌아섰다.

"닭끼리 뜨거운 여름날에 시원한 맥주 한잔 어떻습니까? 난 목이 마른데……."

"……."

오랜만에 듣는 저놈의 닭 타령이 이젠 정겹단 생각을 하며 동희가 곱게 눈을 흘겼다.

어째야 하나 잠시 망설이던 동희가 작게 한숨을 내쉬곤 가게 안으로 한 발을 내디뎠다. 이왕 여기까지 왔는데 뭐 어쩌랴 싶은 마음이 들어서였다. 게다가 처음도 아니지 않은가. 하지만 문득 백화점에서 본 여자가 떠올라 그녀의 기분이 금세 가라앉았다.

이게 옳은 일인지 고민하던 그녀는 깊은 생각을 잠시 접기로 했다. 목도 많이 마르고 잠깐 들어가 시원한 맥주 한잔하는 것도 나쁘지 않지 뭐. 지금은 늦은 밤도 아니고.

성현이 통유리가 시원해 보이는 자리로 그녀를 안내했다. 그다지 넓다고 할 수 없는 실내는 여자들이 좋아할 법한 예쁜 인테리어로 꾸며져 있었다. 그가 그녀를 위해 신경 써 데려온 모양이다. 그의 은근한 배려에 동희의 입술이 슬쩍 휘었다.

"앉으세요."

의자를 빼고 기다리는 그의 매너에 동희가 새침하게 턱을 들고 고개를 까딱거렸다. 이제 와서 오만한 척하는 그녀가 귀여워 그의 입가가 씰룩대었다.

"아직 저녁은 좀 이르지만 여기 간단한 식사랑 술도 한잔할 수 있는데 어떡하시겠습니까?"

"그럼, 더우니까 시원한 맥주나 한잔할까요?"

"그럽시다. 안주를 제대로 주문하면 저녁도 해결될 겁니다."

성현이 고개를 끄덕이며 이것저것을 익숙하게 주문했다.

"자주 오시나 봐요. 잘 아시네요."

"아무래도 학교 앞이다 보니 이런저런 일로 가끔 오게 되더군요."

"하긴."

성현의 설명에 동희가 이해가 된다는 듯 고개를 끄덕였다. 대화를 나누던 중에 맥주와 안주가 나왔다.

테이블 위에 놓인 음식을 무심코 맛본 동희의 눈이 동그래졌다. 별 기대 없이 들어간 싸구려 잡화점에서 진귀한 보석을 발견한 기분이었다.

"정말 맛있네요."

"그렇죠? 여학생들이 아주 좋아하더군요."

"학생이랑도 함께 오세요?"

"어쩌다가요. 지도 교수로서 가끔씩 참석할 때가 있죠."

"그렇구나. 아, 총장님께서 사시는 본가가 아까 그 집인 거예요?"

동희는 아까부터 궁금했던 것을 슬며시 꺼내 놓았다. 그만큼 그의 본가는 그녀의 마음을 온통 사로잡은 것이다.

아늑하고 고즈넉하던 마당을 떠올리는 그녀의 눈동자가 아련해졌다.

"내가 태어난 곳도 그 집입니다. 우리 가족이 100년은 넘게 살아온 것 같네요."

"100년 넘게요? 최성현 씨가 지금 몇 살인데요?"

"우리 증조할아버지 대부터 살았다는 얘깁니다."

그가 그녀의 물음에 장난스럽게 눈빛을 빛냈다.

"아, 네. 저도 알아요. 아니 그럴 수도 있지 뭘 그런 걸 가지고 꼬투리를 잡아요. 남자가."

"미안합니다. 남자가 돼 가지고 엄한 일로 여자한테 꼬투리 잡아서. 도대체 뭐가 꼬투리였는지는 모르겠지만 말입니다."

"바로 그런 게 꼬투리거든요!"

동희가 눈꼬리를 바짝 세우고 쏘아붙이자 성현이 뭐 그런가 하는 심드렁한 표정을 지었다. 사람 약 올리는데 도가 튼 사람이다.

"아무튼, 굉장히 오래된 집이네요."

"그렇다고 할 수 있죠. 나도 그 집에서 꽤 오래 살았어요. 정도 많이 들었고. 지금은 주방이며 마루며 집의 원형을 해치지 않는 범위 내에서 다 새롭게 손을 봤어요. 어머님이 고생을 많이 하셨는데 이젠 살 만하다고 좋아하십니다."

"한옥은 그런 불편한 점이 있겠네요. 마당이 무척 예쁘던데요."

"아, 어머님이 꽃을 좋아하셔서 집에 계실 땐 하루 종일 마당에서 사시죠."

어머니를 떠올리는 그의 표정에 너무 다정함이 가득해 동희가 넋을 놓고 그를 응시했다.

"어쩐지. 그럴 것 같았어요."

동희가 고개를 끄덕이며 동의를 표하다 문득 그에게 시선을 맞추었다.

"성현 씨도 집에 애정이 많은 것 같은데 왜 따로 나와 사세요?"

"어? 내가 언제 따로 산다고 얘기했습니까?"

그녀의 물음에 그가 바로 질문으로 되물었다. 동희는 순간 얼굴이 확 붉어지며 당황했다. 본가라며? 본가라고 칭할 땐 보통 독립했을 경우 아닌가? 내가 뭐 잘못 알고 있는 건가.

"어머, 아닌가요? 전 본가라고 하셔서…… 제가 오해를 했나 보네요."

"아닙니다. 사실 독립해서 따로 살고 있어요. 장가도 안 간 노총각 아들 수발까지 어머님께 맡길 수는 없으니까요."

또 그녀를 놀리고 있었다. 약이 오르자 동희의 얼굴이 빨갛게 달아올랐다. 빨간 사과 같은 그 모습에 성현은 몰래 입술을 슬쩍 들어 올렸다. 그의 눈에 동희의 정수리로 분노의 열기가 모락모락 피어오르는 모습이 보이는 듯했다.

왜 자꾸 동희를 놀리고 싶은지 성현은 이미 자신의 마음을 충분히 인지하고 있었지만, 윌리엄스버그 때와 같은 실수를 하고 싶지 않았다. 급히 먹는 밥이 체하는 법. 어쩐지 자라 보고 놀란 가슴 솥뚜껑 보고 놀란다는 심정인 것 같기도 해서 기분이 착잡해졌다.

"동희 씨는 이런 대학 앞의 주점을 처음 와 보시는 건가요?"

"아닌데요. 저도 자주 와 봤어요. 유학 가기 전엔 한국에서 대학 다녔는걸요. 1년 정도지만. 물론 은현 대학은 아니고요."

"으흠……."

자신의 능력으로 차를 사라는 아버지를 둔 그녀가 공주처럼 자랐을 리 없었다. 특별히 고생스럽지도 않았지만 유난스럽게 학교를 다니지도 않았다.

"저나 오빠들이나 유학 가기 전에는 모두 한국에서 평범하게 고등학교 다니고 대학도 다녔어요."

동희가 대수롭지 않다는 듯 말하자 성현이 고개를 끄덕였다.

그녀는 그것이 불만스러웠던 적은 한 번도 없었다. 남들처럼 대학 생활을 철저히 즐겼다. MT도 다녀왔고 학교 앞 주점에서 밤늦도록 음주가무를 하는 재미도 쏠쏠했다.

"아버지께서 절대로 집안 덕을 볼 생각하지 말라고 엄포를 놓으셔서 학교 다닐 때는 공부도 얼마나 열심히 했는데요. 그 흔한 과외 선생님도 없이 겨우 남들 다니는 만큼만 학원 다니면서요."

그녀가 조금 억울한 듯 입을 삐죽였다. 그 모습에 성현의 입이 저절로 벙그레 벌어졌다.

"그래서 유학은 언제 간 겁니까?"

"1학년 마치고요. 아버지도 아버지였지만 오빠들이 한국에서 대학 생활을 1년쯤은 꼭 해 봐야 한다고 강하게 주장했거든요. 저에겐 정말 다시 얻을 수 없는 귀하고 소중한 시간이었어요."

동희의 눈빛이 막 피어나는 꽃처럼, 잔디처럼 푸르고 싱그러웠던 지난 시간을 떠올리며 아련해졌다. 역시 마음까지 예쁜 여자였다.

"보스턴에서의 학교생활은 어땠습니까? 한국과 많이 달랐죠?"

"당연히 그렇죠. 나라와 풍습이 다르고 생각이 다른데요. 처음엔 적응하느라 바빴고 나중엔 공부만 했죠. 많이 외롭기도 했고…….”

그러다 딱 한 번이지만 연애도 했다. 한주승. 어쩔 수 없이 떠오르는 그 이름에 동희가 이를 악물었다. 어린 나이에 그때는 그게 처음이자 마지막 사랑일 줄 알았다. 그녀는 고개를 숙이고 호흡을 깊게 들이마신 후 얼굴 가득 억지로 웃음을 띠었다.

“나도 비슷한 경험이 있어요. 유학 생활은 다들 비슷하죠. 외롭고 치열하고, 또 외롭고.”

“네.”

순간적으로 변했던 동희의 표정을 성현은 놓치지 않았다. 뭔가 애틋하면서도 안타까운 표정, 행복했던 순간에 슬픔과 아픔이 공존했던 듯 그녀의 얼굴은 많은 이야기를 들려주었다.

아마 윌리엄스버그, 인협의 집에서 만났던 주승이라는 그 남자 때문일 것이다. 성현이 입술을 지그시 깨물었다.

그때 마치 그의 기분을 아는 것처럼 그녀의 밝은 목소리가 가라앉는 기분을 끌어 올렸다.

“아! 여행은 좀 많이 다녔네요.”

“여행이요? 재밌었겠습니다. 나도 여행 좋아하는데…….”

그가 동의한다는 듯 말을 흐리자 동희의 눈이 기분 좋다는 듯 반짝거렸다.

“그러세요? 전 효은이랑 여행 많이 다녔어요. 서부 쪽은 멀어서 못 가 봤지만, 동부 쪽은 구석구석 안 가 본 데가 없을 정도예요. 정말 즐거웠는데…….”

그녀의 음성이 기억을 떠올리듯 아쉬움이 가득 묻어났다. 이제 그 즐거운 시간들은 다시 오지 않겠지. 자유와 낭만 그리고 사랑이 넘쳐 나고 책임질 일은 적었던 그 행복했던 시절은 다시 돌아오지 않을 것이다.

“뭘 그렇게 아쉬워하고 그럽니까. 아직 젊은데 꼭 나이 든 사람처럼 말을 하네요. 동희 씨는 아직 살아갈 시간이 몇 배는 더 많이 남은 사람입니다.”

“그렇죠? 제가 잠시…… 그럼 성현 씨는 여행 많이 다니셨어요?”

그의 따스한 배려에 동희가 추억 속에서 빠져나오지 못하다 금방 정신을 차렸다.

“네. 저도 여행 좋아해서 많이 돌아다녔죠. 전 주로 여름방학을 이용해서 서부 쪽으로 장기 여행을 자주 다니곤 했습니다. 네바다 주나 애리조나 주, 옐로스톤이 있는 와이오밍이랑 몬태나 주에도 갔고요. 그랜드 캐니언도 자주 다니곤 했었어요.”

“우와, 좋았겠다. 배낭여행이었나요? 아니면 친구들이랑 같이?”

“혼자 배낭여행을 한 적도 있고 밴을 렌트해서 친구들이랑 투어를 한 적도 있고요.”

성현의 얘기를 듣는 동희의 얼굴에 부러움이 짙게 물들었다. 취미가 비슷한 사람과 대화를 하면 이런 게 좋았다. 대화가 끊이지 않고 오래된 사이처럼 이야기할 수 있는 이 시간이 행복했다.

"아쉽다. 나도 그렇게 좀 다닐걸."

"뭘 또 아쉬워하고 그럽니까. 앞으로 많이 다니면 되지. 버킷 리스트를 만들어 봐요. 죽기 전에 꼭 하고 싶은 일들을 한 100가지 정도 만들어 놓고 열심히 노력하다 보면 인생은 아주 풍요롭고 행복해질 겁니다."

"나도 버킷 리스트 만드는 중이에요. 계속 늘어나서 뭐부터 먼저 해야 할지 모르겠더라고요."

그녀의 말에 그가 흐뭇하게 웃었다. 어디로 튈지 모르는 통통볼 같았지만 속은 꽉 찬 알토란 같은 여자가 틀림없다. 그녀의 버킷 리스트가 문득 궁금해졌다.

"우리 언제 한 번 서로의 버킷 리스트를 교환해 볼까요? 타인의 것을 보면서 추가할 것도 생기고 좋은 아이디어도 떠오를 것 같은데……."

"아! 그거 정말 좋은 생각인 것 같아요. 재미있겠다."

동희가 눈을 반짝이며 손뼉을 쳤다. 성현이 흐뭇하게 그녀를 바라보며 입술을 슬쩍 들어 올렸다.

"그럽시다. 그런데 전부터 묻고 싶은 게 있었습니다. 물어도 되겠습니까?"

성현이 진지한 눈빛으로 그녀를 보며 묻는 목소리가 신중했다.

동희는 마침내 올 것이 왔다는 생각이 들어 입술을 깨물며 살짝 눈을 내리깔았다. 마음 졸이며 각오하고 있었던 일.

"……네. 그러세요."

"그날 말입니다. 윌리엄스버그에서의 마지막 날, 도대체 왜 그랬습니까? 아침에 깨어나서 내가 얼마나 놀랐는지 알아요?"

그래, 이 이야기일 줄 알았지. 동희는 그에게 흔들리는 눈빛이 보이지 않음에 감사했다. 그녀는 바싹 말라 오는 입술을 혀로 핥았다. 어떻게 이야기를 풀어 나가야 할지 눈앞이 캄캄했다.

"혹시 한국에서 무슨 연락이 있었습니까? 그래서 그렇게 말도 없이 가 버린 거예요?"

"그냥…… 너무 놀랐어요. 사실 그날 있었던 일이 기억이 잘……."

기억이 안 난다고 말을 하려니 죄책감이 들어 그녀는 말을 얼버무렸다.

성현은 동문서답하는 동희의 말이 의아했다. 슬쩍 미간을 좁혀 그녀를 유심히 살폈다. 동희는 붉어지는 얼굴을 숨기느라 고개를 숙이고 있어 그의 표정이 묘하게 변하는 걸 보지 못했지만.

"혹시 그날 밤 일이 기억나지 않습니까? 우리가……."

"죄송해요! 제가 와인에 약해서 식당에서부터 기억이 안 나요. 죄송합니다. 저 때문에 고생하셨죠? 진작 인사를 드렸어야 했는데 정말 미안합니다."

동희가 성현의 말을 허겁지겁 잘랐다. 무슨 청문회에 나온

국회의원도 아니고 기억이 나지 않는다며 말하는 게 한심하다는 생각이 들어 한숨이 나왔지만 어쩔 수 없다고 스스로를 다독였다.

원나잇을 인정해서는 안 된다. 앞으로 함께 일해야 하는 사인데 그런 불편한 관계로 일을 할 순 없었다. 무조건 오리발을 내밀어야 했다. 죄책감이 뾰족뾰족 그녀의 양심을 찔러 댄다 하더라도.

"허!"

성현이 기가 막힌 듯 헛웃음을 터트렸다. 뭔가 그녀와의 대화가 자꾸 어긋나고 있었다. 그것이 무엇인지 알 것도 같아 그의 머릿속이 치열하게 돌아갔다. 그가 은근한 뉘앙스를 풍기며 말을 끌었다. 확인이 필요한 부분이다.

"그러니까 그날 밤 우리가 함께 잠……."

성현은 이번에도 말을 끝마칠 수 없었다. 동희가 하얗게 질린 얼굴로 벌떡 일어나 테이블을 가로질러 팔을 길게 뻗어 그의 입을 틀어막았기 때문이다.

성현의 눈이 끔뻑거리며 그녀를 빤히 쳐다보고 동희는 차마 그의 눈을 바라보지 못하고 고개만 숙였다.

"아침에 급하게 회사에서 연락이 왔어요. 그래서 인사도 못 드리고…… 다시 한 번 정말 죄송합니다."

이제 성현은 확실하게 깨달았다. 이 여자. 지금 나랑 잤다고 착각하고 있구나.

"흐음."

동희가 황급히 말을 하며 손을 거두자 성현이 동희 보란 듯 일부러 심각한 표정을 지었다. 의자에 등을 깊게 묻고 한 손으로 턱을 문질거리며 이 황금 같은 기회를 어떻게 사용해야 할지 고민에 고민을 거듭했다.

저렇게 당황하는 걸 보면 오해하는 것이다. 그냥 같은 침대에서 잠만 잤다고 말해 주고도 싶지만, 그날 아침에 치솟던 배신감을 생각하자 모른 척 놀려 주고 싶은 마음이 들었다.

그날 밤 그를 있는 대로 도발하고 정신을 놓아 버린 그녀 때문에 얼마나 황당했던가. 저렇게 착각할 줄 알았다면 그냥 확 안아 버릴걸 그랬다는 신사답지 못한 생각도 들어 그가 옅은 한숨을 내쉬었다.

얘기하는 걸 들어 보니 자신이 유혹한 건 기억하는 모양이다. 그러니 저렇게 당황하지.

그런데 잠든 뒤로는 아무 일이 없었는데 왜 섹스를 했다고 생각하는지 모르겠어서 그는 고개를 갸우뚱거렸다. 그는 그녀가 아주 리얼하고 선정적인 꿈을 적나라하게 꾸었다는 걸 모르고 있었다.

"후우."

동희는 고개를 숙이고 있다 슬쩍 눈동자를 옆으로 굴려 그의 눈치를 살폈다. 그의 한숨 소리에 심장이 철렁 내려앉아 가슴이 동당거렸다.

"그럽시다, 그럼. 동희 씨께서 그렇게까지 말씀하시는데 뭐……."

성현은 우선 진실을 밝히는 걸 잠시 보류하기로 마음먹었다. 시간은 얼마든지 있고 이 일은 어쩌면 그에게 아주 큰 무기가 될 수도 있겠다 싶었으니까.

동희는 그의 말에 가슴을 쓸어내리며 이번에는 그녀가 묻고 싶었던 걸 조심스럽게 꺼냈다. 그의 여자에 대한 질문을 하려 하자 가슴이 미친 듯 뛰어 댔다.

"저기 그런데요. 최성현 씨는 요즘도 선 보시나요?"

"선이요?"

난데없는 동희의 질문에 성현의 눈이 커다래졌다. 주제를 벗어나도 한참 벗어난 생뚱맞은 물음이었기 때문이었다. 정말 어디로 튈지 모르는 통통볼이로구나. 그가 속으로 고개를 절레절레 저었다.

"은효은 씨 이후로 선본 적 없습니다."

"그럼 만나시는 분은 있으세요?"

"어떨 것 같습니까?"

동희의 질문의 요지를 알 것도 같아 그가 은근하고 비밀스러운 미소를 입가에 그렸다.

"글쎄요. 효은이랑 선을 본 걸 보면 없는 것 같기도 하지만…… 시간이 좀 지나기도 했고 또, 최성현 씨 같은 분이면 만나시는 분이 없다는 게 더 믿을 수 없을 것 같은걸요."

동희가 그에게 여자가 있다는 걸 안다는 뉘앙스를 슬쩍 풍기며 에둘러 대답했다.

"그렇게 봐 주시니 고맙긴 하지만 만나는 사람 없습니다.

그리고 만나는 사람 두고 선을 볼 만큼 양심 없지도 않고 말입니다."

그녀의 얼굴이 설핏 굳었다. 그에게서 진실을 듣는 것이 두렵기는 했지만 그렇다고 해서 거짓을 듣고 싶지도 않았다.

성현을 호텔에서 보지 않았다면 아마 그녀도 그의 말을 믿었을지도 모른다. 그만큼 진심처럼 들렸고, 표정 또한 진지했다.

하지만 어떤 남자가 아무 관계도 없는 여자와 호텔 객실 앞에서 그렇게 애절하고 간절한 분위기를 연출할 수 있단 말인가. 그뿐인가. 백화점에서의 다정하고 편안해 보이던 분위기는 연인이 아니면 불가능하다.

냉정하게 존재 자체를 부정당하는 그의 연인이 안쓰러웠다. 그러면서 동희는 문득 안타까운 마음도 들었다. 처음 성현을 만난 것도 정상적이지는 않았지만, 쿨하게 효은을 보내는 모습에서 호감을 느꼈었다.

괜찮은 사람 같다는 마음이 들어 효은에게 그의 정보를 은근히 물어본 적도 있었다. 그런데 자신은 아직 멀었나 보다. 아버지나 오빠는 늘 그녀에게 무작정 사람을 믿지 말고 조용히 지켜보며 그 사람의 내면을 보라고 했었는데.

"후우."

동희는 안타까운 한숨을 쉬었다. 연인이 있음에도 거짓을 말하며 선을 보러 다니고 여자의 도발에 홀딱 넘어가 쉽게 잠자리를 갖는 남자.

최성현은 그런 남자였다. 동희는 자신의 사람 보는 눈이 형편없다는 사실을 솔직하게 인정해야만 했다.

남자를 잘못 보고 상처 받는 건 한 번이면 족했다. 다시는 그런 실수하지 않을 것이다. 성현과의 개인적인 만남은 오늘이 마지막이 될 터였다. 앙금처럼 남아 있던 죄책감도 오늘 다 털어 버려야겠다.

마음의 결정을 내린 동희의 심장에 작은 바늘이 콕 찌르고 가는 것 같은 따끔거림이 느껴졌다.

"네. 그러시군요. 전 최 교수님에게 정말 사랑하는 분이 계실 것 같았어요. 뭔가 온 마음이 통하고 애절한 사랑을 하는 분위기가 느껴졌다고 할까. 제가 잘못 생각하고 있었나 보네요."

"그런 사람이 있다면 내가 왜 효은 씨와 선을 보았겠습니까."

"그런가요. 하지만 사람 일은 모르는 것이니 그 후에라도 운명 같은 분을 만났을 수도 있잖아요."

동희는 나름대로 성현에게 기회를 주고 있었다. 그는 남자로서는 그럴 수 없겠지만, 인간으로서는 곁에 두어도 괜찮을 듯싶었기 때문이다. 대화도 잘 통하고 서로 취미도 비슷했기에.

제발 연인이 있다는 말을 해!

하지만 그것을 알 리 없는 성현은 동희의 느닷없는 말에 어리둥절했다. 이 여자가 무슨 말을 하는 건지 이해할 수 없어 보기 좋게 뻗어 올라간 눈꼬리가 살짝 씰그러졌다.

동상이몽. 상황을 모르는 두 사람이 다른 생각을 하며 서로를 보고 있었다. 관계가 틀어지는 순간이었지만, 두 사람은 안타깝게도 그 사실을 모르고 있었다.

"날 순정남으로 봐 준 건 고맙지만 조금 의외이기도 하네요. 지금까지 살아오면서 그런 말은 처음 들어 봅니다. 나쁘지는 않지만 당황스럽기도 하군요."

성현이 왼손을 들어 자신의 볼을 슬쩍 쓸었다. 괜스레 볼이 달아오른 듯 뜨끈한 기분이 들어서다. 꼭 앞으로 그녀를 그렇게 대해 달라는 말인 것처럼 들려 입매가 제 마음대로 올라가려 했다.

"여자 친구 정말 없으세요?"

동희가 표정에서 웃음을 지우고 마지막이라 생각하며 직구를 던졌다.

제발 진실을 말해 주세요. 최성현 씨.

"없습니다."

동희는 단호하게 대답하는 성현을 알 수 없는 표정으로 오랫동안 응시했다. 차분했지만 뭔가 안타까운 눈빛도 섞인 듯 보였다.

성현은 눈빛의 의미를 도무지 알 수 없어 속으로 조금 당황했다. 한동안 말이 없던 동희가 고개를 숙이고 한쪽 입술 끝을 일그러뜨리며 피식 웃었다.

"그렇군요."

차가운 경멸이 가득한 음성이었다.

끝내 진실을 말하지 않겠다는 거구나. 솔직하게 얘기를 했다면 연인은 될 수 없을지라도, 어쩌면 좋은 친구는 될 수 있었을지도 모르는데. 하긴 그런 좋은 인간관계가 쉽게 이루어질 리 없지.

잠시 잠깐 이 남자에게 혹했었는지도 모른다. '꿩 대신 닭'이라며 그녀를 놀렸던 남자. 발끈하는 자신을 말 한마디로 제압해 버린 남자. 식사하는 내내 분위기를 밝고 경쾌하게 이끌던 남자. 그녀가 껄끄러울 수도 있었을 텐데 그 순간만큼은 진심으로 그녀만을 보아 주던 남자. 그래서 그에게 관심이 갔다.

좀 더 솔직해지자면 술에 취했다고는 하지만 그를 유혹해 하룻밤을 보냈다. 그만큼 그녀는 그에게 끌렸고 술의 힘을 빌려서라도 그를 한 번 가져 보고 싶었는지도 모른다.

현동희 갈 데까지 갔구나. 네가 한주승이랑 다를 게 뭐가 있는데. 그놈이 여자 친구가 있는 걸 알면서도 함께 침대에서 뒹굴던 윤미애와 네가 도대체 뭐가 다른데!

동희는 진심으로 울고 싶었다. 바닥의 바닥까지 떨어진 자신의 자존심과 스스로에 대한 경멸이 쓰디쓴 신물처럼 목구멍을 타고 올라왔다.

비록 나는 이렇다 할지라도 당신은 좀 솔직하게 말하지 그랬니. 여자의 존재를 인정했으면 좋았을 텐데. 그러면 나도 그냥 쿨하게 원나잇을 인정하고 없었던 일로 하자고 말할 수 있었을지도 모르는데.

동희는 피가 배어 나올 정도로 입술을 깨물었다. 스스로가 수치스러워 견딜 수가 없었고, 그를 원망하는 마음도 점점 커져 갔다.

길었던 생각을 마친 동희가 입꼬리를 양쪽으로 끌어 올리고 눈매를 반달로 예쁘게 접었다. 이제 안녕을 고하고 일어서야겠다. 동희가 빌지를 집어 들었다.

"오늘부로 제가 그동안 저지른 실수는 잊어 주셨으면 좋겠어요. 윌리엄스버그에서 도와주신 건 정말 감사드립니다."

동희의 입가에 분명 고운 미소가 그려져 있었지만 성현은 섬뜩한 기분을 느꼈다. 그녀의 미소 속에 숨은 분노와 적의가 그에게 쏘아져 오는 것 같았다. 그녀의 느닷없는 행동에 그의 미간이 잔뜩 좁아졌다.

"한마디 덧붙이자면 곁에 있는 사람이 가장 소중한 사람이란 걸 말씀드리고 싶네요. 휴대폰 고쳐 주셔서 감사합니다. 제가 해도 되는 일이었는데 굳이 애쓰셨어요. 감사의 의미로 제가 계산할게요. 월요일 날 회사에서 뵙겠습니다. 팀장님."

"팀장님?"

갑자기 그를 팀장님이라 지칭하며 싸늘하게 금을 긋는 그녀의 태도에 성현은 정신을 차릴 수 없었다.

뭐가 잘못된 거지?

지난 시간을 빠르게 되짚어 보는 사이 동희가 자리에서 일어서 가방을 들고 성현을 향해 깊이 고개를 숙였다. 그녀가 계산하고 나가는 순간까지 그는 제자리에 얼어붙어 있었다.

좋은 분위기에서 웃고 담소를 나누던 그녀가 얼음 같은 냉기를 풍기며 일어섰다. 예상치도 못한 직격탄이 되어 그를 저격했다. 그는 강한 통증이 느껴지는 자신의 심장 부근에 손을 올렸다.

한동안 멍하니 넋을 놓고 있던 그가 벌떡 일어나 그녀를 쫓아 나갔다. 얼마나 걸음이 빠른지 나간 지 얼마 지나지 않았음에도 벌써 그녀의 뒷모습이 멀어져 있었다. 그가 빠른 걸음으로 뒤를 쫓아 동희의 팔을 잡았다.

“잠시만요. 현동희 씨. 이건 무슨 경웁니까. 내가 무슨 실수를 했습니까?”

동희가 잠시 그를 싸늘하게 노려보다 고개를 흔들었다.

“아니요. 팀장님께서 실수하신 건 없지 싶네요. 오히려 제가 실수한 것 같아서요. 더 이상 할 얘기 없으면 팔 좀 놔 주실래요. 불편합니다.”

여지없이 돌아오는 차가운 대꾸에 성현은 말을 잇지 못하고 팔을 놓아줄 수밖에 없었다. 그가 실수한 것은 없고 자신이 실수했다는데 뭐라고 한단 말인가.

싸늘한 그녀의 모습이 마치 인협의 집에서 주승을 볼 때의 모습과 오버랩 되어 당황스러웠다. 그는 폐를 뚫고 나올 정도로 한숨을 내쉬었다.

오늘은 그냥 보내야 할 모양이다. 앞으로 그녀를 만날 시간은 얼마든지 있으니까.

❉ ❉ ❉

"굿모닝!"

"월요일은 정말 괴로워요!"

프로젝트를 시작하는 첫날. 현태와 윤수의 밝은 인사로 적막했던 사무실이 들썩거렸다.

동희는 자신에게 배정된 책상을 정리하며 가만히 입술을 깨물었다. 성현의 얼굴을 보는 일이 쉽지 않겠지만 프로젝트를 끝낼 때까지는 어쩔 수 없이 마주해야 할 터였다. 진한 한숨이 올라오는 걸 억지로 밀어 넣으며 이를 악물었다.

사무실에 모인 사람들의 얼굴이 호기심과 기대감으로 반짝거렸다.

"좋은 아침입니다."

잠시 후 성현이 출근해 프로젝트 팀이 모두 모였다. 오전 시간은 프로젝트에 관한 전반적인 개요를 설명하고 각자가 책임져야 할 파트를 정했다. 그리고 팀원 모두가 오후에 그의 연구소를 견학하기로 결정했다.

"너무 기대됩니다. 팀장님."

"저도 그렇습니다. 어떻게 운영되고 있는지 너무 궁금하네요."

윤수와 현태의 열띤 목소리가 그들이 지금 얼마나 흥분했는지를 여실히 보여 주었다.

동희는 미간을 좁히며 입술을 또 못살게 굴었다. 생각보다 힘들다. 그와 함께 하는 시간이. 그의 행동 하나하나가 거짓과 위선으로 점철된 것 같아서 역겨웠다. 그는 한주승 같았고, 자신은 윤미애 같았다.

"현동희 씨는 연구소에 가는 게 별로 내키지 않은 것 같습니다."

성현이 내내 신경 쓰고 있던 그녀의 기분을 슬쩍 언급했다. 주말 내내 그는 생각했다. 그녀의 돌변하던 태도와 표정. 그리고 뭔가 깊은 의미가 담긴 듯한 말들을 곱씹고 또 곱씹었지만 도저히 알 수 없었다.

그녀가 그와 잤다는 그 착각을 바로 잡아 주지 않아서 그런 건가.

그는 고개를 저었다. 이야기를 할 때까지는 분위기가 나쁘지 않았다. 투명한 유리알처럼 빤히 보이는 그녀의 거짓말에 속아 넘어가 주는 것처럼 구는 것도 재미있었다.

그렇다면 선본 이야기나 여자 친구 관련 대화에서 문제가 생긴 것인가. 그가 답한 후에 그녀의 태도가 변했다. 무슨 이유인지 아무리 생각해도 모르겠다. 그도 불쑥 억울한 마음이 울컥 치솟았다.

"네? 그렇지 않습니다. 팀장님."

마치 팀장님이란 호칭이 그와 그녀 사이를 가르는 보이지 않는 금 같아 기분이 바닥으로 가라앉았다. 일단 견학 후에 대화를 해 봐야겠다고 생각하고 팀원들을 재촉했다.

팀장 포함 네 명이라 차 한 대로 움직이기로 했다. 오늘은 견학의 의미가 컸고 내일부터는 돌아가면서 연구소에 출근하기로 결정되었다. 아무래도 연구소 돌아가는 분위기와 내용 파악을 위해서는 그게 제일 나은 방법이기도 했다.

성현의 연구소는 서울 외곽에 있지만 한창 신도시 건설의 붐이 끝난 곳이라 동네 전체가 깔끔하고 쾌적했다.

"이곳이군요. 팀장님 알토란 같은 곳에 건물을 가지고 계셨네요."

윤수의 감탄 섞인 부러움에 현태가 노골적인 의견을 덧붙였다.

"우와! 부럽습니다. 팀장님. 여기 땅값이 천정부지로 올랐다던데 부자 되셨겠어요!"

"별로 그렇지는 않습니다."

"네? 왜요? 신문에도 다 났는데 여기 땅이……."

"땅값은 올랐는지 모르지만 제가 가진 건물 주변엔 개발이 되지 않았어요. 땅이나 건물을 팔지도 않았고, 앞으로 팔 생각도 없기 때문에 저랑은 큰 관계가 없을 듯합니다."

대수롭지 않게 설명하는 성현을 보며 윤수와 현태의 얼굴이 존경의 눈빛으로 물들어 갔다.

말을 마친 성현이 슬쩍 동희의 눈치를 살폈지만 그녀는 무슨 생각을 하는지 차창 밖만 무심히 보고 있을 뿐이었다. 성현은 운전대를 잡지 않은 손으로 답답해져 오는 가슴을 슬쩍 쓰다듬었다.

깨끗하고 도시 미학적으로 꾸며진 중심가를 가로지르자 푸르름이 가득한 산어귀가 눈에 들어왔다. 동희는 에어컨 바람이 거슬리던 참에 잘 되었다 생각하며 창을 조금 내렸다. 맑고 시원한 공기가 바람과 함께 밀려 들어왔다.

동희가 눈을 감고 만족스러운 듯 숨을 들이쉬었다. 그런 그녀를 흘깃 바라본 성현이 그럴 줄 알았다는 듯 슬쩍 입꼬리를 들어 올렸다.

"어? 어디로 가는 겁니까? 팀장님?"

"다 왔습니다."

"네?"

그들의 대화에 동희도 감았던 눈을 뜨고 주변을 둘러보았다. 분명 산으로 들어가는 것 같았는데.

그들은 놀라움에 눈을 커다랗게 떴다. 산모퉁이를 돌자마자 그림 같은 장면이 눈에 들어왔기 때문이다.

우선 푸른 잔디밭이 눈앞에 펼쳐졌다. 얕은 돌담이 그 주변을 빙 둘러 주변의 큰 나무들과 경계를 긋고 있었지만 보호의 의미는 전혀 아니었다. 잔디밭이 끝나는 지점에는 우아하고 고풍스럽게 설계된 건물이 보는 이의 시선을 빼앗으며 자리하고 있었다.

붉은 벽돌로 이루어진 건물 외부는 전체적으로 덩굴장미가 뻗어 올라가 벽을 둘러싸고 있었다. 지붕은 커다란 유리로 마무리되어 그 안쪽의 풍경을 궁금하게 만들었다. 그리고 벽 한쪽으로는 나선형으로 이어진 우아한 철제 계단이 덩굴장미에 쌓여 금방이라도 아름다운 공주님이 튀어나올 것처럼 보였다.

사진으로 봤을 때도 예뻤는데 실제로 보니 천지 차이였다.

"어머! 예쁘다."

동희의 입에서 저도 모르게 감탄사가 나왔다. 동그랗게 부풀려진 눈동자가 반짝거리며 생기를 띠었다. 성현이 그 모습을 슬쩍 훔쳐보며 입술을 씰룩였다.

동희가 좋아할 줄 알았다. 윌리엄스버그에서도 인협의 집을 보고 예쁘다고 감탄하던 그녀였으니까. 그는 선배의 강요에 의해 울며 겨자 먹기로 했던 설계에 대해 잘했다는 생각을 처음으로 했다. 그에게는 너무 동화 같은 건축물이었지만 여성 연구원들이 좋아하긴 했다.

"팀장님, 여기 연구소 맞습니까? 어디 별장 아니에요?"

동희를 주시하던 성현이 빙그레 미소를 지었다.

"네, 제가 말씀드린 연구소입니다. 그럼 들어가 보실까요?"

잔디를 밟으며 가로지르는 그들이 연신 탄성을 내질렀다.

"이야, 여기서 근무하는 연구원들이나 거주하는 팀들은 아주 행복하겠습니다. 이런 분위기는 상상도 못 했거든요. 직장이 아니고 휴가 온 것 같아요."

"후후. 글쎄요. 그건 저도 잘 모르겠습니다. 저도 자주 오는 건 아니라서요."

하기야 그는 학교에서도 최고의 인기를 구가하는 교수라고 했다. 효은이의 말에 의하면 그의 강의를 듣기 위해 피가 튀기는 경쟁을 해야 한다고. 게다가 미혼이라 자주 외국으로 세미나도 다녀야 했고, 단기 교환 교수도 상대 대학에서 대부분 그를 원한다고 했다.

이건 윌리엄스버그에서 그와 저녁을 먹으며 들었던 얘기였다. 그러니 연구소에 자주 올 수가 없겠지. 새삼스레 다시 주변을 둘러보며 그녀는 고개를 주억거렸다.

"여기가 1층이자 로비이면서 컨퍼런스 홀이 있는 곳이죠. 들어가 볼까요?"

마침 모임이 있는 모양인지 여러 명의 사람들이 편한 자세로 대화를 나누고 있었다.

동희는 깜짝 놀랐다. 어떤 사람은 테이블에 발을 올리고 한껏 의자 뒤로 머리를 누인 채였고, 또 어떤 사람은 푹신해 보이는 소파에 반쯤 누워 있는 상태였다.

그것보다 더욱 그들을 놀라게 한 장면이 있었다. 한 여자가 딱 달라붙는 요가복을 입고 요가를 하고 있었던 것이다. 아주 민망한 포즈를 하고 있었는데 그녀의 입에서 쉴 새 없이 말이 튀어나왔다.

"그래서 그 안건이 부결된 이유가 뭐라는 거야? 돈? 그거 말도 안 되는 이유라는 거 다들 알지? 돈, 시간 이런 이유 말고 다른 이유를 대 봐. 내가 납득할 수 있는 이유. 그렇지 않다면 난 절대 동의할 수 없으니까."

"물론 그 이유도 없다고 할 순 없지. 하지만 그보다는……."

그들은 사람이 들어왔음에도 곁눈질도 하지 않고 자신들의 대화에 푹 빠져 있었다. 저마다 자신이 하고 싶은 일을 하며 안건에 집중하는 모습이 신기하면서도 독특했다. 팀원들은 조용히 문을 닫고 룸을 나왔다.

"이거 충격인데요. 팀장님."

윤수와 현태의 얼굴이 설핏 굳었다. 거의 문화 충격이었다.

"저, 저 여자분 뭐하고 계신 겁니까?"

현태가 당황스러움에 땀을 삐질 흘리며 눈을 데굴데굴 굴렸다.

"요가하고 계신 것 같던데요."

동희가 옆에서 중얼거렸다. 그녀도 너무 놀라 현태의 물음에 저절로 답을 하면서도 이해하기가 힘들었다

"처음엔 조금 적응하시기 힘들지도 모르겠군요. 이곳의 연구원들은 제각각 자신의 아이템을 가지고 원하는 일을 합니다. 그리고 각각의 아이템들이 교집합을 이루는 부분끼리 함께 모이게 됩니다. 개인과 조직이 함께 운영되는 거죠. 그러다 보면 하나의 아이템이 여러 개의 아이템과 어울리게 되고 결과적으로는 모두 유기적인 연결을 갖게 됩니다. 그래서 연구소의 팀원들은 모두 개인이면서 한 가족 같은 연관성을 가지게 되죠."

"그렇겠군요."

성현은 설명하는 중에도 연신 동희에게 시선을 주었지만, 그녀는 절대 그를 보지 않았다. 토요일에 싸늘하게 떠난 이후 처음 보는 그녀는 완전 다른 사람이 된 듯 굴었다. 덤벙대며 그를 꺼려하면서도 그의 짓궂음에 즉각적인 반응을 하던 그녀는 사라지고 냉정함만이 남았다.

아직도 그는 그녀의 변해 버린 행동을 이해할 수 없어 당황스러웠다. 무엇이 문제인 걸까. 알 길이 없어 답답하고 또 답답했다. 그는 그녀의 머릿속을 열어 들여다보고 싶을 정도였다.

"현동희 씨는 어떻게 생각하십니까?"

그가 참다못해 그녀에게 말을 걸었다. 그녀가 피한다면 그가 다가가면 그만이었다. 그의 질문에 동희가 고개를 들어 그를 빤히 응시했다. 말간 유리알 같은 눈동자가 무슨 의미를 담고 있는지 모르겠다.

성현은 그녀가 얼굴에 자신의 생각을 모두 드러내는 사람이라고 생각했었는데 그 의견을 바꿔야 할 것 같다. 그만큼 그녀의 표정은 오묘해 알 수 없었다.

"글쎄요. 제 의견이 뭐 중요한가요. 다른 곳도 둘러보죠."

동희가 싸늘하게 내뱉고 등을 돌렸다. 그를 거부하는 것 같은 그녀의 태도에 성현은 서늘한 얼음 한 덩이가 등덜미를 타고 내려가는 것 같은 느낌을 받았다. 성현은 답답한 심정에 그녀를 붙잡고 왜 그러느냐고 따져 묻고 싶었지만 조금 더 두고 보기로 마음을 굳혔다.

"그럽시다. 그럼 2층으로 올라갈까요?"

건물은 외관만 특이한 게 아니라 내부도 마찬가지였다. 가운데 부분이 뻥 뚫려 나선형 계단이 천장까지 이어졌다. 층마다 복도로 또 다른 공간들이 숨어 있는 듯 자리하고 있었다.

2층은 각각의 아이템들이 나열되듯 이어져 열띤 연구가 이루어지고 있었는데, 그곳에서도 팀원들은 문화 충격을 받아야 했다.

도시를 재정립하고 새로이 계획하는 아이템을 가지고 연구하는 사람들이 복도의 벽 한 면에 지도를 가득 붙이고 머리를 맞대며 뭔가를 의논하고 있었다. 팀원들은 발꿈치를 들어 그들을 방해하지 않기 위해 살금살금 지나갔다.

성현의 입가에 흔연한 미소가 그가 이 장소를 얼마나 편하게 여기고 좋아하는지 알 수 있었다.

"어? 소장님 오셨어요?"

일일이 룸을 열어 보며 설명을 하던 성현이 누군가의 부름에 뒤로 돌았다.

양팔 가득 화분과 꽃들을 끌어안고 긴 머리를 대충 틀어 올려 볼펜으로 찔러 고정시킨 늘씬한 여자가 얼굴에 흙을 묻힌 채 환하게 웃었다. 아름다운 여자였다.

윤수와 현태가 숨을 들이켜고 동희의 심장은 차갑게 식었다. 성현의 그녀였다.

동희의 눈동자가 경악으로 굳어지고 속눈썹이 사납게 파닥였다.

"지현 씨. 옥상에 올라가시나 봅니다."

"네. 그런데 연구소엔 굉장히 오랜만에 오셨네요."

지현이라 불린 여자가 곱게 눈꼬리를 접으며 눈웃음을 쳤다. 현태와 윤수가 한숨 같은 탄식을 내뱉고 동희가 미간을 확 좁히며 입술을 깨물었다.

저 여자는 어떻게 얼굴에 흙을 묻히고도 저렇게 우아할 수 있지! 그런데 저 남자는 연인을 연구소에 숨겨 놓고 있었네. 정말 상종 못 할 인간이구나.

동희의 마음속은 알 수 없는 패배감으로 짙게 물들어 갔다. 그를 유혹해 하룻밤을 보낸 자신이 너무 가증스러워 지현을 똑바로 쳐다볼 수 없었다.

"네."

"어머. 그런데 일행분들이 계시네요?"

지현은 동희를 보자마자 사촌 오빠인 성현이 백화점에서 화장실까지 따라가 잡으려던 여자라는 것을 대번에 알아챘다. 지현의 눈동자가 호기심을 띠고 흥미롭게 반짝거렸다. 성현이 귀찮게 되었다는 듯 슬쩍 이마를 짚었다.

호기심 덩어리 최지현. 큰일이군.

오늘이 월요일이라 지현이 연구소에 있을 거라는 걸 간과한 자신의 불찰을 탓했다. 지현은 연구소에서 원예 아이템을 진행하는 연구원이기도 했다. 결혼식을 눈앞에 둔 사람이 연구소엔 왜 있는 건지. 그가 내심 못마땅해 혀를 찼다.

"이번에 제가 새로 시작하는 프로젝트가 있어서…… 함께 하시는 분들입니다."

"어머, 그러셨군요. 전 또 새로 들어오시는 가족인가 했어요."

지현이 연신 호호거리며 매의 눈으로 동희를 살폈다.

동희는 친근하게 이야기하는 그들의 모습이 보기 싫어 고개를 숙이고 놀란 심장을 가라앉히려 애썼다.

"그럼 우리는 이만……."

성현이 몸을 돌렸다. 2층의 아이템 룸들을 둘러보고 3층으로 올라가자 그곳은 이곳 연구원들의 개인 공간이 자리해 있었다. 세탁을 할 수 있는 다용도 공간과 깔끔한 주방 시설, 그리고 넓지는 않지만 영화를 관람할 수 있는 미니 영화관 등등. 그가 얼마나 연구소를 아끼는지 알 수 있는 부분이라 윤수와 현태가 연신 감탄을 내뱉었다.

"정말 멋집니다. 팀장님."

"그러게요."

마지막 층인 4층은 그의 개인 사무실과 연구소의 행정적인 처리를 하는 직원들의 공간이 있었다. 문구용품들과 비품들도 모두 비치되어 있어 연구원들이 조금의 불편도 없이 생활하고 연구할 수 있는 쾌적한 환경이었다.

다들 입을 딱 벌렸다. 거대 회사의 축소판 같으면서도 전혀 다른 구조로 운용되는 조직. 이곳이 최성현이 개인적으로 운영하는 프로젝트 연구소였다.

"교수님, 오랜만이시네요. 자주 좀 오세요."

누군가 또 그를 불렀다.

"정 실장님께서 실질적인 책임자시니 전 뭐 있으나 마나한 사람 아닙니까."

"무슨 말씀을 그리 섭섭하게 하십니까. 속 보이십니다, 교수님. 은근히 빠져나가려고 하시는 거 다 보이거든요. 오랜만에 오셨으니 결재 좀 부탁드립니다. 일행분들 죄송하지만 최 교수님 좀 잠깐 빌리겠습니다."

정 실장이라 불린 사람이 일행을 쳐다보며 미안한 표정을 지어 보였다. 그가 난감한 표정을 짓더니 미간을 좁혔다. 팀원들과 정 실장을 번갈아 바라보며 생각하던 그가 고개를 끄덕였다.

"잠시만요, 정 실장님. 잠깐 옥상에 좀 다녀오겠습니다."

"그러세요. 도망만 가지 마십시오!"

마침내 옥상까지 이어진 계단을 올랐을 때 그들은 천국 같은 모습을 보았다. 눈앞이 온통 휘날리는 꽃과 나무들로 가득했다. 어디선가 은은한 클래식 음악이 귀를 부드럽게 감싸고 콧속으로는 달콤하고 향긋한 향기가 끝없이 밀려들었다.

꽃과 나무 사이사이에 고풍스러운 벤치들이 서로의 사생활을 방해하지 않을 정도만큼 떨어져 있었다. 오솔길 같은 곳을 요리조리 돌아 나가자 어디선가 졸졸 흐르는 시냇물 소리가 들렸다.

작은 인공 분수가 퐁퐁 솟아나는 소담한 연못이 있고 근처엔 개인의 취향대로 먹을 수 있는 음료가 구비된 공간이 숨어 있었다.

"잠시 이곳에서 쉬고 계십시오. 저는 사인 몇 개만 하고 오겠습니다."

정 실장의 말을 그대로 읊으며 성현이 양해를 구하고 자리를 떴다.

"이 정도일 줄은 몰랐는데. 아무래도 우리 팀장님 준재벌 정도 되는 것 같지?"

"그러게 말입니다. 이 정도의 건물이면 자본이 꽤 들었을 것 같은데요."

윤수와 현태의 말을 들으며 동희가 자분자분 걸음을 옮겨 유리로 막힌 곳으로 향했다. 맑은 유리 너머로 탁 트인 잔디밭과 빽빽하게 둘러싼 울창한 나무들이 보였다. 희한하게도 그들이 지나왔던 고층 아파트와 상가들은 하나도 보이지 않았다.

겨우 몇 분 거리임에도 불구하고 이렇게 다를 수 있는지 생각하며 그녀는 이마를 유리에 툭 떨어뜨렸다. 지현을 보고 놀라 가출한 그녀의 심장이 돌아올 생각을 안 했다. 심정이 복잡했다.

아무리 머리를 짜내고 고민해 봐도 도저히 그를 이해할 수 없었다. 이곳에 오면 지현과 그녀가 만날 수 있다는 걸 모르지 않았을 텐데. 도대체 무슨 생각인 걸까. 그의 오랜 연인과 일탈의 하룻밤을 함께 한 여자들을 한 자리에 있게 하다니. 정말 배려심이라곤 티끌만큼도 찾아볼 수 없지 않은가.

"정말 나쁜 남자야."

그와 함께하는 시간들이 쉬울 거라고는 생각지 않았지만, 현실은 생각보다 녹록치 않았다.

"어떡해야 하나."

그녀의 고민이 깊어졌다.

❖ ❖ ❖

그리고 회식이 잡혀 있는 금요일.

동희는 퇴근이 다가올 때까지 회식을 빠지기 위한 핑계를 찾아내지 못했다. 사실 오늘 같은 날은 있던 약속도 취소하고 회의에 참석하는 게 맞았다. 하지만 그녀는 겁이 나고 무서웠다. 돌아가는 주변의 상황이 그녀를 막다른 골목으로 몰아넣는 것 같아 초조하고 불안해 저절로 한숨이 새어 나왔다.

"하아."

동희가 무의식적으로 손톱을 깨물며 째깍거리는 분침을 노려보았다.

"회식을 꼭 가야 하나? 안 가면 안 될까."

입술을 잘근거리며 고문하던 그녀가 깊은숨을 내쉬며 눈을 내리떴다.

무슨 생각을 하는지 수시로 얼굴색이 변하는 동희를 지켜보던 성현이 보일 듯 말 듯 입술을 비틀었다. 오늘 그녀에게 따져 물을 참이었다. 도대체 왜 자신을 자꾸 밀어만 내는지.

혹시 하룻밤을 잤다고 생각해서 피하는 건가 생각해 보았지만 그건 아닐 것 같았다. 그녀 혼자만의 착각이긴 하지만 그날 밤이 기억나지 않는다고 했으니까.

그렇다면 그가 모르는 다른 문제가 있다는 건데, 도무지 무엇인지 알 수 없어서 답답하고 또 화가 났다. 성현은 오늘 무슨 일이 있어도 그녀의 입에서 이야기를 듣고 말겠다는 각오를 다졌다. 그리고 그녀의 착각에 대해서도 바로 잡을 생각이다.

"자, 그럼 모두 나가 볼까요? 회식 장소는 제가 예약했습니다."

"역시 팀장님! 최곱니다."

일행이 저녁 식사를 마치고 한잔하기 위해서 도착한 곳은 산정 호텔 지하 와인바였다.

성현은 자신이 자주 가는 단골 바로 데려갈까도 생각했지만, 그 생각을 접었다. 어차피 산정 그룹을 위해서 일을 하는 지금 산정 호텔의 운영을 한번 보아 두는 것도 나쁘지 않을 듯했기 때문이다.

게다가 술을 먹어야 하기에 객실도 이미 하나 마련해 놓은 상태였다. 서로의 주량을 모르니 만약의 경우를 대비해 팀장으로서 팀원들을 끝까지 책임질 생각이다.

"제가 산정에 다닌 지 좀 되는데요. 산정 호텔 지하 와인바는 처음 와 봅니다. 여기가 회원이 아닌 사람은 들어올 수 없는 곳이라면서요?"

박윤수가 연극 조의 목소리로 감탄을 쏟아 내며 두리번거렸다. 동희도 윤수의 말을 들으며 그런가 하는 생각을 했다. 그녀도 처음 와 보는 곳이었기 때문이다.

현씨 남매들은 암묵적으로 특별한 행사가 아니면 산정의 시설들을 잘 이용하지 않는다. 아버지 현 회장의 엄명이 있기도 했고 아무래도 산정의 직계가 들락거리면 사람들 시선도 곱지 않을 터였다. 뿐만 아니라 스스로의 태도도 풀어질 염려가 있었다.

내 것을 내 마음대로 하는데 뭐 어때서 하는 갑질 마인드를 가지게 될까 봐 현 회장이 미리 방어를 한 것이었다. 물론 현씨 남매 중 제멋대로인 인물은 아무도 없었지만, 현 회장은 꺼진 불도 다시 보고, 소 잃기 전에 외양간을 고치는 성격이었다.

바는 고급스럽고 중후한 멋을 가진 분위기였다. 뭔가 쉽사리 자신을 놓아 버리게 되는 자유로움은 없었지만 편히 쉴 수 있을 만했다.

"편하게 마실 수는 있겠네."

동희의 눈이 예리하게 내부를 살피며 판단을 내리고 있었다. 젊은 사람들이 유입될 만한 분위기는 아닌 것 같았다. 그럼 30대 이상의 연령층을 타깃으로 삼은 것인가 싶어 그녀의 머릿속이 바쁘게 돌아갔다.

눈빛을 빛내며 주변을 살피는 동희를 본 성현은 입꼬리를 올렸다. 역시 호랑이 새끼는 어쩔 수 없는 건가.

그들은 커다란 관엽 식물이 주변을 차단한 구석진 테이블에 자리를 잡았다.

성현이 미리 예약해 놓은 술과 안주가 바로 세팅되어 분위기는 차분해졌다. 손님이 바의 분위기를 따라가게 만드는 지독하게 이기적인 술집이었다.

"이야, 팀장님. 존경합니다. 여기 며칠 전부터 예약해야 들어올 수 있는 곳으로 알고 있는데 팀장님의 대단한 인맥에 치어스!"

"아닙니다. 나도 운이 좋았어요. 마침 예약을 취소한 팀이 있어서 어부지리로 걸린 겁니다. 그럼 우리 모두 앞으로의 즐거운 활동을 위해서 깔끔하게 건배 한 번 할까요?"

"네!"

"좋지요!"

윤수와 현태의 입에서 우렁찬 동의어가 튀어나왔다. 동희만 생각에 잠겨 입을 꼭 다물고 있자 현태가 툭 건드렸다.

딴생각을 하다 소스라치게 놀란 그녀가 눈앞을 바라보자 성현이 와인 잔을 들고 그녀를 묘한 눈빛으로 보고 있었다. 동희도 얼른 잔을 들고 팔을 쭉 뻗었다. 드디어 붉은 와인이 담긴 네 개의 잔이 허공에서 마주쳤다.

"프로젝트 A팀의 무궁한 발전을 위하여……."

지극히 상투적이고 도식적인 윤수의 덕담에 모든 사람이 입가에 미소를 지었다. 그러자 현태가 잔을 한입에 털어 넣으며 소리쳤다.

"영원하라! 프로젝트 A팀이여!"

젊은 현태가 윤수보다 더 연식이 느껴지는 멘트를 뱉는다. 동희가 고개를 옆으로 약간 돌려 슬쩍 웃음을 머금다 그녀를 가만히 응시하고 있던 성현과 시선이 마주쳤다. 어둑한 실내의 조명에 비친 그의 눈이 붉게 타오르는 것 같다.

검은색이 분명한데, 동희는 마치 최면에 걸린 것처럼 그의 강한 눈빛에 사로잡혀 눈도 깜빡이지 못했다. 그는 그녀에게 깊고 깊은 올무였다.

"이 와인 진짜 맛있는데요. 팀장님. 제 생에 처음 맛보는 기적의 맛입니다."

"하하, 천천히 드십시오. 오늘만큼은 제가 책임을 지겠습니다."

"역시! 그럼 저 허리띠 풀고 마음껏 마십니다. 팀장님만 믿고요."

"물론입니다. 걱정하지 마십시오."

"현태 씨는 아까부터 허리띠 풀고 있던 것 내가 다 아는데 어디서 애교야!"

벌써부터 적당한 취기가 오르는지 오고 가는 대화가 모두 만담이었다.

동희가 약하게 한숨을 쉬며 고개를 흔들었다. 눈앞에 놓인 붉은 와인이 요염하게 몸을 흔드는 것 같았다.

동희는 눈을 질끈 감았다. 그녀는 와인을 잘 마시지 못했다. 아니 못하는 게 아니라 와인만 마시면 꽐라가 될 정도로 취한다. 다른 술들은 그 정도는 아닌데 이상하게 와인은 그녀와 궁합이 영 아니었다.

하필이면 와인바일까. 많고 많은 그 좋은 술집들을 다 놔두고. 윌리엄스버그의 마지막 밤에도 와인을 마시는 바람에 그렇게 되었는데……. 설마 그걸 알고 일부러 와인바로 온 걸까.

괜한 트집을 잡고 있었지만 그렇지 않다는 걸 그녀도 안다. 주중 내내 현태가 와인 운운하며 떠들어 댔으니까. 성현이 그를 못 들은 척 넘기지 않은 것이지.

"하아……."

그녀가 거듭 한숨을 내쉬었다. 마실 수도 안 마실 수도 없는 상황에 난처했다.

그녀의 고민이 깊어지는 사이 윤수와 현태가 번갈아 가며 그녀의 잔을 채우기에 바빴다.

"마셔요! 마셔. 동희 씨. 술잔을 앞에 놓고 고사 지내는 거 아닙니다!"

"아니, 저는 와인은 좀……."

"우리 프로젝트 A팀의 홍일점 현동희 씨를 위하여!"

그녀의 말이 곱게 씹히고 현태가 그녀의 잔을 들어 손에 쥐여 주기까지 했다. 동희가 고개를 절레절레 저었다. 도대체 나를 위해서 건배를 하는 건 뭐지. 어쩔 수 없이 조금씩 마신 다는 게 벌써 서너 잔이 넘어가고 있다. 동희의 머릿속은 이미 딱따구리 한마리가 집을 짓고 있다.

딱딱딱딱.

이 상태가 지나면 이제 그녀는 진정한 자유인으로 태어난다. 스스로는 한 번도 보지 못한 무의식의 자아. 친구들에게서 종종 들었던 그 민망한 모습이.

그녀가 조심스럽게 잔을 내려놓고 눈치를 살폈다. 더 이상 마시는 건 위험했기에 적당히 분위기를 맞추며 먹는 척만 해야겠다. 생각은 그렇게 했지만 그게 가능할 리 없었다.

"우리 동희 씨 잔이 비었네? 현태 씨 뭐해! 잔 채우지 않고."

"괜찮아요. 전 제가 알아서 마실게요. 두 분 드세요."

"죄송합니다아. 동희 씨. 자아. 한 잔 쭈욱!"

하지만 윤수와 현태라는 물귀신 덕분에 동희는 와인의 바다에 고요히 입수했다. 붉은 와인 위에 누워서 바라보는 하늘은 푸르렀고 그녀는 양수에 둘러싸인 태아인 양 모든 것이 평화롭고 행복했다. 흔들흔들거리는 느낌마저 요람에 감싸인 느낌이었다.

동희가 배슬배슬 웃기 시작했다. 테이블에 몸의 반쯤을 걸치고 맞은편에 앉은 성현의 볼을 손가락으로 콕콕 찔렀다.

"무슨 교수가 말이야. 이렇게 뺀질뺀질하게 생겼어요? 교수면 교수답게 생겨야지 말입니다! 왜 자꾸 남자처럼 구느냐고요. 다른 여자도 있는 주제에. 에비, 떨어져라. 떨어져!"

동희의 느닷없는 행동에 웃음과 만담이 넘치던 주변이 조용해졌다.

윤수와 현태가 서로서로 눈치를 보며 눈을 동그랗게 떴다. 적당히 술에 취하긴 했지만 동희의 이상 행동을 모를 정도로 취하진 않았다. 그들은 이미 직장 생활 수년간의 회식 노하우가 온몸에 배어 있는 사람들이다.

그런데 가장 막내에 홍일점인 동희가 유행했던 드라마의 다나까 말투를 흉내 내며 감히 팀장의 볼을 쿡쿡 찌르고 있으니

웃을 수도 울 수도 없는 상황이다.

그리고 더욱 중요한 건 동희가 하고 있는 말이 도대체 무슨 의미일까. 혹시 두 사람은 이미 알고 있는 사이였던 걸까. 윤수와 현태의 눈이 마주쳤다.

'그런 것 같지?'

'그런 것 같아요.'

두 사람의 머리가 빠르게 회전했다.

"그러니까 현동희 씨 말은 팀장님께서 아주 잘생겼다는 말씀인 겁니까?"

와중에도 윤수가 얼른 성현의 눈치를 살피며 동희에게 말을 걸었다. 술 취한 사람은 질문에 대답도 잘한다. 그것도 꼭 진실만을.

"이 남자가요. 아주 나빠요. 여학생도 울리고…… 저렇게 생겨서 여자들 마음이나 홀리고 말이야. 나빠! 당신."

성현은 미간을 잔뜩 좁힌 채 무슨 생각을 하는지 알 수 없는 눈빛으로 동희의 행동을 내버려 두었다. 중얼중얼 알아들을 수 없는 소리로 떠들어 대며 동희가 몸을 흔들거렸다. 놀란 현태가 옆에서 동희의 몸을 바로 앉히려 했지만, 여자의 몸을 어디 함부로 만진단 말인가. 잘못 만졌다가 성추행범으로 낙인찍히기 딱 알맞지.

"저, 저기 동희 씨…… 몸을 좀."

이러지도 저러지도 못하는 현태에게 성현이 한 손을 가만히 들었다. 그제야 윤수와 현태가 고개를 흔들며 작게 한숨을 내쉬었다.

주변인들을 모두 당황하게 만든 동희의 옆으로 성현이 자리를 옮기자 기다렸다는 듯 동희가 그의 가슴으로 폭 쓰러진다. 성현이 얼른 팔을 들어 그녀를 받쳐 안았다. 그 모습이 너무 자연스러워 윤수와 현태의 눈이 커다랗게 벌어졌다. 역시, 어쩐지.

“이거 현동희 씨한테 아주 재미있는 술버릇이 있네요. 하하.”

“그러게 말입니다. 팀장님 조금 당황하셨겠어요.”

윤수와 현태가 입으로는 웃으며 눈은 긴장한 채 이리저리 굴렸다. 즐거운 회식 시간은 끝이 난 모양이다. 안 그래도 집에서 왜 안 오느냐고 닦달이 심한데 아쉽지만 일어서야 할 듯하다.

윤수가 자리에서 일어서며 성현을 향해 고개를 숙여 보였다.

“팀장님. 이만 일어나는 게 좋을 것 같습니다. 오늘 아주 즐거운 시간이었습니다. 감사합니다.”

성현이 가슴팍에 안긴 동희를 한 번 응시하곤 고개를 끄덕였다. 동희의 입장을 고려해 그들의 관계가 어느 정도 진척될 때까지는 비밀로 하려고 했었는데 그녀가 다 실토한 셈이었다. 속으로 쿡쿡 웃음을 터트렸다. 동희는 쌔근쌔근 곱게 잠들어 있다.

“동희 씨. 현동희 씨.”

잠시 망설이던 그가 손가락으로 그녀의 볼을 톡톡 쳤다. 결코, 조금 전 상황의 보복 의미는 아니다. 그러나 여전히 그녀는 혼수상태.

난감해진 성현이 윤수와 현태를 쳐다보았다. 그들도 난감하긴 마찬가지였다. 성현이 잠시 입매를 굳히고 생각에 잠긴 듯하더니 두 사람을 보며 물었다.

"두 분은 어떻게 집에 가실 수 있으시겠습니까? 아니면 제가 도와드릴까요."

성현의 말에 두 남자는 펄쩍 뛰었다.

"저희는 알아서 가겠습니다. 걱정하지 마십시오. 다만 현동희 씨가 문젠데……."

현태가 곤란한 듯 머리를 긁적이며 미간을 좁혔다.

성현이 바로 그의 말을 잘랐다. 동희에 대한 지대한 관심이 눈에 보였다. 아직 시작도 못 했는데 다른 벌레가 꼬이는 건 곤란하지.

"현동희 씨는 제가 모셔다드릴 테니 걱정하지 마십시오. 그럼 두 분은 조심히 가시고 회사에서 다시 뵙도록 하죠."

"아…… 네."

현태의 어정쩡한 대답이 영 혼자 가기 싫다는 의미로 들렸다. 힐끗힐끗 성현의 품에 안긴 동희를 쳐다보는 눈빛이 예사롭지 않았다. 그걸 지켜보는 성현의 눈빛이 서늘하게 가라앉았다.

두 남자의 기 싸움에 윤수가 얼른 현태의 팔을 잡고 끌었다. 윤수에게 현태가 미적미적 잡혀가며 연신 고개를 돌렸지만 성현은 모른 척했다.

"후우, 이 아가씨를 어쩌나."

사실은 성현도 난감하긴 마찬가지다. 집을 알지도 못하는 데다 그렇다고 자신의 집으로 데려갈 수도 없고, 잠에서 깨기를 기다리자니 남의 영업장소에서 할 짓이 아니다. 성현이 다시 한 번 그녀의 볼을 톡톡 두드렸다. 이러고 있자니 꼭 윌리엄스버그의 그날 밤 같았다. 그의 입가에 낙낙한 웃음이 진하게 피어올랐다.

"으음……."

동희는 시트를 목까지 끌어 올리며 만족스러운 신음을 흘렸다. 그녀는 한여름에도 꼭 시트를 덮고 자는 습관이 있다. 옅은 미소를 지으며 시트를 몸에 둘둘 말던 그녀가 퍼뜩 이상한 느낌에 한쪽 눈을 살며시 떴다.

자신의 시트는 지금 이것보다 훨씬 보들보들하고 달콤한 향기가 난다. 이렇게 풀 먹인 것처럼 빳빳하고 바삭바삭한 게 아니고. 엄마가 시트를 바꿨나. 이상한 느낌에 눈을 뜬 동희는 너무 놀라 기절하는 줄 알았다. 눈앞에 펼쳐진 살색 향연이 찬란했다. 널찍하고 단단한 남자의 맨가슴이 그녀의 눈동자를 꽉 채웠다.

"으아악! 이게 무슨 일이야! 왜 또 이런 일이!"

동희는 반복되는 똑같은 상황에 하얗게 얼굴이 질렸다. 감았던 눈을 살짝 뜨고 시선을 위로 올렸다. 가슴이 터질 것처럼 두근거렸다. 절대로 있어서는 안 되는 남자의 얼굴이 그곳에 있었다.

자책감에 빠진 동희가 머리를 쥐어뜯었지만 기억나는 것이 없었다.

"난 죽어야 돼! 살 가치가 없어. 그냥 죽자. 현동희. 죽어."

그런데 어젯밤은 푹 잤다. 아주 늘어지게. 그냥 잠만 잔 건가? 소, 손만 잡고?

"깼으면 일어나시죠. 현동희 씨."

아침이라 낮게 가라앉은 그의 음성이 귓가의 머리칼을 흩트리며 그녀의 뇌 속으로 침범했다. 거기다 코끝으로 스치는 그의 체향은 쌉싸름한 계피 같았다. 으음. 좋은 냄새. 아니, 이게 아니지!

"저, 저리 비켜요."

동희가 속삭이듯 중얼거리자 성현의 몸에 힘이 들어갔다. 그녀가 뭐라 하던 그의 몸은 자극에 정직했다. 자그마한 젖꼭지가 불쑥 솟으며 자신의 존재를 어필했고 그의 분신에도 적당한 힘이 몰렸다. 가슴에 닿은 달싹이는 입술의 감촉과 따스한 입김만으로도 그의 몸은 달아올랐다.

위험해. 아주 위험한 여자야.

하지만 성현은 그것이 나쁘지 않았다. 조금 위험하면 어떠랴. 세상의 종말이 오는 것도 아니고, 당장 우주인이 지구를 침공하는 것도 아닌데. 이 여자로 인한 자신의 위험이라면 얼마든지 받아들일 수 있다. 오히려 그는 가슴에 그녀라는 한 그루 사과나무를 심은 것 같은 심정이다.

"왜죠?"

"왜라뇨?"

"왜 내가 비켜야 하는 겁니까? 우린 분명 어젯밤에 충분히 대화를 나눴고 사랑을……."

동희는 그제야 고개를 들고 의아한 듯 그를 보았다. 아무리 생각해도 어젯밤은 아무 일도 없었던 듯한데.

"진실만을 말하시죠. 최성현 씨."

성현이 놀란 듯 눈을 동그랗게 떴다가 하하하 소리 내어 웃었다.

"안 믿네. 그럼 어제가 아니라면 기억합니까? 우리가 함께 한 밤이 어제가 아니라 그 어느 날의 하룻밤이었다면요?"

"……."

동희가 대답을 못 하고 입을 꾹 다물었다. 이 남자는 그날 밤을 말하고 있는 것이다.

"아주 똑같은 상황 아닙니까? 윌리엄스버그에서의 그날 밤과."

"……."

"설마 아직도 기억나지 않는다고 발뺌하실 겁니까? 현동희 씨."

성현의 나긋했던 말투가 고압적으로 변하며 그의 온몸에서 싸늘한 아우라가 피어올랐다. 기억 안 난다고 하면 마치 살인이라도 날 듯한 살벌한 분위기다. 동희는 잠시 고민했지만 그냥 자신을 풀어 놓기로 결심했다.

"확실하게 기억나는 건 아니지만 대충 기억나긴 해요."

성현은 윌리엄스버그에서의 그날 밤도 그랬지만 지난밤도 술에 취해 정신을 놓아 버린 그녀 옆에서 죽을힘을 다해 버텼다. 그녀를 안고 싶어 요동치는 그의 분신과 뜨겁게 달아오른 몸을 식히느라 찬물에 샤워를 수도 없이 했다.

7
그를 품는 행복

"우리 얘기 좀 해요. 최성현 씨."

동희가 모든 것을 놓아 버린 듯 말하곤 눈을 깊게 감았다. 예쁜 눈동자를 숨긴 그녀의 눈꺼풀이 바르르 떨렸다. 잠시 후 다시 드러난 그녀의 눈동자에 드리운 명암은 이 세상 모든 아픔을 담은 듯 고통스러워 보였다.

"그래요. 합시다."

성현은 가슴이 쿵 내려앉아 무의식적으로 가슴을 쓸어내렸다. 동희가 고맙다는 듯 입꼬리를 살짝 들어 올리며 씁쓸하게 웃었다.

"먼저 옷부터 입고 거실로 나가서 얘기하는 게 좋겠어요. 물도 한 잔 마셨으면 좋겠고요."

쓸쓸해 보이는 동희의 아릿한 미소에 조금 전의 장난스럽던 표정을 거짓말처럼 지운 성현은 눈빛을 반짝였다.

"난 상관없는데 동희 씨가 불편하다면 그렇게 하죠. 대화해야 할 필요는 있는 것 같으니."

그가 여상스럽게 웃으며 한발 뒤로 물러났다. 겉옷만 벗은 상태라 대충 옷을 걸치고 나가니 그는 벌써 옷을 다 입고 냉장고에서 물병을 꺼내 마시는 중이었다.

섹시한 목젖을 황홀하게 바라보던 동희가 그의 눈길에 정신을 번쩍 차렸다.

이런 순간에도 그에게 홀리다니! 지금은 우선 대화를 해야 한다.

그녀도 그가 건네주는 물병을 받아 한 번에 반 이상을 비워냈다. 차가운 물의 도움으로 맑아진 정신이 맘에 들어 동희가 드디어 입을 열었다.

"최성현 씨. 죄송하지만, 윌리엄스버그에서의 일은 잊어 주셨으면 좋겠어요."

"그게 무슨 말입니까."

어렵게 꺼낸 동희의 말에 이해할 수 없다는 듯 성현의 입에서 바로 대답이 튀어나왔다.

성현은 그녀가 착각하고 있다는 사실을 바로 알려 줄 마음이 없었다. 그의 마음을 들었다 놨다 하는 그녀를 조금 더 애타게 하고 싶었다.

"정말 미안해요. 실수였어요. 최성현 씨에게도 그리고 당신의 연인에게도. 내가 어쩌다 그런 일을 벌였는지 모르겠지만 정말 죄송합니다. 있어서는 안 되는 일이었어요."

동희가 앉아 있던 소파에서 일어나 고개를 깊이 숙이고 사과했다.

성현은 이 황당하고 웃기는 상황이 이해가 안 가 어리벙벙했다. 그녀의 착각은 이해했지만, 만약 실제로 일어났다 하더라도 그들은 성인이었다. 동희가 저렇게까지 할 일은 아니란 얘기다.

"왜 현동희 씨가 나에게 미안합니까. 우린 성인이고 충분히 함께 밤을 보내기에……."

그는 잠시 혼란스러운 머리를 흔들다 그녀의 말에서 한 가지 오류를 발견했다.

"아니, 잠깐. 내 연인이라니요?"

"최성현 씨 연인 있으시잖아요. 애틋하게 사랑하시는 분."

성현의 황당하다는 말에 동희가 오히려 인상을 썼다. 사랑하시는 분? 이 여자가 지금 소설을 쓰나. 성현이 저절로 일그러지는 표정을 숨기지 못한 채 진심이냐는 듯 그녀에게 물었다.

"내가 사랑하는 여자가 있다는 말입니까?"

"네. 있잖아요."

성현은 기가 막히고 코가 막혔다. 있지도 않은 여자를 떡하니 저에게 붙여 놓은 채 죄책감 가득한 얼굴로 입술을 깨물고 있었다.

금방이라도 터져 나올 듯 동그란 두 눈에 찰랑찰랑 물이 고였다. 코미디가 따로 없었다.

"허 참. 기가 막혀서. 그럼 내가 여자가 있음에도 당신하고 원나잇을 했다는 말입니까? 도대체 날 뭐로 보고!"

성현이 버럭 소리를 질렀다. 이젠 동희의 착각이 문제가 아니었다. 있지도 않은 여자를 그에게 붙여 주며 저 미안해하는 순진한 눈동자라니! 성현은 기가 막혔다.

그의 격한 반응에 놀란 동희의 어깨가 쪼그라들었다. 이 남자가 진실을 숨기려나 보다. 역시 이 사람은 그런 남자다. 연인이 있음에도 다른 여자와 쉽게 하룻밤을 보낼 수 있는 몹시 나쁜 남자.

하지만 진실이 감춰질 수는 없는 법. 동희는 그 어느 봄날 난 네가 한 행동을 알고 있다는 눈빛을 내쏘았다.

"사실이잖아요. 나 알고 있어요."

알고 있다니! 뭘? 성현은 너무 기가 막히면 말문이 막힌다는 사실을 처음으로 몸소 경험했다. 누가 목구멍을 틀어쥐고 꾹꾹 누르는 것 같았다. 그렇단 말이지.

"당신 뭔가 오해를……."

그녀의 오해가 어디서부터 시작되었는지는 모르겠지만, 그도 모르는 사이 그녀의 뇌리에 콱 박혀서 이미 진실로 박제가 되어 있는 모양이었다.

여태껏 날 그런 개자식이라 생각했다고?

성현은 소태를 씹은 듯 입안이 쓰디썼다. 그래서 그는 동희가 느끼는 죄책감에 조금 더 큰 무게를 얹기로 했다. 아주 잠시만. 그래야만 그동안 나쁜 놈으로 인식된 억울함을 조금이라도 풀 수 있을 테니까.

한참을 입만 뻐끔거리던 성현이 음산한 목소리로 그녀에게 쏘아붙였다. 그래, 당신이 날 그렇게 여겼다면 잠시 장단을 맞춰 주지.

“그럼 당신은 다른 여자의 남자인 걸 알면서도 날 유혹하고 사랑을 나눴다는 말이 되겠군. 그거 아주 죄질이 나쁜데…….”

상황을 대충 눈치챈 성현이 대화를 리드하기 시작했다. 슬슬 그녀의 약점을 콕콕 찌르며 자신은 쏙 빠져나갔다. 지금 그는 여자의 유혹에 넘어가 자신의 여자를 배신해 버린 가련한 배역에 몰입하기로 마음먹었다.

동희의 눈에 눈물이 그렁그렁 맺혔다. 입술을 질끈 깨물고 고문하던 동희가 겨우 입을 벌려 기어들어 가는 목소리로 또다시 사죄했다.

“그래서 미안하고 죄송하다고 말씀드리잖아요.”

“아니, 난 그 사과 받고 싶은 마음 전혀 없습니다. 난 피해자예요. 이 사실이 알려지면 난 이별을 해야 할지도 모릅니다. 그럼 그건 어떻게 책임지시겠습니까. 현동희 씨.”

“이별이라고요?”

혹시나 하면서도 바랐었다. 자신을 대하는 그의 태도로 보아 이별을 했을 수도 있겠구나. 그랬으면 좋겠다는 간절한 바람을 가진 적도 있었다. 그런데 백화점에서 그녀와 쇼핑하는 모습과 연구소에서의 만남은 동희를 좌절하게 만들기에 충분했다.

"동희 씨가 말하지 않았습니까? 나 연인이 있다고. 어떤 여자가 제 남자가 딴 여자랑 잤다는데 그냥 넘어가겠어요. 분명히 나는 버림받을 겁니다."

성현이 깊은 한숨을 내쉬며 인상을 북북 썼다.

동희는 이제 진심으로 당황했다. 어, 어쩌지. 일이 어떻게 되고 있는 건지 헷갈렸다. 분명 그날 밤에 그를 먼저 유혹한 건 자신이 맞다. 꿈인 줄 알았으니까.

그래서 정말 있어서는 안 될 일이 벌어졌다. 하지만 그에게 매달리는 그녀를 받아들이고 안은 건 그였다.

같이한 행동인데 왜 내가 가해자가 된 것 같지? 그리고 어딘가 위화감이 느껴지는 것이…… 꼭 남녀의 모습이 바뀐 것 같았다.

"만약 내가 버림받으면 동희 씨가 책임지셔야 합니다."

성현은 억지로 심각한 표정을 지으며 이마에 내 천 자를 그렸다.

동희가 깜짝 놀라 눈을 동그랗게 떴다. 하룻밤을 보내고 책임지라고 울며 매달리는 건 주로 여자 아닌가? 그건 편견인 건가?

성현은 터져 나오는 웃음을 참기 위해 고개를 좀 더 숙여 입안의 살을 피가 나오도록 씹어야 했다. 동희를 보면 웃음이 터질까 봐 차마 쳐다보지도 못했다.

"그게…… 무, 무슨 말이에요. 내가 무슨 책임을 져요! 말도 안 돼. 진짜!"

"왜 말이 안 됩니까? 동희 씨가 날 유혹하고 하룻밤을 보냈잖습니까. 난 그럴 마음이 전혀 없었는데……."

성현이 지하 수천 미터 아래서부터 터져 나오는 듯한 시름 가득한 한숨을 내쉬며 그녀를 안타깝게 바라보았다.

동희는 차마 그 눈길을 바로 보지 못하고 얼른 고개를 숙였다. 가슴이 콩닥콩닥 뛰었다. 그러다 불쑥 오기가 생겼다.

"아니죠. 같이 잤잖아요. 왜 내 탓만 하는 거예요? 그리고 연인이 있는 남자가 아무리 여자가 유혹한다고 해도 그렇지 어떻게 연인을 배신할 수 있어요? 난 그날 밤 정말 술에 취해 있었다고요. 와인은 쥐약이에요. 내가 정말 미안한 건 당신의 연인이라고요. 당신이 아니라."

동희의 삽질은 지구 반대편까지 팔 기세였다. 그만 놀려야겠다.

하지만 너무 재미있는데. 금방이라도 눈물을 흘릴 것 같은 동희를 보며 성현이 마지막으로 한 번만 더 놀리자는 심보로 입을 열었다.

"남자의 정조를 짓밟았으니 책임을 지셔야죠. 난 이제 현동희의 남잡니다."

갑자기 왜 이렇게 진행이 되는 건데. 동희가 미쳤느냐는 눈빛을 그에게 쏘았다.

성현은 모른 척 시침을 떼고 슬픈 표정을 지었다. 최성현 인생 최고의 연기인 셈이었다. 대학 시절 잠깐 연극 동아리 활동을 한 적이 있는데 그때의 경험이 이렇게 빛을 보다니.

성현이 흐뭇하게 자신을 칭찬했다. 물론 겉으로는 여전히 시름에 잠긴 모습으로.

"이게 무슨! 최성현 씨! 장난 그만해요. 자꾸 이러면 나 정말 화낼 겁니다."

동희가 그제야 분위기가 이상한 걸 느끼고 눈자위가 하얗게 되도록 성현을 흘겨보았다.

성현이 슬쩍 눈을 치켜뜨더니 목젖이 드러나도록 입을 벌리고 웃었다. 동희가 그의 모습에서 눈을 떼지 못했다. 한동안 소리 내어 웃던 성현이 웃음을 멈추고 거짓말처럼 표정을 굳혔다. 그리곤 엄한 표정으로 그녀에게 따졌다.

"그럽시다. 장난은 그만하죠. 그러면 묻겠습니다. 도대체 내가 왜 사랑하는 여자가 있다고 믿는 겁니까?"

한참을 악동처럼 그녀를 놀리고 장난치던 그가 진지한 표정으로 질문을 던졌다.

동희는 또다시 당황했다. 무엇이 잘못된 걸까. 왜 자꾸 자신이 뭔가 잘못한 느낌이 들까.

"네? 그게 무슨…… 그럼 혹시 헤어지셨어요?"

그런 생각을 하면 안 되었지만, 자신이 간절히 바랐던 그 일이 일어났던 걸까?

그럼 성현이 말한 모든 것들이 이해가 될 것 같았다. 자신에게도 다행인 상황이고. 남의 남자를 가로챈 천하에 몹쓸 년이 되지는 않을 테니까.

그럼 며칠 전의 그 여자는 뭐지?

동희는 머릿속이 부하가 걸린 것처럼 복잡해졌다.

“자꾸 알 수 없는 말을 할 겁니까? 난 그렇게 애절하고 간절하게 사랑했던 여자가 애초에 없습니다. 도대체 무슨 근거로 그런 말을 하는지 좀 들어 봅시다.”

성현이 한심하다는 듯 물끄러미 그녀를 보더니 오히려 간절하게 물었다.

동희는 자신이 본 상황을 얘기하는 것이 껄끄러웠다. 그건 너무나 사적인 광경이었으니까. 하지만 지금은 도리가 없었다.

“저기, 그러니까…… 몇 달 전에 제가 강릉에 위치한 산정 호텔에 간 적이 있었어요. 그곳에서 최성현 씨를 봤어요.”

“그런데요.”

산정 호텔? 성현이 고개를 갸웃하며 그녀의 말을 되뇌었다.

“그런데 그때 최성현 씨는 객실 문 앞에서 어떤 여자분이랑 부둥켜안고 있었어요. 전 우연히 같은 층이라 보게 된 거지만.”

부둥켜안았다는 동희의 표현에 성현의 이마가 잔뜩 찌푸려졌다.

“여자랑 부둥켜안고 있었다는 겁니까? 내가? 확실합니까?”

“네. 확실해요. 최성현 씨 쌍둥이 아니죠? 그럼 당신 맞아요. 그 다음날 세미나에서 내가 최성현 씨를 다시 봤거든요. 발표하러 단상에 올라가시는걸요. 최성현 씨였어요. 참, 며칠 전 산정 백화점에서도 본 적 있잖아요. 연구소에서도. 같은 여자분인지는 잘 모르겠지만. 그날 성현 씨가 절 쫓아와서 제 휴대폰이 망가졌고요."

도무지 이해가 되지 않아 계속 인상을 쓰고 있던 성현이 동희의 설명에 무릎을 탁 쳤다.

"혹시 그게 한 서너 달 전쯤 아닙니까?"

"아마 그쯤일 거예요."

동희가 대충 시기를 맞춰 보곤 고개를 끄덕였다. 땅이 꺼지게 깊은 한숨을 내쉬던 성현이 거칠게 머리를 쓸어 넘겼다.

알 수 없는 그의 행동에 동희의 눈이 커다래졌다. 거칠게 머리를 북북 쥐어뜯던 그는 아주 험악하고 무서운 눈초리로 그녀를 쏘아보았다.

말없는 그의 시선에 그녀는 또 다른 죄책감을 느껴야 했다. 초조함과 불안함이 가득 차오르는 가운데 희망이라는 놈도 스리슬쩍 자리를 차지했다.

"기가 막히는군. 그럼 여태껏 다른 여자가 있는데도 당신한테 집적대는 양아치 같은 놈으로 본 겁니까? 아니, 대답하지 마십시오. 그렇게 본 거 확실한 것 같으니까."

그의 물음에 동희가 입을 달싹거리다 꾹 다물었다. 사실이니까. 그러다 호기심이라는 감정에 희망이라는 메시지를 덧붙여 조심스럽게 물었다.

"아니라는 건가요?"

성현이 홱 소리가 나도록 고개를 돌려 그녀를 노려보았다.

동희가 움찔했다. 깊은 한숨과 함께 그의 대답이 나왔다.

"당연히 아니죠!"

아, 아니라고? 그럼 도대체…….

"그럼 그때 그 여자분은?"

"여자분이 아니라 여동생입니다. 사촌 여동생. 며칠 있으면 내 친구 놈이랑 결혼해서 잘 살 거고."

성현이 한 글자 한 글자, 갈아 마시듯 뱉어냈다.

"그게 무슨 말이에요. 그때 분위기는 그게 아니었는걸요. 두 분이 부둥켜안고 여자분이 울고 있는 것 같았어요. 최성현 씨가 여자분 어깨를 끌어안고 달래고 있었다고요."

"참 자세히도 봤군요."

성현이 그 와중에도 그녀의 상세한 묘사에 기가 막혀 코웃음을 쳤다.

"그리고 그런 일이 있었으면 진즉에 나한테 물어봤어야지요. 그게 언제 적 일인데. 지금까지 그런 오해를 하고 날 대했단 말입니까?"

"묻고 싶었죠. 하지만 그건 사생활이잖아요. 아주 개인적이고 은밀한. 그리고 그런 모습을 봤다는 말을 어떻게 해요."

성현의 타박에 동희도 억울하다는 듯 입술을 내밀었다. 억울한 건 성현만이 아니었다. 그녀도 억울하고 원통했다. 신경 쓰이고 관심이 가던 남자였는데, 그날 이후로 막 싹이 트려는 마음을 접어 버렸다.

그를 볼 때마다 나오려는 제 마음을 꾹꾹 눌러 밟아 버렸는데 그는 주인 없는 청솔이었다. 아까운 내 시간 돌려 달라며 누구한테라도 따지고 싶었다.

"그래도 지난 주말 내가 에둘러 물어본 적은 있잖아요. 휴대폰 찾으러 학교에 가서 함께 맥주 마실 때. 성현 씨한테 여자 친구 있느냐고 물었는데 없다고 해서 어장 관리하는 줄 알고 실망했단 말예요."

"그래서 그때 그렇게 가 버린 거군요."

이제야 그날 동희의 태도가 이해되었다. 성현이 어이없다는 듯 그녀를 보다 고개를 흔들었다.

"……네."

"후우……."

"하아……."

서로의 입에서 터지는 장탄식이 장했다. 동희의 삽질은 우주까지 뻗어 있었고, 성현은 억울하고 분함에 주먹이 부르르 떨렸다.

그래도 궁금한 건 궁금한 거라 동희가 성현의 눈치를 슬쩍 보았다. 입술을 내밀어 혀를 살짝 핥은 다음 윗니로 아랫입술을 살짝 깨물었다.

망설임과 호기심이 느껴지는 그녀의 표정에 성현이 모른 척 시치미를 뗐다.

"저기요. 성현 씨. 그런데 그 사촌 여동생이랑 그날 호텔에서 왜 그런 거예요?"

저걸 물을 줄 알았다. 성현이 찌릿 그녀를 노려보자 동희가 찔끔해서 얼굴을 숙였다.

"지현이랑 결혼할 사람이 내 친구입니다. 나 때문에 어릴 때부터 알고 지내다가 결혼까지 하게 되었는데 그때 두 사람 사이에 문제가 좀 있었어요. 그래서 내가 지현일 데리고 세미나엘 간 겁니다. 서로 떨어져서 생각을 좀 하라고. 지현이가 객실 앞에서 감정이 격해져 우는 걸 달래는 모습을 동희 씨가 보게 된 것 같군요."

"아아……."

"아아?"

당신의 그 말도 안 되는 오해 때문에 우리 사이가 이렇게 굽이굽이 백두산부터 한라산까지 돌고 돌아왔는데! 마음 같아선 한 대 쥐어박고 싶었다.

그러다 갑자기 떠올랐다. 참, 이 여자 아직도 우리가 윌리엄스버그에서 같이 잤다고 생각하고 있지. 그 오해도 풀어 줘야 했다.

"그런데 현동희 씨."

"네."

"윌리엄스버그에서 우리 잔 거 맞죠?"

마치 그가 확인하는 것처럼 묻자 동희가 이마를 살짝 찌푸렸다.

이 남자 갑자기 저렇게 묻는 의도가 뭘까?

그런데 성현의 말을 듣고 나니 갑자기 이상한 기분이 들었다.

우리가 정말 잔 거 맞나? 아닌가? 그렇다면 그 느낌들은 다 뭐지?

그날은 너무 당황해서 도망치느라 바빴지만 집에 돌아와서 샤워를 하며 보니 몸에 아무 흔적이 남아 있지 않았다. 그녀의 기억대로라면 하루 이틀 지났다고 멀쩡해질 수 있는 것이 아니었다.

그 정도로 그는 그녀의 몸을 고이 두지 않았다. 물고 빨고 핥고…… 생각하다 동희는 얼굴이 빨개져 버렸다. 그래서 그녀는 자신의 피부는 키스 마크가 오래 남지 않는 모양이라고 생각했는데.

"최성현 씨, 솔직하게 대답해 주세요. 우리 그날 정말 잤나요?"

동희가 직구를 던졌다. 이제 와서 무슨 우아를 찾고 품위를 찾겠다고. 이미 한 침대에서 눈을 뜬 게 두 번째. 그의 머리는 제비가 집을 지어도 될 정도로 부스스했고 그녀도 그에 못지 않을 터였다.

"네. 잔 거 맞습니다."

동희가 자신이 원하는 대답이 아니었는지 하얀 이마를 잔뜩 일그러뜨리며 아랫입술을 잘근거렸다. 한 손은 머리에 가져가 손가락으로 머리카락 몇 올을 잡고 배배 꼬아 댔다. 답답한지 나오는 한숨도 천근만근이었다.

"저, 정말 함께 잤단 말이지요? 그 저기…… 세, 섹스……."

그녀가 말을 잇지 못하고 얼굴을 붉히며 눈알을 이리저리 굴렀다. 그 모습이 귀여워 성현이 입꼬리를 말아 올렸다. 붉은 사과 같은 저 볼을 콱 깨물어 주고 싶었다.

"우리가 섹스했느냐고 묻는 겁니까?"

그녀 못지않은 그의 직접적인 물음에 동희의 얼굴이 더욱 빨개져 하얀 부분을 찾을 수가 없었다.

하다못해 귀와 목덜미까지 붉었지만, 부끄러움을 꾹 참고 고개를 끄덕였다.

성현이 도저히 참을 수 없어 손가락을 그녀의 볼에 가져다 대고 살살 문질렀다. 색깔만큼이나 열기도 대단했다.

"글쎄요. 어떨 것 같습니까?"

그냥 대답해 주면 어디가 덧나나. 동희가 입술을 지그시 사리물었다.

"제 생각엔 그날 밤에……."

"그날 밤에?"

동희가 말꼬리를 길게 끌며 그의 눈치를 살폈다. 제발 그의 얼굴에 답이 나와 있었으면 좋겠다. 하지만 도무지 알 수가 없었다.

"우리 안 잔 거 맞죠?"

동희가 질끈 눈을 감고 씹어 뱉듯 말을 토해 냈다. 제발 그랬으면 하는 애타는 심정을 담아서.

"하하하…… 하하."

갑자기 성현의 입에서 파안대소가 터져 나왔다. 동희가 감았던 눈을 번쩍 떴다.

"이제 알았습니까? 참 둔하군요."

동희의 눈이 화등잔만 하게 커지고 그 안에 원망이 가득 서렸다.

"뭐예요? 그럼 진작 말하지 왜!"

"내가 왜 말해야 합니까? 당신 스스로 그렇게 생각하고 도망간 건데. 괘씸해서라도 말 못 하지. 그날 내가 얼마나 힘들었는지 압니까?"

동희가 따지며 뿔난 용처럼 불을 뿜으려다 슬며시 입을 다물었다. 그와 잤다고 생각한 건 모두 그녀의 착각이었고, 도망친 것도 자신이었다. 그로서는 기가 막혔겠지.

"어젯밤도 그렇고 당신은 남자의 순정을 아주 잔인하게 짓밟은 나쁜 여잡니다."

"남자의 순정?"

동희가 생전 듣도 보도 못 한 말을 들었다는 듯 눈썹을 추어올렸다. 같잖다는 동희의 표정에 성현이 기분 상한 듯 인상을 팍 썼다.

"그래요. 남자의 엑기스 같은 순정!"

"칫, 순정은 무슨 얼어 죽을……."

동희가 눈썹을 찡긋거리며 입술을 삐죽거렸다. 남자의 입에서, 그것도 차가운 도시 남자의 전형 같은 성현이 그런 말을 하니 닭살이 돋는 것 같았다.

"당신 진짜 이상하네. 남자의 순정이란 말에 알레르기 있나?"

"진짜, 그놈의 순정 소리 좀 그만해요! 안 그래도 머리 복잡해 죽겠는데……."

동희가 머리를 부여잡았다. 그녀의 목소리가 점차적으로 잦아들자 성현은 동희가 이 상황을 충분히 받아들였다고 생각했다.

마음의 대화가 더 선행되어야 하겠지만 이제 그쪽 진도를 좀 빼도 괜찮지 않을까?

어젯밤에 사리만 몇 말은 만들었을 그의 아랫도리가 요동을 쳤다. 사정이 급했다. 성현이 은근한 몸짓으로 동희의 몸에 살을 비벼 댔다. 그녀의 몸이 붉은 물감을 확 뿌린 듯 발그스름하게 물들었다.

"알겠습니다. 그럼 모든 오해가 풀렸으니 우리 정식으로……."

그녀는 자신의 장골을 은밀하게 쓰다듬고 있는 그의 손등을 찰싹 소리 나게 때렸다.

"아야, 그렇다고 이렇게 세게 때릴 필요까지 있습니까?"

성현이 얻어맞은 손등을 그녀의 눈앞에 들이밀고 흔들었다. 어찌나 세게 때렸는지 손등이 붉게 부풀었다.

여러 가지 감정이 담긴 그녀의 손이 감정을 흠뻑 표현했나 보다.

멋쩍고 한심하고 어이없는 이 상황을 어찌 타개할까. 하릴없이 그녀의 입에서 탄식 같은 한숨만 터진다.

"하아."

"그런다고 땅 꺼지지 않습니다. 한숨 쉬는 버릇 나쁜 거라니까."

그녀의 장탄식에 성현이 매끈한 동희의 이마를 장난치듯 손가락으로 톡 튕겼다.

동희가 이마를 찡그리며 입술을 삐죽였지만 성현은 피식 웃음을 짓곤 입고 있던 옷을 주섬주섬 벗었다. 동희의 눈알이 튀어나올 듯 동그래지고 커졌다.

이 남자가 뭐하는 거지?

성현은 자신의 옷을 다 벗고 동희의 앞에 척하니 섰다. 그의 분신이 그녀의 눈앞에서 덜렁거리며 존재를 드러냈다.

동희가 두 손으로 눈을 가렸다. 그녀는 감았던 눈을 살짝 뜨고 눈을 가린 손가락 사이를 넓혀 조금씩 몸피를 키워 가는 성현의 분신을 안 보는 척 유심히 살폈다.

성현은 그런 동희의 모습을 보고 있었다. 본인은 몰래 한다고 하는데 그런다고 어설픈 행동이 안 보일 리가 있나.

그가 피식 웃으며 동희의 겨드랑이에 손을 넣고 그녀를 일으켜 세웠다.

영문을 몰라 어리둥절해하는 그녀의 블라우스를 벗기고 스커트에 속옷까지 일사천리로 벗겨 냈다.

"뭐, 뭐예요!"

동희가 얼떨결에 홀랑 벗겨져 드러난 가슴을 한 손으로 가로질러 막고 다른 손은 울창한 열대우림 같은 자신의 늪지에 가져다 댔다.

허벅지를 꼭 붙이고 엉덩이를 약간 비튼 모습이 벽면 벽걸이 TV의 검은 화면에 그대로 비쳤다. 그리스의 어느 여신의 조각상 같다는 생각도 언뜻 들었다. 그녀가 말도 안 되는 나르시시즘에 빠져 있는 그 잠시도 참아 줄 수 없다는 듯 그가 나지막하게 말했다.

"조용히 해요. 난 지금 억울해서 미칠 것 같으니까. 당신의 그 얼토당토않은 오해 때문에 황금 같은 우리의 몇 달이 고스란히 날아갔단 말이죠. 난 그걸 빠른 시일 안에 다 만회할 생각이니까."

"마, 만회라고요? 그런데 옷은 왜……?"

그래, 그녀의 오해로 서로에게 호감을 느꼈던 두 사람이 좋은 감정으로 발전할 수 있었던 기회를 빼앗긴 건 인정한다. 그런데 그거랑 지금 이렇게 홀딱 옷을 벗기는 거랑은 무슨 이유란 말인가.

동희는 제 잘못이 있으니 성현의 눈치를 보며 입을 빼끔거렸다.

"내가 얘기했잖아. 어젯밤 내가 사리만 몇 말은 만들었다고. 각오하는 게 좋을 거야. 난 당신한테 빼앗긴 내 시간을 다 보상받을 생각이거든."

"아니, 최성현 씨. 잠깐만요!"

성현이 말을 마치자마자 동희의 무릎 안쪽에 손을 넣고 허리를 받쳐 번쩍 안아 들었다.

동희의 소리 없는 비명을 뒤로하고 성현은 침실로 향했다.

발로 문을 열더니 자신이 무슨 야생마라도 되는 듯 뒷발로 거칠게 차 닫았다.

침대 위에 그녀를 조심스럽게 눕히곤 땡글땡글 굴리고 있는 그녀의 눈을 지그시 응시했다. 어느새 그는 그녀의 엉덩이 부근에 무릎을 꿇고 양어깨 근처에 두 손을 짚어 엎드린 모양새였다.

"싫으면 지금 얘기해. 난 여자를 억지로 안는 취미 없어. 당신의 의견을 100% 수용할 거야. 이것만 알아 둬. 난 당신을 처음 본 순간부터 관심이 갔었어. 하지만 만난 이유가 좀 우스워서 은효은 결혼식이 끝나고 나면 본격적으로 당신에게 다가갈 생각이었어."

이런 민망한 포즈로 고백 비스무리한 말을 듣는 건 좀 그랬지만 동희는 조용히 그의 말에 집중했다.

그에게 자신이 꿩 대신 닭만은 아니었던 모양이었다. 굳게 닫혀 있던 그녀의 입술이 어느새 막 피어나려는 새벽녘 나팔꽃처럼 조금씩 벌어졌다.

"당신에게도 나에게도 시간은 좀 필요했으니까. 그리고 생각지도 않게 내가 은효은의 결혼식에 가게 되었고 다시 당신을 만났지."

성현이 말을 잠시 끊으며 동희의 눈을 지그시 내려다보았다. 그녀의 눈이 바람에 흔들리는 갈대처럼 정신없이 흔들렸다.

붉어진 볼에 입술을 꼭 깨물고 그의 말에 집중하는 모습이 아주 예뻤다.

"그 후는 당신도 알지? 당신은 보란 듯이 내 문자를 씹고 날 바람맞혔지. 그날 내 기분이 어땠는지 알아? 소중하게 간직하고 있던 진심을 도둑맞은 기분이었어. 당신은 그 기분 모를 테지. 아주 더럽거든. 그런 기분 당신은 경험하지 않았으면 좋겠어."

동희의 얼굴이 미안함에 더 빨개졌다. 진심을 쏟아 내는 남자의 뜨거움이 그대로 전해졌다. 동희는 눈물이 날 것 같아 눈을 꼭 감았다.

그의 말이 이해가 갔다. 사정은 조금 다르지만, 그녀도 그런 경험이 있었다. 그는 자신이 그런 기분을 느끼지 않았으면 좋겠다고 덕담을 해 주고 있지만. 동희는 쓰디쓴 미소를 지었다. 그때 자신은 진심과 함께 마음의 순결까지 도둑맞은 기분이었으니까.

동희는 가슴을 가리고 있던 팔을 들어 그의 볼을 쓰다듬었다. 그가 좋다. 그를 만나기 위해 자신은 아프고 힘든 시간을 보냈나 보다.

아래를 가렸던 팔까지 들어 성현의 목에 감고 자신에게로 끌어내렸다. 허락의 의미였다.

성현이 씩 미소 지으며 목의 각도를 살짝 비틀어 동희의 입술을 탐했다. 이제 어른들만의 유희가 시작될 시간이다. 그의 엉덩이에 힘이 들어갔고 그의 분신은 빠근하게 조여 왔다.

"그럼 내가 당신의 그 나쁜 기억을 지워 주면 되겠네요. 내가 준 더러운 기분, 내가 다시 가져올게요. 대신 근사한 기억으로 그 자리를 채워 주면 어때요?"

동희가 눈을 치켜뜨며 약간 쉰 목소리로 도발적인 말을 하자 성현이 입꼬리를 비틀어 그녀의 입술에 입 맞췄다.

"바라던 밥니다. 공주님."

성현이 입술을 맞대고 웅얼거렸다. 입술에 닿는 그 간질간질한 자극에 그녀의 몸도 달아올랐다. 가슴의 정점이 도도록하게 솟아오르고 아랫배에 아릿한 통증이 왔다.

동희가 엉덩이를 뒤로 빼며 몸을 물렸다. 그의 분신이 벌써 몸통을 키우고 그녀의 배꼽 주변에 쿠퍼액을 묻히며 용트림을 하고 있었다.

어, 어떡해. 꿈에서 본 것보다 훨씬 더 큰 것 같아. 저게 내 안으로 들어오면 꿈속에서보다 더 기분 좋을까?

아직 순진한 그녀는 꿈과 현실이 엄연히 다름을 모르고 기대감에 눈을 반짝였다.

맞닿은 입술을 떼어 낸 성현이 혀를 빼 쇄골을 길게 핥으며 가슴까지 한 번에 도달했다. 연한 핑크빛의 젖꼭지를 한입에 머금고 어미의 젖을 찾은 아기처럼 갈급하게 빨았다.

동희는 혼이 빠져나가는 것 같았다. 그의 모습이 너무 색정적이어서 혼자 부끄러워 어쩔 줄 몰랐지만, 몸이 제 마음대로 꼬이고 다리가 저절로 움츠러들었다 쭉 뻗었다.

"흐읏."

성현은 한동안 맛보던 가슴을 놓아주고 그녀의 허리로 손을 옮기더니 마치 베개를 뒤집듯 휙 하고 그녀의 몸을 뒤집었다. 졸지에 침대에 엎어진 그녀가 눈을 동그랗게 뜨고 고개를 돌려 그를 보았다.

"서, 성현 씨……."

성현은 희고 고른 치아를 다 내보이며 악동처럼 씩 웃었다.

"자, 착하지. 내가 당신을 아프게 할 리 없잖아. 곧 기분 좋게 해 줄게. 나만 믿어."

믿으라고? 더 불안하잖아!

그가 움푹 파인 그녀의 허리를 길게 혀로 핥았다.

"으읏……."

생생한 자극과 불안이 섞인 그녀의 음성이 약하게 떨려 왔다. 그는 박을 엎어 놓은 것 같은 그녀의 뽀얀 엉덩이를 살짝 꼬집었다. 그녀가 입술을 깨물며 신음을 삼켰다.

"소리를 내지 말라는 뜻이 아니었는데, 그렇다면 다시 예쁜 소리가 나오게 만들어야겠지?"

그의 입가에 음흉한 미소가 걸렸다.

"아아……."

"당신이 좀 참아 줘야겠어. 난 벌써 오래전부터 이러고 싶었거든."

"으읏, 오래전부터라고요?"

그럼 거의 처음 만났을 때부터 섹스를 생각했다는 말인가? 남자란 동물은 아버지와 남자 형제들 빼고는 다 늑대라더니 맞는 말인 모양이었다.

하지만 기분이 나쁘지 않았다. 그만큼 그에게 섹스어필을 했다는 얘기니까. 남녀 관계에서 상대에게 성적으로 매력을 느끼지 못한다면 그건 김빠진 사이다였다. 앙꼬 없는 붕어빵일 뿐이고.

"흐으…… 역시 당신은 나쁜 남자였군요."

그가 키득거리더니 그녀의 엉덩이를 살살 깨물었다. 동희는 엉덩이에 대해 다시 생각해야겠다고 어렴풋이 느꼈다.

온갖 야릇한 느낌이 그곳에서 흘러나와 그녀의 온몸으로 넘실거리며 퍼져 갔다. 동희의 두 손이 베개를 꼭 움켜쥐고 이마를 들이박듯 묻었다.

성현이 등을 쓸어내리던 손을 쭉 내려 부드럽게 허벅지를 쓸어 올렸다. 손바닥으로 훑다 손가락으로 쿡쿡 누르며 손톱으로 긁었다. 동희의 촉감 좋은 허벅지가 바르르 긴장하는 게 느껴져 기분 좋다.

성현이 순식간에 그녀의 몸을 다시 뒤집었다. 죽을 듯 베개를 잡고 있던 동희의 눈이 다시 동그래졌다.

"왜?"

성현이 그녀의 손에 들려 있던 베개를 뺏어 머리 뒤로 휙 던졌다.

"긴장 풀라니까."

성현의 손가락이 그녀의 눈가를 스치고 목을 타고 내려가 가슴의 정점들을 한 번씩 톡 건드리곤 장난치듯 손가락을 움직여 비밀에 싸여 있는 깊은 늪지에 도착했다.

무성한 숲이 우거진 촉촉한 늪지. 끈적끈적하고 그 깊이를 알 수 없어 선뜻 발을 담그기엔 망설여지지만 막상 들어가면 빠져나오기 싫은 마력을 지닌 여자의 늪.

숨이 꼴깍꼴깍 넘어가고 머리가 잠겨 숨을 쉴 수 없게 되어도 그 순간의 천국 같은 환희와 행복이 그 모든 것을 감당하게 만드는 애욕의 늪.

성현은 그녀의 깊은 늪을 조용히 감싸고 있는 검은 터럭들을 사랑스럽게 쓰다듬었다. 손가락 감촉에 까슬까슬한 여린 음모의 느낌이 미치도록 좋아 성현은 전율했다.

"아아…… 성현 씨."

"느낌이 너무 좋아."

뭐랄까. 아기가 쓰는 칫솔 같은 부드럽고 가는 그런 느낌. 성현은 울창한 그 숲의 전체를 느끼고 싶어 참을 수 없었지만, 구불거리는 부드러움을 좀 더 즐기고 싶어 그는 긴 손가락에 그녀의 음모를 감고 슬쩍슬쩍 잡아당겼다.

"아아, 아파요."

그가 힘을 주자 그녀가 앓는 소리를 했다. 그는 입술을 한쪽으로 말며 야릇한 눈빛으로 동희를 쳐다봤다.

"부드러워, 당신."

그녀의 입에서 옅은 신음이 지속적으로 새어 나왔다. 듣기 좋았다. 성현은 체모를 손가락에 감은 채 검은 숲이 울창한 둔덕을 손바닥 전체로 둥글게 문질렀다. 동희의 신음이 좀 더 짙어졌다.

기분이 이상해. 현실이 꿈같고 꿈이 현실 같아. 뭐가 뭔지 모르겠어.

숲을 이룬 둔덕 전체가 열기를 뿜어내며 후끈 달아올랐다.

"아앗. 아흑."

동희가 곧 죽을 것처럼 비명을 지르며 허리를 곧추세우자 발가락이 저절로 쫙 펴졌다.

"이건 아무것도 아니야. 벌써 이러면 안 되지."

"아흐, 죽, 죽을 것 같아요."

"죽다니. 하긴 내가 당신을 죽여 주긴 할 거야. 기대하라고."

성현이 부끄러워서 잔뜩 움츠러든 동희의 말에 장난스럽게 응답하며 슬금슬금 그녀의 숲을 헤집어 나갔다.

딱 달라붙은 입구를 손가락으로 조물거리며 그녀의 반응을 살폈다. 발갛게 달아올라 어쩔 줄 모르는 동희가 너무 사랑스러워 성현은 눈이 돌아가는 것 같았다.

안 돼. 아직은.

그녀의 안으로 들어가고 싶어 안달이 난 자신의 분신을 진정시키고 엄지손가락으로 수줍게 숨어 있는 그녀의 클리토리스를 톡 건드렸다.

파드득 동희가 허리를 튕겼다. 그녀의 반응이 만족스러운 듯 성현이 씩 입꼬리를 휘었다.

그곳을 약하게 문지르자 다시 동희가 바르르 떨었다.

"서, 성현 씨. 기분이 너무 이상해요."

"그래?"

성현이 엄지손가락 끝에 힘을 주고 클리토리스를 강하게 자극하자 그녀의 입에서 신음이 아닌 비명이 터졌다.

"아으읏."

"그래서 여기는?"

"미, 미칠 것 같아. 흐으……."

"그럼 더 미치게 해 드려야지."

놀리듯 하는 말이 얄미워 그녀가 노려보았지만 그는 빙긋 웃으며 손가락을 다시 한 번 힘 있게 누르고 빠르게 돌렸다.

"아흐읏."

동희의 세상도 그의 손가락 속도에 따라 함께 돌았다. 눈앞에 별이 점멸하고 머리끝까지 전류가 흐르는 듯 온몸이 덜덜 떨렸다.

그녀의 깊은 곳에서 무언가 울컥 흐르는 느낌이 들어 동희는 진저리를 쳤다.

"어때. 기분 좋았어? 내가 기분 좋게 해 주겠다고 했잖아. 당신은 나를 너무 못 믿는 경향이 있어."

성현의 손가락 하나가 은근하게 숲 속을 휘젓고 나아갔다. 손가락 끝에 눈이 달린 것처럼 이곳저곳을 더듬던 그가 어느 지점을 슥 훑을 때였다.

동희의 몸이 또다시 자지러졌다. 온몸이 오한에 걸린 사람처럼 덜덜 떨기 시작하더니 그녀의 안에서 또다시 울컥울컥 애액이 쏟아져 내렸다. 성현의 입매가 기분 좋은 호선을 그리며 올라붙었다.

"흐으으, 으읏……."

"여기군. 당신의 성감대가."

동희는 정신이 하나도 없었다. 제 몸이 아닌 것 같았다. 마치 성현에 의해서 연주되는 악기가 된 것 같다. 자신의 몸이지만 성현의 손길에 음을 토해 내는 야한 악기. 열기에 감싸여 흐릿한 눈으로 성현을 바라보자 그가 붉은 입술을 길게 늘이며 웃었다.

이 남자는 뭐가 이렇게 좋은 걸까. 난 미칠 것 같은데.

동희는 온몸을 잠식시키는 저릿한 쾌감에 고개를 뒤로 젖히며 눈을 감았다.

"난 아직 시작도 안 했어. 혼자 가는 건 예의가 아니지. 자, 이제부터 나랑 함께 천국을 날아 보자고."

성현의 은근하고 섹시한 음성이 귓가를 날아다녔다. 동희는 침을 꿀꺽 삼켰다.

갑자기 그가 침대 발치에 무릎을 꿇고 고개를 숙였다. 축 늘어져 있는 어여쁜 그녀의 발가락을 덥석 입에 물었다. 아직 격한 흥분에 쌓여 정신이 없는 그녀에게 시간을 주기 위한 배려였다.

"우선은 여기부터."

"허읏…… 거긴."

그의 입속에 들어간 발가락에 불이 붙는 것 같다. 그의 부드럽고 뜨거운 혀가 정성스럽게 그녀의 발가락을 애무하며 빨았다.

발가락 끝에서부터 온몸을 타고 오르는 쾌감이 그녀의 전신으로 퍼져 나갔다.

발가락을 모조리 맛본 그의 혀가 그녀의 붉거진 발목을 지나 종아리를 스쳤다.

그녀의 발을 핥으며 조금씩 기어 올라오는 그의 모습은 한 마리 거대한 야생 동물 같았다.

동희는 금방이라도 그가 튀어 올라와 자신의 목을 물어뜯을 것 같아 소름이 돋았다. 그녀는 그가 주는 불타는 욕망에 굴복했다. 포식자에게 잡힌 여린 짐승. 지금 동희는 딱 그 모습이었다.

"성, 성현 씨……."

"걱정하지 마. 당신을 다치게 하지 않는다고 했잖아. 그냥 느껴. 내가 당신을 느끼듯이."

"느끼라고요?"

성현의 말을 앵무새처럼 따라 한 동희가 살그머니 눈을 감았다. 머리를 그녀의 아랫배 쪽에 두고 고개를 슬쩍 들어 올린 그가 손으로 그녀의 눈가를 지분거렸다.

"눈, 감지 마. 당신이 날 봤으면 좋겠어. 당신을 안는 게 누구인지 똑바로 기억했으면 좋겠다고."

그의 손가락이 다시 그녀의 내부 깊숙이 들어왔다. 동희의 허벅지가 흐물흐물 벌어졌다. 눈가를 매만지던 그의 손이 다시 서서히 내려가 허벅지를 활짝 벌렸다.

"아앗!"

"왜? 창피해?"

"읏……."

그녀의 아랫배 쪽에 있던 성현의 머리가 순식간에 다리 사이로 숨어들었다. 무슨 짓을 하려는지 알아차린 동희가 경악을 하며 비명을 질렀다.

"안 돼요. 그러지 말아요. 제발 성현 씨 머리 들어요. 아아아……."

동희는 비명에 가까운 말소리를 내다 어느새 비음 섞인 신음으로 형태를 달리했다. 그가 크게 입을 벌려 그녀의 늪지 전체를 자극하기 시작했다.

깊은 숲 속을 요리조리 헤치고 들어가 뾰족하게 세운 혀로 살을 비비고 핥았다. 한 번 깨물고 쭉 빨아들이고, 다시 입술로 물고 비비고.

동희의 입에서는 쉼 없이 자지러지는 신음이 끊일 줄 모르고 흘러나왔다.

"이제 들어갈게. 당신 마음도 날 받아들일 준비가 되어 있다면 좋겠어. 제발 그렇다고 말해 줘."

그녀의 시큼하고도 달콤한 액체를 입술에 잔뜩 묻힌 성현이 고개를 들고 간절한 눈빛으로 그녀를 바라보며 말했다.

무슨 소리지?

동희가 의아한 눈빛으로 그를 보다 손을 뻗었다. 온몸의 힘이 빠져 꼼짝도 할 수 없었지만, 자신의 다리 사이에 있는 그의 머리를 손으로 잡고 위로 끌어 올렸다.

"그래요. 나에게 와요. 기다리고 있어요."

입술을 한쪽으로 섹시하게 휘어 올리며 눈웃음을 치는 동희의 얼굴을 보자 성현이 함께 눈을 맞춰 씩 웃었다. 그녀가 허락했다.

자신을 키우며 기회만 엿보고 있던 그의 우람한 분신이 동희의 안으로 거칠게 파고들었다.

"아악!"

동희는 여태껏 기분 좋게 느꼈던 짜릿한 쾌감이 한순간에 날아가는 것 같았다. 고통을 호소하며 손에 잡히는 대로 성현의 살을 꼬집고 할퀴었다.

성현의 이마에도 빠직 힘줄이 돋았다. 매끄러운 길이 순조롭게 열린다 싶더니 어느 한 지점에서 딱 막혔다. 눈에 보이진 않지만 얇은 막이 그의 거대한 분신을 막아섰다.

"설마……?"

성현의 눈이 믿을 수 없다는 듯 커지고 이를 악물었다. 그녀는 아직 처녀였다.

그녀가 처녀라곤 생각지도 못했다. 남자 친구가 있었던 것도 알고 그 남자가 아직까지 그녀에게 목을 매고 있다는 것도 아는데 설마 잠자리를 하지 않은 것인가.

번개 같은 깨달음에 그의 양미간이 좁아지며 그의 눈동자에 희열이 가득 찼다. 동희가 처녀여서 기쁜 게 아니라 예쁘고 색스러운 그녀의 모습을 아무도 보지 않았다는 것이 기뻐서였다.

이젠 누구도 이 모습을 보지 못하리라. 자신 외에는.

"많이 아플 거야. 그래도 참아. 내가 참을 수 없으니 당신이 참아."

동희의 눈이 의아하게 벌어지는 순간, 성현이 막혀 있던 곳에 있는 힘껏 힘을 주어 엉덩이를 밀었다. 동희의 순결함과 고결함이 순식간에 찢겨 나갔다.

"아파! 아프단 말이야!"

동희가 흐느끼듯 울부짖으며 그의 가슴을 밀어내자 그가 움직임을 잠시 멈추었다. 눈꼬리를 타고 흐르는 그녀의 귀한 눈물을 손가락으로 훑어 내며 속삭였다.

"쉬이, 조금만 참아. 그럼 곧 천국을 맛보게 될 테니까."

그가 부드러운 동작으로 움직이기 시작하자 울먹이던 동희는 이어지는 행위로 인해 말을 끝맺지 못했다. 성현이 동희의 한쪽 종아리를 들어 자신의 어깨에 올렸다.

그의 분신이 들어가 함께 결합된 그녀의 그곳이 눈앞에 활짝 펼쳐졌다.

동희의 얼굴이 수치심으로 빨갛게 달아오르자 성현의 입매가 느른하게 휘어 올랐다.

"보지 마요."

"왜? 이렇게 예쁜 걸 보지 말라는 건 반칙이라고."

"무슨 교수님이……."

"당신 자꾸 교수, 교수 하는데. 교수는 남자 아닌가? 교수인 남자는 성생활도 품격 있어야 하는 거야? 남자는 남자일 뿐이야. 교수든 뭐든 옷을 벗고 있을 때의 남자는 다 늑대지."

성현이 그녀의 거웃을 한 번 쓱 훑고는 귀두까지 빼냈던 그의 분신을 한 번에 밀어 넣었다. 그녀가 다시 찾아오는 통증에 입술을 깨물었지만 그래도 처음보단 견딜 만했다.

확실히 꿈과는 달랐다. 아프고 아팠지만 느껴지는 오묘함은 꿈속보다 더 깊게 다가왔다.

오히려 성현이 꽉 물고 놓아주지 않는 그녀의 속살에 미간을 좁혔다.

그가 혀를 내밀어 길게 입술을 핥았다. 동희가 열에 들뜬 눈길을 그에게 고정한 채 속삭였다.

"당신 너무 야해요."

"당신도 너무 야해. 그리고 너무 예뻐. 그래서 내가 미칠 것 같아."

성현의 말이 동희의 심장에 따스한 바람을 불어넣었다. 나도 사랑받을 수 있는 여자였어. 동희의 눈동자에 눈물이 어렸다. 주승의 배신에 깊은 상처를 받았던 것이 위로받는 느낌이었다.

사랑을 나눈다는 건 이토록 생생하고 아름다운 것이었다. 날것 그대로의 모습으로 사랑하는 이의 신체 일부를 품는 행위. 누구에게도 보일 순 없지만, 오직 내 남자에게만은 보여주고 싶은 나의 정수.

동희는 그곳에 있는 그를 깊숙하게 품었다. 온 마음을 다해 가슴 저 밑바닥에서부터 차오르는 행복으로 그의 분신을 마음으로 쓰다듬었다.

그녀의 내부에 들어가 있던 그의 분신이 움찔하는 것이 고스란히 느껴졌다.

성현이 경이로운 눈빛으로 그녀를 바라보았다. 조금은 놀라고 감동한 듯, 그의 눈동자가 잘게 흔들렸다.

"사랑해. 뜬금없이 들릴 거라는 거 알지만, 사실이야. 반년 전 맞선 자리에서 당신이 대신 점심을 함께했던 그날부터 사랑했던 것 같아."

성현이 동희의 콧등에 자신의 코를 비비며 간절하게 말했다. 그도 몰랐다. 자신이 이렇게 간절한 마음이 될 줄이야. 이런 감정이 있을 줄 미처 몰랐었다.

동희의 눈꼬리에 맑은 이슬이 줄기를 이루며 흘러내렸다. 아까와는 또 다른 의미의 눈물이었다. 그의 고백에 행복한 심장과 뇌가 반응하여 쏟아 내는 귀한 감정의 보석.

성현의 입술이 그녀의 눈두덩 위에 입 맞추고 혀를 내밀어 눈꼬리를 길게 핥았다. 짭짤한 그녀의 눈물 맛이 더할 수 없이 달았다.

사르르 내리감기는 긴 속눈썹에 맺힌 눈물을 입술로 쪼듯이 빨아들였다. 그녀의 것은 체액 하나도 허비하고 싶지 않은 사내의 짙은 소유욕이었다.

"울지 마. 아니, 울어. 행복한 눈물이라면 얼마든지 환영할 테니."

그녀가 두 팔을 그의 등에 두르고 힘을 주었다. 그에 맞춰 성현의 엉덩이에 힘이 불끈 들어가 역동적인 허리 짓이 힘차게 다시 시작되었다.

그는 야생마같이 질주했다. 찰싹찰싹 살과 살이 부딪치는 적나라한 소리가 침실에 울려 퍼졌다.

성현이 손을 뻗어 동희의 숲 속을 헤집고 클리토리스를 문지르자 그녀가 약하게 신음했다.

그가 이를 드러내고 웃으며 잠시 분신을 슬쩍 빼내자 동희가 엉덩이를 흔들었다. 끝났다는 생각에 그녀가 안도의 한숨을 쉴 때였다.

"금방 다시 넣어 줄 테니 보채지 말라고."

그녀가 경악하거나 말거나 그의 분신이 다시 거세게 밀고 들어왔다.

허공에서 힘없이 흔들리는 동희의 종아리를 양손으로 움켜쥐고 균형을 맞춰 그녀의 깊고 깊은 늪 속으로 끝없이 빨려 들어갔다.

그녀의 안은 미로였다. 분명 길은 하나인데 그의 분신이 닿는 부분마다 느낌이 달랐다. 이를테면 한 요리에 여러 가지 맛이 느껴지는 것처럼 그녀의 안은 오묘한 맛으로 그를 집어삼켰다.

"당신 정말 대단해."

성현의 온몸으로 땀이 비 오듯 흘렀다. 흐르는 땀으로 인해 견갑골 사이로 탄탄한 등이 번들거렸다. 동희의 배 위로도 땀이 뚝뚝 떨어졌다.

그의 호흡이 가파르게 올랐다. 그녀의 내부마저도 그를 반기는 듯 물고 튕기기를 반복했다. 동희의 목소리는 이제 더 이상 나오지도 못할 정도로 쉬어 있었다.

"아아……."

"헉. 후우……."

천국과 같은 절정이 그녀의 머리끝에서부터 시작해 발끝까지 관통했다.

동희가 죽겠다는 듯 손을 허공으로 휘저었다. 그의 등과 팔을 잡고 있던 손이 흐르는 땀으로 인해 저절로 미끄러졌다. 동희는 만족스러운 한숨을 길게 내쉬었다.

"그래서 당신은 언제부터 날 사랑하게 된 거지?"

웬 뜬금포인지 모르겠다. 동희의 눈에 무슨 말이냐는 의문이 비쳤다. 그녀는 지금 누군가에게 온몸을 두들겨 맞은 듯 전신이 욱신거려 침대와 한 몸이 되어 있는 상태였다.

무슨 교수님이 연구실에서 연구는 안 하고 운동만 했는지 체력이 가공할 정도였다. 감히 동희 같은 건 그의 새끼발가락 하나만도 못할 정도였다.

지금 그는 딱딱하게 굳은 그녀의 어깨를 안마해 준답시고 지분거리며 툭 하니 저런 말을 던졌다. 동희가 가볍게 한숨을 쉬며 고개를 흔들었다.

"내가 언제 사랑한다고 말한 적이나 있나요?"

"물론 없지. 그러니까 묻잖아."

성현이 당연하다는 듯 그녀의 말을 받았다. 동희는 그의 대답이 더 기가 막혀 어깨를 지분거리는 손을 쳐내고 고개를 돌리려 했지만 실패했다.

절정의 순간에 그의 손을 깍지를 끼고 함께 하늘로 날아올랐던 현동희는 잠시 기억에서 지웠다. 이를 악물고 앓는 소리와 함께 고개를 침대로 박은 그녀가 다시 힘을 내어 몸을 뒤집어 그의 얼굴을 마주했다.

"그러니까요. 왜 내가 당신을 사랑한다고 생각하는 건지 묻고 있는 거예요, 나는."

그녀의 대꾸에 성현이 한쪽 눈썹을 일그러뜨렸다. 동희는 속으로 뜨끔했지만 시침을 뚝 떼고 난 아무것도 몰라요 하는 표정으로 그를 주시했다.

그가 무슨 생각을 하는지 알 수 없는 눈빛으로 그녀를 잠시간 바라보았다.

동희는 괜히 찔끔해져 눈길을 돌리고 싶었지만 지는 것 같아 더욱 눈에 힘을 주고 그를 보았다.

이젠 거의 노려보는 수준이 되었다. 성현이 바람 빠지는 소리를 내며 웃음을 흘렸다.

"나는 바보가 아니야. 내가 아는 현동희는 사랑 없이 남자랑 잘 여자가 아니야. 만약 그랬다면 내가 당신의 처음을 가질 일은 없었겠지. 그렇지 않나?"

그가 빙글거리며 하는 얘기가 다 맞는 말이어서 동희는 자존심이 상했다.

순결을 지키고 있었던 걸 대단하게 생각한 적 없었다. 주승과 사귈 때도 그가 강하게 요구했다면 아마 함께 잤을지도 모르다. 결과적으론 잘 된 일이었지만, 갑자기 입안이 소태처럼 썼다.

"그, 그건. 어쩌다 보니 그런 거지, 일부러 지킨 건 아니에요."

"그렇다고 치자고. 어쩌다 보니 간직하게 된 순결이지만 그걸 가진 건 나지. 다른 누구도 아닌 바로 나."

그가 별거 아니라는 투의 그녀의 말을 노엽지 않게 받았다. 그에게 중요한 건 결과였지 별 상관없는 중간 과정이 아니라는 대범한 태도였다.

그의 여유로운 모습이 동희를 더 짜증 나게 만들었다. 동희가 주먹을 쥐고 그의 가슴을 툭 쳤다.

"정말 얄미운 사람이에요."

"알아."

"뭐예요? 정말 기가 막혀서."

그녀가 눈을 살짝 흘겼다.

"그래서, 언제라고?"

"진짜 끈질기고 집요한 사람이라니까."

그가 끝내 주제를 놓치지 않고 또다시 물었다. 동희가 정말 질렸다는 듯 고개를 절레절레 흔들었다.

"그게 나라고. 대답하세요. 현동희 씨."

도저히 그를 당해 낼 재간이 없다. 하지만 그가 듣고 싶어 하는 대답을 하려면 그녀는 지난 얘기도 해야만 했다. 웬만하면 꺼내고 싶지 않았고 나쁜 기억들을 모아 둔 그곳을 봉인해제 해야만 한다.

하아. 그녀가 진하게 한숨을 쉬었다. 딱 한 번 열어서 꺼내보아야 할 모양이었다.

"사랑을 믿지 않는 건 아니지만 스스로 그리 운이 좋은 사람이라고 생각지 않았어요. 사랑운 말이에요. 의외로 운명 같은 사랑을 믿어요. 소녀 감성이라고 놀림을 받을지라도 정말 그래요. 또 그 증거가 내 눈앞에 있고요. 우리 둘째 오빠랑 효은이가 그렇거든요. 두 사람은 정말 운명이었죠. 하지만 지금까지 살아오면서 사랑이란 걸 딱 한 번 해 봤어요."

그녀의 목소리가 효은의 얘기를 하면서 밝아졌다가 점점 잦아들었다. 성현이 안타까운 마음에 그녀의 손등을 손가락으로 살며시 쓸었다.

"그때, 그 사람?"

"맞아요. 윌리엄스버그에서 만났던 한주승. 그때도 대충 둘러 얘길 하긴 했지만…… 그 사람은 보스턴에서 처음 만났어요. 그는 처음 보자마자 사귀자고 나한테 목을 맸죠."

"흐음……."

성현이 한 손으로 턱을 슬슬 쓰다듬으며 콧소리를 냈다.

동희의 고개가 홱 소리가 나도록 돌아갔다. 뭐야. 나 현동희라고. 한때는 나도 꽤 괜찮았거든. 아니 지금도 괜찮지! 그런 눈빛을 팍팍 쏘아 대면서.

"이거 왜 이래요. 나 이래 봬도 인기 많았어요. 그리고 한주승 꽤 괜찮은 남자였고요. 보스턴에 있을 때만 해도 좋았는데, 그 친구가 윌리엄스버그로 가면서부터 관계가 어그러진 거죠. 처음부터 그랬던 건 아니에요. 장거리 연애도 나름 괜찮았거든요. 스릴 있고, 긴장감 넘치는 것도 재미있었어요. 오히려 오랜만에 만나면 더 반갑고 짜릿했죠."

동희가 그때를 회상하며 입가에 옅은 미소를 지었다. 성현이 어쩐지 아릿해 보이는 그녀가 보기 싫어 무심하게 툭 끼어들었다.

"그런데?"

"남자는 여자랑 구조적으로 좀 다른가 보더라고요. 연휴 때는 서로 왔다 갔다 하기도 하고, 각자 스케줄이 있을 땐 따로 지내기도 했어요. 그런데 어쩌다 보니 그해 추수감사절 연휴에 잡혀 있던 제 여행이 취소되어 한주승을 보러 가기로 결정했죠. 그는 제가 효은이랑 여행 간 걸로 알고 있는 상황이었고요. 전 그의 집을 찾아갔어요. 아파트 비밀번호는 알고 있었으니까 그가 집에 없어도 들어가서 기다릴 생각이었거든요. 그런데……."

그녀의 목소리가 가늘게 떨리며 울음기가 묻어났다. 그녀의 기억 깊은 곳에 묻어 두었던 아픈 시간들이 악마의 자식처럼 스멀거리며 기어 올라왔다. 그녀가 급하게 숨을 몰아쉬며 눈을 감았다.

동희는 아침 일찍 보스턴에서 비행기를 탄 참이었다. 아직 오전이니 잘하면 주승이 집에 있을 것 같아 그녀는 조심스레 문을 열었다.

살며시 집 안으로 들어서며 두리번거렸다. 한 번 와 본 적은 있었지만 혼자 들어오려니 조금 꺼려지는 마음이 들기도 했다.

현관을 보니 신발이 보였다. 동희는 입가에 행복한 미소를 지었다. 집에 있나 보네. 다행이다. 자고 있나?

그런데 그의 신발 옆에 얼핏 다른 신발이 하나 보였다. 화려한 스틸레토 힐. 동희의 웃음이 단박에 굳었다. 누굴까. 괜스레 가슴이 뛰었다.

동희는 조심스러운 걸음으로 그의 방을 향했다. 방이 가까워져 오자 무언가 움직이는 소리가 들리는 듯도 싶었다. 동희는 혼잣말로 불안감을 달랬다.

"아마 친구들이 어젯밤에 주승이네 집에서 파티를 했을 거야. 그래서 아마 모두 함께 여기서 잔 걸 거야."

이미 문은 약간 열려 있었고 소리는 거기서 흘러나오고 있었다. 그녀는 떨리는 손을 들어 살짝 방문을 밀었다.

아주 약간 소리 없이 문이 열렸고 동희는 눈앞에서 지옥을 보았다.

주승의 탄탄한 등이 보였다. 견갑골이 선명하게 드러나는 그의 근육이 불끈거리며 물결쳤다. 동희는 눈을 뜨면 이 광경이 사라지기를 간절히 바라며 눈꺼풀을 덮었다.

하지만 다시 뜬 그녀의 눈에 힘차게 조였다 풀기를 반복하는 주승의 엉덩이가 잡혔다. 그의 어깨에는 하얗고 가는 여자의 두 다리가 얹혀 있었고 주승의 두 손은 여자의 활짝 벌린 허벅지를 움켜쥐고 있었다.

동희는 비명이 새어 나오려는 입을 틀어막고 손을 들어 벽을 짚었다. 눈앞이 빙글빙글 돌고 어지러워 벽에 이마를 댔다. 어떻게 해야 할지 몰라 그녀는 몸만 미친 듯 떨었다.

"후우, 어때. 괜찮았어?"

잠시 후 주승의 우쭐거리는 듯한 목소리가 들려왔다.

"응. 역시 넌 최고야. 우린 어쩜 속궁합이 잘 맞니. 너 동희랑 할 때도 이렇게 야만적이야? 아니 그 공주님은 너무 연약해서 네 맘껏 못 하겠지. 그래서 네가 날 찾는 거겠지만. 너 딴짓하는 거 걔는 알아?"

"동희 얘긴 하지 말라고 했지?"

"뭘 또 그렇게 예민하게 굴어. 넌 꼭 동희 얘기만 나오면 날카롭더라. 죄책감 느껴? 웃겨. 그렇게 동희가 좋으면 나하고 이런 짓은 하지 말아야지. 몸 따로 마음 따로? 나도 기분 나빠지려고 한다."

"그만해. 물 가져올게."

여자가 애교스럽게 투정을 부리자 주승이 달래듯 그녀를 끌어안았다.

"칫, 알았어. 그나저나 우리 오늘 하루 종일 같이 있을 수 있는 거지? 나 그동안 좀 굶주렸거든. 너도 그렇지?"

"응. 오늘은 내가 풀 서비스할게. 기대해도 좋아."

"오케이! 그럼 나 오늘 기대한다."

침대에서 누군가 일어나는 소리가 들렸다.

"야, 한주승. 뭐라도 좀 걸치고 나가."

"뭐 어때 집인데. 볼 사람이 누가 있다고. 너는 오히려 벗은 내 몸을 더 좋아하지 않아?"

주승이 천연덕스럽게 색스러운 말을 내뱉으며 문을 나서다 그녀를 발견하고 벼락을 맞은 듯 뻣뻣해졌다.

"도, 동희야!"

"옷 입고 나올래? 좀 보기 그러네."

"그, 그래. 동희야 잠깐만."

주승이 급하게 도로 방으로 들어가자 안에서 우당탕 소리가 들렸다. 동희는 그가 옷을 입는 사이 거실의 소파로 걸어가 앉았다. 꼭 쥔 주먹을 들어 눈물을 훔친 동희가 숨을 크게 들이마셨다.

생각해야 할 때였다. 덜렁이에 천방지축이라는 소리를 늘 가족들에게 듣고 사는 현동희에게서 현씨 가문의 정체성이 저절로 우러나오는 순간이었다.

잠시 후, 주승이 거실로 나왔다.

"동희야."

"응, 주승아. 나 동희야. 네 여자 친구 현동희. 그런데 내가 잘못 왔나 보다. 너 되게 바쁘네. 안에 있는 네 애인 인사시켜 줄 수 있어?"

"그게 동희야. 저기……."

"나오라고 해. 나도 아는 사람 같은데."

그때 방에서 늘씬한 여자가 시트를 휘감고 당당하게 걸어 나왔다. 환한 창으로 들어오는 햇살에 여자의 얼굴이 보였다. 동희도 아는 친구였다.

미애가 거실로 나오자 주승의 얼굴이 험상궂게 일그러졌다. 시뻘겋게 달아오른 얼굴에 눈자위에 핏발까지 섰다. 동희는 저 핏발이 자신 때문인지 아니면 밤새 섹스를 하느라 피곤해서인지 궁금했다.

"윤미애…… 넌, 그만 돌아갔으면 좋겠다."

주승이 씹어뱉듯이 한 마디 한 마디 끊어 냈다.

"좋아. 오늘은 내가 빠져 줘야 하는 게 맞는 것 같네. 현동희. 가기 전에 한마디만 할게. 나 너한테 미안하지 않아. 사람과 사람 사이의 일은 감정이 포함되어 있거든. 언제 어느 때건 확 불타오를 때가 있어. 우린 그걸 솔직하게 즐긴 거야. 네가 이해하든 못 하든."

미애가 말을 마치며 피식거렸다. 대충 옷을 걸친 미애가 문으로 향하는 걸 잡은 건 동희였다.

"난 가라고 한 적 없는데."
"뭐?"

미애가 멈칫하더니 고개를 돌려 동희를 보았다. 크게 뜬 눈에서 놀란 마음이 그대로 비쳤다.

"너희들이 배설해 놓은 더러운 오물 덩어리에 날 던져 놓고 네가 가겠다고? 가도 내가 가야지. 넌 그냥 있어."
"무슨…… 말이야?"

동희가 씹어뱉듯 말을 하자 주승도 당황한 듯 미간을 일그러뜨리며 미애에게 나가라는 눈짓을 했다.

"동희야. 나랑 얘기하자. 잰 보내."

"아니. 난 너희 둘이랑 얘기할 거야. 섹스는 두 사람이 했는데 왜 너랑만 얘기해?"

"……."

"……."

주승의 얼굴이 하얗게 질려 갔다. 미애는 입술을 비틀어 올리며 고개를 갸웃했다. 마치 의외라는 듯 보여 동희가 입속으로 살을 짓씹었다.

용서치 않으리라. 나를 기만한 너희들을 밟아 주는 건 내 몫이다.

동희가 자꾸만 굳어지려는 입매에 힘을 뺐다. 양옆으로 느른하게 휘어 올리며 나긋한 목소리로 읊었다.

"나 지금 이 더럽고 역겨운 자리에 있고 싶어서 있는 거 아니야. 너희들이 열심히 섹스할 때 나갈 수도 있었어. 그런데 안 나갔거든. 억지로 참고 그 토 나올 것 같은 소음 다 듣고 있었어."

동희가 말을 하며 주승과 미애의 얼굴을 번갈아 바라보았다. 주승은 마치 처음 보는 사람을 보는 것처럼 동희를 멍청하게 응시했고, 미애는 흥미롭다는 표정으로 그녀를 주시하며 관심을 보였다.

"다시는 이 엿 같은 상황을 되풀이하고 싶지 않아서야. 알아듣겠어, 한주승? 두 번 다시 네 얼굴 보고 싶지 않다는 얘기야. 만약 내가 여기서 그냥 도망갔어 봐. 너 멀쩡한 얼굴로 나한테 사랑하느니 어쩌느니 하면서 역겨운 짓을 했을 거 아냐."

"동희야……."

"그래서 하고 싶은 말이 뭐야. 그런 얘기라면 너희 둘이 하면 되잖아. 굳이 제삼자인 내가 있을 필요가 있을까? 나 좀 피곤하거든."

미애가 금세 심드렁한 목소리로 말을 했다.

동희의 동그란 눈에 싸늘한 적의가 감돌았다. 더러운 연놈들이 뭘 잘했다고. 이가 저절로 갈리며 분기가 치솟았지만 나오는 음성은 차분했다.

"밤새 격하게 운동을 한 사람들을 내가 너무 오래 붙들고 있었나 보네. 내가 가야지. 여긴 내가 있기에는 좀 더럽다. 그리고 네가 잘 모르나 본데 너 제삼자 아니야. 한주승. 너와 난 끝났어. 물론 이런 짓을 저질렀을 땐 그만한 각오가 되어 있었겠지만. 막상 이런 순간이 오니 너랑 잠을 자지 않았던 내 자신에게 상이라도 주고 싶다."

귀찮다는 표정이었던 미애가 살짝 놀란 눈빛으로 주승을 보았다. 주승은 고개를 들지 못하고 있었고 동희는 입술을 비틀었다.

"그럼 난 가 볼게. 잘 있어. 그리고 두 사람 하던 일 계속해. 물도 마셔 가면서. 축복은 못 해 주겠다. 다시는 정말 죽을 때까지 서로 얼굴 보지 말자."

동희가 하고 싶은 말을 마쳤다. 돌아보지 말고 당당하게 나가자. 잘못은 내가 한 게 아니니 아픈 마음은 나가다 쓰레기통에다 집어 던질 것이다.

하지만 두 발자국도 걷기 전에 팔이 잡혔다. 주승이 힘주어 동희의 팔을 잡고 끌어당겼다.

"현동희! 이렇게 그냥 가면 어떡해. 적어도 내 말은 듣고 가야지. 우리 두 사람의 관계가 끝난다면 그건 두 사람이 합의하에 이루어져야 해. 너 혼자서 끝나니 뭐니 할 게 아니라……."

제정신이 아닌 놈이구나. 이런 새끼를 좋아한다고 생각한 나도 참 한심하고.

"그 입 다물어. 나쁜 새끼. 너 사람 새끼 아니구나. 이런 일이 있었는데도 그런 말이 나와? 그래. 다 내 잘못이지. 너란 놈의 속을 제대로 보지 못한 내 탓이지. 누구 탓을 하겠냐만은 그래도 이건 아니지 싶다. 팔 놓지? 더럽고 역겨운 냄새가 나서 미칠 것 같거든."

동희가 손으로 쳐내는 것도 더럽다는 듯 들고 있던 가방으로 그의 손을 탁 쳐냈다. 주승의 손등이 빨갛게 물들었다.

"동희야…… 동희야!"

주승이 미친 듯 이름을 부르며 현관을 뛰쳐나왔을 땐 이미 동희를 태운 택시는 벌써 저만큼 멀어지고 있었다. 아마도 그가 옷을 입을 때 이미 택시를 불러 둔 모양이었다.

"흑, 흐윽…… 나쁜 놈. 진짜 나쁜 놈이야. 한주승. 이 나쁜 새끼."

공항으로 향하는 택시 안에서 터져 나오는 흐느낌을 어쩌지 못하고 동희는 가는 내내 울었다.

❈ ❈ ❈

그날의 아픈 기억을 되살리는 그녀의 눈에 눈물이 그렁그렁

들어찼다.

성현이 침대 헤드에 기대어 방만하게 흐트러져 있던 자세를 급하게 세우며 그녀를 끌어안았다.

내가 너무 몰아쳤나. 반성도 되었다. 꼭 듣지 않아도 될 말을 왜 시켜서는. 그까짓 자존심이 뭐라고. 자신을 질책하며 그녀의 등을 부드럽게 쓸어내렸다.

"말하기 힘들면 말하지 않아도 돼."

"힘들지 않아요. 그냥 기억하기가 싫을 뿐이지."

"그러니까. 기억하기 싫은 일 일부러 기억하지 않아도 된다는 얘기야."

그의 따스한 배려가 느껴져 동희의 얼굴에 편안함이 감돌았다. 이런 남자인데 얘기 못 할 것이 없지. 그녀의 트라우마 때문에 귀한 시간을 허송세월한 것이 너무 아깝고 억울했다. 그래서 더 얘기하고 싶었다.

"아니요. 말할래요. 말하고 싶어요. 아직 아무한테도 얘기한 적 없어요. 효은이한테도……."

보스턴에서 가장 친하게 지냈던 룸메이트인 효은에게도 말하지 못했던 사실이었다.

그 당시 효은의 사정이 좋지 않기도 했지만, 입에 담기 수치스럽고 치가 떨려서이기도 했다.

"그래, 그럼. 당신이 하고 싶으면 말해. 내가 당신의 대나무숲이 되어 줄게. 언제든 내게 와서 임금님 귀는 당나귀 귀라고 소리쳐도 돼."

"성현 씨……."

그의 진심이 동희의 가슴 깊숙한 곳을 건드렸다. 새해 첫날 첫 시간 보신각의 첫 타종 소리처럼 은은하고 새로운 희망이라는 깊은 울림을 가지고.

그녀의 음성이 잘게 흔들렸다. 성현이 그녀의 입술에 쪽 소리 내어 입을 맞췄다.

"응. 나한테 와."

그녀가 눈매를 활짝 접으며 예쁜 미소를 지었다. 이제는 말할 수 있다. 가슴이 술렁이기는 해도 예전처럼 견딜 수 없이 아프진 않았다.

동희가 이를 악물었다. 입술도 깨물었는지 붉게 부풀어 올랐다. 그녀가 어렵사리 이야기를 마치자 그 심정을 알 것 같던 성현은 가만히 그녀의 입술을 어루만졌다.

"다행이군."

그가 한숨 쉬듯 말했다. 멍하니 눈앞의 허공을 노려보던 동희가 의아한 표정으로 그를 돌아보았다.

"네? 그게 무슨……?"

"생각해 봐. 당신이 그와 헤어지지 않았다면 나와 만날 일이 있었겠느냐고 생각해 보면 어떨까?"

그가 입술을 더듬던 손을 올려 궁금증이 가득한 그녀의 눈가를 부드럽게 쓸었다. 촉 달콤한 입맞춤을 하며 낮고 그윽한 그의 음성이 그녀의 귓가를 살며시 두드렸다.

동희가 물밀 듯 밀려오는 행복감에 스르르 눈을 감았다.

"당신이 그 남자를 최선을 다해 사랑했기 때문에 그의 배신이 더 아팠던 거야. 하지만, 그래서 더 미련 없이 돌아설 수 있었는지도 몰라. 그러니까 이제 나만 생각해. 내 사랑만 받기에도 벅찰 테니까. 당신은 충분히 그런 사랑을 받기에 부족함이 없으니까."

동희의 숨이 한순간 멈췄다. 눈동자가 이리저리 흔들렸다.

"흐윽."

"쉬이. 괜찮아. 다 괜찮아. 내가 있잖아."

동희가 성현의 품으로 파고들며 그의 목을 끌어안았다.

이 사람이었어. 내 영혼의 반쪽이 이 사람이었던 거야.

그녀의 눈에 맑은 물이 솟아 연한 살갗을 밀어내고 기어코 밖으로 비어져 나왔다.

효은의 말이 맞았다. 인생은 언제나 한쪽으론 근사한 도박을 준비해 놓는다는. 흐느끼는 동희의 입술 사이로 안도의 한숨이 함께 새어 나왔다.

이 사람을 만나서 정말 다행이야.

그런데 마침 서로의 생각이 같았는지 그의 입에서도 한숨 같은 탄식이 흘러나왔다.

"당신을 만날 수 있어서 얼마나 감사한지. 당신이 그 남자와 헤어진 게 나한텐 너무나 다행이고 행운이야. 고마워. 나에게 와 줘서."

그가 정말 다행이라며 계속 중얼거렸다. 그녀의 정수리에 턱을 올리고 약간 몸을 떠는 것도 같았다.

어쩌면 그녀를 만나지도 못하고 제 인생에서 사라졌을지도 모른다 생각하니 깊은 불안이 안도감과 함께 그를 엄습했던 모양이다.

한참을 그의 품에 안겨 울던 동희가 가라앉은 목소리를 가다듬었다.

"역시 교수님이시라 명쾌하시네요."

성현은 동희의 기분이 좀 풀린 듯하자 장난스러움을 슬쩍 섞어 과장된 질문을 던졌다.

"그래서 우리 공주님은 어떻게 적을 괴멸시키셨나?"

그가 그녀의 얼굴을 위로 돌려 입술을 입에 물었다. 위아래를 쪽쪽 빨아들인 후 한참을 맞댔다.

"더럽고 역겨우니 다시는 내 앞에 나타나지 말라고 했죠. 그런데 그때 윌리엄스버그에서 다시 만난 거예요. 우연히."

동희의 음성이 분하다는 듯 열기를 내비쳤다. 열 받은 그녀의 심경이 고스란히 말투에 스며 있었다.

"재수 없었군."

그가 피식 웃으며 그녀가 하고 싶은 말을 대신 해 주었다.

"맞아요. 정말 더럽게 재수 없었어요!"

동희가 주먹을 불끈 쥐며 흔들었다. 다시 생각해도 분통이 터지는 모양이었다.

아직은 눈물이 다 마르지 못한 촉촉한 눈가가 붉게 젖어 있었지만, 생기가 돌아온 눈동자가 반짝거려 성현이 빙긋 웃음을 머금었다.

"이젠 내가 다 잊게 해 줄게."

성현이 눈앞에서 왔다 갔다 하는 그녀의 주먹을 자신의 손으로 감싸 쥐며 말했다.

순식간에 주승이 잊혀졌다. 정말 마술 같은 일이었다. 눈앞에 있던 장미꽃이 마술사의 손짓 한 번에 활짝 피어나고 순식간에 사라져 가듯 동희의 머릿속에 이물질처럼 달라붙어 있던 불쾌한 기억이 녹아내렸다. 그건 뜨거운 열기의 태양 아래서 아이스크림을 입에 물었을 때의 기분 같았다.

성현의 뜨거운 손길이 입술이 욕망으로 가득 찬 그의 분신이 그녀에게 다른 생각을 허용치 않았다.

"윽. 성현 씨, 이러지 않아도…… 흐읏."

"내가 다 잊게 해 준다니까. 당신은 나만 생각하면 돼."

그녀는 우주의 미아가 된 것처럼 아득한 블랙홀로 침몰해 갔다. 동희는 눈앞이 하얗게 사위어 가는 것을 느꼈다. 온몸의 모든 세포가 입을 벌려 환희의 송가를 부르는 것처럼, 땀구멍이란 구멍의 모든 곳에서 체액이 솟아나고 흘렀다.

동희가 새우처럼 몸을 오그라뜨리며 부들부들 떨었다. 오르가즘이란 것을 처음 접해 보는 그녀로서는 신세계의 문이 열린 것 같았다.

성현이 있는 힘껏 그녀 안에 자신을 찔러 넣고 파정을 했다. 부르르 떨리는 그의 엉덩이가 힘껏 조여졌다 풀어지기를 반복하며 절정의 여운을 즐겼다.

"후우……."

"아아, 죽을 것 같아요."

쉰 목소리가 겨우 목구멍을 통해 기어 나왔다. 꾸물꾸물 허리를 구부리고 그의 가슴에 머리를 콕 박았다. 성현이 땀으로 촉촉한 그녀의 등을 쓰다듬으며 천천히 몸을 일으켰다.

"씻자. 내가 씻겨 줄게."

가물가물 무겁게 짓누르는 눈꺼풀의 무게를 견디지 못하고 까무룩 늘어지던 동희가 번쩍 눈을 떴다.

이게 무슨 소리야. 그녀가 엉덩이를 뒤로 밀며 시트를 앞으로 뭉쳐 모으고 날파리를 몰아내듯 손을 저으며 고개를 흔들었다.

비록 몸을 나누기는 하였지만, 욕실을 함께 쓸 정도는 아니다. 적어도 지금은 아니란 얘기다. 성현이 씰룩 눈썹을 찌푸리더니 벌떡 일어나 동희를 안아 들고 욕실로 향했다.

저기요. 교수님. 아직은 좀 부끄럽거든요.

물론 그녀의 간절한 외침은 그의 귓가에도 미치지 못했지만.

8

여자에게도 우정은 꼭 필요하다

"현동희. 솔직히 말해 봐. 너 누구랑 있었어?"

은효은 이 계집애, 눈치가 백 단이지 아주. 동희는 처음으로 외박한 것에 대해서 부모님께 호되게 꾸중을 들었다. 아니, 이 나이에 외박했다고 야단맞는 사람 있으면 나와 보라고 해 진짜. 엄마에게 대들었다가 등짝을 불나게 얻어맞았다.

너무 취해 산정 호텔에서 하룻밤 묵었다고 둘러대자 겨우 넘어갔다. 설마 딸내미가 남자랑 함께 밤을 보냈으리라고는 절대 생각지 못할 것이다. 동희는 쓴물처럼 넘어오는 죄책감을 꿀꺽 삼키곤 2층 방으로 올라온 참이다.

그런데 이젠 집에 와 있던 효은이가 방으로 쫓아와 못살게 굴고 있다. 사실을 밝히라면서.

"누, 누구라니. 말했잖아. 회식하고 늦어서…… 산정 호텔 객실에서 잤다고."

"누구랑?"

동희는 기가 막히고 코가 막혔다. 이것이 진짜 한 번 해 보자는 거야. 뭐야.

아주 범죄자 취급을 하며 주먹을 들이대는 효은을 보자 동희의 눈꼬리가 새초롬하게 올라갔다.

"누구라고 하면 네가 알아? 그리고 애초에 왜 내가 혼자가 아닐 거라고 생각하는 건데? 너 정말 이럴 거야? 내가 시누이거든. 이거 왜 이러셔! 내가 한 번 진정한 시월드의 공포를 맛보게 해 주리?"

"아이고, 그러셔요? 맘대로 하세요. 그런데요, 아가씨. 그 팀엔 남자들밖에 없는 걸로 아는데 산정 호텔 객실에서 누구랑 주무셨어요?"

동희의 협박이 먹히지 않는 사람이 바로 은효은이었다. 동희의 모든 걸 아는 여자. 올케언니이자 친구인 은효은은 고집 세기로 유명했다. 효은이 알고자 한다면 끝내 동희는 실토하고 말리라. 아이고, 내 팔자야. 나도 사생활이 필요한 성인이라고!

"제발 이러지 말자. 나 엄마한테도 이미 한차례 깨졌거든. 넌 좀 참아 주라. 응?"

"그러니까. 누구랑 있었는데. 어머님께는 말씀 못 드려도 난 친구잖아. 나한테 상담해 봐. 이래 봬도 내가 그쪽으론 선배다, 너."

"흐음……."

하긴 그렇지. 동주 오빠가 도망가는 효은일 잡으려고 꽤나 애를 먹었지. 어쩔까. 한 번 의논해 볼까.

마음의 갈피를 못 잡고 치열하게 고민하는 사이 효은이 치고 들어왔다. 동희의 흔들리는 마음을 눈치챈 것이다. 이럴 때 바짝 몰아붙여야지. 효은은 순진한 동희의 성격을 이용해서 몇 단계 건너뛰어 넘겨짚었다.

"너, 피임은 제대로 한 거 맞지?"

"당연하지. 그건 남자가 하는 거잖아!"

딴생각 중이라 미처 의미를 파악하지 못하고 말이 먼저 튀어나왔다. 순간적으로 후회했지만 이미 화살은 시위를 떠났다. 동희의 얼굴이 새빨갛다 못해 꺼멓게 죽었다.

"흐응, 생각은 제대로 박힌 남자였나 보구나. 그래서 누구냐니까? 혹시 내가 아는 사람이야? 말해 보라니까."

입술을 깨물며 미간을 잔뜩 좁힌 동희를 가만히 바라보던 효은이 느닷없이 침대 위로 올라와 동희를 간지럼 태우기 시작했다. 그녀의 가장 커다란 약점 중 하나가 간지럼을 못 참는 거란 걸 알고 있는 효은이 공격을 감행한 것이었다.

"그만해. 나 간지럼 못 참는단 말이야."

"싫다니 더 해 주지. 너 말할 때까지 간지럼 태운다. 빨리 말해."

효은은 침대 위에서 동희를 간지럽히고 있자니 예전 기억이 새록새록 났다. 웨슬리에 있을 때는 늘 이런 장난을 치며 서로의 외로움을 달래곤 했었는데.

그때는 서로 가족이라는 인연으로 엮이게 될 줄은 꿈에도 몰랐다. 그저 평생 함께할 수 있는 좋은 친구라고만 생각했었지. 효은의 입가에도 동희의 눈빛에도 그리운 기억과 함께 따스한 감정이 고였다. 기어코 동희의 입에서 항복 선언이 터졌다.

"알았어! 알았다고. 말한다고. 그만해!"

"아우 힘들어. 간지럼 태우는 것도 보통 일이 아니네."

동희 못지않게 효은도 헉헉거리며 숨을 몰아쉬었다. 그래도 동희의 비밀을 듣게 되었으니 계획은 성공적이었다. 효은이 눈매를 접으며 환하게 웃었다.

제발 좋은 사람이었으면 좋겠다. 동희의 오랜 상처와 트라우마를 치유해 줄 사람, 딱지가 앉은 그 아래에는 아직도 누런 피고름이 고여 있을 것이다. 그곳을 아프지 않게 어루만져 주고 새살이 돋게 해 줄 그런 남자였으면 좋겠다.

동희의 입이 열리길 눈을 빛내며 기다리는 효은의 마음이 간절해졌다.

"음, 저기……."

동희가 몇 번이나 입술을 달싹이며 망설였다. 미간을 좁히고 시선을 약간 내려 효은의 입술 부근을 바라보기를 반복했다. 말하기 힘든지 꽤나 고민하는 모습이다. 효은은 인내심을 가지고 기다려 주었다.

동희는 한 번 마음먹기가 힘들어서 그렇지 이거다 결정이 되면 불도저 같은 추진력으로 밀고 나간다. 그건 그녀의 남편인 동주와 똑 닮았다. 누가 남매 아니랄까 봐. 효은의 입가에 저도 모르게 미소가 그려졌다.

"효은아, 사실은…… 너도 아는 남자야."

효은은 어렵사리 동희가 입 밖으로 꺼낸 말을 이해하지 못해 눈을 깜빡거렸다.

"내가 아는 남자라고? 그런 사람이 있었어? 누군데?"

"그…… 있잖아. 너랑 선봤던 그 남자."

동희가 슬쩍 효은의 눈치를 보며 쭈뼛거렸다.

"내가 선본 남자라면…… 은현 대학의 최 교수님?"

"으, 응……."

효은이 동희의 오빠인 동주와 우여곡절 끝에 결혼하기 전 딱 한 번 아버지의 강요에 의해 선을 본 적이 있었는데 그 상대가 최성현이었다.

그런데 어떻게 다시 만나게 되어 서로를 마음에 담게 되었을까. 궁금한 것이 산더미 같았지만, 동희를 진심으로 축복해 주는 것이 먼저였다. 효은은 양쪽 입가를 귀 옆으로 끌어당겨 함박웃음을 지었다.

"어떻게 이런 인연이! 동희야. 축하해! 정말 축하한다."

안타깝고 사랑스러운 내 친구. 이제야 진정한 사랑을 만났구나. 그동안 널 걱정했던 내가 다 마음이 놓인다. 효은은 시선을 내리깔고 입술을 깨물며 난감한 표정을 짓고 있는 동희의 손을 끌어다 꽉 잡았다.

"잘 됐다. 동희야. 정말 너무 잘 됐어. 최 교수님 정말 괜찮은 사람이야. 오죽하면 우리 아버지께서 놓치기 아까운 사람이라고 날 들이밀었겠니. 나랑은 연이 아니었지만, 너하고 인연이었나 보다."

동희가 눈꺼풀을 살짝 들어 효은의 안색을 가만히 살폈다. 기분 나쁘지 않은 게 맞지? 마음을 동당거리며 내내 걱정하던 마음이 눈 녹듯이 녹아내리는 것 같다. 그녀는 조용히 효은의 손을 잡아당기며 물었다.

"너 괜찮아?"

"응? 뭐가?"

눈을 반짝이며 기뻐하던 효은이 동희의 조심스러운 물음에 의아하다는 듯 되물었다.

"아니, 최성현 씨 너랑 선봤던 사람이잖아."

"그게 뭐가 어때서. 서로 사귀었던 것도 아니고 부모님이 마련해 주신 거라 그냥 얼굴 두어 번 보고 밥 먹은 게 다야. 난 처음부터 그 사람하고 어떻게 해 볼 마음 없었어. 선을 봐야 집에서 독립시켜 준다기에 할 수 없이 본 거지. 알잖아. 난 이미 그때 동주 씨가 있었는걸."

알고 있는 일이었지만 효은의 입에서 직접 듣고 싶었던 모양이었다. 동희는 제 마음을 들여다보고 픽 실소를 지었다.

"다행이다. 난 효은이 네가 기분 나빠 하면 어쩌나 고민됐었어."

"말도 안 돼. 그런 고민은 왜 해요? 아가씨. 걱정 마시고 예쁜 사랑하세요."

"고마워요. 올케언니."

동희가 효은의 덕담에 활짝 웃으며 그녀를 껴안았다. 언제나 안쓰러웠던 내 친구, 은효은. 불행했던 가정사로 인해 늘 얼음 같은 무표정을 가면처럼 쓰고 살던 친구가 이렇게 꽃 같이 웃는다. 내 오빠긴 하지만 현동주 대단하단 말이야. 동희는 팔에 힘을 주어 더욱 꼭 효은을 안았다.

"그래서 현동희 좋았어? 너 처음이었지?"

감동에 젖어 있는 동희의 귓가에 음흉한 효은의 목소리가 울렸다.

이거 은효은이 말한 거 맞아? 어쩌다 나의 순결한 실버 퀸이 이런 야한 말을 아무렇지도 않게 할 수 있게 되었단 말인가. 현동주 이 나쁜 오빠 같으니라고. 내 순진한 친구를 다 망쳐 놨어. 용서 못 해!

동희가 잔뜩 붉어진 얼굴로 효은을 밀었다.

"몰라! 뭘 그런 걸 물어보고 난리래 진짜. 저리 가."

"어머, 이 아가씨가 왜 이러실까. 나 진짜 궁금하다니까. 너 그쪽으로 약간 그랬었잖아."

"너…… 그게 무슨? 혹시…… 알고 있었어?"

동희의 눈 밑이 바르르 떨리는 게 효은의 눈에 보였다. 가슴이 미어졌다. 나쁜 자식. 그때 몇 대 더 때려 줄 걸 그랬지. 억울했다.

"그럼 모를까 봐? 한주승 그 개새끼. 내가 죽여 버리려고 했었는데. 너한테 모른 척하느라고 대충 넘어간 거지. 그래도 너 대신 그 개자식 뺨은 호되게 때려 줬어."

"효, 효은아!"

숨긴다고 숨겼었는데 친구의 눈엔 다 보였나 보다. 그냥 원거리 연애가 힘들어서 헤어졌다고만 말했었는데 효은은 눈치를 챘었던 모양이다. 게다가 주승을 때리기까지 했다니. 눈물이 나면서 웃음도 덩달아 났다.

"그래, 동희야. 한주승 그놈보다 최 교수가 천배 만 배 낫거든. 잘해 봐. 내가 응원해 줄게."

"으응. 고마워."

동희는 효은의 격려와 응원이 그 누구의 말보다 든든했고, 천군만마를 얻은 것 같았다. 오랜만에 동희와 효은은 옛날처럼 즐거운 시간을 보냈다. 아내를 동생에게 빼앗긴 동주의 눈이 하늘까지 올라간 건 다 아는 사실이었지만 관심 가지는 사람은 아무도 없었다.

집을 나선 동희가 이상한 기분이 들어 뒤를 힐끔 돌아보았다. 며칠 전부터 누군가 지켜보는 듯한 느낌이 들었다.

프로젝트를 시작하자 약속대로 큰오빠가 그녀에게 차를 한 대 뽑아 주었다. 작지만 귀여운 파란색 비틀이었다.

사실 큰오빠는 안전을 이유로 좀 더 큰 차로 마련해 주고 싶어 했지만 동희가 펄쩍 뛰었다. 큰 차는 징그럽다고. 그녀는 예전부터 눈독을 들였던 비틀을 선택했다.

오늘도 사랑스러운 비틀을 몰고 주차장을 나와서 한가한 골목을 지나치고 있는데 계속 끈적한 시선이 들러붙어 불쾌함이 고조되었다.

뭐지? 뭘까?

그녀는 두리번거리다 시계를 보고 황급히 액셀을 밟았다. 이러다 또 늦겠다. 어제도 이 시선이 뭔지 알아내겠다고 헤매다가 출근 시간을 넘겨 성현에게 눈총을 받았다. 오늘도 그럴 수는 없지. 동희는 찝찝한 마음을 애써 누르며 회사로 향했다.

"현동희 씨. 오늘은 나와 함께 연구소에 갑시다. 다른 분들은 그동안 나온 결과와 외국의 비슷한 사례를 비교 분석해서 차트를 만들어 놓으세요. 곧 1차 프레젠테이션이 있을 겁니다."

"예. 알겠습니다. 팀장님."

"넵! 1차 프레젠테이션이라니, 이거 조금 떨리는데요."

박윤수와 김현태의 얼굴이 흥분으로 붉게 상기되었다. 지난 몇 달 동안 그들은 정말 열심히 프로젝트에 매달렸다.

기본적으로 성현의 연구소와 똑같을 수는 없었다. 원리만 도입해 진행하다 보니 정말 우리나라 실정에 꼭 맞는 방법을 찾아내고 싶은 욕심이 팀원 전체에게 운명처럼 감돌았다.

산정 그룹에서 후원을 제대로만 한다면 일자리를 찾지 못한 이 땅의 많은 젊은이들에게 빛과 소금 같은 소식이 될 터였다.

팀원들에게서 느껴지는 후끈한 열기에 성현의 입술도 만족스럽게 휘었다. 그가 동희를 바라보며 눈짓을 했다. 두 사람 사이도 지난 몇 달 동안 진행된 프로젝트만큼이나 괄목할 만큼의 성과가 있었다.

동희는 가방을 챙기는 척 고개를 숙이고 달아오른 얼굴을 감췄다.

"꼭 나랑 가야 하는 거 아니죠?"

"아니. 꼭 당신이랑 가야 하는 거 맞는데?"

동희가 가볍게 한숨을 쉬며 눈을 흘겼다. 그는 처음 그녀에게 했던 말을 성실하게 지키는 중이다. 그가 연구소에 갈 때는 언제나 그녀가 동행한다는 그 약속을.

이젠 그러지 않아도 될 정도로 마음을 주고받았고 사랑도 확인했다. 그럼에도 불구하고 꼭 그녀를 옆에 두려 하는 그의 소유욕이 반가우면서도 조금 버겁게 느껴졌다. 그들이 막 엘리베이터 입구에 다다랐을 때였다.

"팀장님! 다행이네요. 가시기 전이라서……."

"김현태 씨. 무슨 일 있습니까?"

"기획이사님께서 잠시 사무실로 들러 달라는 말씀이 있었습니다."

"지금요?"

"네. 지금 바로요."

성현이 미간을 좁히고 눈매를 일그러뜨렸다. 빨리 동희와 둘만의 시간을 가지고 싶었는데. 방해받아 기분이 언짢다는 티를 팍팍 풍겼다. 동희가 현태의 눈치를 슬쩍 살피며 뒤쪽에서 몰래 성현의 등을 밀었다.

"다녀오세요. 팀장님. 저 먼저 주차장에 가 있을게요."

"그럴래요? 금방 다녀올게요."

"네."

성현이 깔끔하게 뒤로 돌아 이사실을 향해 성큼성큼 걸음을 옮겼다. 단단하고 듬직한 그의 등을 한동안 바라보던 동희도 열리는 엘리베이터 안으로 발걸음을 떼었다.

땡 하는 소리가 들리자 동희가 주차장을 향해 발을 내디뎠다. 약간은 어둑한 조명이 음습한 공기와 함께 볼을 스쳤다. 지하 깊은 곳의 주차장은 정말 싫다. 동희는 실외 주차장을 선호하지만 그녀의 마음대로 되는 건 아니었다. 지하 주차장만 있는 회사에서는 어쩔 수 없었다.

가볍게 한숨을 내쉰 동희가 두리번거리며 성현의 차를 찾았다. 늘 그 자리에 주차한다지만 그녀는 가끔씩 자리를 혼동하곤 했다.

"아, 저기 있네."

동희가 성현의 차를 발견하고 안도의 표정을 지었다. 막 그쪽으로 몇 걸음 옮겼을 때였다. 누군가 기둥 뒤에서 나오더니 그녀의 팔을 잡았다.

"아악!"

안 그래도 지하 주차장에 혼자 내려와서 꺼림칙했는데 누군가 제 팔을 잡았다. 동희는 혼비백산해서 냅다 소리를 질렀다. 심장이 불안을 이기지 못하고 미친 듯이 뛰어 댔다. 눈앞이 하얗게 바래 금방이라도 기절할 것 같았다.

조금 기다리더라도 성현과 함께 움직일걸. 눈물이 금세 차오르고 입이 저절로 벌어져 한여름 복날의 늘어진 개처럼 헉헉거렸다.

"동희야! 나야, 주승이. 소리 지르지 마."

주승이 당황해서 동희의 팔을 얼른 놓았다. 동희는 너무 놀라는 바람에 귓가에 작게 속삭이는 소리가 제대로 들리지 않았다.

하지만 금방 그녀를 부르는 목소리가 낯설지 않다는 걸 느꼈다. 동희가 뻣뻣해진 고개를 슬쩍 옆으로 돌렸다.

"한주승?"

동희의 입에서 믿을 수 없다는 듯 탄식 같은 속삭임이 새어나왔다. 이 원수 같은 놈이 왜 여기에서 날 놀라게 하는 거야, 도대체! 마른 들판에 들불이 일어나듯 그녀의 눈에 분노의 불길이 타올랐다.

"그래, 나야. 놀라지 마. 동희야."

주승은 동희가 자신을 알아보자 나지막이 한숨을 내쉬었다. 그는 인협의 집에서 그녀를 봤을 때 기적이 일어났다고 생각했다. 접점이 전혀 없는 장소에서 만났으니 하늘이 저를 돕는 거라는 생각했다.

그녀와 나쁘게 헤어지고 처음 보는 것이었다. 아니, 그는 가끔 그녀가 못 견디게 보고 싶으면 보스턴으로 가 먼발치에서 훔쳐보곤 했지만 동희는 모른다. 차마 그 앞에 나설 수가 없었다. 그도 쥐꼬리만 한 양심은 있었기에.

하지만 몇 년이 지난 후 우연히 다시 만난 그녀는 여전히 매력적이었고 성숙함이 더해져 있었다. 한국으로 돌아갈 시기가 되었고 그녀를 한 번은 만나 봐야겠다는 생각을 하던 참이라 환성이라도 지르고 싶었다.

그런데 그녀는 여전히 그를 용서치 않았고, 곁에는 남자가 있었다. 자신 앞에서 보란 듯이 그렇게 진한 키스를 나누는 남자가. 그는 용서할 수 없었다. 마치 자신의 여자가 불륜을 저지르는 걸 눈앞에서 보는 듯 정신이 돌 지경이었다. 자신이 그럴 염치도 없다는 생각도 하지 못할 정도로.

부랴부랴 미국 생활을 얼른 정리하고 돌아오려 했으나 몇 달이나 걸렸다. 좀 더 빨리 오고 싶었지만 학위가 걸려 있었기에 쉽지 않았다. 이제 그는 돌아왔고 다시 그녀를 찾을 것이다.

동희가 자신을 얼마나 사랑했던가. 잘못했다고 빌면 용서해 줄 것이 틀림없다. 주승은 무릎 꿇고 빌어서라도 그녀의 사랑을 되찾을 생각이었다.

자신의 오류를 알지 못하는 주승은 자신감에 가득 차 있었다. 며칠 동안 그녀를 따라다니며 결심을 다졌고 오늘 기회를 잡았다.

"네가 왜 여기 있어?"

조금 흥분을 가라앉힌 동희가 마음을 진정시키며 냉정하게 말했다.

"너 만나고 싶어서 기다렸어. 얘기 좀 하자, 응?"

"난 너랑 할 얘기 없어."

그녀는 주승이 왜 여기에 와 있는지 이해할 수가 없었다. 무슨 할 얘기가 있다고.

"그러지 말고 제발 한 번만 내게 기회를 줘."

"무슨 기회? 다시는 얼굴 마주치지 말자는 말 허투루 들었어? 여길 왜 온 거야 도대체!"

"아니야, 동희야. 그냥 너랑 한 번만 제대로 이야기하고 싶어서 왔어. 잠깐만 시간을 내줘. 부탁이야."

동희는 울고 싶었다. 마치 벽을 보고 말하는 것 같다. 똑같은 말을 되풀이하며 말귀를 못 알아듣는 주승이 한심했다.

"아니. 난 절대로 너랑 얘기하고 싶지 않으니까 빨리 돌아가. 안 그러면 나 소리 지를 거야. 우리 회사 CCTV 잘 돼 있거든. 좋은 말로 할 때 빨리 사라져, 한주승. 가만…… 혹시 너 며칠 동안 나 따라다녔니?"

동희가 혹시나 싶어 슬쩍 넘겨짚어 보았다. 아니나 다를까 주승이 그녀를 바라보던 시선을 은근슬쩍 돌렸다.

이젠 스토커 짓까지 하고 앉았네.

동희가 기가 막혀 하는 동안 애가 탔던 주승이 무심코 그녀에게 손을 뻗었다. 그러나 그녀에게 손끝도 닿지 못했다.

"어억!"

언제 나타났는지 잔뜩 화가 난 성현이 주승의 어깨를 돌려세우고 주먹을 휘둘렀다. 주승의 얼굴이 한순간에 반대쪽으로 돌아갔다.

성현은 양팔을 뒤로 꺾고 뒤에서 정강이를 걷어차 그녀 앞에 무릎을 꿇게 만들었다. 한 발로 주승의 무릎 꿇은 종아리를 꾹 누르고 양팔은 뒤로 꺾은 채 손으로 주승의 머리를 휘어잡았다.

"너 이 새끼. 뭐야? 현동희. 괜찮아?"

동희는 살짝 떴던 눈을 커다랗게 늘였다. 저 사람이 누구야. 동희는 제 눈앞에 있는 사람이 자신이 아는 최성현이 맞나 의심이 들었다.

성현은 마치 북극에서 온 거인 같았다. 온몸이 하얀 분노로 뒤덮여 감히 불 따위는 근처에 도달할 수도 없을 정도로 싸늘하고 차가운 냉기를 내뿜었다. 얼굴의 인상이 완전히 바뀌어 마치 고대의 전사 같은 느낌이었다.

성현은 동희를 기다리게 한 것이 마음에 걸려 빠르게 지하 주차장으로 내려와 그녀를 찾아 두리번거리다 웬 남자가 그녀에게 손을 뻗는 걸 보고 꼭지가 도는 것 같았다. 미친 듯이 뛰어 그녀에게 닿기 전 남자를 잡아챌 수 있었다.

"현동희!"

동희가 멍하니 입을 벌리고만 있자 성현에게서 불안과 초조함이 섞인 음성이 터져 나왔다. 성현이 온몸으로 뿜어내는 험악한 분위기에 동희조차도 피부가 따끔거리는 듯했다.

동희의 입이 얼어붙은 듯 달라붙고 성현을 향해 고개만 끄덕였다. 주승이 고개를 들려 힘을 주었지만 어림없었다. 그의 몸이 단단한 근육으로 이루어진 것은 알고 있었지만 격투에도 강한 줄은 몰랐다.

나중에 세밀하게 그의 몸을 살펴볼 생각을 하자 이와중에도 볼이 붉어졌다.

“너 뭔데 남의 여자한테 집적대는 거야. 스토커야? 당장 경찰 불러!”

성현이 주승에게서 시선을 떼지 않으며 동희에게 말했다. 그녀가 그를 바라보며 고개를 가로저었다. 성현은 이해할 수 없다는 듯 눈을 치켜떴다.

“성현 씨, 괜찮아요. 경찰을 부를 상황은 아니에요. 아는 사람이니까 잠시만 그대로 있어요.”

그제야 성현은 잡고 있던 주승의 머리를 힘주어 돌려 얼굴을 확인했다. 본 적이 있는 얼굴이었다.

잔뜩 미간을 좁히고 생각에 빠져 있던 성현이 고개를 돌려 동희를 보았다. 그녀가 가볍게 고개를 끄덕이며 한숨을 내쉬었다.

“후우. 괜찮아?”

주승임을 확인한 성현의 얼굴이 잔뜩 일그러졌다.

“네, 난 괜찮……아요. 성현 씨. 그 사람 놔줘요.”

“동희야!”

주승이 머리에 압력이 사라지자 동희를 애처롭게 올려다보며 간절히 불렀다. 사랑은 온몸을 순환하는 혈액과 같았다. 두 사람의 마음이 서로를 바라보며 행복할 땐 원활하고 생생하게 흐르지만 한쪽이 변하면 이물질이 끼고 불순물이 생겨서 탁해진다. 한 번 탁해진 피는 처음처럼 맑아지지 않는다.

동희에게 있어서 주승은 이미 탁해질 대로 탁해져 쓸모없는 혈전과 같은 존재였다. 최성현이라는 신선한 혈액을 공급받은 그녀의 온몸엔 최성현이라는 핏줄기가 활기차게 돌고 있다.

그녀는 마지막으로 한주승에게 하고 싶은, 해야 할 말이 있었다.

"한주승, 내 말 잘 들어. 난 너랑 할 얘기 없어. 벌써 몇 번째인지 모르겠지만 왜 자꾸 이런 상황이 되는지 모르겠다. 만약 다음에 또 이런 일이 있으면 그때는 경찰에 신고할 거야. 앞으로 다시는 내 앞에 나타나지 마."

동희의 말에 주승이 고개를 땅으로 파고들 듯 숙였다. 그의 눈에서 뜨거운 눈물이 뚝뚝 떨어졌다. 이제 그녀와의 인연은 이것으로 끝인 모양이다.

순간적인 자신의 욕망을 이기지 못하고 저질렀던 배신이 순수하고 천연의 보물 같은 여자를 놓치게 만들었다. 누구의 잘못도 아닌 바로 제 잘못이었다. 그는 쓰디쓴 눈물을 삼키며 동희의 곁에 당당하게 서 있는 성현에 대한 부러움으로 몸을 떨었다.

"동희야……."

동희는 성현에게 팔짱을 끼고 그를 잡아끌 듯 걸음을 옮겼다. 주승의 입에서 억눌린 비명처럼 동희의 이름이 새어 나왔다.

인과응보. 잘못을 했으면 그에 타당한 벌을 받는 것이 당연하다. 그것은 마치 하늘에 태양이 있는 것과 같고, 바다에는 물고기가 사는 것과 다름없는 진리이자 규칙이다.

얄팍한 속임수는 통하지 않는다. 눈을 팔로 가린다고 해서 하늘이 가려지지 않는 것처럼, 물고기가 땅 위에서 살 수 없는 것처럼.

주승은 어느 정도 시간이 지나 동희의 마음이 가라앉으면 그녀에게 남자의 욕망과 어쩌지 못하는 유혹을 설명하며 관계를 회복해야겠다는 이기적인 생각을 했다. 파렴치하고 어이없는 생각이었다는 걸 이제야 깨달았다.

하늘이 흐르듯 눈앞을 스쳐 지나갔다. 사실은 구름이 하늘을 놀이터 삼아 이리저리 흘러 다니며 노닐고 있는 것인지도 모른다. 그저 그 모든 것이 동희의 눈에는 평화롭고 자유롭게 보일 뿐인지도.

그녀의 한숨 소리만이 이질적이었다. 운전대에 손을 얹고 그녀를 유심히 바라보던 성현의 눈매가 씰룩였다.

"현동희."

"……."

성현의 부름에도 동희의 시선은 창밖 먼 하늘만을 응시했다. 도무지 돌아올 줄 모르는 무심한 시선에 그가 뿔이 났다. 지금 누구를 생각하고 있든 그녀의 작은 관심 하나라도 빼앗기는 걸 참을 수가 없었다. 그의 목소리가 좀 더 낮아지고 감정이 스몄다.

"대답해. 현동희."

여전히 그녀의 시선은 그에게 돌아올 줄 몰랐다. 마치 그녀는 외로움에 몸부림치던 인형사가 자신의 감정을 모두 쏟아부어 만든 살아 있는 인형 같았다.

하얗고 고운 얼굴, 갓 익은 산딸기처럼 붉은 입술과 완만하게 솟은 우아한 콧날, 하트를 이루는 예쁜 이마와 그 아래 깊고 맑은 청정 호수 같은 커다란 눈동자. 그 눈동자에 장인의 아픔과 슬픔이 가득 고여 있었다. 성현이 안타까운 마음에 한 손을 뻗어 그녀의 볼을 쓸었다.

"동희야, 괜찮아. 괜찮으니까 울지 마."

"내, 내가 울고 있었네요."

스스로가 울고 있었다는 걸 자각하지도 못한 채 그녀는 하염없이 눈물을 흘렸다. 그녀는 무슨 생각을 하고 있었을까. 남자의 이기심은 그녀의 아픔보다 아픔을 느끼는 지점이 더 궁금했고 신경이 쓰였다.

동희가 서둘러 손을 들어 눈물을 훔쳤다. 이상하게 눈물이 멈추질 않는다. 가슴 한쪽이 완전히 뜯겨져 나간 듯 아팠다. 시공조차 제대로 되지 못한 가건물의 베니어판이 벌레 먹은 처참한 몰골이 되어 거센 돌풍에 견디지 못하고 날아가 버린 듯 허전했다. 그 텅 빈 사이로 들여다보이는 그녀의 마음이 아프다며 울고 있었다.

성현에게 사랑받고 존중받으면서야 자신이 주승에게 받은

상처가 다 아물지 않았다는 걸 깨달았다. 이제 주승에게 받은 배신과 상처는 말끔하게 나을 것이다.

이 눈물은 아마 그녀의 첫사랑에게 보내는 슬픈 레퀴엠 같은 것일지도.

"그런 자식 때문에 눈물 흘리지 마. 네 눈물은 최소한 그보다는 몇 천배 더 값어치가 있으니까."

그녀의 마음이 보여 성현은 씁쓸했다. 왜 이런 것까지 보이고 느껴질까.

사랑하는 마음이 깊어질수록 그녀의 감정이 사진처럼 선명하게 보였다. 보고 싶지 않음에도, 그냥 모른 척 넘어가고 싶음에도 선명하게 찍혀 오는 그 감정에 몸을 떨어야 했다.

그가 가볍게 한숨을 쉬었다. 동희가 흘깃 그를 보며 눈을 흘겼다.

"눈물에 무슨 그런 게 있담."

"나한테는 그래. 적어도 나에게만큼은 현동희의 눈물이 세상 그 무엇보다 값지고 소중해. 어떤 보석보다도 영롱하고 고우니 그 눈물은 나를 위해서만 흘려."

너무나 다정한 그의 애정 깊은 마음에 다른 의미의 눈물이 솟구쳐 올랐다. 동희가 주먹을 쥐고 눈을 꾹꾹 누르며 비볐다.

"성현 씨도 나 속 썩이려고 그래요? 그래서 울게 만들려고?"

동희는 장난 같은 말 속에 깊은 의미를 담아 받아쳤다. 그의 진심을 오롯이 받아들이기에 아직 상처가 남아 있었던 모양이다.

"아니. 날 위해서 우는 건 침대 위에서 만이야."

그는 그녀의 마음을 용인할 마음이 없는 모양이다. 한 단계 더 치고 올라오며 그녀를 경악하게 만들었다.

비집고 올라오던 눈물이 쏙 들어갔다. 찰랑거리는 물결처럼 아슬아슬하게 물기가 가득했던 예쁜 눈이 더할 수 없이 동그래졌다.

"뭐라고요!"

"왜? 진심인데."

동희가 빽 소리를 질렀다. 잠시라도 진지했던 내가 바보지. 그녀가 남아 있던 물기를 뚝 떨어뜨리고는 험하게 인상을 썼다. 맑고 투명한 그녀의 눈빛으로 돌아온 게 마음에 든 성현이 모른 척 시치미를 뚝 뗐다.

"말도 안 되는 소리 그만하고…… 어? 그런데 우리 지금 어디 가는 거예요? 연구소로 가는 방향이 아닌 것 같은데."

그의 장단을 맞추다 보니 어느새 그녀의 마음도 바람에 안개가 걷히듯 맑아졌다. 하여튼 능력 있는 남자다. 그녀의 입꼬리가 활짝 휘어져 올라가다 멈췄다. 그녀가 고개를 갸웃하며 그를 가만히 응시했다.

"우리 지금 연구소 가는 거 아니야."

의아한 듯 의문을 품는 그녀에게 그가 너무 당연하다는 듯 대꾸했다. 이게 무슨 소리야. 사무실에서는 분명 연구소로 간다고 했는데…….

"네? 그럼 어디……?"

"당신 그 상태로 연구소 못 가. 얼굴 엉망이거든. 마음은 더 엉망일 거고."

동희의 얼굴이 붉어졌다. 그 생각을 못 했다. 그녀는 얼른 두 손으로 얼굴을 가렸다. 화장을 진하게 하는 편은 아니었지만 마스카라는 꼭 하는데! 생각만 해도 끔찍했다. 검은 물이 줄줄 흐르고 있었을 얼굴을 생각하니 쥐구멍이라도 찾고 싶은 심정이었다.

"미안해요."

그녀의 목소리가 땅속에 기어들어 갈 정도로 힘이 없었다. 성현의 입에서 못마땅하다는 듯 가볍게 혀 차는 소리가 들렸다.

그녀에게 듣고 싶은 말은 저런 말이 아니건만, 아직도 갈 길이 멀기만 하구나. 그의 한숨도 나지막하게 흘러나왔다.

"당신이 미안할 게 뭐 있어. 우리 집에 잠깐 들렀다 가자. 얼굴도 좀 씻고, 마음도 좀 가라앉히고……."

"……그래요."

동희의 입에서 잠시의 간격을 두고 허락의 말이 떨어졌다.

다음 날 학교로 출근한 성현이 책상에 앉아 깊은 생각에 잠겼다. 성현은 주승을 놔두고 싶지 않았다. 감히 내 여자를! 그놈에게 죗값을 묻지 않고는 견딜 수 없을 것 같았다.

성현은 차근차근 머릿속을 정리하고 하나의 계획을 완성했다. 물론 복수는 잔인하고 처절하게 진행되겠지만 동희는 몰라야 한다.

"한주승. 너 사람 우습게 봤어. 기대하라고."

나중에 한주승이 다시 미국으로 갔다는 소식만 전해 동희는 안도의 한숨을 크게 내쉬었다.

❈ ❈ ❈

"동희 요새 얼굴이 아주 활짝 폈어. 너 연애하니?"

성현과 시간을 보내고 늦은 시간에 살금살금 집으로 들어오던 동희가 동우에게 딱 걸렸다.

그동안 잘 피해 다녔다고 생각했는데 오늘은 벼르고 있었나 보다. 2층 거실 소파에 앉아 서류를 보며 그녀를 기다린 모양이다. 오빠가 툭 던지는 말에 동희의 심장이 툭 떨어졌다.

"여, 연애는 무슨……."

도둑이 제 발 저리다고 더듬거리는 자신의 목소리가 더 수상쩍다는 걸 알지만 그렇다고 냉큼 고백할 수도 없지 않은가. 조금은 더 연애 기간을 가지고 싶단 말이다.

"너 요새 좀 수상해. 집에 들어오는 시간도 너무 늦고. 오빠한테 솔직히 말하지?"

"아니라니까! 오빠는 진짜!"

요즘 좀 늦기는 했다. 아니 조금이 아닌가? 그래 많이 늦기는 했다. 성현의 집에 드나들기 시작하면서부터 사랑을 나누고 나면 마음이 편해져 축 늘어지곤 하니까.

그래도 회사 일에 바쁜 큰오빠가 알 정도인가? 동희는 무조건 오리발을 내밀었다. 동우가 얄궂은 눈빛으로 그녀를 아래위로 훑었다.

바짝 쫀 동희가 입술에 힘을 주고 버텼다. 큰오빠와 기 싸움을 벌이던 동희의 심장은 쫄깃해졌다.

"그래? 그럼 너 소개팅해라."

"뭐? 소개팅이라니? 싫어. 그런 거 안 해."

느닷없이 저게 무슨 말인가. 동희가 펄쩍 뛰었다. 멀쩡한 애인님 놔두고 무슨 소개팅?

"내 친구 동생 중에 아주 괜찮은 놈 하나 있어. 남 주기 아까운 놈이니까 한 번 만나 봐. 너도 이제 슬슬 시집갈 준비해야지."

동희의 과한 반응을 즐기듯 입꼬리를 묘하게 비틀던 동우가 마저 말을 보탰다.

"싫다니까! 관심은 고이 접어 주세요, 오라버니. 이 동생은 알아서 시집 잘 갈 테니."

동희가 두 손을 고이 합장하듯 모으고 고개까지 숙여 보이며 오빠에게 애교를 부렸지만 소용없었다.

"고집부리지 말고. 시간 잡을 테니까 연락하면 약속 장소로 나와."

"정말 싫어. 오빠!"

동희의 애교가 통하지 않는걸 보니 진심이라는 얘기였다. 그녀도 정색을 하며 강하게 어필했다.

"그럼 만나는 놈을 데리고 오든지. 왜 시간을 끌어?"

동희의 눈이 왕방울만 해졌다. 말 그대로 눈알이 툭 튀어나올 정도로 깜짝 놀란 표정이다. 그녀의 얼굴이 금방 찐 백설기처럼 하얗게 변하고 얼굴에선 김이 모락모락 오르는 것처럼 보였다.

"마, 만나는 놈이라니! 무슨 말이야?"

모르쇠로 가기에는 오빠가 보이는 확신이 불안했다. 뭘 알고 저러는 것일까.

"너 인마 회사에 소문 쫙 났어. 최 팀장이랑 그렇고 그런 사이라며?"

"어, 어떻게……."

정확하게 성현을 말하는 오빠 때문에 동희가 할 말을 잃었다. 얼이 빠진 동희를 한심하다는 듯 보던 동우가 끝내 확인사살을 해 왔다.

"좀 적당히 하지. 엘리베이터 안에서도 쪽쪽. 사무실 복도에서도 쪽쪽. 지하 주차장에서도 쪽쪽. 소문 안 나는 게 이상한 거 아니냐? 그렇게 좋냐? 어? 나이도 먹을 만큼 먹은 사람들이 부끄러운 줄 알아야지. 어디 회사에서 쪽쪽거려. 쪽쪽거리길."

"아우. 오빠! 좀 조용히……."

동희의 얼굴이 불타는 고구마로 변했다. 하얀 백설기보다

보기 좋군. 혈색이 감도니 볼 만해. 동우가 여동생 놀리는 재미에 푹 빠졌다. 동우는 입술을 고문하는 동희가 장렬하게 전사할 정도의 마지막 승부수를 던졌다.

"왜? 아버지도 아실걸."

동희가 바닥에 스르르 주저앉았다. 세상에 도둑들과 사기꾼들은 어떻게 죄를 짓고 사는 걸까. 그녀는 남자 친구 사귀는 걸 들켰다는 것만으로도 다리에 힘이 풀리는데.

"말도 안 돼. 정말 아버지도 아셔? 어떻게 해! 난 몰라."

"아버지 엄명 떨어지기 전에 알아서 기어라. 네가 미리미리 말씀드려. 최 팀장 인사드리게 하고, 자꾸 늦어지면 아버지께 최 팀장 점수 깎인다. 난 분명히 경고했다."

"하지 마요!"

윤수와 현태가 자리를 비운 사무실에서 성현이 동희의 자리로 건너와 볼을 톡톡 건드리며 장난을 쳤다.

"왜?"

왜라고? 이 남자가 정말. 자꾸 이러니까 소문이 나지. 회사에선 좀 참으라니까 말도 죽어라 안 듣는다.

그는 그녀를 만지는 걸 병적으로 좋아했다. 시간만 있으면 어디든 만지려고 했다. 동희의 입에서 가벼운 한숨과 함께 타박이 나왔다.

"글쎄, 하지 말라니까요. 우리 회사에 소문 다 났대요. 다 당신 때문이에요. 어떡해. 책임져요!"

그녀의 귀여운 투정에 성현이 빙글거렸다. 그도 이미 동우에게 한 소리 들은 참이다.

소문나서 흉한 스캔들 퍼지기 전에 동희 데려가라고. 아버지 심사가 좋지 않으시다면서.

"뭘 그런 걸 가지고 속상해하고 그래. 당연히 내가 책임지지. 걱정하지 마."

그런 말 아니란 걸 분명 알 텐데 저리 말하니 얄밉기 그지없다. 난 연애가 더 하고 싶다고요! 알콩달콩 새콤달콤한 짜릿한 연애!

그녀의 마음을 잘 알지만, 그도 남자였다. 나이도 적지 않고 빨리 결혼도 하고 싶었다. 사랑하는 여자와 한 지붕 아래서 살을 맞대며 잠이 들고 아침을 맞이하고픈 평범한 남자.

"어떡해요. 오빠는 알고 아버지도 아실 것 같은데……."

슬쩍 그녀의 눈치를 보던 성현이 결심한 듯 입을 열었다.

"인사드리러 가자. 동희야."

그가 결혼 생각 없이 그녀를 만난다고는 생각지 않았지만 바로 저렇게 말하니 또 기분이 이상하다.

"하지만……."

"하지만은 무슨 하지만. 우선 당신 집부터 인사 가고 그다음에 우리 집에 가는 걸로 하자. 어때?"

그를 사랑하지만 마치 등 떠밀리는 것 같은 기분은 사양이다.

"모르겠어요."

동희가 우울하게 말했다.

"그럼 당신은 나랑 결혼할 생각 아니었어? 우리 그냥 섹스 파트너였던 거야?"

그가 부러 정색했다. 조금 더 그녀를 압박할 필요가 있어 보여 과격한 단어를 선택했다.

"그게 아니란 거 알잖아요. 그냥…… 아, 몰라. 그럼 그렇게 해요."

섹스 파트너라니! 그의 말에 화들짝 놀란 동희가 입술을 깨물며 울상을 지었다.

성현은 잘근잘근 씹어 대던 그녀의 입술이 너덜너덜해질 때까지 모른 척 날선 시선을 고정했다.

끝내 동희가 항복의 깃발을 높이 쳐들었다. 그제야 성현의 입매가 부드럽게 풀리면서 동희를 꼭 껴안았다.

잘 생각했다는 듯 어깨를 두드리고 조금 떨리는 등도 살며시 쓸었다.

"잘 생각했어. 먼저 아버님께 맞춰서 날 잡자."

그녀의 입에서 가벼운 한숨이 나오고 그의 가슴에 툭 머리를 박았다.

"알았어요. 아버지께 여쭤 볼게요."

성현이 동희의 정수리에 턱을 묻으며 비밀스러운 미소를 지었다. 형님, 성공했습니다. 두 남자의 협공이 결실을 거두는 순간이었다. 까맣게 모르는 동희만 애면글면했다.

"착하네. 우리 동희."

"내가 뭐 애긴가."

성현이 정수리에 놓은 턱을 톡톡 건드리며 칭찬하자 그녀가 그의 가슴을 주먹으로 톡톡 치며 칭얼거렸다. 누가 봤으면 참 보기 좋은 바퀴벌레 한 쌍이로구나 할 만큼 사랑이 뚝뚝 흐르는 광경이다.

동희의 집 담장 아래 주차를 한 성현은 목을 꼭 죄고 있는 넥타이를 슬쩍 잡아당겼다.

얼마만에 느끼는 긴장인지. 수천 명의 학생들과 청중들 앞에서도 유연하게 강연을 할 수 있는 최성현도 결혼 허락을 받으러 가는 자리는 떨리는 모양이다.

"안녕하십니까. 아버님, 어머님. 최성현입니다."

언제 봤다고 성현의 입에서는 거침없이 어머님, 아버님이 흘러나온다. 동희가 옆에 있다가 눈을 동그랗게 뜨고 쳐다보는 게 느껴졌지만 무시했다.

"어서 오시게."

"어서 와요. 동희 엄마예요."

"그 비싼 얼굴 이제야 보여 주는군요, 최 팀장. 언제 오나 내심 기다리고 있었어요."

하지만 현관 앞에 우르르 몰려 있는 사람들을 보자 웃음이 나오려 한다.

재계에서 원칙을 지키기로 유명한 깐깐한 현 회장도 집에서는 아끼는 막내딸의 남자 친구가 궁금한 평범한 아버지일 뿐이다.

현동우는 또 어떠한가. 산정 그룹 실세 중의 실세. 그룹을 이어 갈 후계자이자 냉철한 경영인으로 소문이 자자하건만 그 또한 여동생의 결혼 상대자를 맞이할 때는 그저 장난꾸러기 오빠에 지나지 않는다.

"죄송합니다."

"죄송은 무슨. 저 천방지축, 건사하는 것도 힘들었을 텐데."

알아주시니 다행이라고 생각하며 입술을 슬쩍 휘어 올렸다.

"오빠!"

동희가 앙칼지게 소리 지르며 눈을 흘긴다.

"그러지 말고 들어들 와요. 손님 세워 놓고 뭐하는 거니, 넌?"

"예. 어머니. 저 말썽쟁이 치울 생각하니까 전 기분 좋은데, 최 팀장 생각하면 짠한 마음이 들어서요."

동우가 계속해서 동희를 놀리며 웃자 그녀의 눈이 세모꼴로 빼쭉 올라갔다.

"오빠! 진짜 이럴 거야!"

"응. 이럴 건데. 왜? 아주 속이 다 시원하다."

투닥투닥 남매의 다툼이 정겹고 훈훈하다. 외동으로 혼자 외롭게 자란 성현으로서는 처음 느껴보는 시끌벅적한 집 안의 모습이었다.

이런 분위기라 현동희의 성품이 그렇게 구김이 없고 밝았던 거군.

"아닙니다. 고이 키운 따님 잘 모시고 살겠습니다."

성현이 장단을 맞추며 선선하게 웃었다.

"다들 너무 앞서가는군. 내가 언제 결혼 허락했던가."

이런 자연스럽게 풀어진 분위기에 그만 현 회장을 잊고 있었다. 성현이 얼른 정색하고 현 회장에게 고개를 숙였다.

"흥!"

큰오빠의 장난과 그에 장단 맞추는 성현의 넉살에 잠시 넋이 빠졌던 동희가 거하게 콧방귀를 뀌며 고소해했다.

안 그래도 모든 게 결정된 듯 말하는 두 남자가 얄미운 참이었다.

어느새 주방으로 사라진 문 여사가 고개를 내밀고 그들을 불렀다.

"식사들 하세요."

"우리 집 일요일 점심은 늘 면 종류일세. 겨울엔 칼국수, 여름엔 냉면이나 메밀국수를 먹는다네. 입에 맞았으면 좋겠군 그래."

"네, 아버님. 저도 면 좋아합니다."

서로를 챙기는 따스한 분위기에서 간소한 점심 식사를 마친 후 모두 거실에 모여 차를 마셨다.

"둘째 오빠는 안 오는 거야? 효은이 보고 싶은데……."

"둘째 몸이 많이 무거워져서 천천히 오라고 했어. 차 마실 시간쯤 되면 올 게다."

"으응."

섭섭한 듯 입을 삐죽이는 동희를 보며 동우가 기어이 한마디 하며 그녀를 놀린다.

"넌 아직도 올케를 이름으로 부르냐? 하여간 철이 없기는."

동우의 취미는 현동희 놀리기로군. 성현이 고개를 끄덕였다. 자신과 비슷한 취향인가 보다 생각하며 슬쩍 고개를 돌리고 입술을 휘었다.

"내 맘이다. 둘째 오빠보다 내가 효은이를 먼저 만났거든. 내가 먼저 좋아했다고요."

마치 사랑했던 연인을 빼앗긴 듯 얼굴에 속상한 표정이 가득했다. 성현의 눈매가 조금 씰그러졌다.

"어이구, 저 철딱서니. 자네가 이해하게."

"전 귀엽기만 합니다. 어머니."

그와 똑같이 생각하는 분이 계셨다. 동희의 어머니인 문 여사.

성현이 아무렇지 않게 하는 말에 동우의 얼굴이 요상하게 일그러졌고 현 회장과 문 여사는 흐뭇하게 웃으며 고개를 끄덕인다.

동우의 입에서 헛바람 같은 소리가 새어 나왔다.

"허!"

"뭐?"

동희의 고개가 번개처럼 돌아가며 빽 소리를 질렀다.

"아니다, 천생연분이란 말이 괜히 있는 게 아니다 싶어서……."

동우가 믿을 수 없다는 듯 중얼거렸다.

"그래. 프로젝트는 거의 끝나 간다고?"

젊은이들의 설왕설래에 말없이 자리를 지키던 현 회장이 성현에게 시선을 주었다.

"네. 이제 본사에 본격적인 팀이 꾸려지면 전 학교로 돌아갈 생각입니다. 거의 마무리 지어져 가고 있습니다."

처음부터 그럴 생각이었다. 젊은 인재 발굴 프로젝트는 개인이 운영해서는 그 가치를 발휘하기가 쉽지 않아 산정 그룹과의 협업을 흔쾌히 받아들인 것이었다.

이제 산정에 씨를 뿌렸으니 거대한 나무로 키우는 건 알아서 할 일. 자신은 학교로 돌아가고 연구소는 그대로 유지할 생각이었다.

"회사 일은 할 만하던가?"

소신 있게 자신의 의견을 피력하는 성현을 유심히 보는 현 회장의 눈빛이 의미심장했다.

"흥미로웠습니다. 개인적으로도 투명한 경영 방식으로 운영되는 산정 그룹의 내부를 볼 수 있어서 좋았습니다만 역시 제겐 학교가 더 체질에 맞는 것 같습니다."

현 회장이 말한 의도를 알 것 같아 성현이 딱 부러지게 그의 생각을 전했다.

"저도 이 친구 능력이 아까워서 동희 핑계를 대서라도 회사에 좀 붙들어 앉힐 생각이었는데, 씨도 안 먹히더라고요. 학생들 가르치는 게 더 좋답니다. 아버지."

동우가 성현의 말에 고개를 저었다. 고집이 보통 센 것이 아니다. 그가 얼마나 회유를 했던가. 하다못해 동희까지 팔았다. 회사로 들어오지 않으면 결혼시키지 않겠다고. 그래도 성현은 고개를 흔들며 빙그레 웃을 뿐이었다.

동희가 가만히 있다가 고개를 홱 치켜들어 성현과 오빠를 번갈아 본다.

이거 뭔가 이상한데! 냄새가 나! 냄새가.

동희는 나중에 성현에게 진실을 밝혀내야겠다고 생각했다. 만약 자신이 모르는 수상쩍은 일이 있다면 기필코 그에 상응하는 벌을 내리리라 굳게 결심했다.

"흐음. 그래. 뭐 그렇다면야……."

훌륭한 인재를 놓치는 것 같아 아쉬운 감도 없지 않아 있지만, 현 회장은 흐뭇한 마음이 더 들었다.

재벌과 친인척을 맺으면 한자리라도 어찌 얻어 볼까 눈이 벌건 세상인데 아주 바른 젊은이였다. 실력도 있고 정신도 바르고, 교육자 집안인 것도 마음에 들고.

"뭐야! 나만 빼고."

동희가 저를 제외하고 진행되는 이야기에 뿔이 났다. 내 결혼이란 말이다. 왜 내 의견은 묻지 않는 거냐고! 막 불만을 토해 내려는 순간 동주의 음성이 우렁차게 울렸다.

"저희 왔습니다."

"아버님, 어머님 저희 왔어요."

효은이 동주의 부축을 받으며 힘겹게 걸음을 옮겨 거실로 들어왔다.

"오냐. 어서들 오너라. 힘든데 집에서 쉬지 않고 뭐하러 와."

"저도 그러자고 했는데 이 사람이 통 말을 들어야 말이죠. 동희 신랑감 꼭 봐야 한다고 하도 난리를 쳐서 억지로 왔어요."

동주가 입술을 삐죽이며 못마땅하다는 듯 한숨까지 쉬었다. 효은이 붉어진 얼굴로 동주의 허리를 슬쩍 꼬집었다.

"동주 씨!"

"왜? 내가 틀린 말 했어? 몸도 안 좋으면서……."

"아휴, 진짜. 이 사람이!"

"여전하시네요. 두 분은."

성현이 얼굴 가득 환한 웃음을 지으며 아는 척하자 효은도 성현에게 반갑게 인사를 한다. 자신과는 인연이 아니었지만 어찌 되었든 가족이 될 운명이었던 모양이다. 성현의 옆에서 무엇 때문인지 못마땅한 티를 잔뜩 내고 있는 동희를 보며 슬쩍 눈짓했다.

"안녕하세요. 최 교수님. 오랜만에 뵙네요."

"네, 건강하시죠? 효은 씨."

"남의 마누라 이름은 왜 넙죽넙죽 부르고 난리람."

동주가 성현을 노려보며 콧방귀를 뀐다. 아직도 둘이 선본 날을 생각하면 자다가도 벌떡 일어난다. 감히 누구와 선을 봐!

"오빠!"

"동주 씨!"

"아아, 알았어. 알았어. 지퍼 꾹. 됐지?"

두 여자의 목소리가 합창처럼 터졌다. 동주가 두 손을 번쩍 어깨높이까지 들어 올리고 항복 신호를 했다.

"아직 자네 집엔 인사 못 드렸지?"

"네. 이번 주에 찾아뵐 거예요."

"그래. 처신 잘해라. 덜렁대지 말고."

"아이참. 걱정하지 마세요. 잘할게요."

걱정을 담은 말에 동희가 애교가 듬뿍 배인 미소를 지으며 현 회장의 팔짱을 꼈다.

"아버지도 바랄 걸 바라셔야죠. 집에서 새는 바가지가 밖에서는 안 새겠어요? 집안 망신이나 안 시키고 오면 다행이죠."

"그건 동주 말이 맞다."

아주 죽이 척척 맞는 오빠들이다. 성현이 입매를 부들부들 떨며 웃음을 참느라 죽을힘을 다했다.

"정말 이럴 거야? 나 결혼 안 한다. 끝까지 독립도 안 하고 집에서 올케언니들 시집살이 옴팡 시키면서 늙어 죽는다? 그래도 좋지? 어?"

"아이코, 무서워라. 그러면 안 되죠. 우리 공주님. 시집가셔야지요. 오빠들이 미안해요."

"그럼, 안 되지. 안 되고 말고. 이 나이에 노처녀 시누이 때문에 이혼당할 수는 없지. 암. 그럼. 동희야. 그냥 시집가다오. 제발!"

"아, 몰라!"

온 식구가 합창하듯 웃어 젖히고 동희는 울상을 지으며 2층으로 쪼르르 뛰어 올라갔다.

"올라가 보게. 동희 제 방으로 갔을 게야. 가서 방도 좀 구경하고."

동우가 성현의 어깨를 툭 쳤다. 성현이 소파에서 일어나며 길쭉한 다리를 쭉 폈다. 교수가 참 훤칠하게 생겼다. 문 여사의 입꼬리가 한껏 휘어졌다.

"네. 형님."

"그나저나 우리 동희 시집가면 놀릴 사람 없어서 어쩌나. 심심해지겠네. 그렇지 않냐, 동주야?"

"그러게 말이야."

성현의 단정한 뒷모습이 계단 너머로 사라지자 동우와 동주가 아쉬운 듯 입맛을 다셨다. 효은과 문 여사가 두 형제의 말에 고개를 흔들며 혀를 찼다.

❈ ❈ ❈

상견례는 일사천리로 진행되었다. 양가가 걸릴 게 없으니 물 흐르듯 자연스럽게 결혼 날짜가 잡혔다. 동희는 조금이라도 결혼식을 늦추고자 앙탈을 부렸지만 헛짓이었다. 정신없이 바쁜 일정을 따라가다 보니 어느덧 그녀는 결혼식장 신부 대기실에 덩그러니 앉아 있었다.

"동희야! 너무 예쁘다. 내가 본 신부 중 제일 예뻐."

효은이 신부 대기실의 문을 빼꼼 열고 고개를 들이밀었다. 부른 배를 고운 한복으로 감춘 효은은 동희의 결혼 준비를 함께 하며 올케이자 친구 노릇을 아주 알차게 해 주었다.

"효은아! 나 너무 떨려! 넌 이걸 어떻게 했어?"

"다 그렇지 뭐. 그래도 난 동주 씨랑 손잡고 함께 들어가는 동반 입장이라서 좀 나았던 거 같아."

"나도 그거 너무 부러웠는데! 하필 겨울에 결혼할 게 뭐람. 꼭 야외 결혼식하고 싶었는데……."

동희가 신부답지 않게 입술을 삐죽이며 콧등을 찡그린다. 효은이 손에 들고 있던 손수건으로 그녀의 콧등을 톡톡 두드려 주었다.

신부 화장을 한 동희의 모습은 눈의 여왕 같았다. 눈이 부시게 아름답다는 말이 딱 들어맞는 신부. 동화 속의 눈의 여왕은 싸늘하고 잔인한 캐릭터지만, 동희는 딱 제목만 따온 진짜 눈의 여왕의 느낌이 폴폴 풍겼다.

"그런데 동희야. 겨울에 결혼하는 것도 나쁘지 않은 것 같더라. 오늘 아침에 눈이 펑펑 내렸잖아. 세상이 온통 하얀색이야. 너무 멋져. 하늘도 네 결혼식을 축복하는 것 같았어. 물론 운전하고 오시는 하객들에게는 좀 고역이긴 하겠지만."

사실 동희도 새벽에 일어나 커튼을 열고는 깜짝 놀랐었다.

창밖으로 흰 눈이 소복소복 내리고 있었다. 결혼하는 게 뭐 그리 대단한 일이라고 동희는 지난 밤 잠이 오지 않아 밤새 뒤척였다.

그녀는 시집가기 전 집에서 보내는 마지막 밤이라며 엄마와 함께 침대에 누워 있는 대로 어리광을 피웠다. 도란도란 얘기를 나누던 중 기어코 문 여사의 목소리에 물기가 묻어났다.

"우리 동희가 벌써 시집을 가네. 언제나 어릴 줄만 알았더니……."

하나뿐인 딸. 아들 둘을 내리 낳고 한시름 놓은 상태에서 느지막하게 생긴 아이가 동희였다. 딸이라는 걸 알고 얼마나 기뻐했던가.

현 회장은 거의 춤을 출 듯 좋아했다. 금이야 옥이야 불면 날아갈세라 쥐면 터질세라 고이고이 키웠다. 언제까지나 품 안에 있을 줄 알았는데 어느새 제 짝을 찾아 날아간단다.

마음 같아선 시집 보내지 않고 옆구리에 끼워 놓고 싶었다. 문 여사의 심란하고 아쉬운 심사가 고스란히 한숨으로 깊어진다.

동희가 엄마를 꼭 껴안았다. 항상 올려다보던 엄마를 언제부터 내려다보게 되었지?

생각하니 고등학생이 되어 불쑥 크게 되면서였던 것 같다. 자그마하던 엄마였지만 태산 같은 아버지인 현 회장에겐 내조의 여왕이었고, 두 고집쟁이 아들들을 한 손으로 휘어잡았던 어머니였으며 동희에겐 친구 같고 언니 같은 엄마였다.

동희의 가슴속으로도 섭섭함이 밀려들었다.

"엄마, 나 그냥 시집가지 말고 엄마 아빠랑 함께 살까?"

엄마 가슴에 코를 묻고 코맹맹이 소리로 웅얼거리자 피식하는 문 여사의 헛웃음이 들린다.

동희의 뒤통수를 슬슬 쓰다듬으며 스미는 물기를 억지로 말렸다.

"그럴까? 그러면 엄마야 좋지. 하지만 네가 최 서방 없이 살 수 있겠어?"

"아, 몰라. 시집가기 싫어. 성현 씨한테 장가오라고 할까?"

떼를 쓰듯 말하는 그녀의 여린 볼을 엄마의 손이 살살 어루만졌다.

"동희야, 잘 살아야 해."

"엄마. 어떻게 하는 게 잘 사는 건데?"

"글쎄다. 이 나이까지 살았는데도 해답을 모르겠구나. 하지만 말이다."

"응."

"네가 하루하루 행복하면 되지 않겠니. 그 행복한 하루하루가 쌓여서 나중에 아주 나중에 돌이켜 보면 아, 나는 잘 살았구나. 그렇게 생각이 들지 않을까?"

"엄마는 그래?"

"글쎄. 어떨까?"

문 여사의 눈빛이 아득해졌다. 입가에 고이는 미소가 아련하고 곱다. 동희가 눈이 부신 듯 엄마의 얼굴을 훔쳐보았다. 그렇게 도란도란 얘기를 나누다가 잠이 들었는데 이른 새벽부터 눈이 내리기 시작한 모양이다.

창문 밖으로 뚝뚝 떨어지는 눈송이가 거짓말 조금 보태서 갓난아기 주먹만 했다.

놀라서 눈만 멀뚱거리는 동희의 등 뒤로 문 여사가 다가왔다.

"어머나, 서설이네. 우리 동희 잘 살겠구나."

온종일 내릴 것 같았던 눈이 서너 시간 만에 쏟아붓듯 내리고 그쳤다. 세상이 온통 하얗다.

나뭇가지가 눈의 무게에 휘청이고 누렇던 잔디밭이 하얗게 덮였다. 동희가 신부 화장을 하러 집을 떠나며 잔디밭의 눈 위에 발자국을 꾹 눌렀다.

"엄마! 이거 그대로 놔둬."

동희의 웃음소리가 마당에서 메아리처럼 울렸다.

결혼식이 진행되는 내내 동희는 울먹였다. 눈에 힘을 꾹 주고 참고 참았는데 부모님께 인사를 드리는 순간에 터졌다.

고운 신부가 흘리는 눈물은 진주보다 귀했고 아름다웠다. 성현이 자신의 예복에 꽂혀 있는 손수건을 꺼내 동희의 눈물을 꼭꼭 눌러 닦아 주었다.

하객들이 야유와 함께 함성을 질렀다. 벌써부터 신랑이 잡혀 살 조짐이 보인다나 뭐라나 하면서.

성현은 들은 척도 안 하고 동희의 가녀린 어깨를 꼭 끌어안았다. 내 여자의 눈물은 가슴이 무너질 것처럼 아플 줄 알았는데 행복해서 흘리는 눈물은 그런대로 괜찮다 싶었다.

죽을 때까지 이 여자를 행복하게 해 줘서 가끔은 이런 보석 같은 눈물을 흘리는 걸 구경해도 나쁘지 않을 것 같았다.

"쉿! 그만 울어. 기운 빠져."

동희의 눈물에 문 여사는 이미 눈물바다였고, 현 회장의 눈에도 눈물이 얼핏 비쳤다. 식이 끝나고 나선 성현의 학교에서 온 여학생들의 무리가 한바탕 눈물 바람을 했다.

사랑했어요. 교수님. 이제 우릴 떠나시는군요. 가시는 걸음걸음 저희의 애절한 마음 지르밟고 가시옵소서. 고이 보내드리오리다.

기가 막히고 코가 막힌 현수막을 만들어 와 동희를 기함하게 만들더니 여기저기 하객석에서 훌쩍이는 소리가 연이어 들려왔다.

그 바람에 동희의 눈물이 쏙 들어가 버렸다. 어디서 갓난쟁이 하나 데려와서 이 결혼 반대요 하는 여자가 없다는 게 신기할 정도다. 동희의 입매가 야무지게 다물렸다.

멋지고 섹시한 내 남자. 잘 지켜야지. 큰일 나겠네.

요즘 세상에 유부남이라고 유혹 안 한다는 보장이 있던가! 게다가 꽃과 같이 어여쁘고 어린 여대생들이 우글우글하는 대학이라는 곳은 동희에겐 새로운 전쟁터였다.

내 남자는 내가 지킨다!

눈물이 마른 동희의 눈엔 반짝이는 생기가 가득 차올랐다. 그녀는 성현의 손을 꼭 잡았다. 동희가 힘주어 손을 잡아 오자 성현이 고개를 내려 그녀와 시선을 맞췄다. 오해와 삽질로 점철된 시간이 있었지만, 결과는 해피엔딩!

동희와 성현의 마주치는 눈빛이 사랑으로 가득 찼다.

에필로그

동희는 가벼운 발걸음으로 성현이 근무하는 은현 대학의 캠퍼스를 활보했다. 보일 듯 말 듯 소리 없이 내리는 봄비가 한껏 봄빛이 무르익은 아름다운 교정을 시끄럽고 복잡한 바깥세상과는 다른 차원의 공간으로 만들었다.

"라라라……."

보이지 않는 비의 장막으로 결계를 친 듯한 아늑함이 우산을 쓰고 있는 그녀를 오롯이 혼자이게 했다. 앳되고 고운 여학생들이 콧노래를 흥얼거리는 그녀의 곁을 스쳐 갔다. 깊은 숲속의 옹달샘에서 끊임없는 젊음이 솟아오르는 것처럼 지나칠 정도로 풋풋함이 흘러 넘친다. 동희의 입에서 부러운 한숨이 저도 모르게 터졌다.

"하아, 진짜. 아빠 왜 교육 사업을 안 하시는 거야!"

혼자 툴툴거리는 그녀의 입술이 삐죽 튀어나온 귀여운 오리 주둥이를 연상시켰다.

“우리도 교육 재단 하나 있으면 나도 학교에서 일할 수 있었을 텐데. 얼마나 좋아. 이 푸릇푸릇한 청춘들! 저절로 힐링되겠다. 보톡스 필요 없이 젊은 기운을 얼굴에 바르는 기분이라니까.”

하지만 동희는 모르고 있었다. 가벼운 나비처럼 팔랑거리는 그녀의 자태가, 개나리처럼 연노란 레인코트를 입고 있는 모습이 얼마나 귀엽고 사랑스러운지. 지나가는 남학생들의 호감이 가득한 눈빛이 그녀를 흘끔거리고 있다는 것을.

“성현 씨는 좋겠다. 이런 꿀이 흐르는 공간에서 언제나 원기를 충전시키니 그렇게 밤에…… 헙!”

동희가 혼자 무심코 중얼거리다 황급히 우산을 들지 않은 손으로 입을 틀어막았다. 혹시나 누가 들었을까 그 커다란 눈망울을 요리조리 굴렸다. 다행히 그녀의 혼잣말을 들은 사람은 없는 듯했다. 동희가 입을 막았던 손으로 머리를 톡톡 쥐어박았다.

“나도 참. 주책이야.”

입으로는 연신 스스로를 책망했지만 떠오른 영상은 끊임없이 머릿속을 어지럽혔다. 그녀의 볼은 붉은 연지를 곱게 찍어 바른 듯 발그레해졌다.

성현의 정력은 날이면 날마다 일취월장했다. 그녀만 보면 시도 때도 없이 덤벼들었다. 아무리 신혼 땐 눈만 마주치면 한다지만 동희는 점잖은 대학교수인 성현이 그럴 줄은 정말 몰랐다.

"속았어. 겉으로만 얼음덩이지 벗겨 놓으면 속은 그냥…… 불이야."

혼자서 쫑알거리며 걷다 보니 어느덧 성현의 교수실이 있는 건물에 다다랐다. 오늘 그녀는 약속도 없이 그의 학교로 들이닥쳤다. 남편 감시 겸, 기분 좋은 깜짝 이벤트.

동희는 결혼식장에서 스스로에게 한 각오를 잊지 않았다. 내 남편은 내가 지킨다. 어리고 예쁜 여학생들에게서 성현을 보호해야 한다는 그 결연한 각오 말이다.

"절대 안 되지. 최성현 한눈만 팔아 봐. 나한테 죽을 줄 알아! 그나저나 날 보면 깜짝 놀라겠지?"

괜스레 주먹을 불끈 쥐어 보는 동희가 막 건물을 돌아 입구로 걸음을 떼어 놓으려는 중이었다.

그녀는 자신의 눈에 보이는 광경을 믿을 수 없어 벼락을 맞은 듯 그 자리에 굳었다. 오히려 슬금슬금 뒷걸음질 쳐 돌아 나왔던 건물로 들어가 몸을 숨겼다.

"저, 저게 지금 뭐야?"

동희는 손을 올려 눈을 비볐다. 도저히 눈에 들어오는 장면을 믿을 수 없어서였다. 성현이 퇴근하려는 중인지 손에는 그가 늘 들고 다니는 가방을 들고 다른 손엔 장우산을 들었다. 그것까지는 괜찮았다. 그녀가 딱 시간 맞춰 온 것이니 다행이라면 다행이랄 수 있었는데!

"저 여자는 누구냔 말이지!"

성현은 혼자가 아니었다. 그의 곁에는 여자가 함께 있었다. 짧은 커트 머리에 얼굴이 조막만 하고 늘씬한 키에 쭉 뻗은 다리가 거짓말 조금 보태서 그녀의 두 배는 될 듯 보였다. 키가 작은 동희의 콤플렉스를 제대로 공략하는 여자였다.

"……그러니까, 같이 가자. 최 교수."

동희가 숨어 있는 건물 벽과 입구가 지척이라 여자의 목소리가 언뜻언뜻 들려왔다. 동희는 우산을 땅에 내동댕이치고 벽에 찰싹 붙어 귀를 쫑긋 열었다. 모든 감각을 청각으로 모았다. 지금 그녀는 자신의 모습이 그 어느 날, 산정 호텔에서 성현과 지현의 모습을 보았던 그때와 아주 흡사하다는 것도 인지하지 못했다.

"글쎄……."

성현의 목소리가 웅얼거리듯 들려왔다. 가늘게 내리는 비와 우산을 펼치는 소음 때문에 자세히 들리지 않자 동희가 있는 대로 미간을 좁혔다.

"이게 뭐야. 최성현! 바람……피우니?"

동희가 이를 악물고 음산하게 중얼거렸다.

"그러지 말고, 최 교수. 최성현. 가자. 응?"

동희의 눈이 커다랗게 뜨였다.

저 여자. 누구지? 왜 남의 남편 이름을 막 불러.

동희는 성현의 표정이 보고 싶었지만 우산 속에 감춰진 그의 얼굴은 보이지 않았다. 동희의 가슴이 바짝바짝 타다 못해

재가 되는 것 같았다.

최성현. 고이 집으로 가라. 내가 봐주는 건 여기까지다. 저 여자 보내고 당신은 집으로 가면 내가 용서해 준다.

동희가 입술을 짓씹으며 속으로 중얼거렸다. 하지만 세상만사 그녀의 뜻대로 되는 일은 없는 모양인지, 아니면 그의 곁에 찰싹 달라붙은 여우가 요사를 떨기로 작정을 했는지. 눈에 잔뜩 힘을 주고 있던 동희의 눈이 경악과 충격으로 얼룩졌다.

"최 교수 정말 이럴 거야? 나 섭섭해지려고 해. 결혼했다고 사람이 어떻게 이렇게 변할 수 있어? 좋아. 그럼 나 거기까지만 데려다줘."

"차 안 가져왔어?"

"응."

가지 마. 가지 마라. 최성현. 그냥 집으로 가. 제발. 제발.

동희가 미친 여자처럼 입속으로 주문을 외우듯 중얼거렸다. 누가 보면 정말 정신 나간 여자처럼 보겠지만 정말 간절하게 기도하듯 빌고 또 빌었다. 하지만, 늘 그렇듯 이럴 때 하늘은 그녀의 편이 아니었다.

"왜 차도 안 가지고 와. 비 오는데."

"자기랑 같이 가려고 안 가지고 왔지. 내가 여기까지 왔는데 설마 그냥 가라는 건 아니지? 정문까지 가는 것도 일이다. 그리고 나 우산도 안 가지고 왔어."

여우 같은 여자가 은근하게 말하며 섹시하게 웃었다. 성현의 얼굴은 역시 보이지 않았지만 한숨을 쉬는 듯 어깨와 등이 들썩였다. 그가 무언가 말을 하는데 낮은 음성이 역시나 우산에 가려져 앞부분만 간신히 들렸다.

"할 수 없지. 가자……."

"좋아."

성현이 발걸음을 떼자 여자가 냉큼 그의 우산 안으로 들어가며 슬쩍 팔짱을 끼었다. 물론 성현이 번개처럼 그 손을 떨쳐냈지만 이미 동희는 그 광경을 고스란히 눈에 담았다. 아주 사진을 찍은 듯 선명하게 박혔다.

"그러니까, 서로 팔짱을 낄 만큼 가까운 사이라는 거지? 아니면 가까웠던 사이거나. 어쨌거나 보통 사이는 아니었단 말이지. 최성현, 너 죽었어."

효은은 마당을 적시는 따스한 봄비를 느긋하게 구경하는 중에 현관 벨 소리가 울려 고개를 갸웃했다. 수아가 자는 시간이라 동주가 올 때는 늘 알아서 들어오곤 했기 때문이었다.

"이 시간에 누구지? 아직 동주 씨 올 때 안 됐는데."

수아가 깰까 싶어 조심스러운 발걸음으로 다가가 인터폰을 보니 동희가 비에 쫄딱 젖어서 우두커니 서 있었다. 황급히 문을 열자 그녀가 들어왔다.

"동희야. 어쩐 일이야?"

"……."

동희는 혼을 빼놓은 듯 발걸음이 예사롭지 않았다. 신발도 벗는 둥 마는 둥 거실로 가려는 동희를 효은이 잡았다. 레인코트를 벗겨 주고 신발도 제대로 벗긴 후 손을 잡아 소파로 가 앉혔다. 동희의 눈이 텅 비어 있었다. 아니, 불길이 이는 것처럼 보이기도 했다. 거센 폭풍우가 그녀의 눈 속에서 몰아쳤다. 효은의 얼굴이 심각하게 굳었다.

"동희야."

효은이 가녀린 동희의 어깨를 살며시 감싸 안았다. 조심스럽게 흔들며 차갑게 굳은 그녀의 몸을 따스하게 덥히려 애썼다.

"동희야, 왜 그래. 무슨 일 있어?"

그제야 동희의 시선이 효은에게로 향했다. 뜨거운 물을 투명한 유리잔에 붓듯 동희의 맑은 눈이 부옇게 흐려지면서 눈물이 고이기 시작했다.

"효은아! 흑…… 어떡해."

"왜? 무슨 일인데 그래. 울지 말고 말을 해야 알지."

"흐엉……."

효은의 따스한 말에 마음이 약해진 동희의 입에서 기어코 통곡이 터졌다. 부모님이 돌아가셨다 해도 저렇게 섧게 울지는 않을 것 같다는 생각을 하며 효은이 동희를 더욱 세게 끌어안았다. 무슨 일일까. 걱정이 되어 미칠 것 같았다. 어떤 일이 있어도 밝음을 잃지 않는 친구가 도대체 무슨 일 때문에 이러는 것일까.

"효은아!"

"그래. 나 여기 있어. 말해."

"최성현 그 나쁜 놈이……."

효은이 가만히 동희의 말에 귀 기울이다 깜짝 놀랐다.

최 교수? 이게 무슨 말이지?

"동희야. 울지 말고 말을 해야 알지. 최 교수가 왜?"

"최성현 그 바람둥이가 여자랑 같이 팔짱을 끼고 갔어!"

엥? 이건 또 무슨 소리야.

효은은 동희의 코맹맹이 소리를 전혀 알아들을 수 없었다. 동희는 눈물 콧물 범벅이 되어 통곡을 하고 그 소리에 깬 수아가 앙앙거리는 소리가 들렸다. 효은은 스테레오로 울리는 두 여자의 울음소리에 골이 지끈거리는 것 같았다.

"동희야. 잠깐만. 수아 좀 데리고 나올게."

"……흐윽. 나도 수아 보고 싶어."

"풋."

효은이 그 와중에도 수아를 찾는 동희를 보고 피식 웃었다. 별로 큰일은 아닌 모양이네.

"그래서 그냥 여기로 왔단 말이야? 집에 안 가고?"

"응! 나쁜 최성현. 그 여자랑 가 버리더라고. 차에 모시고 팔짱까지 떡하니 끼고!"

물론 그 여자가 팔짱을 끼자마자 성현이 매몰차게 떼어 냈다는 소리는 쏙 뺐다. 지금은 성현이 그 여자와 함께 차를 타고 갔다는 사실이 더 중요했으니까.

"무슨 사정이 있겠지. 그렇다고 여기로 오면 어떡해. 최 교수님 걱정하시겠다."

"걱정은 무슨 얼어 죽을 걱정! 여자랑 갔다니깐. 내 눈앞에서. 다정하게 팔짱 끼고! 여우 같은 여자가 찰싹 달라붙어도 가만 내버려 두더라니까."

효은이 자신의 편을 들지 않자 동희의 표현이 조금 더 거칠어지고 설명에 살이 붙기 시작했다.

효은이 생각에 잠긴 눈으로 가만히 그녀를 보았다. 동희가 없는 말을 하진 않을 것이니 분명 성현이 여자랑 함께 차를 타고 가긴 간 모양인데 어떻게 된 일일까. 동희의 말처럼 성현이 바람을 피운다거나 다른 여자에게 한눈을 판 거라고는 생각지 않았다.

"우리 예쁜 수아. 고모 왔어. 우쭈쭈. 우리 수아 그동안 잘 지냈쪄요?"

대성통곡을 하던 눈가에 눈물을 그대로 담고 수아에게 볼을 부비며 쪽쪽 빨아 대는 동희를 밉지 않게 흘겨보던 효은이 자리에서 일어섰다.

"저녁 먹고 갈 거지?"

"안 가."

효은이 주방으로 걸어가다 멈췄다.

"응? 뭐라고?"

"나 집에 안 간다고. 오늘 여기서 잘 거야. 고모랑 같이 자자. 수아야!"

"그러지 말고, 동희야……."

"아, 몰라. 몰라. 나 안 들려. 안 들려."

저렇게 고집 피울 때의 동희에겐 무슨 말을 해도 소용없다. 효은이 가볍게 한숨을 쉬며 멈췄던 걸음을 다시 떼었다.

오늘 저녁은 최 교수님 몫도 준비해야겠네. 최 교수님이 오시면 무슨 일인지 알 수 있겠지. 아무튼 귀여운 커플이라니까.

"그래서 넌 여기 왜 있는 거야?"

동주가 못마땅함이 가득한 눈빛으로 동희를 쏘아보았다. 날로 씹어 먹어도 비리지 않을 사랑스러운 자신의 두 여자가 있는 집엘 왔더니 말썽쟁이 여동생이 떡하니 거실을 차지해 소파에 널브러져 있었다. 한심하고 기가 막힌 꼴을 보니 동주의 입에서 좋은 말이 나올 리가 없다.

동희는 동주의 말을 들은 척도 안 하고 수아와 장난을 쳤다. 효은은 동주의 머리 위로 김이 모락모락 피어오르는 것 같아 고개를 절레절레 흔들며 약한 콧김을 내쉬었다.

"현동희!"

기어코 동주가 소리를 질렀다.

"아, 왜!"

"너 여기 왜 있냐고. 네 집 놔두고. 네 신랑은 퇴근 안 하냐? 어?"

소파에 누워 수아와 놀고 있던 동희가 벌떡 일어서 동주를 노려보았다. 그 표정이 꿈에 볼까 무서울 정도였다. 오죽하면 동주도 흠칫 한 발 뒤로 물러섰을까.

"신랑 소리 하지도 마! 그 나쁜 놈."

동주가 미간에 세로로 주름을 만들며 인상을 썼다. 슬쩍 고개를 돌리고 효은을 바라봤지만 그녀는 아무 말 말라는 듯 고개를 저었다.

"이 애물단지. 하여튼…… 저쪽으로 가. 수아야. 아빠 왔다. 오늘도 엄마랑 재미있게 지냈쪄요?"

누가 남매 아니랄까 봐 말투가 똑같다. 효은이 웃으며 돌아설 때 현관 벨이 우렁차게 울렸다. 누군지 알 것 같아 문을 열자 동희가 빽 소리를 질렀다.

"은효은. 문 열어 주지 마."

"최 서방도 오기로 했어?"

사연을 모르는 동주가 수아를 안아 들고 자리에서 일어섰다. 고개를 돌리자 효은이 알 듯 모를 듯 미소를 지었다.

"안녕하십니까, 형님."

성현이 들어서자마자 재빠르게 눈을 굴려 동희를 찾았다. 소파 한 켠에 팔짱을 낀 채 고개를 돌리고 앉아 있는 동희를 보고 가볍게 한숨을 내쉬었다. 집으로 들어서는 그를 쳐다보지도 않는다.

집으로 가는 중에 그는 효은의 문자를 받았다. 동희가 자신의 집에 있으니 이쪽으로 오라고. 성현이 고개를 갸웃했다. 무슨 일인지는 말을 안 해 주고 그저 동희가 많이 울었다는 말만 해 심정이 말이 아니었다. 도대체 그녀가 울 일이 뭐가 있기에.

"현동희. 왜 여기 있어?"

효은이 성현의 말을 듣고 피식 입꼬리를 휘었다. 남자들은 말투가 왜 저렇게 다 비슷할까. 동희가 못 올 곳엘 온 것도 아닌데.

"현동희."

성현은 고집스럽게 고개를 돌린 동희 곁으로 다가가 무릎을 구부리고 앉아 손을 가만히 잡았다. 동희가 성현에게 잡힌 손을 잡아 빼려 용을 쓰는 모습을 보던 동주가 마치 못 볼 걸 봤다는 듯 짧게 혀를 차더니 주방으로 쏙 들어갔다.

"쟤네 왜 저래?"

동주가 효은의 귀에 대고 속닥거렸다. 효은이 소름이 살짝 돋은 귓불을 손으로 쓸며 어깨를 떨었다.

"그냥 모른 척해요."

"뭘 알아야 아는 척을 하든지 모르는 척을 하든지 하지."

동주가 궁시렁거리자 효은은 그냥 고개를 저을 뿐이었다.

"현동희, 울었어? 왜 그래. 말을 해야 알지. 내가 뭐 잘못한 거 있어?"

성현이 퉁퉁 부은 동희의 눈두덩을 엄지손가락으로 살며시 쓸었다. 눈을 비비며 울었는지 눈두덩이며 눈가가 벌겋다. 성현이 손을 대자 동희가 움찔거렸다.

"말해 봐. 동희야, 무슨 일인데. 응?"

다정하고 따스한 그의 말에 동희의 눈에서 다시 툭툭 눈물이 떨어졌다. 이렇게 다정한 사람이 어떻게 다른 여자랑 그런 장면을 연출했는지 이해가 되지 않았다. 동희의 눈물에 당황한 성현이 손바닥에 번지는 물기를 멍하니 보았다. 동희가 그의 손을 탁 쳐냈다.

“가요. 난 안 갈 거니까 성현 씨는 가라고요.”

“그게 무슨 말이야. 왜 당신은 안 가는데. 알아듣게 말을 해야 알지.”

성현이 답답한 듯 머리를 북북 쓸어 올렸다. 도무지 알 수 없는 동희의 태도에 그의 가슴만 타들어 간다. 성현은 쉽게 끝날 일이 아님을 느꼈다. 그가 주방을 한 번 흘깃 보곤 가볍게 한숨을 쉬었다. 주방 입구에 동주와 효은이 고개만 빼꼼 내밀어 흥미진진하다는 눈빛으로 그들을 구경하고 있었다.

“일단 집에 가자. 현동희. 가서 얘기하자. 응? 여긴 남의 집이야. 실례를 끼치는 건 민폐야.”

“흥, 남의 집 아니에요. 우리 오빠네 집이지.”

“현동희. 내 집이 네 집은 아니거든. 그러니 남의 집 맞아.”

동주가 기다린 것처럼 쏘아붙였다.

세상에 도움 되는 일이 하나도 없네!'

동희가 주방을 향해 눈을 흘겼다. 저렇게 구박하는데 더 이상 있을 수는 없을 것 같고 쫓겨나기 전에 나가야 할 것 같았다.

“흥, 내가 갈 곳이 없을까 봐! 간다, 가. 내참 더럽고 치사해서 다신 안 온다.”

"그래. 안 오면 나는 땡큐지. 제발 오지 마라."

동주가 동희의 말에 장단을 맞추며 실실거렸다. 효은이 옆에서 동희와 성현의 눈치를 살피며 동주의 허리를 살짝 꼬집었다. 동주가 왜 그러냐는 듯 쳐다보자 미간을 살짝 좁히며 고개를 살살 저었다. 그가 어깨를 으쓱하더니 한쪽 눈을 찡긋거린다. 효은이 또 한 번 가볍게 한숨을 쉬었다. 하여튼 못 말리는 남매다.

"효은아, 나간다. 나오지 마. 수아야 안녕. 오빠 넌 오늘 밤 악몽이나 꿔라!"

동희가 효은의 옷을 입은 채 쌩하니 문을 나섰다. 성현은 그녀의 소지품을 챙겨 고개만 꾸벅 숙인 후 부리나케 뒤를 따랐다.

"쟤들 대체 왜 그러는 건데. 무슨 영화 찍나."

"그냥 사랑싸움? 들어 보니 별거 아니더라고요. 두 사람이 대화를 나누면 충분히 풀어질 오해예요. 신경 쓰지 말아요. 당신 저녁 먹어야죠?"

동주는 효은의 말에 고개를 끄덕이며 동희에 대한 신경을 끊었다. 효은이 그렇다면 그런 것이다.

"배고프다. 밥 먹자."

성현은 휘적휘적 앞으로 걸어가는 동희를 간신히 붙잡아 억지로 차에 태웠다. 조수석에 태우려하자 기를 쓰며 안 타려고 해서 겨우 뒤에 태웠다. 그동안은 이런 적이 없는데 왜 그러는지 몰라 성현은 답답해서 미칠 지경이었다. 룸미러로 슬쩍 동희를 살피니 잔뜩 골이 나 입이 비쭉 나와 있다. 오늘 자신이 무얼 잘못한 게 있나 성현은 재빠르게 머리를 굴렸다. 그러나 저러나 동희랑 마주친 일이 있어야 잘못을 하든지 말든지 하지.

"후우."

나오느니 한숨밖에 없다. 그가 길게 한숨을 내쉬자 동희의 눈빛에 살기가 돌며 찌릿 그를 노려보는 게 느껴졌다. 성현은 모골이 섬뜩해진다는 말을 비로소 이해했다.

"동희야. 얘기 좀 하자."

집에 돌아온 정현은 한쪽에 가방과 겉옷을 놓은 후 우두커니 서 있는 동희를 데려와 소파에 앉혔다.

"무슨 일인지 얘기해. 내가 알 수 있게. 당신 이렇게 화만 내니까 어떻게 해야 할지 모르겠어. 내가 잘못한 게 있으면 용서를 빌게."

"왜 자기가 잘못한 게 있다고 생각하는데요? 뭐 찔리는 거 있어요?"

그의 말꼬리를 잡고 동희가 눈을 세모꼴로 치켜세웠다. 성현이 한숨이 나오는 걸 억지로 참아 삼키며 입가에 미소를 지었다.

"모르니까 그러는 거잖아. 당신이 괜히 이럴 사람은 아니고, 분명 나한테 섭섭한 일이 있으니까 이러는 거 아니야. 무슨 일인지는 모르겠지만 분명 내가 잘못한 걸 거고."

성현은 무조건 백기를 들었다. 자신의 말이 맞을 거다. 결혼 전에도 자신의 부주의한 행동으로 동희에게 오해를 산 적이 있었다.

그때를 생각하면 성현은 지금도 이가 갈렸다. 사람을 오해해도 분수가 있지! 어떻게! 하지만 모르는 사람이 봤을 땐 충분히 오해할 수 있는 상황이었다. 이번에도 무엇일지 모르겠지만 무조건 자신이 잘못한 것이 맞다.

"그렇게 말한다고 해서 내가 그냥 넘어갈 줄 안다면 큰 오산이에요."

"그러니까 말해. 내가 뭘 잘못했는지. 응? 동희야."

동희가 입술을 잘근잘근 깨물며 그를 찌릿 흘겨보았다. 성현이 동희에게 손을 뻗으려 하자 탁 쳤다. 그녀에게 내쳐진 손이 안타까워 그가 멍하니 제 손을 바라보다 다시 그녀의 어깨에 살짝 손을 가져다 댔다. 동희가 다시 한 번 어깨를 털었지만 그가 살금살금 손가락을 움직여 다가오는 걸 막지는 않았다.

"성현 씨. 오늘 학교에서 곧장 오빠네로 온 거 맞아요?"

동희의 말은 단출했지만 성현은 치열하게 머리를 굴렸다.

"응. 집으로 오다가 수아 엄마 문자 받고 곧장 갔어. 왜?"

동희의 눈이 사정없이 찢어졌다.

뭔가 잘못 대답한 것 같은데.

"최성현 씨. 오늘 누구 만났어요?"

"만나긴 누굴 만나. 학교에서 곧장 집으로 가다가……."

성현이 자신 있게 말하다 갑자기 무언가 떠오른 듯 눈을 크게 떴다. 혹시?

"당신 오늘 학교 왔었어? 오후에?"

동희가 고개를 홱 소리 나게 돌렸다. 그것만으로도 충분한 대답이 되었다. 성현이 안도의 한숨을 길게 내쉬었다. 이제 됐다. 이유를 알았으니 오해는 풀면 된다.

"혹시 본 거야? 윤 교수?"

"윤 교수?"

그 불여우 같이 굴던 여자가 교수였나 보다. 그럼 성현의 동료란 말인데 무슨 동료가 이름도 부르고 그렇게 친밀하게 군단 말인가! 동희의 기분이 더 나빠졌다.

"응, 윤미란 교수. 우리 학교 교수고 대학 동창이야. 오늘 대학 동기 모임 있다고 함께 가자고 왔더라고. 안 간다고 이미 말했는데도 굳이 와서 가자고 해서 난 안 갔어. 윤 교수 택시 정류장까지 태워다 줬는데 그거 본 거야?"

"무슨 교수가 그렇게 정숙하지 못하데요. 그리고 당신은 우산을 꼭 같이 써야 했어요?"

"그럼 어떡해. 우산을 안 가지고 왔다는데. 아, 그리고 당신이 오해할까 봐 미리 말하는데 윤 교수 결혼했어. 우리 동창 중에 한 놈이랑. 아이도 있고."

"뭐라고요? 그걸 이제 말하면 어떡해요!"

망했다. 현동희 망했어. 또 상황만 보고 혼자 북 치고 장구

치고 온갖 생쇼를 했는데 다 헛짓이었단 말이야? 난 몰라. 어떡해.

"당신이 언제 말할 기회나 줬어? 바로 그 광경만 보고 수아네로 튀었잖아. 혼자 또 오해하고."

성현이 그제야 느물느물하게 씩 웃었다. 그 웃음이 어쩐지 오싹해서 동희가 흠칫 몸을 떨었다. 성현이 한 손으로 넥타이의 매듭을 느슨하게 잡아당기더니 목에서 휙 잡아 빼 던졌다. 박력 있는 모습에 동희가 앉은 자리에서 주춤주춤 엉덩이를 밀었다. 위기감이 몰려와 도망갈 기회만 노리는 여린 짐승 같았다.

"아니, 그게…… 그런데 오, 옷은 왜 벗어요?"

성현이 와이셔츠의 단추를 다 풀고 그녀에게 다가오자 화들짝 놀란 동희가 말을 더듬었다. 성현이 입꼬리를 슬쩍 비트는데 어찌나 야비해 보이던지 질끈 눈을 감아 버렸다.

"이 옷 못 보던 건데. 누구 거야?"

"효, 효은이 거예요. 내 옷이 다 젖어서……."

"남의 옷은 벗어야지. 이제 집에 왔는데."

성현이 별일 아니라는 듯 중얼거리더니 동희가 입고 있는 옷을 하나씩 벗기기 시작했다. 그녀가 옷을 꽉 잡고 버텼지만 그의 힘을 이길 수는 없었다.

"밥! 밥 먹어야죠. 당신 저녁 안 먹었잖아요. 배고프죠?"

동희가 벌떡 일어섰지만 그건 잘못된 판단이었다. 마침 잘 일어섰다는 듯 그는 그녀가 입고 있는 바지도 손쉽게 벗겨 냈다. 아차 싶었지만 이미 늦었다. 동희가 울상을 지었다.

"밥? 먹어야지. 그런데 난 먼저 먹고 싶은 게 있거든. 어쩌지? 배보다 그게 더 고픈데. 그리고 당신은 벌을 좀 받아야 할 것 같지 않아?"

저 말 참 오랜만에 듣는다. 아, 안 되는데…….

그가 벌을 준다고 말을 할 때는 작정하고 그녀를 잡아먹는 날이었다. 다음 날, 꼼짝할 수 없을 정도로 괴롭히는 바로 그 날. 동희가 체념의 한숨을 길게 내쉬며 눈을 꼭 감았다.

"현동희. 몸에 힘 좀 빼지?"

성현이 그녀의 몸을 난짝 들어 침실로 향하며 능글거렸다. 사실 동희는 지금 온몸이 기대감으로 힘이 팍 들어간 상태였다. 성현은 반대로 오해하고 있는지는 모르지만.

오늘은 어떤 플레이로 날 놀라게 할까. 지난번엔 느낌은 좋았지만 스릴이 좀 덜했는데.

이런 생각으로 가득 차 있었다. 그녀는 지금 흥분으로 몸이 뻣뻣해져 있었다. 부끄러웠지만 그런 생각만으로도 아래가 젖어 들었다.

"결혼하고도 아직 남편을 믿지 못하는 당신은 충분히 벌 받을 만하지. 오늘은 울어도 용서 안 해!"

성현이 동희를 침대에 던지다시피 내려놓고 다시 거실로 향했다. 벨트가 풀리고 지퍼가 반쯤 내려간 바지가 툭 튀어나온 장골에 간신히 걸쳐져 있다. 벌거벗은 등으로 자잘하게 잡힌 근육과 늘씬하게 뻗은 견갑골이 그가 움직일 때마다 물결을 이루며 그녀의 눈을 현혹시켰다.

잠시 후 돌아온 그의 손에는 조금 전 그가 벗어 던진 넥타이가 들려 있었다.

"아!"

동희가 피부를 뚫고 나올 듯 두근거리는 가슴을 진정시키느라 입을 벌렸는데 누가 들어도 신음 같은 소리가 흘러나왔다. 동희의 얼굴이 복사꽃처럼 붉게 달아올랐다.

"왜? 기대돼?"

그가 입꼬리를 슬쩍 들어 올리며 눈매를 가느스름하게 접는다. 그게 얼마나 섹스러운지 동희가 꿀꺽 침을 삼키며 저도 모르게 고개를 끄덕였다.

"좋아. 그 기대에 부응하도록 노력할게."

그가 하체를 한 번 툭 튕기니 간신히 엉덩이에 걸려 있던 바지가 스르르 내려갔다. 마치 뱀이 허물을 벗듯 너무나 자연스러운 모습에 동희의 눈에 감탄이 스며들었다.

저런 모습도 너무 멋지단 말이야. 최고다, 내 남자.

동희의 눈이 흐뭇함으로 흐릿해지는 순간 벌거벗은 그가 다가왔다. 먹이를 발견한 야생의 짐승처럼 장대해 그는 제 물건을 흔들거리며 어느 순간 침대 위로 뛰어 올라왔다. 그가 빙글거리며 넥타이를 손목에 둘둘 감았다 풀며 한쪽 눈을 찡긋 감았다 떴다.

무얼 하려는 걸까. 동희가 초조함에 침을 꼴깍 삼켰다. 그가 비밀스러운 미소를 그리며 동희에게로 얼굴을 들이밀었다. 동희가 흠칫 놀라 몸을 뒤로 밀었다.

"내가 뭘 할 것 같은데? 응? 당신을 만족스럽게 할 수 있는 벌이 무엇일까."

"모, 몰라요. 그런 거."

"몰라? 뭘 모르지. 응? 말해 봐."

그가 넥타이를 그녀의 가슴 쪽으로 늘어뜨리며 느릿하게 움직였다. 타이의 끝부분이 그녀의 풍만한 가슴 위에서 이리저리 미끄러져 내렸다. 실크의 차가운 감촉. 그 야릇한 느낌에 그녀의 모든 감각이 가슴으로 몰렸다. 핑크빛 부드러운 유두가 볼똑 튀어나오고, 뭔가를 기대하는 가슴이 더욱 탱탱해졌다.

"아으으……."

"아직 시작도 안 했는데 이러면 안 되지."

그가 야비하게 웃으며 시트를 움켜쥐고 있는 그녀의 두 손을 머리 위로 들어 올렸다. 눈을 휘둥그레 뜨는 그녀에게 두 눈을 가느스름하게 접어 보이며 슬쩍 감았다.

"뭐, 뭐하는 거예요?"

"글쎄, 뭐하는 걸까."

그가 느긋하면서도 빠른 속도로 그녀의 손목을 하나로 모아 타이로 둘둘 말았다. 어느새 그녀는 두 손이 하나로 묶인 채 머리 위로 올려져 침대 헤드와 함께 묶였다. 그제야 대충 눈치챈 동희가 허리를 흔들고 엉덩이를 들썩였지만 이미 상황은 끝났다. 성현이 빙긋 입술을 비틀더니 두 손을 마주쳐 짝 소리를 냈다.

"자, 이제 벌 받을 준비는 다 하셨나요. 현동희 씨."

"서, 성현 씨. 손 풀어 줘요. 무섭고 답답해요."

"아니, 난 그럴 생각 추호도 없어. 장담하건대 당신도 아주 만족할 거야. 당신을 사랑하는 내 마음 전부를 걸지."

저렇게까지 말하는데 뭐라 한단 말인가. 동희가 울상을 짓고 있던 표정을 거짓말처럼 지웠다. 그녀의 눈매도 위로 휘어지며 색스러움을 담뿍 담았다. 피할 수 없다면 즐기라 했던가.

좋아. 현동희 이 순간을 즐기리라.

동희의 생각을 알아챈 듯 성현이 피식 웃었다. 언제나 그의 기대를 저버리지 않는 여자지. 그의 고개가 천천히 아래로 내려갔다. 본격적으로 그녀에게 벌을 내릴 시간이었다. 그가 뻗어 있는 그녀의 손에서부터 입술을 대고 입맞춤을 하며 내려갔다.

팔목의 오목한 부분을 이빨로 잘근 씹으며 쪽 빨아들이는데 동희는 전기에 닿은 듯 야릇해 흠칫거렸다. 민감한 몸이 벌써 아래쪽으로 물큰 무언가를 쏟아 냈다.

아이, 벌써 이러면 안 되는데.

생각은 거기까지. 그의 혀가 주루룩 미끄러져 그녀의 겨드랑이에 닿았다. 먼저 그의 콧등이 그녀의 겨드랑이를 비비며 향긋한 그녀의 체향을 흠뻑 들이마시고 뒤이어 그의 혀가 지분거렸다. 그러더니 입을 크게 벌려 우묵한 겨드랑이를 입안 가득 물고 빨아들였다.

"아, 안 돼요. 거기는……."

세상에 어떻게 겨드랑이를! 동희는 기겁하고 몸을 비틀었지만 성현은 아랑곳하지 않았다.

"이 몸은 다 내 거야. 내 마음대로, 내가 하고 싶은 대로 할 거라고."

그가 살을 입에 물고 웅얼거렸다. 그의 입안에 물려 있는 살과 그의 뜨거운 콧김, 말을 하느라 움직이는 그의 혀가 닿은 간지러움에 동희는 미칠 것 같았다. 마음 같아선 그의 어깨를 밀고 싶었지만 현실은 묶인 상태였다. 그녀가 숨을 몰아쉬며 가슴을 흔들자 그제야 그가 고개를 들고 자신을 유혹하는 두 개의 탐스러운 복숭아를 지그시 내려다보았다.

"왜, 가슴 빨아 줘? 그럼 말을 했어야지. 부끄러웠어?"

기가 막히고 코가 막힌 소리를 중얼거리며 성현이 그녀의 가슴을 한가운데로 모았다. 닿을 듯 말 듯 두 개의 유두가 모아졌다. 성현이 입을 크게 벌려 한입에 두 정점을 입에 물고 쭉쭉 빨아 당겼다.

동희의 정신이 혼미해졌다. 그의 입속으로 그녀의 모든 것이 빨려들어 가는 것 같았다. 머릿속으로 벌떼가 날아다니는 것처럼 귓속이 윙윙거렸다.

그의 손가락은 어느새 아래쪽을 더듬으며 그녀의 비밀스러운 공간을 마구 휘젓고 있었다. 물큰물큰 쏟아지는 그녀의 액체를 손가락에 묻힌 채 그가 고개만 들고 눈꼬리를 야하게 휘었다. 그녀의 눈앞에 액이 뚝뚝 떨어지는 손가락을 흔들어 보였다.

"이거 봐. 이거 봐. 이렇게 밝히면서 아닌 척하기는."

동희가 빨개진 얼굴로 그를 노려보았다. 하지만 자신의 몸이 반응하는 걸 스스로도 막을 수 없었다. 동희가 입술을 깨물며 엉덩이를 뒤로 뺐다. 그는 피식 비웃듯 입술을 비틀더니 그녀의 몸을 들어 홱 뒤집었다.

"엄마야."

손목이 묶여 있어 아플 줄 알았는데 넥타이 줄만 뒤집어지고 그녀는 아무렇지 않았다. 그는 뽀얀 박을 뒤집어 놓은 듯한 그녀의 엉덩이를 아프지 않을 만큼 찰싹 때렸다.

"아아."

"말 안 듣는 아이는 매를 맞아야 하는 거야. 가만히 있어. 이건 벌이라고."

하얀 엉덩이에 붉게 난 손자국 위로 입술을 가져다 댔다. 마치 달래는 듯 부드럽게 입술을 문질렀다. 그러곤 혀를 길게 빼 엉덩이 골을 쭉 핥으며 내려가 끝내 그녀의 숲에 도달했다. 이미 젖을 대로 젖은 그곳.

"아주 줄줄 흐르는데……."

성현이 은밀히 속삭이자 동희의 얼굴이 불타는 고구마가 되었다. 저 뻔뻔한 얼굴을 한 대 후려갈겼으면 좋겠다. 동희가 손을 마구 저으며 묶인 손을 풀려 애썼다.

"그렇게 움직이면 매듭이 더 단단해져서 손목 아플 텐데."

동희의 움직임이 거짓말처럼 멎었다. 아픈 건 딱 질색이었다. 그녀가 고개를 뒤로 젖혀 원망이 가득 서린 눈동자로 그를 노려보았다. 눈물이 고여 있는 예쁜 눈동자. 성현이 손을 올려 그녀의 눈가를 부드럽게 쓸었다. 조금 비어져 나오던 그녀의 눈물이 그의 손가락에 살짝 묻었다. 그가 손가락을 가져가 혀를 내밀어 핥았다.

너무 야해!

그녀가 질끈 눈을 감았다. 그의 웃음소리가 그녀의 귓가를 스쳐 가는 바람처럼 퍼져 나갔다.

"이제부터 시작이야. 각오 단단히 하는 게 좋을 거야."

그의 손이 움직이자 그녀의 엉덩이가 하늘을 향해 더욱 치켜 올라가고 가슴은 침대 바닥에 바짝 닿았다. 동희의 가슴이 기대감으로 두근두근 미친 듯 뛰어 댔다. 그의 두 손이 그녀의 엉덩이를 활짝 벌리고 그의 분신이 쿠퍼액을 뚝뚝 떨어뜨리며 문질거렸다. 그 미끌거리는 느낌이 소름 끼치게 좋아 동희가 몸을 뒤틀었다.

"하아. 으읏."

그의 분신이 그녀의 숲을 거침없이 갈랐다. 이미 준비될 대로 준비된 그녀의 내부가 환영하듯 그를 반겼다. 자잘하게 주름진 내벽이 활짝 펴졌다가 그를 물고 한껏 움츠러들었다. 성현의 엉덩이가 파르르 떨며 바짝 힘이 들어갔다.

"하읏."

그녀의 눈에 뿌연 물기가 차오르며 흐릿해졌다. 그가 힘을 주며 한 번 더 치고 들어오자 거의 자궁 끝까지 닿아 오는 것 같았다. 생경한 이물감과 꽉 찬 그 느낌이 이율배반적으로 좋아 그녀는 어쩔 줄 몰랐다. 하늘 높은 줄 모르고 솟아오른 그녀의 엉덩이에도 힘이 들어갔다.

긴장한 그녀의 움직임에 성현이 이를 악물었다. 그는 가만히 있는데도 불구하고 그녀의 내벽이 그를 꽉 물고 풀었다 조였다 반복하며 자극을 가했다.

"힘 빼. 아직 시작도 안 했다고. 벌써 쌀 것 같잖아."

말이 끝나자마자 그녀가 인지하기도 전에 그의 질주가 시작되었다. 허리를 빙글빙글 돌리며 그녀의 안을 휘젓더니 엉덩이를 약간 뺐다가 다시 푹 찌르며 들어왔다.

동희의 허리가 파드득 떨리며 휘어졌다. 둥근 엉덩이와 움푹 파인 허리의 곡선이 그의 눈을 어지럽혔다. 엎드려 있어 힘을 줄 때마다 이지러져 옆으로 비어져 나오는 젖가슴의 모습도 눈이 부셨다.

성현이 끝까지 분신을 뺐다가 힘껏 그녀의 안을 꿰뚫으며 동희의 등으로 몸을 엎드렸다. 양손으로 그의 눈을 현혹시키던 가슴을 움켜쥐고 마음껏 주물렀다. 입술은 오목한 그녀의 허리에 대고 잘근거렸다. 허리에 살집이 없어 뼈가 이에 부딪쳤지만 그마저도 그에겐 황홀했다.

"아흐읏. 아아."

동희의 입에서 쉼 없이 묘한 콧소리와 뒤섞인 신음이 흘러나왔다. 찌릿찌릿한 요상한 기운이 요추에서부터 시작해 발끝까지, 그리고 경추를 타고 올라와 뇌수를 꽉 채우는 것 같았다.

아아, 미칠 것 같아.

그녀의 등에 엎드려 있던 성현이 벌떡 일어나 허리를 빠르게 튕겼다.

"으윽, 조금만 천천히……."

동희가 말을 맺지 못하고 이를 악무는 게 느껴지자 성현은 자신의 분신을 끼운 채 그녀의 한쪽 다리를 들어 몸을 다시 뒤집었다.

그와 그녀의 눈이 마주쳤다. 흥분으로 인해 벌겋게 핏발이 선 성현의 눈을 보며 동희가 희미하게 미소 지었다. 손을 올려 그의 눈가를 쓸어 주고 싶었지만 움직일 수 없었다. 팔을 몇 번 흔들다 원망이 가득 담긴 눈초리로 성현을 흘겨보았다.

"당신 만지고 싶어. 이거 풀어 줘요. 성현 씨."

그녀의 애절한 목소리에 잠시 흔들렸지만 그는 금세 마음을 다잡고 고개를 흔들었다. 물론 그도 그녀가 만져 줬으면 좋겠다는 마음이 가득했다. 그러나 지금은 이게 우선이었다.

"안 돼. 그럼 벌이 아니지. 그냥 당신은 날 보기만 해. 아쉬워하고 안타까워하면서 날 만지지 못하는 고통을 느껴야 해."

성현이 냉정하게 말하며 동희의 허벅지를 활짝 벌려 그의 것을 물고 움찔거리는 그녀를 유심히 보았다. 찔끔찔끔 그의 액과 그녀의 액이 섞여 비어져 나오고 있었다. 야하고 선정적인 모습이 마음에 들어 그가 입꼬리를 비틀었다.

그의 눈에 가득 차오르는 만족감이 보이자 동희도 원망하던 마음이 거짓말처럼 스러졌다. 그는 그녀의 다리 한쪽을 어깨에 걸치고 남은 다리의 허벅지를 한껏 벌리며 허리에 힘을 주었다. 엉덩이가 튕겨져 나오며 마지막 절정을 향해 고공 행진을 시작했다.

"아웃. 아아아……."

동희는 등골이 저릿저릿해져 와 침대에 등을 대고 있을 수가 없었다. 들썩이는 그녀의 허리와 등, 엉덩이까지 찌르르 전류가 흘렀다. 그녀의 눈앞이 점점 흐릿해져 성현의 얼굴이 가물거렸다. 그러곤 암전. 하얗게 번쩍이는 무언가가 눈을 물들이자 그녀의 고개가 있는 힘껏 뒤로 꺾이며 몸이 경련했다.

"아아아."

그녀가 무너지는 모습을 그는 한순간도 놓치지 않았다. 그의 이마에 맺힌 땀방울이 얼굴을 타고 흘러 동희의 가슴으로 뚝뚝 떨어져 내렸다. 자잘한 근육이 잡힌 그의 등에도 번질거리는 땀이 흥건했다. 그가 마지막 스퍼트를 내며 엉덩이를 몇 번 강하게 움직이다 벼락을 맞은 듯 굳혔다.

"으윽."

무언가를 털어 내듯 엉덩이가 잔물결처럼 가볍게 출렁이고 그가 힘없이 동희의 몸 위로 쓰러져 내렸다.

"이거 풀어 줘요."

탁하게 흘러나오는 동희의 목소리에 성현이 눈꼬리를 접으며 그녀의 입술에 쪽 입맞춤을 했다. 넥타이를 풀어내며 그가 그녀에게 속삭였다.

"벌 받느라 고생했어. 그래도 좋았지?"

"흥. 하나도 안 좋았다, 뭐!"

"그럼 다음엔 다른 벌을 준비해야겠는걸."

"몰라!"

입으로 나오는 말과 달리 그녀의 눈은 그에 대한 사랑으로 한없이 따스하게 풀려 있었다.

"사랑해. 현동희. 내 사랑은 오직 당신뿐이야. 당신이 그걸 오해한다면 난 아마 슬퍼서 죽어 버릴지도 몰라."

그의 말은 담담했지만 그녀의 마음엔 커다란 의미로 스며들었다. 동희가 쭉 만지고 싶어 애태우던 그의 얼굴로 손을 뻗었다. 그의 눈가를 쓸고 볼을 쓰다듬자 그가 그녀의 손바닥에 입술을 비볐다. 그 느낌이 너무 좋아 동희가 가만히 눈을 감으며 한숨을 내쉬었다.

"알아요."

"그런데, 왜?"

"그냥. 벌이 받고 싶어서……?"

동희가 속눈썹을 들어 올리며 맑은 눈동자를 드러냈다. 그 눈에 고이는 장난스러움이 사랑스러워 성현이 피식 입술을 휘며 동희의 겨드랑이를 간질이기 시작했다.

"아악! 안 돼! 나 간지럼 못 견딘단 말예요!"

"알지. 그러니까 이것도 벌이야."

투닥거리며 침대를 뒹구는 두 사람의 곁으로 어느덧 비가 그치고 맑게 갠 밤하늘의 둥근달이 둥실 떠올라 그들을 내려다보았다.

격렬했던 그날 밤의 사랑스러운 결과물이 열 달 후 그들을 찾아왔다는 반가운 소식은 나중에야 알게 될 일이었다.

—fin

작가 후기

이렇게 해서 저의 네 번째 종이책이 끝났습니다. 어쩌다 보니 세 번째 〈꽃가람〉을 제외하고 세 권이 연작이네요. 〈일탈의 사랑〉 〈어느 날, 갑자기〉 〈오해의 여왕〉까지요. 출간도 각각 다른 출판사에서 하게 된 운명적인 아이들이에요.

개인적으로는 이번 책이 쓰면서 제일 재미있었어요. 사실 앞의 두 이야기들은 조금 어두운 분위기였거든요. 글을 쓰는 사람이 더 아픈. 그런데 이 글은 오해로 인해 벌어지는 상황들이 밝고 유쾌해서 즐겁게 작업할 수 있었습니다. 저 또한 사랑스러운 동희 캐릭터에 몰입해서 행복했고요. 이제 제 품을 떠나는 이 아이가 민들레 풀씨처럼 훌훌 날아 정착하는 그곳에서도 많은 사랑을 받았으면 하는 마음 간절합니다.

부족한 글 탄탄한(?) 스토리로 거듭나게 심혈을 기울여 교정을 봐주신 김민지 팀장님 감사드립니다. 팀장님 아니었으면 이 글이 못난 아이가 될 뻔했어요. 고맙습니다.

늘,
감사하고 미안한 마음 가득한 우리 가족들!
당신, 그리고 사랑하는 아들 elmino.
우리 따로 또 같이 행복합시다.

—을씨년스러운 겨울 어느 날,
유리화입니다.